D`Israeli

David Alroy

D`Israeli

David Alroy

ISBN/EAN: 9783743379534

Hergestellt in Europa, USA, Kanada, Australien, Japan

Cover: Foto ©Andreas Hilbeck / pixelio.de

Manufactured and distributed by brebook publishing software (www.brebook.com)

D`Israeli

David Alroy

David Alroy.

Frei nach dem Englischen

von

D'Israeli.

Leipzig,
Oskar Leiner.
1862.

Erster Abschnitt.

1.

Trompeten schmetterten ihre Schlußfanfaren, als der Resch Glutha, d. i. „der Fürst der Gefangenschaft" von seinem weißen Maulthiere stieg; sein Gefolge jubelte, als ob es noch ein freies, selbstständiges Volk sei, und wäre das verächtliche Lächeln nicht gewesen, das sich in den Mienen der umstehenden Muselmänner zeigte, so hätte man es eher für einen Tag des Triumphes als einer Steuerzahlung halten sollen.

„Noch ist der Ruhm nicht verschwunden!" rief der ehrwürdige Bostenai aus, als er in die Halle seiner Wohnung trat. „Es ist freilich nicht wie bei'm Besuche der Königin von Saba unter Salomon, aber bei alle dem ist der Ruhm doch noch nicht verschwunden. Du hast Dich wohl benommen, treuer Caleb." — Des alten Mannes Muth ward mit jedem Schritte in seinem eignen Hause kräftiger, und sicherte ihn immer mehr gegen die letzten Gegenstände seiner Furcht, die lauten Verwünschungen und die drohenden Wurfgeräthe der ungläubigen Menge.

„Es wird sein ein Tag der Freude und des Dankes!" fuhr der Fürst fort; „und sieh nach, mein ehrlicher Caleb, daß die Trompeter auch gut bedient werden. Dieser letzte Tusch war brav ausgeführt. Freilich klang er nicht wie das Schmettern der Trompeten vor Jericho; dessen ohnerachtet aber zeigte er an, daß der Herr der Heerschaaren

1

mit uns sei. Wie die verfluchten Ismaeliten stutzten! Sahst
Du, Caleb, den gewaltigen Türken im grünen Gewande
mir zur Linken? Beim Scepter Jacobs, er ward bleich! O!
es soll dies uns sein ein Tag der Freude und des Dankes!
Und schone nicht den Wein, noch die Fleischtöpfe für das
Volk. Sieh selbst darnach, mein Kind, denn das Volk schrie
tapfer und mit lauter Stimme. Es war freilich nicht gleich
dem großen Geschrei im Felde, als die Bundeslade zurück=
kehrte, aber dessen ohnerachtet war es gut geschrieen und
zeigte, daß der Ruhm noch nicht verschwunden ist. So
schone also den Wein nicht, mein Sohn, und trinke auf
den Untergang Ismaels in dem Safte, von dem es nicht
kosten darf."

— Es war allerdings ein großer Tag für Israel! —
rief Caleb, als Echo zu seines Herrn Entzücken.

„Wäre der Zug verboten worden," fuhr Bostenai fort,
„wär' es unter allen Fürsten nur mir beschieden gewesen,
den verfluchten Tribut zu Fuß, ohne Trompeten und Wache
bringen zu müssen, bei diesem Scepter, mein guter Caleb,
bin ich fest überzeugt, daß, so langsam dies alte Blut auch
jetzt in meinen Adern rinnt, ich doch … doch es ist unnütz,
darüber zu sprechen — der Gott unsrer Väter ist unsre
Zuflucht gewesen."

— Wahrhaftig, Herr, wir waren wie David in der
Wüste Siph, jetzt aber sind wir die Gesalbten des Herrn
in dem festen Hause Engaddi.

„Der Ruhm ist noch in der That nicht g a n z ver=
verschwunden," begann der Fürst von Neuem in milderem
Tone, „aber wenn — ich will Dir etwas sagen, Caleb —
preise den Herrn, daß Du noch jung bist."

— Mein Fürst kann auch lange leben, um noch frohe
Tage zu sehen. —

„Nein, mein Kind, Du verstehst mich falsch. Euer
Fürst hat gelebt, um den Tag der Trauer zu sehen. Nicht

an das Kommende dachte ich, als ich Dich den Herrn prei=
sen hieß, daß Du noch jung seiest. Ich bedachte vielmehr,
Caleb, daß wenn Deine Haare so weiß wären wie die mei=
nen, wenn Du zurückblicken könntest, wie ich, in die Tage
die verflossen sind, die Tage, wo es keines Geschenks be=
durfte, um zu beweisen, daß wir Fürsten seien, die glor=
reichen Tage, wo wir selbst die Gefangenschaft gefangen
nahmen, ja, mein Sohn, da bedachte ich, was für ein rei=
ches Erbtheil es doch sei, geboren zu sein, nach den Freu=
den die vorübergegangen sind."

— Mein Vater lebte in Babylon, — sagte Caleb.

„O! nenne es nicht!... nenne es nicht!" rief der alte
Heerführer aus. „Schwarz war der Tag, an dem wir die=
ses zweite Zion verloren! Wir waren zwar auch damals
Sklaven des Egypters, aber dennoch herrschten wir wahrhaft
über das Reich des Pharao. O Caleb, Caleb, Du, der Du
alles weißt... die Tage der Mühe... die Nächte, ruhelos
wie von einem liebsiechen Knaben durchgewacht, die es
Deinem Fürsten gekostet hat, um die Erlaubniß zu erhalten,
den Tag unsers Tributes mit der armseligen Begleitung
einer Wache von sechs Mann zu erfreuen, Du, der Du alle die
Schwierigkeiten kennst, die ich überwand, Zeuge warst aller
meiner Demüthigungen, was würdest Du zu dem Beutel
mit Dirhems sagen, von siebentausend Schwertern umgeben?"

— Siebentausend Schwerter? —

„Nicht eins weniger; mein Vater schwang eins derselben."

— Es war dies wahrlich ein großer Tag für Israel! —

„O! das ist noch nichts. Als der alte Alroy Fürst
war... der alte David Alroy — dreißig Jahre lang, guter
Caleb... dreißig ganzer Jahre lang bezahlten wir dem
Kalifen gar keinen Tribut."

— Keinen Tribut! keinen Tribut dreißig Jahre lang!
Kein Wunder, mein Fürst, daß die Philister endlich die
Zinsen nachgefordert haben! —

„O! das ist noch nichts!" fuhr der alte Bostenai fort, ohne auf seines Dieners Aeußerungen zu achten. „Als Moctador Kalif war, sandte er zu demselben Fürsten David, um zu erfahren, weshalb die Dirhems nicht gezahlt würden, da bestieg David gleich sein Roß und begleitet von all' den Ersten im Volke ritt er zu dem Palaste und sagte dem Kalifen, daß der Tribut ein Anerkenntniß sei, welches der Schwache dem Stärkern gewährt, um sich dessen Schutz und Schirm zu versichern, und da nun er und sein Volk die Stadt zehn Jahre lang gegen die Seltschucken besetzt und vertheidigt, sei vielmehr der Kalif im Rückstand gegen ihn."

— Wir werden noch einen Esel eine Leiter besteigen sehen! — rief Caleb mit vor Staunen weit aufgerissenen Augen.

„Es ist vollkommen wahr," fuhr der Fürst fort, „denn oft habe ich meinen Vater dieses erzählen hören. Er war damals noch ein Kind, und seine Mutter hob ihn auf dem Arme empor, um den Zug zurückkommen zu sehen, und alles Volk jubelte: „„der Scepter ist nicht entfallen von Jakob!"""

— Es war wahrhaftig ein großer Tag für Israel! —

„O! das ist noch nichts. Ich könnte Dir noch ganz andre Dinge erzählen! Aber wir schwatzen hier, und unser Geschäft ist noch nicht zu Ende. Geh zu dem Volke; die Wittwen und Waisen warten. Gieb ihnen reichlich, guter Caleb; die Beute der Cananiter ist nicht mehr unser Theil, aber der Herr ist doch noch immer unser Gott, und bei alle dem ist dies doch ein großer Tag für Israel. Und, Caleb, sage meinem Neffen, David Alroy, daß ich begehre mit ihm zu sprechen."

— Schnell will ich alles verrichten, guter Herr! Wir wunderten uns selbst, daß unser geehrter Herr, Euer Neffe, nicht mit dem Geschenke heut einherzog. —

„Wer heißt euch, sich zu wundern? Wie lang willst
Du noch hier müßig stehen? ... Geh und beeile Dich! ...
Sie wundern sich, daß er heut nicht mit dem Tribut gezogen ist. Seht doch! des Volkes Stimme! Dieser Knabe
wird noch unser Untergang sein: eine kluge Hand um unser zersplittertes Scepter zu führen! Ich habe ihn beobachtet
von seiner Kindheit an; er sollte gelebt haben in Babylon.
Das alte Blut der Alroy fließt noch in seinen Adern. Ein
hoch sich wagender Stamm! Als ich jung, war sein Großvater mein Freund. Ich hatte da selbst noch solche Einbildungen. Träume, Träume! Wir sind gerathen in böse
Zeiten, und dennoch gedeihen wir noch. Ich habe lang
genug gelebt, um zu begreifen, daß eine reiche Caravane,
beladen mit den Shawls von Indien und den Stoffen von
Samarkand, wenn auch gerade nicht wie ein Tanz vor der
Bundeslade, doch auch einen guten Anblick gewährt. Und
unsre hartherzigen Gebieter mit all' ihrem Stolze, können
sie denn bestehen ohne uns? Darum sprießen wir noch immer frisch auf. Ich habe gelebt um zu sehen, wie der
hochmüthige Kalif herabgesunken zu einem Sklaven, niedriger
als Israel. Und die siegreichen, wollüstigen Seldschucken,
zittern sie nicht eben jetzt bei der leisen Nennung des fernen
Namens von Arsland? Aber ich, Bostenai, und die schwachen
Ueberbleibsel unsrer zerstreuten Stämme, wir sind noch da,
und, Dank sei es unserm Gott! wir gedeihen; die Zeit der
Macht zwar ist vorüber, daher müssen wir blühen durch
Klugheit. Den Spott und den Hohn, den Fluch und wohl
auch den Schlag, Israel muß sie jetzt ertragen, und mit
Ruhe, ja selbst mit lächelndem Antlitz. Was ist's denn
auch? Für jeden Spott und Hohn, für jeden Fluch werde
ich einen Dirhem haben, und für jeden Schlag — der wird
dafür dereinst büßen, der ihn mir versetzte. Doch sieh, da
kommt er, mein Neffe! Sein Großvater war mein Freund.
Ist's mir doch als sehe ich ihn jetzt vor mir! Derselbe

Alroy war auch mein Spielgenosse in den Tagen der Kind=
heit. Und doch will nicht passen diese zerbrechliche Gestalt
und dieses mädchenhafte Angesicht zu den finsteren Leiden=
schaften und gefährlichen Einbildungen die verborgen liegen,
wie ich fürchte, in dieser zarten Brust. ... Nun Neffe?"

— Ihr habt mein begehrt, Oheim. —

„Ja, doch Oheime begehren oft, aber die Neffen ge=
währen selten."

— Ich wenigstens kann nichts verweigern; denn ich
habe nichts zu geben. —

„Du hast ein Juwel, welches sehr begehrt wird."

— Ein Juwel! Ha! diesen Kopfschmuck. Ihr gabt
mir ihn, mein Oheim, er ist der Eure. —

„Ich danke Dir. Manch glühenden Rubin, manch
sanfte und schattige Perle und manchen Smaragd, glänzend
wie ein Stern in der weiten Wüste erblicke ich, mein Kind.
Es sind ausgewählte Steine, und doch vermisse ich ein
weit köstlicheres Juwel, das, als ich Dir diesen reichen
Schmuck gab, David, ich glaubte, Du besäßest es noch."

— Und das wäre, Herr? —

„Gehorsam."

— Dies ist ein Wort von zweifelhaftem Werthe, Herr:
denn gehorchen, wenn Unedles befohlen wird, ist keine
Tugend. —

„Ich sehe, Du liesest meine Gedanken. Mit Einem
Worte, ich sandte nach Dir, um zu wissen, weshalb Du
heut Dich nicht an mich schlossest, um unsern —"

— Tribut. —

„Ganz recht: Tribut. Warum warst Du abwesend?"

— Weil es ein Tribut war. Ich bezahle keinen. —

„Wenn nicht der mühsame Lauf von siebenzig Wintern
das Gedächtniß meiner kindischen Tollheiten dennoch mir
noch gelassen hätte, würde ich Dich für rasend halten,
David! Glaubst du denn, daß, weil ich alt bin, ich in

Schande vergafft sei, und das Haus der Schmach mir ge=
falle? Wär' das Leben eine bloße Frage zwischen Freiheit
und Sklaverei, Ehre und Schmach, so könnte jeder leicht
entscheiden. Glaube mir, es gehört nur wenig Geist dazu,
um ein mürrischer Patriot in einer elenden Heimath zu
sein, um Deinem Heldenverdrusse gegen Deine Leidens=
genossen Luft zu machen, deren Kümmernisse Du nicht zu
lindern vermagst. Aber Euer Geschlecht war immer aus
solchem Stoffe bereitet. Solche Befreier gab's immer eine
Menge in dem Hause der Alroy. Und was war der Er=
folg? Ich fand Dich und Deine Schwester als verwaiste
Kinder, Euer Scepter gebrochen, Eure Stämme zerstreut.
Der Tribut, den wir jetzt wenigstens wie Fürsten zahlen,
ward damals mit der Geißel eingetrieben und in Ketten
dargebracht. Ich sammelte wieder unser zerstreutes Volk,
ich stellte wieder her unsern alten Thron, und dieser Tag,
auf den Du schaust als auf einen Tag der Demüthigung
und der Trauer, mag wohl mit Recht angesehen werden
als ein Tag des Triumphes und der Festlichkeit; denn be=
weist er nicht den Ismaeliten ins Angesicht, daß der Scep=
ter noch nicht entfallen ist von Jakob?"

— Ich bitte Euch, Oheim, sprecht nicht von solchen
Dingen. Ich möchte nicht gern vergessen, daß Ihr mein
Verwandter seid und ein gütiger noch dazu. Laßt uns
daher nicht mit einander rechten. Was mein Gefühl betrifft,
so gilt das gleich. Es ist nun einmal mein, und ich ver=
mag es nicht zu ändern. Was aber meine Vorfahren an=
geht, so scheint doch, wenn sie auch viele Pläne entwarfen
und wenige ausführten, unsere Abkunft eben dadurch rein
geblieben zu sein, und ich bin ihr treuer Sohn. Wenigstens
Einer aber war ein Held. —

„Ah, der große Alroy; Du kannst wohl stolz sein auf
solch einen Vorfahren."

— Ich bin beschämt, Oheim — sehr beschämt. —

„Sein Scepter ist noch vorhanden. Mindestens habe ich es nicht verrathen. Und dies führt mich zu dem eigent=lichen Zwecke dieser Unterredung. Dieses Scepter möchte ich gern zurückgeben."

— An wen? —

„An seinen rechtmäßigen Eigner: an Dich selbst."

— O nein, nein! — Ich bitte Euch, Oheim. Doch ich bitte Euch nicht, ich beschwöre Euch auf meinen Knieen, Herr, vergeßt so ganz, daß ich ein Recht darauf habe, wie ich hiermit völlig ihm entsage. Dieses Scepter . . . Ihr habt es weise und gut geführt, ich beschwöre Euch also, behaltet es. Wahrhaftig, guter Oheim, ich habe nicht die geringste Anlage zu all' den mühsamen Pflichten eines sol=chen Amtes. —

„Du sehnst Dich nach Ruhm, scheust Dich aber vor Arbeit."

— Arbeit ohne Ruhm ist Tagelöhnerwerk. —

„Du bist ein Kind!" Lebe denn und lerne, daß das schönste Loos des Lebens in erfüllten Pflichten und wohl=verdienter Ruhe besteht."

— Ist mein Loos Ruhe, werd' ich sie auch in einem Sumpfe finden."

„O David, David! es liegt eine Wildheit in Deiner Sinnesweise, vor der ich oft zittern muß. Du bist zu viel allein, Kind! Und deshalb und wegen andrer noch wich=tigerer Gründe verlange ich, daß Du endlich das Dir an=geerbte Amt übernehmest. Was meine geringe Erfahrung beitragen kann, um Dir beizustehen, als Dein Rathgeber, das werde ich stets Dir gern gewähren, und was das Uebrige betrifft, so wird unser Gott Dich nicht verlassen, Dich, ein verwaistes Kind, und geboren aus königlichem Blute."

— Nicht weiter, nicht weiter! theurer Oheim. Ich habe wenig Lust einen Thron zu besteigen, auf welchem ich doch nur der erste Sklave bin. —

„Ei, ei, Du bist jung! Leben wir denn wie Sklaven? Ist diese Halle ein Sklavengemach? Diese köstlichen Teppiche, diese reichen Divans, in welchem stolzen Harem fänden wir ihres Gleichen? Ich fühle mich nicht als Sklave. Meine Kästen sind voll Dirhems. Ist das Sklavenart? Der reichste Theil der Caravane gehört stets Bostenai. Heißt das ein Sklave sein? Geh auf den Bazar in Bagdad, und Du wirst dort meinen Namen mächtiger finden, als den des Kalifen. Ist das ein Zeichen der Sklaverei?"

— Oheim, Ihr arbeitet für Andere. —

„So thun wir alle, so thut die Biene, und doch ist sie frei und glücklich."

— Wenigstens hat sie einen Stachel. —

„Dessen sie nur Einmal sich bedienen kann: und wenn sie sticht . . ."

— So stirbt sie, und wie ein Held. Solch ein Tod ist süßer, als ihr Honig. —

„Ja, ja, Du bist jung, sehr jung! Ich habe nur so meine Einbildungen. Träume, nichts als Träume. Ich möchte Dich so gern glücklich sehen, Kind! Komm, und heitre Dein Antlitz auf. Heut ist doch bei alledem ein großer Tag. Hättest Du gesehen, was ich habe gesehen, David, Du würdest auch Dich dankbar fühlen. Komm denn und laß uns genießen. Der Ismaelite, das verfluchte Kind der Hagar, heut muß er bekennen, daß Du ein Fürst bist. Heut vollendest Du gerade Dein achtzehntes Jahr. Die Gebräuche unsers Volkes verlangen es, daß Du jetzt die äußeren Zeichen der Mannbarkeit annehmen mußt. Heut also beginnt Dein Reich, und bei unserm Feste will ich Dich den Aeltesten als ihren Fürsten vorstellen. So lebe denn wohl auf eine kurze Zeit, mein Kind. Erheitre Dein Antlitz zum Lächeln. Ich werde sorglich Deiner Gegenwart harren."

— Lebt wohl, Herr. —

Hiermit wandte er sich und sah seinem Oheim nach. Je mehr Bostenai sich entfernte, um so mehr schwand nach und nach der finstre Ausdruck seines Gesichts. Erschlaffung folgte auf Keckheit. Er seufzte, er warf sich auf einen Sessel und verbarg das Gesicht in seine Hände.

Plötzlich sprang er auf und ging mit unruhigem, schweren Schritte das Gemach entlang. Er blieb stehen und lehnte sich an eine Säule. Dann sprach er mit bebender, gedämpfter Stimme: „Ach! mein Herz ist voll Kummers, und meine Seele ist dunkel von Sorge! Wer bin ich? Was ist dies alles? Eine Wolke hängt schwer über meinem Leben. Gott meiner Väter, laß sie sich entladen! Ich weiß nicht was ich fühle, aber was ich fühle gleicht dem Wahnsinn! So zu sein ist nicht Leben, wenn Leben ist was ich manchmal träume, und wagen darf zu denken, es könne so sein. Athmen, Nahrung nehmen, schlafen, wachen und wieder athmen — wieder ein Dasein fühlen ohne Hoffnung; wenn dies Leben ist, warum denn diese brütenden Gedanken, die mir zuflüstern, daß Tod besser sei als dies? — Hinweg, hinweg! Der Feind versucht mich! Aber wozu? Welche namenlose That, vor der diese Hand zurückbebt? Nein, nein, es darf nicht sein. Das königliche Blut von zweimal zweitausend Jahren muß nicht sterben — sterben wie ein Traum. O! mein Herz ist voll Kummers und meine Seele ist dunkel von Sorge! — Horch! Die Trompeten, die unsre Schmach verkünden. O wenn sie doch zur Schlacht riefen! Herr der Heerschaaren! Laß mich siegen oder sterben! Laß mich erobern wie David, oder sterben, Herr, wie Saul. — Ach! wäre ich doch noch in den Wäldern wie sonst, ein einsames, schwermüthiges Kind! Jede Blume, die ihr keckes Haupt erhübe, sollte der Feind im Turban sein, und ich würde ein Schwert schwingen aus einem schwanken Zweige geschnitzt, und Rache finden in jedem Streiche, der ihren farbigen Stolz vernichtete. —

Doch das ist vorbei. Vorüber dieser süße Frühling, wo Phantasie die Trösterin war der Einsamkeit. Und doch bin ich auch jetzt allein. Aber wie allein! Der Wahnsinn der Vergangenheit und die Verzweiflung der Zukunft — sind sie nicht die auserwählten Gefährten meines erfreulichen Daseins? — Noch erinnere ich mich, wie ich ein Kind war, daß ich ausrief: wäre ich doch ein Mann! und jetzt möchte ich mich hinsetzen und rufen, laßt mich wieder ein Kind sein. Folgt doch der Sonnenschein der Brust nicht mehr auf jene kühlen Regenschauer des Schmerzes; nicht die lichte Jahreszeit meines kindlichen Frühlings, als Sorge und Weh nur noch flüchtige Täuschungen waren! — Seht diese reiche und seltene Hauptzier! Ihre Steine könnten eines Sultans Schläfe schmücken. Könnt' ich nur weinen, für jede heiße Thräne gäb' ich ein glühendes Juwel hin. Ach! die Zeit der Thränen ist vorüber, und jetzt — mein Herz ist voll Kummer und meine Seele ist dunkel von Sorge.

„Gott meiner Väter! — denn ich darf Dich nicht nennen den Gott ihrer verworfenen Söhne — aber bei dem Andenken an Sinai laß mich Dir sagen, daß noch etwas von jenem alten Blute durch meine Adern rinnt, daß es noch Einen giebt, der gern mit Dir spräche von Angesicht zu Angesicht — spräche und siegte!

„Und wenn das Versprechen, an das wir uns halten, keine Täuschung ist, so laß ihn kommen, und das schnell, denn Dein Diener Israel, o Herr! ist jetzt ein Sklave, so niedrig, so elend, so verachtet, daß selbst da, als unsre Väter ihre Harfen hingen an die Ufer der Wasser von Babylon, es ein Paradies war gegen das, was wir jetzt leiden.

„Ach! sie leiden nicht; sie tragen's nur und fühlen's nicht. Oder bewachen unsre beschattenden Cherubim jetzt wieder die Bundeslade?

„Und eben jetzt zuckt ein glühender Blitz durch die Dunkelheit meines Geistes — wenn, wenn — O! schreck=

lichster aller Schmerzen, von Ruhm zu träumen in Ver=
zweiflung! Nein, ich lebe und sterbe als das unedelste aller
Wesen! Schönheit und Liebe, Ruf und hohe Thaten, das
Lächeln des Weibes und der Blick der Männer und das
adelnde Bewußtsein eignen Werthes und all' der kühne
Wettlauf schöpferischer Leidenschaften — sie sind nicht für
mich — und ich, Alroy, der ferne Nachkomme gesalbter
Könige, mit einer Seele, die nach Herrschaft schmachtet, ich
stehe hier und strecke meinen Arm vergebens nach meinem
verlornen Scepter aus, ich der entehrteste aller Sklaven!
Ha, Ha! Hört doch! Festlichkeit hält ihren heitern Einzug
in diese Leid athmenden Mauern. Wir sind heut lustig;
und doch, ehe jene stolze Sonne, deren mächtiger Lauf einst
vor unseren Schwertern still stand, die sie jetzt nicht einmal
mehr ihrer Strahlen für werth hält, ehe jene stolze Sonne,
gleich einem Helden aus dem Felde des Siegs, eintritt in
das Zelt ihrer Ruhe, soll eine That gethan sein."

„O, meine Heldenväter! wenn dieser schwache Arm
Euer Erbtheil nicht wieder erringen kann, wenn der schmutzige
Eber noch ferner sich wälzen wird in Euren lieblichen Wein=
gärten, so will ich wenigstens Euch nicht entehren. Laßt
mich untergehen. Das Haus Davids ist nicht mehr; nicht
länger soll unser geweihter Saame sich verbergen wie eine
verdorbene Saat in dieser entarteten Erde. Können wir
nicht frei und unsre eigenen Herren sein, nun, so wollen
wir sterben!"

— O! sprich nicht also, mein Bruder! — so erklang
eine Stimme, so sanft, so süß, so voll Musik. —

Und er sah eine weibliche Gestalt neben sich knieen.
Ihr Gesicht ist verborgen, ihre Lippen drücken sich auf eine
Hand, die sie leis' sich stahl. Und jetzt hebt sie auf ihr
Haupt, und wartet mit liebender Geduld auf einen Blick
von Einem, der selten lächelt.

— O sprich nicht also, mein Bruder! —

Er wendet sich um, er blickt in ein Gesicht, schön wie die gestirnte Nacht — in jenen Ländern, wo kein Wölkchen sich am Himmel erschauen läßt, wo alles unten auf der Erde so mild ist und alles oben in der Luft so still, daß jede Leidenschaft hinwegschmilzt, und das Leben nur ein duftender Traum zu sein scheint.

— Ich bin auch gewandert in diesen Ländern und habe sie durchstreift, die tönenden Haine des Jordan. Ach! könnte die Nachtigall, die zu Syriens Rose sang, jetzt zu mir singen, den Ruhm kommender Jahre würde ich darum geben, ihren Akkorden zu lauschen! —

Er wendet sich, er schaut und neigt sich herab. Sein Herz ist voll, seine Stimme leis.

„Mirjam! Du Verscheucherin der finsteren Geister! Bist Du es? Was willst Du hier?"

— Was ich hier will? Bist denn Du nicht hier? und bedarf ich noch eines andern Grundes? O theurer Bruder, ich bitte Dich, komm mit mir und mische Dich in unser Fest. Unsre Wände sind behangen mit den Blumen, die Du liebst. Ich pflückte sie am Rande des Quells. Die heiligen Lampen sind geschmückt und aufgestellt, und Du mußt heller auflodern lassen ihre erste Flamme. Außer dem Thore wartet meine Dienerin, um Dir ein festlich Kleid zu bieten. Komm also, theurer Bruder, komm und mische Dich in unser Fest. —

„Warum ein Fest?"

— O! sind denn nicht in Deinem theuren Namen diese Lampen entzündet, diese Kränze aufgehangen? Heut ist uns ein Fürst gegeben, heut —

„Ein Fürst ohne Reich!"

— Doch nicht ohne das, was ein Reich kostbar macht, und wonach manch' königliches Herz geseufzt hat — treue Unterthanen. —

„Sklaven, Mirjam, nichts als Sklaven."

— Was wir sind, mein Bruder, das geschah nach
Gottes Willen. Laß uns also uns beugen und zittern. —

„Ich will mich nicht beugen, ich kann nicht zittern."

— Still, David, still! Dieser hochmüthige Sinn war
es, der die Rache des Herrn auf uns herabrief. —

„Dieser hochmüthige Sinn war es, der Kanaan eroberte."

— O mein Bruder, mein theurer, theurer Bruder!
ich hörte wohl von dem finstern Geiste, der über Dich gekommen, und ich eilte herbei und hoffte, Deine Mirjam
sollte ihn bannen. Was wir gewesen sind, Alroy, ist ein
schöner Traum, und was wir sein werden, eine wenigstens
eben so schöne Hoffnung, und was wir auch sein mögen,
Du bist mein Bruder! In Deiner Liebe finde ich das Glück
der Gegenwart, und theurer ist mir Deine seltene Umarmung,
Dein sparsames Lächeln, als all' der verblichene Glanz unsers Geschlechts, unsre stolzen Gärten und unsre glänzenden
Hallen. —

„Wer wartet draußen?"

— Caleb. —

„Caleb!"

Herr! —

„Geh und sage meinem Oheim, daß ich sogleich zum
Feste kommen werde. Verlaß mich einen Augenblick, geliebte Schwester. Bald werde ich wieder bei Dir sein. O!
trockne diese Thränen, mein Leben, oder laß sie mich hemmen mit einem Kusse der Bruderliebe."

— O Alroy, das sind nicht Thränen des Schmerzes. —

„Gott sei mit Dir, Engel! Lebewohl, wenn auch nur
für einen Augenblick. Du bist der Reiz und der Trost
meines Lebens. Lebewohl, lebewohl! — Ich fühle es, daß
Einfluß der Frauen Gewalt hat über mich. Aber Helden
ziemt das nicht! Ich kenne nicht Liebe, nur jene reine Zuneigung, die zwischen mir besteht und diesem Mädchen,
einer Waise und meiner Schwester. Wir sehen einander so

ähnlich, daß, als am verflossenen Passafest, sie im Scherz
meinen Turban um ihr anmuthiges Haupt wand, mein
Oheim sie David nannte. Die Töchter meines Stammes,
sie gefallen mir nicht, obgleich sie für schön gelten. Wären
unsre Söhne so tapfer wie diese reizend, so könnten wir
noch tanzen in Zion. Aber oft habe ich gedacht, daß, wenn
ich diese finstre Stirn legen könnte an einen schneeigen
Busen, der mein wäre, und wohnen in der Wüste, fern
von dem Anblicke und der Kenntniß der Menschen, und all'
der Sorge und Mühe und dem Elende, das um mich stöhnt
und ringt und seufzet, ich vielleicht frei würde von dieser
tiefen Empfindung übermannenden Weh's, das auf meinem
Dasein lastet. Fürwahr! Leben ist nur ein Traum, und
der meine sollte schwer sein."

2.

Außerhalb der Thore von Hamadan, in geringer Ent=
fernung von der Stadt, befand sich ein eingeschlossener
Raum, in dessen Mitte ein altes Grabmal sich erhob, der
Sage nach das Grab von Esther und Mardachai. Dieser
einsame, feierliche Ort war ein verborgener Lieblingsplatz
für Alroy, und vom Mahle entfliehend eilte er eine Stunde
vor Sonnenuntergang auch heut dahin.

Als er die schwere Thüre des Begräbnißplatzes auf=
schloß, hörte er Hufschlag hinter sich, und kaum hatte er
sie wieder geschlossen, rief jemand ihn an.

Er blickte auf und erkannte den jungen schwelgerischen
Alschiroch, den Befehlshaber der Stadt und Bruder des
Sultans der Seldschucken. Nur ein Mann zu Fuß war
bei ihm, ein Araber, sein verworfner Günstling, der bekannte
Diener seiner Ausschweifungen.

„Hund!" rief der zornige Alschiroch aus; „bist Du
taub oder verstockt? oder beides? Sollen wir unsre Sklaven
zweimal rufen? Schließ diese Thür auf!"

Warum? — fragte Alroy.

„Warum! Bei'm heiligen Propheten, er unterfängt sich uns zu fragen! Schließ auf, oder Dein Kopf soll dafür einstehen."

— Wer bist Du, — fragte Alroy, dessen Stimme so laut erschallt? Bist Du irgend ein trunkener Türke, der die Befehle seines Propheten überschritten und etwas anderes als Wasser genossen hat? Geh, oder ich werde Dich verklagen vor Deinem Cadi. — So sprechend, wandte er sich zum Grabe hin.

„Bei den Augen meiner Mutter, der Hund spottet unsrer! Wär' es nicht schon zu spät, und dieses Pferd nicht wie ein ungezähmter Tiger, ich wollt' ihn auf der Stelle pfählen. Rede Du mit dem Hunde, Mustapha!"

— Würdiger Hebräer, — sprach nun der weichliche Mustapha, sich ihm nähernd: — wahrscheinlich wißt Ihr nicht, daß dieses unser gebietender Herr, daß dieses Alschiroch ist. Seiner Hoheit möchten gern mit ihrem Rosse über diesen Begräbnißplatz dieses trefflichen Volkes reiten, da er wegen dringender Angelegenheiten zu einem heiligen Santon muß, der auf der andern Seite des Hügels wohnt, und die Zeit drängt."

— Ist dieses unser Gouverneur Alschiroch, dann bist Du ohne Zweifel sein treuer Sklav Mustapha. —

„Das bin ich in der That, sein armer Sklav. Nun also, junger Mann?

— Dann schätze Dich glücklich, daß das Thor verschlossen ist. Erst gestern beleidigtest Du die Schwester eines Dieners meines Hauses. Ich möchte nicht gern meine Hand mit so elendem Blute besudeln wie das Deine . . . fort also, Verworfner, fort! —

„Heiliger Prophet! wer ist dieser Hund?" rief der staunende Befehlshaber aus.

„Es ist der junge Alroy," flüsterte Mustapha, der ihn anfangs nicht erkannt hatte: „sie nennen ihn ihren Fürsten: ein gewaltig hartköpfiger Jüngling. Herr, wir thäten besser, weiter zu gehn."

„Der junge Alroy! Ich werde mir ihn merken. Sie müssen also auch einen Fürsten haben! Der junge Alroy! Gut, laß uns weiter reiten — und, Du Hund!" rief Alschiroch indem er sich in den Steigbügeln erhob und mit der Hand drohte; „Hund! denke an Deinen Tribut!"

Alroy stürzte der Thür zu. Aber das schwere Schloß öffnete sich nur langsam, und ehe dies geschehen, hatte das wilde Roß Alschiroch schon weit hinweg getragen.

Ein Ausbruch unterdrückter Wuth zeigte sich noch einen Augenblick auf Alroy's Gesicht. Er starrte stieren Auges dem Wege nach, wohin' sein entflohener Feind gesprengt, und ging dann langsam zu dem Grabe. Doch stand sein aufgeregtes Gemüth nur wenig im Einklange mit der stillen Träumerei, welcher er dort hatte nachhängen wollen. Er war unruhig und gestört, und ging also von da hinweg in das Gehölz, welches auf dem Gipfel des Begräbnißplatzes sich erhebt.

Hier fand er endlich sich selbst auf einem Hügel wieder, von jungen Pinien bewachsen, in deren Mitte sich eine mächtige Zeder erhob. Unter ihre schattigen Aeste warf er sich hin, und schaute nun in ein kleines grünes Thal, inmitten dessen ein marmorner Springbrunnen stand, dessen reichverzierte Kuppel von gewundenen Säulen getragen ward, und um welche her eine breite Inschrift in hebräischer Sprache lief. Die Füße der weißen Säulen waren mit wildwachsenden Blumen bedeckt, oder von gestreiften Kürbissen umrankt. Das sanfte Licht des Sonnenuntergangs ließ alles in einem milden und doch glänzenden Schimmer erscheinen.

Die ruhige Stunde, der reizende Anblick, die Milde

und Stille, die ihren Duft rings ergossen, die liebliche
Kühlung, welche sanft begann und die Vögel aufrief, ihr
Gefieder in dem Hauche der Dämmerung zu erfrischen, und
ihre glänzenden Schwingen zu dem Himmel, schön wie diese,
zu erheben. — Ach! welcher düstre Geist würde nicht er-
heitert durch den milden Genius des sänftigenden Abends!

Und Alroy blickte auf die reizende Einsamkeit der
Erde, und eine Thräne stahl sich seine männliche Wange
herab.

„Es ist sonderbar! aber wenn ich so allein bin in
solch stiller Stunde, stelle ich mir immer vor, ich blicke in
das gelobte Land. Und oft in meinen Träumen steht irgend eine sonnige Landschaft vor meinen Augen, und wenn
ich erwache, ist mir's, als sei ich in Canaan gewesen. Warum bin ich's nicht? Die Caravane, die meines Oheims
Güter durch die Wüste führt, würde mich auch dahin führen.
Aber ich bleibe hier, und verbringe mein unglückseliges
Leben in dem müssigen Elende dieser verhaßten Stadt, und
vollbringe nichts. O Jerusalem! Ich sollte glauben, auch
nur Ein Blick auf Dich würde mich begeistern bis zur
spannendsten Erregung. Und dennoch — auf Deine Trümmer zu blicken! — denn mein Oheim sagt mir, daß kein
Stein auf dem andern geblieben von Deinem Tempel —
Furchtbar! Giebts denn keine Hoffnung mehr?"

> „Die Steine sind gefallen, aber mit
> Marmor wollen wir Dich wieder auf-
> bauen; die Sycomoren sind umgehauen,
> aber durch Zedern wollen wir sie er-
> setzen."

„Horch den Chor unsrer Mädchen, wie sie ihren Abend-
besuch dem Brunnen bringen! Der Gesang ist prophetisch.
— Wie schön schwimmen ihre sanftvereinten Stimmen auf
der mild dahinströmenden Luft."

„Aber ich will Dich wieder aufbauen,
und Du sollst gebaut werden, o Jungfrau
von Israel! Und wieder sollst Du Dich
bekleiden mit Deinen Gewändern, und
wieder schreiten zum Tanz mit denen, die
da fröhlich sind. Und wieder sollst Du
pflanzen Weingärten an den Bergen von
Samaria."

„Sieh, wie die weißen Gestalten leuchten durch das
glänzende Laub der Gebüsche, wenn sie herabsteigen die
sanfte Anhöhe! Ein schöner Verein im herrlichen Zuge;
jede gekleidet in feierliche Gewänder, verhüllend ihr Gesicht
mit bescheidener Hand, und auf dem anmuthigen Haupte
das wohlgeformte Gefäß tragend. Meine Schwester führt
den Zug.

Jetzt kommen sie zu dem Brunnen, und tauchen ihre
Gefäße in das Wasser, rein und schön wie sie selbst. Einige ruhen aus unter den marmornen Säulen: Andere,
mitten unter den Blumen sitzend, pflücken die duftendsten
und winden sie zu Kränzen, und jenes fröhliche Mädchen
taucht jetzt die zarten Finger in das feuchte Gefäß, und
spritzt neckende Tropfen auf ihre lachenden Schwestern.
Horch! sie singen von neuem."

„O Wein' von Sibmah! zu deiner Sommer=
frucht und zu deiner Weinlese ist ein Räu=
ber gekommen!"

Ein Geschrei, ein Gekreisch, ein langes, wildes Ge=
kreisch, Unordnung, Flucht, Verzweiflung! Ha! Aus dem
Gehölze stürzt ein Mann im Turban, und bemächtigt sich
der Führerin des Chors. Ihre Gefährtinnen entfliehen
nach allen Seiten, Mirjam allein bleibt in den Armen
Alschirochs.

Die Wassersäule steigt wild empor aus der Brust des
Sommer=Oceans, wenn plötzlich die Wolken verkünden, daß

der ruhige Festtag des Himmels vorüber, und die krei=
schenden Seevögel eine Zeit grauser Erregung melden;
aber die Säule, die der See entsteigt, ist nicht so furchtbar
wie er — der junge Alroy.

Bleich und wahnsinnig sprang er empor, und riß einen
Baum heraus an seinen frischen Zweigen, und herab die
Anhöhe stürzend in gewaltigen Sprüngen, schnaubend vor
Grimm, schlug er den Räuber mit der mächtigen Pinie an
die Schläfe. Alschiroch fiel leblos auf den Boden, und
Mirjam ohnmächtig in ihres Bruders Arm.

Da stand er nun, starr und unbeweglich in seiner
Schwester tobtbleiches Antlitz blickend, selbst erschöpft von
Leidenschaft und That, die geliebte Besinnungslose haltend.

Eines der entflohenen Mädchen erschien forschend in
der Ferne wieder. Als sie ihre Gebieterin in den Armen
Eines aus ihrem Volke erblickte, kehrte ihr der Muth zurück
und rief die zerstreuten Gefährtinnen wieder herbei.

Sie sammelten sich um ihre Gebieterin. Die eine
lüftete ihren Schleier; eine andre brachte Wasser aus dem
Brunnen, und benetzte das sich wieder belebende Antlitz.
Mirjam aber öffnete die Augen und sagte: „Mein Bruder!“
und er antwortete: — ich bin hier. — und sie entgegnete
mit leiser Stimme: „Flieh', David, fliehe, denn der Mann
den Du schlugest, ist ein Fürst unter dem Volke.“

— Er wird gnädig sein, o Schwester, und hat gewiß,
da er zuerst frevelte, meine Beleidigung jetzt vergessen. —

„Gerechtigkeit und Gnade; o mein Bruder! was kön=
nen diese elenden Tyrannen wissen von beiden! Schon hat
er Dich vielleicht verurtheilt zu einer langen, ausgedachten
Marter, schon — O! unaussprechlich ist mein Schmerz! —
flieh, mein Bruder, flieh!

— Fürchte Dich nicht, Mirjam. Möchte doch dieses
ganze verfluchte Geschlecht uns nicht mehr beunruhigen, als
dieser ihr sonstiger Gebieter. Sieh', er schläft tief. Aber

sein Leichnam soll nicht beflecken unsern reinen Quell, unsre duftenden Blumen. In den Wald will ich ihn bringen, und dann zu Nacht wieder hierher kommen und die Schakals belauschen bei ihrem Feste. —

„Du sprichst irre, David! Wie? Nein, nein, es ist unmöglich! Er ist nicht todt! Du hast ihn nicht erschlagen! Er schläft — er fürchtet sich. Er stellt sich nur todt, damit wir von ihm fortgehen und er dann wieder sich erhebe in Sicherheit. Mädchen, seht doch nur hin. David, Du antwortest nicht! Bruder, theurer Bruder! Er liegt gewiß hier bewußtlos. Ich glaubte er sei entfloh'n. Bringt Wasser, Mädchen, für den Furchtbaren. Ich wage es nicht ihn anzublicken."

— Hinweg! Ich will ihn sehen und triumphiren. Todt! Alschiroch todt! O! noch vor einem Augenblicke war dieser bekleidete Leichnam ein Fürst, mein Tyrann. So können wir uns also ihrer befreien? Wenn der Fürst fiel, warum nicht auch das Volk? Unrettbar todt, und ich erschlug ihn. Ha! nun fühle ich mich endlich als ein Mann. Dies heißt doch Leben. Laßt mich leben, um zu tödten! —

„Wehe! Unser Haus ist gesunken! Die Wildheit seiner Züge erschreckt mich. David, ich bitte Dich, ende! Er hört mich nicht; meine Stimme ist vielleicht zu leis. Ich bin wohl sehr schwach. O Mädchen, kniet vor euren Fürsten hin, und sänftigt den Wahnsinn seiner Leidenschaft."

— Ha, dies ist mein Goliath! eine Schleuder oder ein Baum, es ist dasselbe. Der Herr der Heerschaaren ist mit uns. Mit Recht nennt man mich David. Wär' dieser Schlag nur vervielfacht, thäten nur die Diener aus dem Hause meines Oheims dasselbe, wie sollten wir wiedersehen die Tage von Elah! Der Philister, der feige, schwelgerische Philister; er wagte es, meine Schwester zu berühren! O! daß doch sein ganzer Stamm hier wäre, alle, alle! Ich

würde solche Feuerbrände knüpfen an die Schwänze ihrer
Füchse, daß die Gluth leuchten sollte zur Freiheit. —

Indem er sprach, eilte ein Mädchen, das bis jetzt noch
entfernt geblieben war, mit ängstlicher Geberde auf die
Anderen zu.

„Flieht, flieht!" rief sie aus: „sie kommen, sie kommen."

Mirjam lag schwach und matt in den Armen einer
Gefährtin, aber ihr Ohr vernahm schnell diese Worte, und
sie riß sich empor und ergriff ihres Bruders Arm.

„Alroy! David! theurer, geliebter Bruder! Ich be=
schwöre Dich, höre! Ich bin ja Deine Schwester, Deine
Mirjam. Sie kommen, die hartherzigen, bösen Männer,
um Dich zu tödten, zu martern, mein theurer Bruder! Er=
manne Dich, David, aus diesem wilden Traume; rette Dich
— flieh!"

— Ah! Du bist es Mirjam! Sei ruhig; Theure, Du
siehst ja, daß er fest schläft. Ich will meine Sinne sam=
meln. Ich träumte von edlen Vorsätzen und mächtigen
Hoffnungen. Das ist nun vorbei. Ich bin wieder ich
selbst. Was begehrst Du also, meine süße Schwester? —

„Sie kommen, die wilden Begleiter dieses Erschlagenen,
um Dich zu ergreifen. Flieh, David!"

— Und ich soll Dich verlassen? —

„Ich und meine Gefährtinnen haben noch Zeit durch
den Nebenweg zu entfliehen, durch den wir hierher kamen,
in meines Oheims Garten. Sind wir in seiner Wohnung,
so sind wir für den Augenblick sicher — so sicher, als unser
armes Geschlecht je sein kann. Bostenai ist reich, klug, er=
fahren in Geschäften und kennt diese Männer so ganz, daß
alles gut gehen wird. Ich fürchte nichts, gewiß nichts.
Aber Du, bist Du hier, und sie finden Dich, dann kann
nur Dein Blut ihren Durst stillen. Sind sie aber über=
zeugt, daß Du entflohen, — thu' es, ich beschwöre Dich, —
so wird ihr vormaliger Herr hier, den sie schwerlich lieben

konnten . . . wenn man sie reichlich beschenkt, und sie sollen
alle meine Edelsteine haben, so werden sie bald eben so
wenig seiner gedenken, als er jetzt noch Leben in sich hat.
O nein, mein Bruder, fürchte nicht, ich komme schon wieder
nach Hause. Für diese Mädchen sorge ich schon. Jetzt
müssen wir die Kraft des Königsblutes zeigen, das unsre
Adern durchströmt. Ich will sie gerettet sehn . . . oder mit
ihnen sterben."

— O meine Schwester, ist mir's doch, als hätte ich
mich nie so Bruder gefühlt, wie in dieser Stunde. Meine
theure Mirjam, was ist Leben? was ist Rache, was Ruhm
und Freiheit ohne Dich? Ich bleibe. —

Rossesgewieher erscholl aus dem Dickicht.

„Ach, sie kommen, sie kommen!" rief außer sich Mirjam.

— Horch! wieder Gewieher! Ein Roß ist's, das seinen
Reiter sucht. Ich sehe es. Muth, Mirjam! es ist kein
Feind, sondern ein naher Freund in der Zeit der Gefahr.
Es ist Alschiroch's Roß. Er ritt an mir vorbei beim Gra-
besplatz, ehe die Sonne sank. Ich sah es wohl: ein köst-
liches Roß. —

Er stürzte in das Dickicht und brachte bald das Roß
aus diesem.

Neulich erst war das stattliche Thier seiner heimathlichen
Wüste entzogen worden. Die sträubende Mähne, das Auge
voll Feuer, die Kühnheit der weit geöffneten Nüstern be-
zeugten seinen Stolz und die edle Reinheit seiner Abstammung. Seine Farbe war gleich der dunkeln sternglänzenden
Nacht, es stampfte den Boden mit dem leichten Huf, wie
ein Adler, der mit den Schwingen schlägt.

Alroy schwang sich auf des Rosses Rücken und führte
es mit Meisterhand.

„Ha! rief er aus; ich fühle mich mehr als Held, denn
als Flüchtling. Lebewohl, meine Schwester; lebt wohl, Ihr
holden Mädchen; lebt alle wohl und liebt meine köstliche

Mirjam. Einen Kuß, süße Schwester!" und er beugte sich zu ihr herab und flüsterte: „Sage dem guten Bostenai, er soll sein Gold nicht sparen, Geliebte, denn ich bin überzeugt in tiefer Brust, daß ehe ein Jahr mit langsamen Schritt vorüber, ich wiederkehren werde, und unsre Herren hier sollen mir dann büßen diesen eiligen Ritt und schmerzliches Scheiden. Jetzt in die Wüste!"

Zweiter Abschnitt.

1.

Eile, fliehe dahin, du stolzes Roß, und drücke deine Spur auf die pfadlose Wüste. Unter dir ist die unbegränzte Erde, über dir der unbegränzte Himmel, ein eherner Boden, eine glühende Luft. Schnell, schnell dahin, du stolzes Roß, die pfadlose Wüste entlang!

O! glaubst du, daß diese salzigen Ebenen dich zu Yemens glückseligen Haynen führen, und daß du athmest in dem heißen Hauche den gewürzigen Duft Arabiens? Eine süße Täuschung, edles Roß, denn diese salzige Wüste führt nicht zu den glückseligen Haynen Yemens, und der Hauch, den du einziehst, wenn die Abendluft beginnt, ist nicht der gewürzige Duft Arabiens.

Der Tag hat geendet, die Sterne sind emporgestiegen mit allem Glanze eines Himmels über der Wüste, und die herabsinkende Nacht bringt Trost auf ihren thauigten Schwingen dem todtmüden Körper, den bleichen Wangen des jungen Fürsten von Israel.

Und noch immer sprengt das Roß vorwärts, und noch immer hält es sein kräftiger Muth aufrecht. Zeit und Raum, der brennende Boden, der sengende Strahl weichen dem Sturme seines Laufes, seinen stählernen Nerven, seinen ehernen Adern.

Nahrung und Wasser haben sie nicht; keine freundliche Quelle, kein nährender Baum steigt vereint freudig empor.

Dort giebt es kein Thier, keinen Vogel in dieser ewigkahlen, grauweißen Wüste. Nichts unterbricht die allwaltende Stille. Selbst des Schakals heimtückisches Geschrei würde sanfte Melodie dünken. Eine graue wilde Ratte mit weißem Barte, aus einem verwitterten Dorngebüsch sich stehlend, mit einem jungen Schneckenhause in den elfenbeinernen Zähnen, fletscht sie lustig im Mondlicht. Das ist ihre einzige Gesellschaft.

Der Morgen kommt, der frische, erquickende Morgen, nach dem selbst der Schuldbelastete seufzet. Der Morgen kommt, und alles wird wieder sichtbar. Und das Licht fällt wie ein Siegel auf die Erde, und ihr Anblick ist verwandelt wie Wachs durch den Stempel. Vor ihnen und zu ihrer Rechten die sandige Wüste, aber während der Nacht waren sie der Gebirgskette näher gekommen, welche die Wüste zur Linken begränzt, und wohin Alroy gleich anfangs sein Roß gelenkt.

Diese Berge waren ein Theil des gewaltigen Elburs *), und als die Sonne sich hinter einer hohen Gebirgsspitze erhub, blieb das Roß plötzlich stehen und wieherte, als ob es nach Wasser verlange. Aber Alroy, selbst erschöpft, konnte es nur mit Liebkosungen beruhigen. Und das Roß, voll Muth's, verstand seinen Herrn und wieherte wieder fröhlich.

Eine bis zwei Stunden lang zogen nun der Fürst und sein treuer Gefährte langsam einher, als aber der Tag weiter schritt, ward die Hitze so drückend, und der Durst so übermannend, daß Alroy das Roß wieder nach den Gebirgen zu spornte, wo er eine Quelle zu finden gewiß war. Das Roß eilte willig vorwärts und schien seines Herrn Sehnsucht zu theilen, diese starre, erschöpfende Wüste zu verlassen.

---

*) Gebirgskette, die an den Kaukasus stößt, am kaspischen Meer hinzieht, und sich an die östlichen asiatischen Gebirge anschließt.

Mehr als einmal kämpfte der unglückliche Flüchtling mit sich selbst, ob er sich nicht vom Sattel herunterfinken laffen und sterben sollte. Keine Marter hätte ihn in Hamadan erwartet, die nicht diefer ausgedehnten und unaussprechlichen Beängstigung, die er jetzt empfand, bei weitem vorzuziehen gewesen wäre. Als er nun so auf des Roffes Nacken hangend vorwärts schwankte, bemerkte er einen Pfad in der Wüste, der ihm dunkler schien, als der ihn umgebende Sand. Hier glaubte er vielleicht Waffer anzutreffen. Er verfuchte es, das Roß anzuhalten, aber nur mühfam gelang es ihm, mühfamer aber war noch sein Herabsteigen. Er kniete nun nieder und wühlte den Sand mit schwacher Hand auf. Sehr feucht war diefer. Faft erlag er der fruchtlofen Arbeit. Endlich aber, als er wohl einen Fuß tief gegraben hatte, quoll ihm etwas Waffer entgegen. Er tauchte die Hand darein, aber es war falzig wie das Waffer des Ozeans. Als das Roß das Waffer erblickte, fpitzte es die Ohren, als es aber daran roch, wendete es den Kopf ab und wieherte kläglich.

„Armes, gutes Thier!" rief Alroy aus; „ich bin Schuld an Deinem Leiden, und möchte Dir doch so gern ein guter Herr sein, wenn mir's die Welt verstattete. O, daß wir nur noch einmal an unfern schönen Brunnen wären! Dies zu denken ist Wahnsinn! Und Mirjam auch! Ach, ich fürchte, ich bin weichherzig krank!" Und nun lehnte er sich an sein Roß mit dem Gefühle gänzlicher Erschöpfung und brach in krampfhaftes Schluchzen aus.

Und das Roß winfelte fanft und wandte den Kopf und rieb feine Stirn fanft an Alroy's Arm, als wolle es ihn tröften in feinem Leiden. Und fonderbar, Alroy war beruhigter durch das Ausftrömen diefes Gefühls, und erfreut durch die Freundlichkeit feines treuen Roffes, beugte er sich wieder herab und nahm Waffer und goß es ihm über die Füße, um sie abzukühlen, und wischte ihm den

Schweiß von der Stirn und wusch diese, und das Roß wieherte von neuem.

Jetzt versuchte Alroy es wieder zu besteigen, aber seine Kräfte reichten nicht hin. Da kniete das Roß augenblicklich nieder und nahm ihn auf seinen Rücken. Sobald aber der Fürst im Sattel saß, erhob sich das Roß und sprengte wieder freudig in der alten Richtung weiter. Gegen Sonnenuntergang waren sie nur noch zwei Meilen von dem felsigen und hügeligen Boden entfernt, in welchen das Gebirge auslief, und Alroy entdeckte von weitem die Kuppel des lang erwarteten Brunnens. Mit gestärktem Muthe und gesammelter Kraft liebkoste er seines Rosses Nacken, es nach der Richtung der Kuppel hinspornend, und das Roß spitzte die Ohren und beschleunigte seinen Schritt.

Gerade mit Sonnenuntergang erreichten sie die Quelle. Alroy sprang vom Rosse und wollte es zu dem Brunnen leiten, aber das Thier sträubte sich dagegen. Es stand fürchterlich zitternd mit stieren Augen da, senkte dann sein Haupt, fiel mit tiefem Gestöhn zu Boden und — starb.

2.

Nacht bringt Ruhe: Nacht bringt Trost; Ruhe dem Müden, Trost dem Betrübten. Dem Verzweifelnden aber bringt die Nacht Verzweiflung.

Der Mond war früh hinabgesunken, aber tausend Sterne standen an dem Himmel. Die mächtigen Berge stiegen ernst empor in die helle, stille Luft. Im Walde war alles ruhig. Der müde Wind rauschte nicht länger, sondern hatte sich leicht auf sein Bett von Blättern gesenkt, und schlief wie ein Mensch. Alles schweigend, nur die Quelle rieselte. Und neben der Quelle lag ein Jüngling.

Plötzlich schleicht ein Wesen durch die schwarzen, zerborstenen Felsen einher. Ha! der Schakal wittert von Weitem den reichen Fraß der Leiche des Rosses. Schnell

aber still schleicht er und hält an und wittert. Ein köst=
liches Mahl zu Nacht für diese treffliche Gesellschaft. Scha=
kal und Fuchs und Marder, eilt! ehe des Morgens Anbruch
den Geier herbei ruft zu seinem Feste und euch die Beute
raubt!

Der Schakal leckte des Rosses Blut und heulte vor
Entzücken. Und einen Augenblick darauf hörte man ein
leises Gebell aus der Entfernung. Und der Schakal löfete
das Fleisch von einer der Rippen, und stieß wieder einen
Schrei finstern Jubels aus.

Horch! wie schnell sie schreiten. Erst sechs und dann
drei, daherrennend mit wilder Freude. Und aus dem Ge=
hölze schlich sich ein Marder. Aber die Schakals, kühn
durch ihre Anzahl, jagten ihn fort, und dort stand er außer=
halb des Kreises, bebend, schön und beschämt, mit seinen
weißen Zähnen und glänzendem Fell, und funkelnden Augen
von rasender Wuth.

Plötzlich aber, so wie einer der halbgesättigten Scha=
kals von dem getödteten Rosse zurücktrat, und ein gelöstes
Glied noch an einer zuckenden Nerve davon schleppte, that
der Marder einen Sprung auf seinen Feind, entriß ihm die
Beute und floh in den Wald.

Das wilde Triumphgeheul der räuberischen Horde er=
weckte einen Löwen von seinem Lager. Seine mächtige
Gestalt zeigte sich, schwarz wie Ebenholz, auf einer entfern=
ten Erhöhung. Sein Schweif ringelte sich wie eine Schlange.
Er brüllte, und die Schakals zitterten, und endeten augen=
blicklich ihr Mahl, ihre Köpfe nach der Richtung hin wen=
dend, von woher die Stimme ihres Oberherrn erscholl. Er
schritt vor, er trat auf sie zu. Sie zogen sich zurück. Er
neigte sein Haupt, untersuchte das Gerippe mit herablassen=
der Neugier und wendete sich sogleich mit königlicher Ver=
achtung von ihm ab. Wieder versammelten sich die Schakals
um die Eingeweide. Der Löwe ging nach dem Brunnen,

um zu trinken. Er bemerkte einen Mann. Seine Mähne hob sich, sein Schweif war wild bewegt, er neigte sich über den schlafenden Fürsten, stieß ein schauerliches Gebrüll aus, das Alroy erweckte.

3.

Er erwachte. Sein Blick traf die flammenden Augen des ungeheuren Thieres, die auf ihn, mit einem Gefühle aus Begier und Staunen gemischt, gerichtet waren. Er erwachte wie aus einer Ohnmacht; aber diese traumfreie Bewußtlosigkeit hatte die erschöpften Kräfte des betrübten Wanderers wieder erfrischt. Er sammelte augenblicklich seine Sinne, erinnerte sich alles Vergangenen und begriff seine gegenwärtige Lage. Er richtete einen so gebietenden, so stolzen und forschenden Blick auf den Löwen, wie dessen eigner. Einen Moment lang sahen sich ihre blitzenden Augensterne in königlichem Wettkampf an, aber endlich erlag der Geist des Thieres dem Genius des Menschen. Der Löwe krümmte sich, senkte seinen Schweif, schlich hinweg, wandelte voll Furcht durch die Felsen und stürzte dann in den Wald.

4.

Der Morgen brach an. Ein Silberlicht ergoß sich über den blauen Sternenhimmel. Lieblich ist der Athem der Frühe. Die Nacht bringt Ruhe, aber der Tag bringt Freude.

Das Lied eines einsamen Vogels, singend in der Wildniß! Ein einsamer Vogel, der sein Lied freudig ertönen läßt. Sonnig und mild, und leicht und klar schwebten seine luftigen Töne durch den Himmel, und strömten dahin mit schuldlosem Jubel.

Der einsame Jüngling schaut vom Brunnen her auf den einsamen Vogel. Hoch in der Luft fliegt dieser herrlich,

wiegt seine hochrothen Schwingen, und sein schneeiger, lan=
ger, zarter Schweif glänzt wie ein Meteor in der Sonne.

Das Lied eines einsamen Vogels singend in der Wild=
niß! Plötzlich schwebt er herab und fliegt dreimal in an=
muthigen Kreisen um das Haupt des hebräischen Fürsten.
Dann läßt er neben diesen sanft einen Zweig frischer wür=
ziger Datteln fallen.

Er ist fort, er ist fort, der holde Fremdling! entfloh'n
in das Palmenland, das er liebt, entfloh'n wie ein schöner,
wohlthuender Traum. Vor einem Augenblicke war er noch
da, glänzend in der sonnigen Luft, und jetzt ist der Himmel
ohne Gast. Nicht mehr hört man ihn, den Gesang des
einsamen Vogels, singend in der Wildniß.

5.

„Wie Du nährtest Elias, so hast Du auch mich ge=
nährt, Gott meiner Väter!" Und Alroy stand auf und
wandte sich nach der Seite, wo weit, weit in der Ferne
das zertrümmerte Jerusalem lag, und betete. Und dann
aß er von den Datteln und trank aus dem Quell, und
voll des Vertrauens auf den Gott Israels, setzte der Ab=
kömmling Davids seine Flucht weiter fort.

Er begann nun die Bergkette zu besteigen, ein mühe=
voller und beschwerlicher Weg. Zwei Stunden nach Mittag
erreichte er den Gipfel der ersten Reihe, und schaute über
eine wilde und chaotische Wüste, voll Abgründe und Schluch=
ten, und finstre, unergründliche Tiefen. Die ihn umgeben=
den Höhen waren in allen Richtungen durchfurcht von aus=
getrockneten Bergströmen, und nur hie und da nährte sich
eine wilde Ziege auf einsamer Stelle dürftiger und herber
Weide. Viele Meilen weit dehnte sich diese Wüste aus.
Den Hintergrund bildete eine noch höhere Reihe von Ber=
gen, und jenseits dieser, hoch wie der blaue Himmel, hoben

sich die höchsten Gipfel des Elburs empor, im Glanze ihrer spitzigen Gletscher und ihres ewigen Schnees.

Deutlich sah man, daß Alroy auf der ganzen Strecke seiner Flucht kein Fremdling war. Er hatte nie, in der Richtung seines Weges gezaudert, und jetzt stieg er, nachdem er eine kurze Zeit auf dem Gipfel ausgeruht hatte, auf einem von der Natur gebildeten, aber vielfach gekrümmten Pfade zur linken Seite herab, bis eine schwarze Bergschlucht seine Schritte hemmte. Kaum acht bis neun Schritt trennten ihn von dem entgegengesetzten Bergrande, der sie bildete, aber der Abgrund unten — man konnte keinen Blick in dessen unendliche Tiefe werfen, ohne mit kaltem Schauer zurückzubeben.

Der Fürst kniete nieder und untersuchte die Umgebung mit sorgfältigem Auge. Endlich hob er einen kleinen viereckigen Stein auf, der eine Metallplatte bedeckte, und aus dem Busen einen Talisman von Carneol ziehend, in welchem die seltsamsten Züge eingegraben waren, klopfte er dreimal damit auf die Platte. Ein leises, feierliches Geräusch ließ sich rings umher vernehmen. Jetzt sprang die Platte auf, und Alroy nahm eine mehrere Ellen lange, eiserne Kette aus diesem Verschlusse, die er bis zum entgegenstehenden Rande hinüber warf. Die Kette blieb ohne Schwierigkeit an dem Felsen hangen, und ward sichtlich durch einen magnetischen Einfluß dort befestigt. Nun ergriff sie der Fürst mit beiden Händen und schwang sich über den Abgrund. Als er jenseits angekommen, schleuderte er die Kette zurück, die gegenüberliegende Oeffnung verschwand, und ihr Deckel schloß sich wieder mit demselben feierlichen Geräusche, wie zuvor.

6.

Alroy gelangte nun wohl hundert Schritte lang durch einen natürlichen Kreuzgang von Basalt, bis er zu einem

weiten und unbedeckten eingeschlossenen Raume von demselben Gestein kam, den ein Fremdling leicht für ein Werk
der bildenden Menschenhand hätte ansehen können. In
seiner Mitte sprang eine nie versiegende Quelle empor, eisig
kalt. Das Wasser hatte sich einen Rinnsal durch den Fußboden gebahnt, und mochte wohl eine Strecke weit zwischen
den Felsen sich fortwinden, bis es zuletzt von einem schroffen
Vorsprunge mit schäumender Fülle in einen tiefen Abgrund
stürzte. Alroy ging über diesen Vorhof hinweg, und trat
in eine große Höhle.

Die Höhle war fast kreisförmig, und bekam von einer
weiten Oeffnung in der Höhe Licht. Eine in einem entfernten dunklen Winkel derselben brennende Lampe zeigte
jedoch an, daß ihr Bewohner sich nicht allein auf diese na-
türliche Quelle der größten Wohlthat des Daseins verließ.
In der Mitte dieser Höhle befand sich eine runde eherne
Tafel, in welche fremde Charaktere und geheimnißvolle
Zeichen und Gestalten gegraben waren, und neben ihr war
eine Lagerstätte, auf welcher verschiedene Bücher lagen. An
den Wänden hing ein Schild, einige Bogen und Pfeile,
und andre Waffen.

Als der „Fürst der Gefangenschaft" nieder-
gekniet war, und das leere Lager geküßt hatte, trat aus
der entferntesten Gegend der Höhle eine Gestalt ans Licht.
Es war ein Mann von mittlern Jahren, weit über die gewöhnliche Länge, von ausgezeichnet kräftigem Baue, und
einem stark gezeichneten, aber majestätischen Gesichte. Sein
schwarzer Bart lief tief herab über ein dunkelrothes Gewand, welches ein schwarzer Gürtel hielt, auf dem gelbe
Charaktere gleich denen jener ehernen Tafel gestickt waren.
Auch sein Turban war schwarz, und schwarz seine großen,
feurigen Augen.

Der Fremde nahte sich so leis', daß Alroy ihn nicht
gewahrte, bis er selbst wieder aufgestanden war.

„Jabaſtor!" rief der Fürſt aus.

— Geweihter Abkömmling Davids, — entgegnete der Cabaliſt, — ich erwartete Dich. In vergangener Nacht las ich von Dir in den Sternen. Sie ſprachen von Ungemach.

„Ungemach oder Triumph, die Zeit muß lehren welches, großer Meiſter. Jetzt bin ich ein Flüchtling und erſchöpft. Die Verfolger ſind hinter mir, aber nun hoffe ich ihnen entronnen zu ſein. Ich habe einen Ismaeliten erſchlagen."

Dritter Abschnitt.

1.

Es war Mitternacht. Alroy schlief auf der Lagerstätte, aber sein Schlaf war unruhig. Jabastor stand regungslos an seiner Seite und betrachtete aufmerksam den schlummernden Gast.

„Die einzige Hoffnung Israels," murmelte der Cabalist, „mein Pflegling und mein Fürst! Lange schon habe ich in seiner jugendlichen Seele den Saamen mächtiger Thaten bemerkt, und über sein späteres Leben oft mit prophetischer Hoffnung nachgedacht. Das Blut Davids, der geweihte Abkömmling eines auserkornen Stammes! In seinen Adern strömt etwas Geheimnißvolles, das meine Wissenschaft nicht ergründen kann.

Als ich in meiner Jugend unser Banner erhob am Tigris, dem Strome meines Geburtslandes, und unsre Nation herbeirief, das Land unsrer Väter wieder zu erobern, wie waren wir zahlreich, mächtig und stark! Da waren wir noch ein Volk, und sie versammelten sich muthig unt' dieses Banner. Mangelte uns Rathes? bedurften wir eines Führers? Wer mag behaupten, daß Jabastor's Kopf oder Arm irgendwo fehlte? Und doch zerrann der Traum, das glorreiche Gesicht zerrann. O! als ich Marvan niederschlug, und das Lager des Kalifen seinen flammenden Abglanz über den blutigen Strom warf — ha, damals in der That lebte ich! Zwanzig Jahre des Strebens mögen

3*

mir Verzeihung erwerben, daß ich damals des Hauptmittels
bei dem Zauber vergaß — des Bluts, das neben mir
schlummert.

Zurück rufe ich mir das rühmliche Entzücken jenes
heiligen Kampfes mitten unter den Felsen des Kaukasus.
Ein Flüchtling, ein Verbannter, ein ausgestoßener Elender,
dessen Leben zur Jagd für alle dient, und den der niedrigste
Knecht erschlagen kann ohne Geheis. Mich, der ich ein
Messias sein wollte.

Verbrenne deine Bücher, Jabastor! zerbrich deine ehernen Tafeln; vergiß dein hohes Wissen, Cabalist! und lies
nicht länger in den Sternen! In vergangener Nacht aber
stand ich an dem Abgrunde, der meine Wohnung umgürtet;
in der einen Hand hielt ich meinen geweihten Talisman,
der den unaussprechlichen Namen Gottes trägt, und in der
andern das geheimnißvolle Verzeichniß unsers heiligen Stammes. Ich bedachte, daß ich Geister herbeigerufen, daß ich
mit dem großen Geschiedenen Gemeinschaft gepflogen hatte,
daß der sternenhelle Himmel für mich eine bekannte Sprache
rede. Ich rief als Trost in meine düstre Seele zurück, daß
ich mein Wissen stets nur zu einem heiligen und eblen
Zwecke angewendet. Als ich Israels dachte, meines erwählten, meines alten Volkes — als Sklaven, elender
Sklaven! mächtig war ich versucht, mich herab zu stürzen
in den bodenlosen Abgrund, und Kenntniß und Leben zugleich zu enden.

Aber als ich auf den Stern Davids blickte, erhob sich
um seine Strahlen her plötzlich ein Gewirr, und immer
und immer wieder schoß ein Meteor aus dem silbernen
Schleier. Ich las, daß Unruhe walte in dem heiligen
Saamen, und nun kommt dieser Jüngling, der eine That
vollbrachte, die ..."

— Die Bundeslade, die Bundeslade! ich schaue sie! —

„Der Schlafende spricht; die Worte des Schlaf's sind heilig."

— Nur aus dem Hause Davids kommt die Rettung. —

„Eine hohe Wahrheit: mein Leben hat sie nur zu sehr bewiesen. — Er ist ruhiger geworden. Es ist um die heilige Stunde. Ich will mich in den Hof begeben, und nach dem Sterne blicken, der das Schicksal seines königlichen Hauses beherrscht."

2.

Der Strahl des Mondes fiel auf den Brunnen. Das Getäfel des Hofes war ein Lichtstrom. Finster hoben sich die Felsen umher in die Höh'. Jabastor setzte sich nieder am Quell, und seinen Talisman in der linken Hand haltend, überschattete er seine Augen mit der andern, als er aufblickte zum leuchtenden Himmel.

Ein Schrei! Sein Name ward gerufen. Alroy stürzte wild und athemlos, mit ausgestreckten Armen in den Vorhof. Der Cabalist sprang auf, ergriff ihn, und faßte den Schäumenden, krampfhaft Zuckenden sorglich in seine Arme.

„Jabastor, Jabastor!"

—Ich bin hier, mein Sohn. —

„Der Herr hat gesprochen."

— Der Herr ist uns're Zuflucht. Beruhige Dich, Sohn Davids, und sage mir alles. —

„Ich schlief, Meister; ist dem nicht so?"

— Ja, Du schliefst, mein Sohn. Erschöpft durch seine Flucht und die aufregende Erzählung seiner That, lag mein Fürst auf der Lagerstätte und schlummerte. Aber ich fürchte, dieser Schlummer war nicht Ruhe. —

„Ruhe und ich haben jetzt nichts mit einander gemein. Lebewohl sage ich für immer diesem unseligen Worte. Ich bin der Gesalbte des Herrn."

— Trink aus dem Brunnen, David; es wird Dich wiederherstellen. —

„Stelle den alten Bund wieder her, stelle die Bundes=lade wieder her, die heilige Stadt!"

— Der Geist des Herrn ist über Dich gekommen. Sohn Davids, ich beschwöre Dich, sage mir alles, was vor=gegangen. Ich bin ein Levit; in meiner Hand halte ich den unaussprechlichen Namen. —

„So nimm denn Deine Trompete, und rufe das Volk auf, und befiehl ihm schnell unsern Tempel wieder herzu=stellen. Die Steine sind zerfallen, aber wir werden ihn mit Marmor wieder aufbauen. Hörtest Du diesen Chor?"

— Er erklang allein an Dein auserwähltes Ohr. —

„Nein, nein, es war nicht hier! Und doch, Mirjam, Mirjam, meine Schwester, wie würdest Du weinen, wenn Du wüßtest was geschehen? Thränen der Freude, o Mäd=chen! Wo bin ich? Dies ist nicht unser Brunnen! Und doch sagtest Du, der Brunnen! Halte mich nicht für irre. Ich kenne Dich, ich kenne alles. Du bist Jabastor; ich bin Alroy. Aber Du sagtest, der Brunnen, und das verwirrte mich, und rief mir wieder in's Gedächtniß dort jene . . .

„Gott Israels! ich kniee vor Dir! Hier, in der Ein=samkeit der wildesten Natur, mein einziger Zeuge hier die=ser heilige Mann, kniee ich und gelobe. Herr! ich will voll=bringen Dein Geheis. Ich bin jung, ich bin sehr jung, o Gott, und schwach; aber Du, o Herr, Du bist allmächtig. Welch ein Gott ist gleich wie Du? Zweifle nicht an meinem Muthe, o Herr, und erfülle mich mit Deinem Geiste; aber gedenke, Herr, auch Mirjams. Dieß ist der einzige irdische Gedanke, den ich noch hege, und er ist rein vor Dir."

— Immer noch von seiner Schwester! — Beruhige Dich, mein Sohn. —

„Heiliger Meister, Du gedenkst noch dessen, als ich Dein Pflegling war hier in dieser Höhle. Du hast sie

nicht vergessen jene Tage des ruhigen Lernens, jene erha=
benen, langen, dahinschwindenden Nächte heiligen Forschens.
Ich war gehorsam, ich hing an jedem Worte Deiner Rede
mit der Hingebung, die entspringen mußte aus Liebe."

— Ich kann nicht weinen, Alroy; aber wäre es in
meiner Macht, so wollte ich eine Thräne der Huldigung
weihen dem Andenken jener Tage. —

„Wie ruhig saßen wir auf diesem oder jenem Felsen=
gipfel und schauten in die Sterne!"

— Ja, das thaten wir, mein theurer Sohn. —

„Und wenn Du mich ja einmal schaltest, so geschah
es nur halb im Scherz, und bloß meines Schweigens wegen."

— Was will er damit sagen? doch er wird ruhiger
dabei! Wie feierlich sein Antlitz im Mondlicht leuchtet.
Nein, nicht Salomon auf seinem jugendlichen Throne konnte
schöner sein als er! —

„Ich sagte Dir nie eine Unwahrheit, Jabastor."

— Mein Leben für Deine Wahrheitsliebe. —

„Fürchte Dich nicht wegen dieses Unterpfandes, und
glaube mir. Auf dem Felsengipfel den Sternenhimmel mit
Dir betrachtend, war ich nicht ruhiger als ich mich jetzo
fühle."

— Ich glaube Dir. —

„Dann, Jabastor, dann glaube mir so ganz, als ich
des Herrn Gesalbter bin."

— Erzähle mir alles, mein Sohn. —

„So höre denn. Ich schlief drinnen auf dem Lager,
aber mein Schlaf war unruhig. Viele Träume hatte ich,
undeutlich und unterbrochen. Keines ihrer Gebilde erinnere
ich mich noch, außer daß ich eine leise Ahnung noch davon
habe, es sei mir beschieden gewesen, in glücklicheren Tagen
zu leben, als jetzt unserm Stamme zu Theil werden. Plötz=
lich aber stand ich auf einem hohen, grauen Berge und
schaute in die Sterne. Und als ich so schaute, erscholl eine

Trompete. Noch tönt sie durch meine Seele. Nie habe
ich noch einen so feierlichen Klang gehört. Das Ungewitter,
als es über dieser Höhle rollte, und den Felsen zersplitterte,
dessen Trümmer noch umher liegen, war nur ein schwacher,
weltlicher Ton gegen diese allmächtige Musik. Meine Wan=
gen wurden bleich, ich bangte nach Athem. Ein Flammen=
licht verbreitete sich über den Himmel, die Sterne verschwan=
den, und vortretend aus dem sich theilenden Strahlenmeere
erblickte ich ein gewaltiges Heer.

„Nein, nicht als Saul unsre Streiter anführte gegen
die Philister, nicht als Joab zählte die Kämpfer meines
großen Vorfahrs, hatte ein menschliches Auge einen Anblick
so kriegerischen Glanzes. Wagen und Reiter, und glänzende
Züge federngeschmückter Krieger, zu kräftig, um eines Rosses
Hülfe zu bedürfen, Ströme schimmernder Speere und Fah=
nen wie Sonnenuntergang, ehrwürdige Priester ihre duf=
tenden Rauchfässer schwingend, und Propheten mit ihren
goldnen Harfen die siegreichste Zukunft besingend.

„„Wonne, sangen sie, für Israel; denn er kommt! er
kommt in seinem Glanze und in seiner Macht, der hohe
Messias unsrer alten Hoffnungen.““

„Und sieh, jetzt zeigte sich ein gewaltiger Wagen, von
sonderbaren Thieren gezogen, deren Gestalten halb verbor=
gen waren durch die strahlenden Flammen, auf denen sie
zu schwimmen schienen. In diesem herrlichen Wagen stand
ein Krieger, stolz und unbeweglich, seine Gestalt, sein Ant=
litz — halte meine Hand, Jabastor, indem ich es ausspreche
— dieser Häuptling war ich selbst!"

— Weiter, mein Sohn! —

„Ich erschrak in meinem Traume und erwachte. Auf=
sitzend fand ich mich auf meinem Lager. Die Erscheinung
war vorüber. Nichts war mehr zu sehen als das glänzende
Mondlicht und die dunkle Höhle. Und als ich seufzte dar=
nach, daß ich je wieder erwacht war, und nachdachte über

jene seltsame Erscheinung, klang eine leise, zarte Stimme
von oben und rief: Alroy! Ich horchte auf, aber ich ant=
wortete nicht. Mir kam es vor, als sei es nur Einbildung.
Aber wieder ward mein Name genannt, und da betete ich:
Herr, ich bin hier, was begehrst Du? Niemand antwortete,
und da kam große Furcht über mich, und ich eilte aus der
Höhle, und suchte Dich, o Meister!"

— Es war eine „Bath=Kol," „die Tochter der Stimme,"
welche sprach. Seit der Gefangenschaft, seitdem der Geist
der Prophetin nicht mehr über den Geist eines aus Israel
ausgegossen wird, ist dies die einzige Art, wodurch die
Heiligen vom Himmel her aufgerufen werden. Oft habe
ich schon gehört von ihr, aber noch nie in diesen traurigen
und entarteten Tagen ist ihr sanfter Hauch zu uns gedrun=
gen. Dies sind seltsame Zeiten und Zeichen. Der Wie=
deraufbau des Tempels ist nah'. Sohn Davids, mein
Herz ist voll. Laß uns beten. —

3.

Der Tag dämmerte schon, als Jabastor noch einsam
nachdenkend unter den Felsen weilte. Alroy war im Ge=
bete verblieben in der Höhle.

Oft und sorglich schaute der Cabalist nach seinem Ge=
fährten und verfiel dann wieder in Nachsinnen.

„Die Zeit ist gekommen, wo ich diesem Jünglinge die
Geheimnisse meines frühern Lebens enthüllen muß. Vieles
wird er hören, das rühmlich; vieles, das schmachvoll. Nichts
darf ich ihm verhehlen, nichts übergehen.

„Sagen muß ich ihm, wie ich in die Ebenen des Tigris
das heilige Banner unsers auserwählten Volkes erhob, und
es aus seiner Sklaverei emporrief; wie verzweifelnd an sei=
nen abtrünnigen Vätern und allein durch menschliche Macht
begeistert, ich vergebens nach dem hohen Amte strebte, das
seinem heiligen Blute allein vorbehalten ist. Gott meiner

Väter, gewähre mir, daß mein künftiger Dienst, der be=
müthige Dienst einer zerknirschten Seele, in den kommenden
Tagen des Ruhms die unsrer warten, abbüßen möge die
vormalige Ueberhebung!

„Ihm aber stehen große Prüfungen bevor. Nicht leicht
sind sie für den Erkornen, der ein Volk befreien soll aus
Sklaverei. Der Herr ist getreu seinem Versprechen, aber
der Herr wird erwählen seine Zeit und seinen Diener.
Muth und Glaube, und tiefe Demuth, und festes Erdulden,
und die wachsame und keusche Seele, die von Verführung
nicht befleckt werden kann, das sind die Opfer, die wir auf
seinen Altar legen, und ruhig warten, ob eine herab sich
senkende Flamme uns würdigen will, sie anzunehmen und
strahlend zu segnen.

„Es steht geschrieben in dem furchtbaren Buche unserer
geheimnißvollen Lehre, daß der Retter und Erlöser nicht
allein entspringen soll aus dem Hause unserer Fürsten, son=
dern daß Niemand kommen soll uns zu befreien, allein und
beistandslos, er habe denn das Scepter Salomo's wieder
erlangt, das dieser einstens getragen in seinen zedernen
Palästen.

„Dieses Scepter muß erworben werden von diesem
schwachen Jüngling, unversucht und zart, unbekannt mit
den Pfaden dieser fremden Welt, wo jeder Schritt Gefahr
ist. Wie viele Beschwerden, wie viele Bedrohnisse, welch
tödtender Verdruß, welche düstre Sorge, welche lange Ent=
sagung, welche nimmer endenden Lockungen liegen nicht im
Hinterhalte für diesen zarten Knaben! O! Ihr meine Hei=
mathsgenossen, ist dies Eure Hoffnung? Und ich, mit all'
meiner Kunde, und all' meinem Muthe, und all' meiner
tiefen Kenntniß des Menschen, unglückliches Israel, warum
bin ich nicht Dein Fürst?

„Weg von mir, gottläfternder Gedanke! Warf nicht
sein Ahnherr, eben so jung und unversucht, ein bartloser

Knabe, nur mit einer Schleuder und einem kleinen, glatten
Steine, den gepanzerten Riesen zu Boden und rettete sein
Volk?

„Er ist berufen, kein Anderer. Der Herr ist mit ihm.
Möge er sein mit dem Herrn, und wir werden glücklich
werden."

4.

Sonnenuntergang war es am dritten Tage nach Alroy's
Ankunft in der Höhle des Cabalisten, als der „Fürst der
Gefangenschaft" seine Pilgerfahrt anfing, um das Scepter
Salomos zu suchen.

Schweigend nahmen der Pilger und sein Meister ihren
Weg zum Rande der Bergschlucht, und standen dort still,
um sie zu verlassen — vielleicht auf immer.

„Es ist ein schwerer Augenblick, Alroy. Menschliche
Gefühle sind nicht für Wesen gleich uns, aber dennoch for=
dern sie ihr Recht. Denke an alles zurück. Halte den
Talisman hoch wie Dein Leben, ja, heiße den Tod will=
kommen, indem Du ihn an's Herz drückst, als daß Du
athmest ohne ihn. Sei fest, sei fromm. Denk an Deine
Vorfahren, denk an Deinen Gott!"

— Zweifelt nicht an mir, theurer Meister. Scheine
ich nicht voll zu sein des kühnen Geistes, der sonst vielleicht
nur zu sehr mein Antheil war, so schreibt dies nicht der
Furcht zu, Jabastor, noch dem Schmerz selbst, Dich verlassen
zu müssen, theurer Freund! Aber seit jene sanfte und feier=
liche Stimme mich so erschütternd anrief — ich weiß nicht
wie es geschehen — aber eine Veränderung ist vorgegangen
in meinem ganzen Wesen. Doch bin ich stark, o stärker
als damals, wo ich den Ismaeliten niederschlug. Nein,
nein, fürchte nicht für mich. Der Herr, der alle Dinge
weiß, weiß auch vollkommen, daß ich bereit bin zum Tode.
Dein Gebet, Jabastor, und . . . . —

44

„Halt, mein Sohn. Mir fällt etwas bei. Sieh diesen Ring. Es ist ein auserlesener Smaragd. Du könntest Dich wundern, daß ich solch Spielwerk trage, aber, Alroy, ich hatte einst einen Bruder, und vielleicht ist er noch am Leben. Als wir schieden, gab er mir dieses Zeichen seiner Liebe, einer Liebe, mein Sohn, fest und innig, ob wir gleich sehr von einander verschieden waren. Nimm ihn. Die Stunde könnte kommen, wo Du seiner Hülfe bedürftest. Dieser Stein wird sie herbeiführen. Lebt er noch, so ist er im Wohlstande. Ich kenne seine Art und Weise wohl. Er war geboren für das was die Welt Glück nennt, Gott sei mit Dir, geweihter Jüngling, — der Gott Abrahams und Isaaks und Jakobs."

Sie umarmten sich.

„Wir werden weich!" rief der Cabalist aus. „O vergebens drängen wir die Gefühle unsers menschlichen Herzens zurück! Gott segne Dich und sei mit Dir. Du hast doch alles? Den Dolch und Deine Reisetasche. Dieser Stab hat schon viele Dienste geleistet. Ich schnitt ihn am Jordan ab. Ach! daß ich Dich begleiten könnte! Dann hätte es nichts auf sich. Das schlimmste wäre, zusammen zu sterben.

Solch ein Schicksal wäre minder schmerzlich als scheiden. Ich will wachen über Deinen Stern, mein Sohn. Du weinest! Und auch ich? Wie? Was ist das? bin ich denn noch Jabaſtor? Noch eine Umarmung, und dann.... sage mir kein Lebewohl mehr, denke es nur."

Vierter Abschnitt.

1.

Der Sage nach konnte Salomo's Scepter nur in den unbekannten Gräbern der alten hebräischen Fürsten gefunden werden, und Niemand es zu berühren wagen, als einer ihrer Abkömmlinge. Versehen mit dem cabalistischen Talisman, der ihn in seinen schweren und wichtigen Nachforschungen leiten sollte, begann Alroy seine Pilgerfahrt zu der heiligen Stadt. Zu dieser Zeit war die Neigung zu solchen Wallfahrten eine herrschende Leidenschaft, sowohl bei den Juden als den Christen.

Der „Fürst der Gefangenschaft" richtete seinen Weg in das Innere jener großen Wüste, die er bei seiner Flucht von Hamadan nur an der Gränze berührt hatte. Dem Caravanenzuge folgend, wollte er nach Babylon oder Bagdad wandern. Von der Hauptstadt der Kalifen aus war seine Reise bis Jerusalem verhältnißmäßig leicht; um aber Bagdad zu erreichen, mußte er Beschwerden und Gefahren erdulden, deren Aussicht jeden Andern hoffnungslos gelassen haben würde, der nicht das Gefühl in tiefster Brust getragen, er sei der Gegenstand einer allmächtigen und besondern Vorsehung.

Bloß in ein grobes schwarzes Gewand gekleidet, wie es unter den Kurden gewöhnlich, mit einem Stricke gegürtet, in welchem sein Dolch befestigt war, und das geschorene Haupt mit einem großen weißen Turban bedeckt, der

ihn vor der Hitze schirmte, schützte nur die Sandale seinen
Fuß; auf dem Rücken trug er einen Sack mit getrocknetem
Mais und gedörrtem Korn, nebst einem ledernen Schlauche
voll Wasser. So wanderte ein Jüngling über den glühen=
den Sand Persiens, dessen Leben bis dahin ein ununter=
brochener Traum häuslicher Ueppigkeit und unschuldiger
Verwöhnung war.

Während der warmen Nächte oder des frühsten bleichen
Morgens reisete er. Des Tages über ruhte er, glücklich
schon, wenn er es an einem wohlthuenden Brunnen, von
einem Palmbaume beschattet, konnte, oder, aufschreckend eine
Gazelle von ihrem Lager, unter den wilden Gebüschen rau=
her Felsen. Fehlten diese Hülfsmittel, so streckte er sich hin
auf den Sand, und bildete sich ein Zelt aus Stab und
Turban.

Drei Wochen waren vergangen, seit er die Höhle des
Cabalisten verlassen hatte. Bis dahin war ihm kein mensch=
liches Wesen begegnet. Die Wüste war nun minder dürre.
Karger Pflanzenwuchs keimte aus ergiebigerem Boden auf,
die Ebene formte sich in sanftere Wellenlinien, der Geruch
wilder Kräuter kräftigte seine Sinne, und seine Augen er=
götzten sich an der schimmernden Gestalt des vorüberfliegen=
den Vogels, Pilgrim wie er selbst, nur leichter.

Nicht lange, so zeigte sich ein Hain von anmuthigen
Palmen mit ihren hohen, dünnen Stämmen und herab=
hängenden Federkronen, sanft und schön. Rings umher
glänzte der grünende Rasen wie Smaragd. Silberströme
flossen aus einem hervorrieselnden Quell und schlängelten
ihre weißen Fäden durch den reizenden grünen Teppich.
Vom Haine her erscholl das beruhigende Gegirr der Tau=
ben, und Schwärme lustiger, bunter Schmetterlinge, von
ihren farbigen Flügeln schimmernden Lichtes getragen, spiel=
ten gefahrlos in der reinen Luft. Eine schöne, kühle Oase!

2.

Alroy ruhte in dieser reizenden Einsamkeit zwei Tage lang aus, sich nährend mit den frischen Datteln und trinkend das kühle Wasser. Gern würde er noch verweilt haben, wäre er sich seiner frühern Anstrengung hinreichend bewußt gewesen, aber die Erinnerung an seine hohe Sendung machte ihn ruhelos und stählte ihn zu den Leiden, die seiner noch warteten.

Mit dem Anbruche des zweiten Tages nach seiner Abreise von der Oasis, sah er zu seinem großen Staunen am fernen Horizonte schwach, aber ganz deutlich, die Mauern und Thürme einer weit sich ausdehnenden Stadt vor sich. Von dieser unerwarteten Aussicht belebt, setzte er seinen Weg mehrere Stunden nach Sonnenaufgange noch fort; endlich aber suchte er, gänzlich erschöpft, gegen die übermannende Hitze Zuflucht unter der Kuppel des zerstörten Grabdenkmals eines vormaligen muhamedanischen Heiligen. Nach Sonnenuntergang begann er dann die Reise wieder, und am Morgen befand er sich nur noch einige Stunden von der Stadt. Hier hielt er an und schaute sich sorgfältig nach einer Spur um von ihren Bewohnern. Aber keiner war sichtbar. Niemand zu Fuß noch zu Roß kam aus ihren Thoren. Nicht ein einziges menschliches Wesen, nicht einmal ein einsames Kameel regte sich in der Nähe.

Der Tag war für den Pilger schon zu weit vorgeschritten, um weiter zu wandern, aber seine Sehnsucht, diese unbekannte Niederlassung zu erreichen und in das Geheimniß ihres Schweigens einzubringen war so groß, daß Alroy noch vor Sonnenuntergang durch ihre Thore schritt.

Eine herrliche Stadt, auf eine Art gebaut, die ihm bis jetzt noch nicht vorgekommen war, bot seinem erregten Blicke ihre prachtvollen Trümmer, ihre einsame Größe. Lange Straßen von Palästen, mit ihren schönen Reihen sich nach und nach verkleinernder Säulen, hier und da durch einen umgefallenen Schaft unterbrochen; weite Höfe, von noch geschmückten, feierlichen Tempeln und schwelgerischen Bädern umgeben, mit seltenen Mosaikfußböden geschmückt, und noch von ehemaliger Vergoldung schimmernd; dort und da ein noch hochanstrebender Triumphbogen mit seinen zerstückelten Friesen; hier ein Obelisk von Granit mit sonderbaren Charakteren bedeckt, über seinen umgestürzten Gefährten emporragend; dann und wann ein leeres, verfallenes Theater, eine lange, geschmackvolle Wasserleitung, eine Porphirsäule, einst mit dem Heldenbildnisse prunkend, das jetzt zerschmettert zu ihren Füßen liegt; und alles übergossen mit dem warmen Zwielicht eines morgenländischen Abends.

Mit Staunen und Bewunderung blickte er auf diese seltsame, hinreißende Scene. Je länger er sie betrachtete, desto mehr reizte sie seine Neugier. Kaum traute er sich Athem zu holen. Mit gemischtem Gefühle der Eile und des Zögerns schritt er vor. Nach und nach entfalteten sich neue Wunder vor ihm. Jede Wendung gewährte einen neuen Anblick noch größeren Glanzes. Der Wiederhall seines Schrittes ängstigte ihn. Er schaute mit starrem Auge, bebendem Herzen, wechselnder Farbe um sich. Alles war todtenstill. Nur der hebräische Fürst stand allein in Mitten der königlichen Schöpfung der mazedonischen Heerführer. Reiche und Herrscherstämme blühen und vergehen, die stolze Hauptstadt wird zur einsamen Trümmerstätte, das erobernde Königreich selbst zur Wüste; aber Israel bleibt noch, noch athmet ein Abkömmling der ältesten Könige unter diesen königlichen Trümmern, und noch kann nie die ewige Sonne aufgehen, ohne die Thürme des lebenden Jerusalems zu vergolden. Ein Wort, eine That, ein einziger Tag, ein einziger Mann, und wir können wieder eine Nation sein.

Ein Geschrei! Er wendet sich um; man ergreift ihn; vier wilde kurdische Räuber fesseln und binden ihn.

3.

Die Räuber schleppten ihren Gefangenen durch eine Straße, welche die größte der Stadt gewesen zu sein schien. Ohnweit ihres Endes wandten sie sich bei einem kleinen ionischen Tempel, kletterten über einige umgestürzte Säulen und betraten einen Theil der Stadt, von verfallenerem Ansehen als der, den Alroy bis jetzt besucht hatte. Der Weg war eng, oft gehemmt und rings umher Zeichen der Verwüstung, zu welchem das Aeußere der Stadt ihn nicht vorbereitet hatte.

Die glänzende, aber kurze Dämmerung des Orients war im Verlöschen: eine dunkle Purpurröthe folgte dem rosigen Anhauche, die entfernten Thürme hoben sich schwarz, obschon deutlich aus der reinen Luft, und der Mond, der, als er zuerst in die Stadt getreten, am Himmel wie ein kleines weißes Wölkchen sich gezeigt, glänzte nun mit trügerischem Lichte.

Plötzlich erhob sich vor ihnen eine gewaltige Steinmasse. Eirund von Gestalt und von Arkadenreihen gebildet, war sie sichtlich sehr zertrümmert, und ein ungeheurer, unregelmäßiger und wellenförmiger Spalt, der fast von dem Gipfel bis auf den Boden herabging, trennte die Seite, welcher jetzt Alroy und seine Gefährten sich nahten, gänzlich von der andern.

Nachdem sie die Ueberreste dieser starken Mauern hinaufgeklettert waren, stiegen die Räuber und ihr Gefangener wieder in ein unermeßliches Amphitheater herab, das in dem schwankenden und bleichen Mondlichte noch größer zu sein schien. Darin befanden sich Gruppen von Menschen, Pferden und Kameelen. Im tiefsten Hintergrunde lagerte eine große Menschenmenge, auf Teppichen und Matten liegend oder kauernd, damit beschäftigt, ein rohes aber lustiges Mahl einzunehmen. An ihrer Seite leuchtete ein Feuer.

Die rothe, flackernde Flamme, mit dem weißen, ruhigen Mondscheine gemischt, warf ein schwankendes Licht auf ihre wilden Gesichter, ihre glänzenden Waffen, weiten Gewänder und umwundenen Häupter.

„Ein Spion!" riefen die Räuber aus, indem sie Alroy vor den Anführer ihrer Bande brachten.

— Nun, so hängt ihn; — sagte dieser, ohne nur aufzusehen.

„Dieser Wein, großer Scherirah, ist vortrefflich, oder ich will kein wahrer Muselmann sein;" entgegnete einer der Haupträuber; „aber Ihr seid zu grausam. Mir ist solch eine flüchtige Bestrafung verhaßt. Laßt uns ihn erst ein wenig martern, um etwas, das uns nützen kann, von ihm zu erfahren."

— Wie Du willst, Kisloch, — sagte Scherirah; — wenn's Dir Spaß macht. Woher kommst Du, Bursche? Er kann nicht antworten. Ganz gewiß ein Spion. Hängt ihn! —

Die Räuber lös'ten den Strick halb auf, womit sie Alroy gefesselt hatten, um ihn zu einem andern Zwecke zu gebrauchen, als ein Dritter von den trefflichen Gefährten Scherirah's sich in's Mittel legte.

„Spione pflegen stets zu antworten, Hauptmann. Er ist wahrscheinlich vielmehr ein verkleideter Kaufmann."

— Und hat verborgene Schätze bei sich, — setzte Kisloch hinzu; — oft stecken in solchen schlechten Kleidern die schönsten Edelsteine. Wir thäten besser, ihn auszusuchen.—

„Nun, so sucht ihn aus," versetzte Scherirah mit seiner rauhen, gemeinen Stimme; „macht mit ihm, was ihr wollt, und gebt mir nur die Flasche her. Dieser griechische Wein ist ganz vortrefflich. Schürt das Feuer an, Ihr Leute. Schlaft Ihr denn etwa? Und dann, Kisloch, kannst Du, der Du die Grausamkeit nicht leiden kannst, ihn daran rösten, wenn Du sonst Lust hast."

Die Räuber rüsteten sich, Alroy zu entkleiden. „Freunde!"
rief dieser aus; „denn ich wüßte gar nicht, weshalb ihr
nicht Freunde sein solltet, schont meiner. Ich bin arm, bin
jung, bin unschuldig. Ich bin weder ein Spion, noch ein
Kaufmann. Ich habe weder böse Absichten, noch Vermögen.
Ich bin ein Pilger."

—Ganz bestimmt ein Spion, — rief Scherirah aus;
— sie wollen alle Pilger sein. —

„Er spricht zu gut, um die Wahrheit zu sagen," setzte
Kisloch hinzu.

— Alle Vielredner sind Lügner! — ergänzte Scherirah.

„Darum ist Kisloch der Allerberedteste von uns allen."

— Ein Scherz beim Gelag, ist so gut wie ein Fluch
im Felde; — erwiederte Kisloch.

„Aber, Ihr Burschen," brummte Scherirah; „was macht
Ihr nur für Umstände. So sucht doch den Gefangenen
aus! Ich befehle es!"

Sie traten wieder vor und ergriffen ihn. Vergebens
wehrte er sich.

„Hauptmann," rief einer von der Bande: „er hat auf
der Brust ein Juwel!"

— Ich sagt's Euch ja! — versetzte der dritte Räuber.

„Gieb mir es," sagte Scherirah.

Alroy aber riß sich, voll Verzweiflung bei dem Gedan=
ken, seinen Talisman zu verlieren, eingedenk der Ermah=
nungen Jabastor's und von übernatürlichem Muthe begei=
stert, aus ihren Händen los, ergriff einen Feuerbrand, und
hielt sie damit von sich ab.

„Der Bursche hat Muth!" sagte Scherirah ruhig.
„Schade nur, daß es ihm das Leben kosten wird."

— Hört mich nur einen Augenblick an! — rief Alroy.
— Ich bin ein Pilger, ärmer als ein Bettler. Der Edel=
stein hier ist ein heiliges Emblem, ohne allen Werth für
Euch, für mich unschätzbar, und nur mit meinem Leben laß

4*

ich es. Das kann ich Euch versichern. Hütet also das
Eure, denn der erste, der mir sich naht, ist ein Kind des
Todes. Ich bitte Euch demüthig, Hauptmann, laßt mich
gehn. —

„Schlagt ihn todt!" sagte Scherirah.

— Stoßt ihn nieder! — rief Kisloch aus.

„Gieb mir den Edelstein!" brüllte der dritte Räuber.

— Nun, so sei mir der Gott Davids gnädig! — rief
Alroy.

„Er ist ein Hebräer, ein Hebräer!" Und damit sprang
Scherirah auf. „Laßt ihn los, laßt ihn los! Meine Mutter
war eine Jüdin."

Die Männer, die schon auf Alroy einstürmten, senkten
ihre Waffen, und traten einige Schritte zurück. Dieser blieb
jedoch immer noch auf seiner Hut.

„Tapfrer Pilgrim," sagte Scherirah vortretend mit
sanfter Stimme: „wollt Ihr nach der heiligen Stadt?"

— Der Stadt meiner Väter. —

„Ein gefährlicher Weg! Und von woher?"

— Von Hamadan. —

„Eine beschwerliche Reise. Ihr bedürft der Ruhe.
Euer Name?"

— David. —

„David, Ihr seid unter Freunden. Bleibt hier und
ruht aus ungestört. Ihr zögert. Fürchtet nichts! Das An=
gedenken meiner Mutter ist ein Zauber, der mich stets be=
sänftigt." Scherirah zog seinen Dolch, stach damit in seinen
Arm, warf dann die Waffe weg, und bot die blutende
Stelle Alroy. Der „Fürst der Gefangenschaft" berührte die
offne Wunde mit seiner Lippe.

„Meine Treue ist verpfändet," sagte der Räuber; „den
Mann, in dessen Adern mein eig'nes Blut fließt, kann ich
nie verrathen." Dies sagend, führte er Alroy zu seinem
Lager.

4.

„Eßt, David " sagte Scherirah.

— Ich will Brot essen, — antwortete Alroy.

„Habt Ihr denn in diesen letzten Tagen so viel zu essen gehabt, daß Ihr diese zarte Gazelle ausschlagt, welche ich diesen Morgen mit meiner eigenen Lanze erlegt habe? Es ist ein Futter für einen Kalifen!"

— Ich bitte Euch, gebt mir Brot. —

„Meinetwegen auch! Aber daß ein Mann Brot dem Fleische vorzieht, und solchem Fleische wie dieses, ist doch sonderbar."

— Tausend Dank, guter Scherirah; aber unserm Volke ist es verboten, von dem Fleische eines, selbst auch reinen Thieres zu essen, das einem Lanzenstoße erlegen. —

„Ich habe von solchen Dingen erzählen hören," entgegnete Scherirah nachdenklich. „Meine Mutter war eine Jüdin, und mein Vater ein Kurde. Aber ich denke, wer recht thut, wird auch selig."

— Es giebt nur Einen Gott, und Mahomed ist sein Prophet! — rief Kisloch aus; — ob ich gleich Wein trinke. Eure Gesundheit, Hebräer. —

„Ich will Dir helfen," sagte der dritte Räuber. „Mein Vater war ein Gueber und opferte sein Vermögen seinem Glauben, und die Folge davon ist, daß sein Sohn keins von Beiden hat."

— Was mich betrifft, — sagte ein vierter Räuber von sehr dunkler Gesichtsfarbe und besonders kleinen glänzenden Augen: — Ich bin ein Inder, und glaube an die große goldene Figur mit Karfunkel-Augen in dem Tempel von Delhi. —

„Ich habe gar keine Religion," versetzte ein mächtiger Neger im rothen Turban, seine weißen Zähne fletschend: „In meinem Vaterlande haben sie keine. Aber Calibas,

hätte ich früher von Deinem Gotte gehört, so hätte ich an
ihn geglaubt."

— Ich wünschte, ich wäre ein Jude geworden, —
rief Scheriah nach einigem Nachdenken. — Meine Mutter
war eine brave Frau. —

„Die Juden sind sehr reich!" sagte der britte Räuber.

— Wenn Ihr nach Jerusalem geht, David, so werdet
Ihr die Christen sehen, — fuhr Scheriah fort.

„Die verfluchten Giaours," rief Kisloch aus; „wir sind
alle gegen sie."

— Mit ihren weißen Gesichtern, — schalt der Neger.

„Und blauen Augen," setzte der Inder hinzu.

— Was könnt Ihr von Menschen erwarten, die in
einem Lande leben, wo keine Sonne scheint?" bemerkte der
Gueber.

5.

Etwa zwei Stunden nach Mitternacht erwachte Alroy.
Seine Gefährten lagen im tiefsten Schlafe. Der Mond
war untergegangen; das Feuer erloschen, nur einige glü=
hende Kohlen glimmten noch. Finstre Schattenmassen hin=
gen über dem Amphitheater. Er stand auf und schritt
vorsichtig über die schlafenden Räuber hinweg. Er war
nicht im eigentlichsten Sinne des Worts ein Gefangener,
aber wer konnte der Laune dieser gesetzlosen Männer ver=
trauen? Der nächste Tag erblickte ihn vielleicht als ihren
Sklaven, oder Mitgenossen bei irgend einer räuberischen
Unternehmung, wodurch er wieder zurück nach dem Kaukasus
oder Hamadan sich wenden mußte. Die Versuchung, sich
in Freiheit zu setzen, war unwiderstehlich. Er klomm die
zertrümmerte Mauer empor, stieg herab in die verschlun=
genen Windungen, die zu dem ionischen Tempel führten,
der ihm zum Wegweiser diente, eilte durch die sternerhellten

einsamen Straßen, erreichte das große Thor, und befand sich wieder in der Wüste.

Die Furcht verfolgt zu werden, trieb ihn mehrere Stunden lang rastlos vorwärts. Die Wüste ward wieder sandig, die Hitze nahm zu. Der Lusthauch, welcher jene durchzieht, und im ersten Frühling nicht selten die Düfte wohlriechender Pflanzen mit sich führt, starb dahin. Eine bleiche Helle überströmte den Himmel. Durch die Natur schlich eine ermattende Stille. Selbst die Insekten schwiegen. Zum erstenmale auf seiner Pilgerschaft ergriff das Gefühl tiefen Kleinmuths Alroy's Seele. Seine Kraft schien ihn plötzlich verlassen zu haben. Ein leiser heißer Wind begann sich zu erheben, seine Wangen mit giftigen Küssen zu berühren, und seinen Körper durch seine vergiftende Umarmung zu schwächen. Kopf und Glieder brannten in dumpfem Weh, ein Gefühl, furchtbarer als der Schmerz selbst; seine Augen waren verdunkelt, seine Zunge geschwollen. Vergebens blickte er nach Hülfe umher, vergebens streckte er seine Arme darnach aus, und rang sie empor zum mitleidlosen Himmel. Fast wahnsinnig vor Durst, verschwand ihm der grenzenlose Horizont der Wüste, und das unglückliche Schlachtopfer fand sich mitten in seiner Pein dem Anscheine nach von schönen fließenden Strömen umgeben; es waren die rinnenden Gewässer der Trugerscheinung der Wüste*).

Die Sonne wurde blutig roth, der Himmel dunkler, der Sand erhob sich in wilden Strömungen, der leis klagende Wind brach in Geheul aus, und hauchte einen noch glühendern, noch verderblichern Athem. Nicht länger vermochte es der Pilger sich aufrecht zu erhalten. Muth, Glaube, Frömmigkeit verließen ihn mit seiner schwindenden Kraft. Er kämpfte nicht mehr gegen das Dasein an, er

---

*) Die unter dem Namen Mirage oder Fata Morgana bekannte Lufterscheinung.

gab sich selbst der Verzweiflung, dem Tode hin. Er sank mit schwindelndem Haupte auf ein Knie, stützte sich noch einen Augenblick mit der bebenden Hand, und fiel dann bewußtlos auf den Boden nieder.

Unter dem Gebrüll des Windes hob sich der Busen der Erde und öffnete sich; leichte Säulen von Sand richteten sich auf zu dem bleichen Himmel, und eilten auf ihr Schlachtopfer zu. Mit dem Getöse des allgemeinen Chaos stieg undurchbringliche Dunkelheit herab auf die Wüste.

Fünfter Abschnitt.

1.

„Nun ist er vorüber, der mühsame Weg, die Wüste ist überstanden. Bald wird der Fluß, herrlich strömend durch seine grünenden Palmenufer, unsern ermüdeten Gliedern Bäder bieten, wie der Kalif sie nicht erkaufen kann. Allah-illah, Allah-hu."

— Gesegnet der Mann, der nun eine Reliquie zurückbringt von unsers Propheten Grabe; gesegnet der Mann, der nun die Schätze des entlegenen Marktes entfaltet, Juwelen des dämmernden Ostens, und Seidenzeuge des fernen Samarkand. Allah-illah, Allah-hu! —

„Die heilige Moschee wird ihn grüßen mit tiefem und ehrerbietigem Gruße; willkommen wird ihn heißen der geschäftige Bezestin *) mit vertraulichem Lächeln. Heiliger Kaufherr, genieße jetzt den doppelten Triumph Deiner Mühe. Aallah-illah, Allah-hu!"

— Das Kameel scheut sich, Abdallah! Es muß etwas im Wege liegen. Zieh doch nach. —

„Bei'm heiligen Steine! Ein todter Mann! Armer Teufel! Man sollte doch nie eine Pilgerfahrt zu Fuße machen. Geht mir mit Eurer demüthigen Frömmigkeit. Stachle das Thier, damit's bei dem Leichnam vorbei geht. —

„Der Prophet befiehlt Barmherzigkeit, Abdallah. Er

---

*) Soviel als Bazar.

hat mein Unternehmen gesegnet, und ich will seine Vor=
schriften befolgen. Sieh nach, ob er ganz todt ist.“

Es war die Caravane aus Mekka, die nach Bagdad
zurückkehrte. Die Pilger befanden sich nur noch eine Tage=
reise vom Euphrat, und feierten ihre Ankunft auf frucht=
barem Boden mit Jubelgesängen. So weit das Auge nur
reichen konnte, erstreckte sich die lange Linie ihres ausge=
dehnten Zuges über die Wüste hinweg, tausende von Ka=
meelen hintereinander, mit Waarenballen beladen, und jede
Abtheilung durch eins derselben von ausgezeichneter Größe
angeführt, das mit klingenden Glöckchen vorläutete; Gruppen
von Reitern, Schwärme von Tragsänften; alle Pilgrime
bis an die Zähne bewaffnet, eine starke Abtheilung Seld=
schuck’scher Reiterei den Vortrab bildend, und der Nachzug
von einem Kurdischen Klan beschützt, der die Sicherheit
der durch ihr Gebiet ziehenden frommen Pilger beschützte.

Abdallah war der Lieblingssklave des wohlthätigen
Kaufherrn Ali. Den Befehlen seines Gebieters gehorchend,
stieg er verdrüßlich von seinem Kameele, und untersuchte
den anscheinend leblosen Alrop.

„Ein Kurde der Kleidung nach,“ rief Abdallah spöttisch
aus; „was will der hier?“

— Das ist nicht das Gesicht eines Kurden, — ent=
gegnete Ali, — vielleicht ein Pilger aus den Gebirgen. —

„Was er auch sein mag, er ist todt,“ antwortete der
Sklave: „Am Ende ein verfluchter Giaour.“

— Gott ist groß, — rief Ali aus; — er athmet noch!
Sein Kaftan hebt sich ja über der Brust. —

„Das war der Wind:“ sagte Abdallah.

— Das war der Seufzer eines Menschenherzens; —
entgegnete Ali.

Jetzt hatten sich mehrere Pilger zu Fuß um die Gruppe
gesammelt.

„Ich bin ein Hakim,“ (Arzt) sagte ein würdevoller

Armenier. „Ich will ihm an den Puls fühlen. Er ist schwach, aber er schlägt noch."

— Es ist nur Ein Gott! — rief Ali aus.

„Und Mahomed ist sein Prophet!" schloß Abdallah; „Ihr glaubt nicht an ihn, Ihr ungläubigen Armenier."

— Ich bin ein Hakim, — entgegnete der ehrwürdige Armenier. — Obgleich nur ein Ungläubiger, hat mir doch Gott Geschicklichkeit verliehen, Rechtgläubige zu heilen. Würdiger Ali, glaube mir, in diesem jungen Manne ist noch Leben. —

„Hakim, Ihr sollt Eure Dirhems zu zählen bekommen, wenn er in meinem Divan zu Bagdad wieder auflebt," antwortete Ali. „Der junge Mensch gefällt mir. Gott hat ihn mir zugesendet. Er soll meine Pantoffeln tragen."

— Gebt mir ein Kameel, und ich rette sein Leben. —

„Wir haben keines," erwiederte der Diener.

— Geh' zu Fuß, Abdallah: — sagte der Herr.

„Soll ein Rechtgläubiger zu Fuße geh'n, um einem Kurden das Leben zu retten? Der Herr Pantoffelträger soll mir dafür Rede stehen, wenn die Bastonade noch zu irgend etwas gut ist;" brummte Abdallah vor sich hin.

Der Armenier ließ Alroy zur Ader. Das Blut floß langsam, aber es floß doch. Der „Fürst der Gefangenschaft" öffnete seine Augen.

„Es ist nur Ein Gott," rief Ali.

— Treff' ihn das böse Auge! — murrte Abdallah.

Der Armenier zog eine Herzstärkung aus seinem Gewande, und flößte sie dem Kranken ein. Das Blut floß rascher.

„Er wird leben, würdiger Kaufherr;" sagte der Arzt.

— Und Mahomed ist sein Prophet: — fuhr Ali fort.

„Beim Steine zu Mekka, ich glaube es ist ein Jude!" schrie Abdallah.

— Der Hund! — rief Ali.

„Pfui!" sagte ein Negersklave, und wandte sich mit Abscheu ab.

— Er wird sterben; — sagte der christliche Arzt, und verband nicht einmal die Ader.

„Und verdammt sein:" setzte Abdallah hinzu und sprang wieder auf sein Kameel.

Der Zug ritt weiter: Die Caravane folgte. Ein Kurdischer Reiter jagte vor. Er hielt sein Roß an, als er bei Alroy vorbeikam, der sich verblutete.

„Welcher verfluchte Sklave hat einen aus meinem Klan verwundet?"

Der Kurde sprang vom Pferde, riß ein Stück seines blauen Hemdes ab, stillte das Blut, und führte den unglücklichen Alroy zur Nachhut.

Die Wüste war zu Ende; die Caravane trat in eine große, fruchtbare Ebene. In der weitesten Entfernung konnte man eine lange wellenförmige Reihe von Palmbäumen erblicken. Die Vorhut stieß ein Jubelgeschrei aus, hob ihre schlanken Lanzen in die Luft und schlug mit den Säbeln im wilden Chor gegen ihre kleinen, runden Schilde von Erz. Alle Augen funkelten, alle Hände waren aufgehoben, alle Stimmen riefen, nur die nicht, welche verstummten im Uebermaaße der Freude. Nach monatlichen Wanderungen in der öden Wüste erblickten sie den großen Euphrat.

Breit und kühl, und prachtvoll, und rein strömten die mächtigen Gewässer durch den schönen und fruchtbaren Boden. Ein belebender Lufthauch entstieg ihrem Busen. Jedes Wesen entgegnete ihrem begeisternden Einflusse. Der Kranke ward geheilt, der Traurige ward froh, der Gesunde und Heitergestimmte brach in jubelndes Auflachen aus; da sprang einer vom Kameele und küßte die blühende Erde; dort sprengte von erneuter Kraft belebt ein andrer über die Ebene und warf den leichten Wurfspieß in die Luft,

als wolle er zeigen, daß Entbehrung und Mühsal ihn nicht
der Geschicklichkeit und Stärke beraubt habe, ohne welche
es vergeblich wäre wieder in die Heimath der minder aben=
teuernden Brüder zu treten.

Die Caravane rastete am Ufer des gewaltigen Flusses,
der in der Kühle des Sonnenunterganges glänzte. Das
Lager ward abgesteckt, die Ebene schimmerte von den Ge=
zelten. Die Kameele senkten sich auf die Kniee, lagerten
sich in Gruppen, und die Waaren wurden neben ihnen in
Massen aufgeschichtet. Die abgezäumten Rosse sprangen
wiehernd auf der Ebene, schüttelten lustig die Häupter, und
wälzten sich in dem ungewohnten Futter. Ihre Matten
ausbreitend und nach Mekka zugewandt, knieend, vollendeten
die Pilger ihre Abendgebete. Nie war ein Dankerguß auf=
richtiger. Dann standen sie auf; Einige stürzten sich in den
Fluß, Andere zündeten Lampen an, noch Andere stampften
Kaffee. Schaaren freundlicher Landleute kamen mit fri=
schem Mundvorrath, eifrig Abnehmer suchend bei so leichten
Herzen und schweren Beuteln. Es war eine jener Gelegen=
heiten, wo der gewohnte Ernst des Orients verschwindet.
Bis tief in die Nacht hörte man an den Ufern des stern=
erhellten Flusses die Klänge der Musik, den Jubel und das
Gelächter, und bis spät in die Nacht hättet ihr mit Ent=
zücken zuhören können den seltsamen Erzählungen der Mähr=
chendichter, oder bezaubert schauen auf die noch seltsameren
Stellungen der tanzenden Mädchen.

2.

Der große Bazar in Bagdad bot an dem Tage nach
der Ankunft der Caravane ein sehr belebtes und prachtvolles
Schauspiel dar. Alle köstlichen und seltenen Erzeugnisse der
Welt waren auf diesem berühmten Markte zu finden; die
Shawls von Caschmir und die Seiden von Syrien, das
Elfenbein, die Federn und das Gold von Afrika, die Edel=

steine Indiens, die Talismane Egyptens, die Wohlgerüche und Handschriften Persiens, die Spezereien und Gummi Arabiens, schöne Pferde, noch schönere Sklaven, Zobelmäntel, Ueberwürfe von Hermelin, Waffengeräthe, eben so trefflich an Schmuck als Eigenschaft, seltne Thiere, noch seltnere Vögel, blaue Affen mit silbernen Halsbändern, weiße Gazellen an goldener Kette, Jagdhunde, Pfauen und Papageien. Und überall seltsame, und geschäftige und belebte Gruppen; Menschen von allen Nationen, Glauben und Himmelsstrichen. Der prachtliebende, hochmüthige Türke, der anmuthige feine Araber, der Hebräer mit seinem schwarzen Käppchen und ängstlichem Gesichte, der armenische Christ mit seinen dunklen weiten Gewändern und sanftem Benehmen, und heitern Antlitz. Hier stolzirte der lebhafte, affektirte und überkluge Perser, und dort schritt der Circassier mit seinem langen Haare im Panzerhembe einher. Der schöne Georgier im Gedränge, mit dem Ebenholzgesicht des Kaufmanns von Dongola oder Sennaar.

Auf den langen, engen, überbauten und krummen Straßen des Bazars, an jeder Seite von Waarenhäusern eingefaßt, war alles Geschäft, Handel und Tausch. Ein Fremder nahte, dem Anscheine nach nicht von gewöhnlichem Stande. Zwei Pagen gingen ihm voraus, schöne georgische Knaben, in Purpurgewändern und Käppchen gleicher Art, fest an dem Haupte anliegend, mit langen goldnen Trobdeln. Der eine trug ein blausammtnes Packet, und der andre ein verschlossenes Buch in reichem Bande. Vier Bewaffnete zu Fuß folgten ihrem Herrn, der hinter den Pagen her auf einem milchweißen Maulthiere ritt. Es war ein Mann von mittlerm Alter, aber außerordentlich schön. Sein weites Gewand verbarg den einzigen Fehler seiner Gestalt, einen durch Wohlleben zu großen Umfang. Seine Augen waren groß, sanft und dunkel; seine Nase, adlerförmig gebogen, aber zart gebildet; sein Mund klein und im schönsten Verhältnisse; seine Lippen voll und roth; seine Zähne regelmäßig und blendend weiß. Sein schwarzer Bart floß, jedoch nicht in zu beträchtlicher Länge, in anmuthigen, natürlichen Locken herab, und duftete von Wohlgeruch. Ein leichter Knebelbart beschattete seine Oberlippe, aber kein Backenbart unterbrach die Anmuth der vollen ovalen Züge und das sanfte Roth seines Gesichts. Obschon vielleicht das Sinnliche etwas zu sehr in dem Ausdrucke des Antlitzes dieses Fremden hervortrat, so blickte doch Geist aus den lebhaften Augen, und Feinheit lag verborgen auf den zarten Lippen. Die Kleidung des Reiters war prachtvoll. Sein aus einem scharlachrothen Caschemir-Shawl geformter Turban war sehr groß, und verbarg die Hälfte der blendend weißen Stirn. Das Untergewand von weißer Seide von Damascus, reich mit Silber gestickt, hielt ein Gürtel zusammen, aus einer goldstoffnen Schärpe von Brusa geformt. Ein Dolch hing daran, dessen Griff von Brillanten und Rubinen funkelte. Das weite Obergewand war von carmoisinrothem Tuche. Seine weißen Hände glänzten von Ringen, und an den Ohren schimmerten Juwelen.

„Wer ist dies?" fragte ein egyptischer Kaufmann den Händler, dessen Stoffe er eben untersuchte, mit leisem Flüstern.

— Es ist der große Honain, — entgegnete dieser.

„Und was ist er?" fuhr der Egypter fort. „Ist er des Kalifen Sohn?"

— Bah! ein viel größerer Mann ... sein Leibarzt. —

Das weiße Maulthier hielt an derselben Waarenniederlage still, wo dieses Gespräch geführt ward. Die Pagen blieben zu Seiten ihres Herrn stehn. Die Fußbegleiter hielten die Menge ab.

„Kaufmann," sagte Honain mit einem anmuthig her-

ablassenden Lächeln und einer wohltönenden Stimme wie
Flötenlaut! „Kaufmann, hast Du meinen Wunsch erfüllt?"

— Es giebt nur Einen Gott, — entgegnete der Kauf=
mann, welches der mitleidige Ali war, — und Mahomed
ist sein Prophet. Es gelang mir nach Euer Hoheit Befehl,
in Aleppo den bewußten verfluchten Giaour zu finden, und
was Ihr begehrtet ist hier. — Damit holte Ali einige grie=
chische Handschriften herbei und überreichte sie dem Be=
suchenden.

„Ah!" sagte Gonain mit funkelndem Auge; „vortreff=
lich!... sie kosten?"

— Der Ungläubige wollte mir sie nicht unter 500
Dirhems lassen, — antwortete Ali.

„Ibrahim, laß diesem würdigen Kaufmanne 1000
auszahlen."

— Eben so vielmal Dank Euch, großer Honain. —
Der Arzt des Kalifen verbeugte sich anmuthig.

„Vorwärts, Pagen," fuhr Honain fort. „Woher die=
ses Getümmel? Ibrahim, sieh zu, daß der Weg frei wird.
Was soll nur das bedeuten?"

Eine Menge Menschen kamen herzu, und trieben einen
Jüngling vor sich her, der obschon ganz erschöpft, sich doch
noch gegen seine unedlen Verfolger wehrte.

„Zum Cadi, zum Cadi!" rief der vorderste von ihnen,
welches Abdallah war, „schleppt ihn zum Cadi."

— Edler Herr! — rief der Jüngling, indem er sich
mit plötzlicher Anstrengung den Händen Derer entriß, die
ihn festhielten und Honain's Gewand ergriff: ich bin un=
schuldig und verfolgt! Helft mir, ich beschwöre Euch! —

„Zum Cadi, zum Cadi!" schrie Abdallah: „der Spitz=
bube hat mir meinen Ring gestohlen ... den Ring, den
mir meine treue Fatime an unserm Hochzeitstage gegeben
hat, und den ich nicht wieder hergäbe, selbst für meines
Herrn Schätze nicht."

Der Jüngling hielt sich immer noch an Honain's Ge=
wande fest und richtete auf ihn, da er vor Erschöpfung
nicht sprechen konnte, seine schönen, flehenden Augen.

„Still!" rief Honain! „ich will hier Richter sein."

— Der große Honain! Hört auf den großen Honain!—

„Sprich, Du Schreier, worüber hast Du Dich zu be=
klagen?" sagte Honain zu Abballah.

— Wenn's Eure Hoheit gefälligst erlauben, — antwor=
tete Abballah mit weinerlicher Stimme, — ich bin der Sklave
Eures getreuen Dieners Ali. Ich habe oft die Ehre gehabt
Euer Hoheit aufzuwarten. Dieser junge Spitzbube hier,
ein Bettler, hat mir, während ich auf einem Kaffeehause
schlief, meinen Ring gestohlen. O! ich habe meine Zeugen,
daß ich geschlafen habe. Es ist ein herrlicher Smaragd,
aber wenn Eure Hoheit es erlauben, mir doppelt kostbar
als Liebespfand meiner Fatime. Nichts in der Welt könnte
mich dahin bringen, ihn wegzugeben, und da ich nun schlafe
... hier stehen drei angesehene Männer, die mir es bezeu=
gen werden, daß ich schlief ... kommt dieser junge Land=
streicher, wenn Eure Hoheit es erlauben, thut als ob er
mir meinen Kaffee anböt, nimmt meinen Finger und zieht
mir den kostbaren Ring ab, den er jetzt noch auf seiner
Bettlerklaue trägt, und will mir ihn nicht eher wieder her=
ausgeben, als bis er die Bastonade wird bekommen haben.—

„Abballah ist ein treuer Sklave, wenn Euer Hoheit
gefälligst erlauben, und ein Hadschi *)" sagte Ali, sein Herr.

— Und was sagst Du dazu, Bursche? — fragte
Honain.

„Daß er ein falscher Bösewicht ist, der lügt, wie Skla=
ven es immer zu thun pflegen."

— Derb, und vielleicht wahr, — versetzte Honain.

„Du nennst mich einen Sklaven, Du junger Spitzbube!"

*) Einer der die Wallfahrt nach Mekka gemacht hat.

rief Abballah aus; „soll ich Dir sagen, wer Du bist? Euer Hoheit! hört ja nicht auf ihn. Es ist eine wahre Schande, eine solche Creatur vor Euch zu bringen; denn beim heiligen Steine, und so wahr ich ein Hadschi bin, ich zweifle gar nicht daran, daß er ein Jude ist."

Honain ward etwas bleich und biß sich in die Lippen. Es that ihm vielleicht leid, daß er so öffentlich sich für ein so verhaßtes Wesen verwendet hatte, als ein Hebräer war, aber er wollte doch auch nicht Jemand aufgeben, den er kurz zuvor entschlossen war zu vertheidigen, und so fragte er den Jüngling weiter, woher er den Ring bekommen habe.

Diesen Ring gab mir mein theuerster Freund, als ich zuerst eine gefährliche Pilgerfahrt antrat, die noch jetzt nicht vollendet ist. Es giebt außer Dem der mir ihn schenkte, nur noch eine Person in der Welt, der ich ihn überlassen könnte, und mit dieser Person bin ich nicht bekannt. Möge alles dieses auch ungewöhnlich scheinen, wahr ist es gewiß. Ich bin verlassen und freundlos, aber ich bin kein Bettler, und kein Elend wird mich auch dahin bringen, einer zu werden. Da ich mich durch verschiedene Umstände völlig erschöpft fühlte, trat ich in das Kaffeehaus und legte mich hin, vielleicht um zu sterben. Ich konnte nicht schlafen, ob meine Augen sich gleich geschlossen hatten, und nichts würde mich aus meiner gänzlichen Erschlaffung, die ich für einen Todeskampf hielt, geweckt haben, als dieser Räuber, der nicht warten wollte bis ihm mein Tod verstattete, sich ruhig in den Besitz eines Edelsteines zu setzen, den ich höher achte als mein Leben."

— Zeige mir den Edelstein. —

Der Jüngling hielt Honain seine Hand hin, der ihm an den Puls fühlte, und dann den Ring ihm abzog.

„O meine Fatime!" rief Abballah.

— Schweige! — sagte Honain. — Page, rufe einen Juwelier. —

Honain untersuchte den Ring sehr sorgfältig. Mochte er nun kurzsichtig sein, oder das trügerische Licht des bedeckten Bazars ihn daran hindern, den Ring gehörig zu betrachten, kurz er hielt die Hand vor die Stirn, und einige Augenblicke lang war sein Gesicht nicht zu sehen.

Der Juwelier kam, legte seine Hand auf's Herz, und verbeugte sich vor Honain.

„Schätze diesen Ring" sagte Honain leis zu ihm.

Der Juwelier nahm den Ring, betrachtete ihn mit forschenden Augen nach allen Richtungen, hielt ihn gegen das Licht, berührte ihn mit der Zunge, drehte ihn um und um, und erklärte zuletzt, daß er einen solchen Ring nicht unter tausend Dirhems verkaufen könne.

„Wie die Sache sich nun auch verhalten möge," sagte Honain zu Abdallah, „bist Du bereit, von diesem Ringe für 1000 Dirhems zu lassen?"

— O ganz gewiß! — rief Abdallah.

„Und Du, Bursche, willst Du, wenn die Entscheidung zu Deinem Vortheile ausfällt, für den Ring das Doppelte von dem annehmen, wie hoch ihn der Juwelier schätzt?

— Herr, ich habe die Wahrheit gesprochen. Ich kann diesen Ring selbst für den Palast des Kalifen nicht weggeben. —

„Die Wahrheit ist immer sieghaft!" rief Honain. „Jüngling, der Ring ist Dein; und für Dich, Du Schurke, Lügner, Dieb und Verläumder! für Dich ... die Bastonade, die Du diesem unschuldigen jungen Mann zubachtest. Ibrahim, besorge daß er fünfhundert bekommt. Junger Pilger, Du bist nicht mehr verlassen und freundlos. Folge mir in meinen Palast."

3.

Das gewölbte Gemach war sehr geräumig und von den schönsten Verhältnissen. Die Decke, mit grünem Tafelwerk ausgelegt und silbernen Sternen besät, ruhte auf verbundenen Säulen von weißem und grünem Marmor. Aus der Mitte eines gewürfelten Fußbodens von demselben Gestein sprang eine Fontaine empor, und der Wasserstrahl fiel in ein grünes Porphirbassin zurück. Auf einer silbernen Lagerstätte neben dem Brunnen ruhte Honain.

Er erhob seine Augen von der buntgemalten Pergamentrolle, auf welche er lange geblickt hatte, schlug in die Hände, ein nubischer Sklave nahte sich ihm, kreuzte die Arme über der Brust, und beugte sich schweigend vor seinem Gebieter.

„Wie geht es dem hebräischen Jünglinge, Alnaschar?"

— Herr, das Fieber ist nicht wiedergekommen. Wir gaben ihm den Trank; er schlummerte mehrere Stunden lang und ist nun erwacht, matt aber wohl. —

„Laß ihn aufstehen und hieherkommen."

Der Nubier verschwand.

„Nichts ist doch sonderbarer als Sympathie," sprach der Arzt des Kalifen nachdenkend zu sich selbst: „alles löset sich in dieses Prinzip auf, und ich muß gestehn, daß dieser Gelehrte es sehr gründlich und gut behandelt. Ein geistreicher Mann und eine gewandte Feder! Aber er klügelt zu sehr. Er ist zu scholastisch. Beobachtungen können uns mehr belehren als Dogmen. Im Nachdenken über meine leidenschaftliche Jugend lernte ich Weisheit. Ich habe so viel gesehen, daß ich mich zu wundern aufgehört habe. Mögen wir's bezweifeln wie wir wollen, es giebt doch ein Geheimniß, das wir nicht zu durchbringen vermögen. Und doch liegt es uns nahe. Ich glaube, manchmal, ein Schritt, nur noch ein einziger Schritt, und wir stehen im Lichte!...

Da kommt mein Kranker. Die Röthe ist von seiner Wange geschwunden, und sein tiefes Auge ist matt und schwermuthsvoll. Und doch ist's ein edles Antlitz! .. Nachdenken thront und Leidenschaft lauscht in diesen ermatteten Blicken. Mich zieht, ich weiß nicht wie es zugeht, ein gewaltiger Zug zu diesem verlaß'nen Jünglinge. ... Lieber Fremdling, wie geht es Dir?"

— Sehr wohl, o Herr! Ich komme, um Dir für Deine viele Güte zu danken. Aber nur Worte sind mein Dank, und diese noch schwach. Doch ist der Segen der Waise ein Schatz. —

„Ihr seid also eine Waise?"

— Ich habe keine Aeltern mehr, als den Gott meiner Väter. —

„Und dieser Gott ist?"

— Der Gott Israels. —

„Das glaubte ich. Er ist eine Gottheit, die wir alle verehren müssen, wenn er der große Schöpfer ist, dem wir alles verdanken."

— Er ist was er ist, und wir sind was wir sind ... ein gefallenes Volk, aber doch noch gläubig. —

„Glauben ist Kraft."

— Deine Worte sind Wahrheit, und Kraft muß siegen. —

„Eine Prophezeiung!

— Mancher Prophet wird gering geachtet, bis die Zukunft seine wahre Begeist'rung beweiset. —

„Ihr seid jung und hoffnungsvoll."

— Das war mein Vorfahr auch im Thale von Elah. Doch ich spreche mit einem Muselmanne, und es ist also Thorheit. —

„Ich habe vieles gelesen, und verstehe Euch also recht wohl. Was mich betrifft, so glaube ich an die Wahrheit, und wünsche, alle Menschen thäten dasselbe. Doch möchte ich wohl gern den Namen deſſen wiſſen, der jetzt zu meinem Hauſe gehört,"

— Man nennt mich David. —

„David, Ihr beſitzet einen Ring, einen Smaragd, in welchem ſeltſame Charaktere eingegraben ſind; hebräiſche, wie ich glaube."

— Hier iſt er. —

„Ein ſchöner Stein! und dieſe Inſchrift heißt?"

— Etwas ganz einfaches: Getrennt aber Eins. Das theure Andenken eines liebenden Bruders. —

„Eures Bruders?"

— Ich hatte nie einen Bruder. —

„Ich habe eine große Neigung zu dieſem Ringe. Ihr beſinnt Euch. Seht Euch um in meinem Palaſte, und wählt Euch zur Vergeltung für ihn was Ihr nur wollt."

— Edler Herr! der Stein hat nur geringen Werth; wäre er aber auch ſo koſtbar, daß er auf der Stirn des Kalifen glänzen dürfte, er wäre nur eine ſchlechte Vergeltung für all' Eure Güte gegen mich. Dieſer Ring iſt aber mehr ein anvertrautes Unterpfand als ein Beſitzthum, und ſo ſonderbar es auch klingen mag ... ob ich ihn gleich Euch nicht geben darf, der über das Leben des Unglückſeligen, der ihn trägt, gebieten kann, da er dieſes gerettet hat, ſo kann doch mir vielleicht morgen ſchon unverhofft ein Fremder begegnen und ihn als den ſeinen in gerechten Anſpruch nehmen. —

„Und dieſer Fremde wäre?"

— Der Bruder des Gebers. —

„Der Bruder Jabaſtors?"

— Jabaſtor! —

„So iſt's! Ich bin dieſer getrennte Bruder."

— Groß iſt der Gott Israels! Nimm den Ring! Doch was iſt das? Der Bruder Jabaſtors ein Häuptling im Turban? ... ein Muhamedaner? Sprich, o ſprich, daß

Du ihren verworfnen Glauben nicht angenommen hast! o
sage es mir, daß Du kein Verräther geworden bist an un=
serm heiligen Gesetze, und ich will das Glück dieser Stunde
segnen. —

„Ich bin keinem Gotte untreu. Beruhige Dich, holder
Jüngling. Dies sind höhere Fragen, als Dein schwacher
Glaube jetzt ertragen kann. Wir wollen zu anderer Zeit
davon sprechen, mein Sohn. Jetzt von meinem Bruder
und Dir. Er lebt und befindet sich wohl?"

— Er lebt im Glauben: den Frommen geht es immer
wohl. —

„Ein edler Träumer! Ob unsere Gemüther gleich ganz
verschieden waren, liebte ich ihn doch stets. Und Du?
Du bist nicht was Du scheinst. Sage mir alles. Jabaftors
Freund kann nicht gemeinen Sinnes sein. Dein Gesicht ist
der Herold Deines Ruhms. Vertraue mir."

— Ich bin Alroy. —

„Wie? der „Fürst der Gefangenschaft?" "

— So ist's. —

„Der, welcher Alschiroch erschlug?"

— Leider! —

„Meine Theilnahme an Dir war prophetisch. Ich
liebte Dich bei'm ersten Anblicke. Und was willst Du hier?
Es ist ein Preis gesetzt auf Deinen Kopf. Weißt Du das
nicht?"

— Zum erstenmale höre ich's, aber bin weder erstaunt,
noch beunruhigt. Ich bin in des Herrn Geschäfte. —

„Was willst Du?"

— Sein Volk befrei'n. —

„Der Zögling Jabaftors! Ich sehe alles! Ein neues
Opfer seiner Träume. Ich will diesen Jüngling retten.
David, denn Dein Name darf nicht genannt werden in
dieser Stadt, die Sonne ist untergegangen. Folge mir auf

die Terrasse und laß uns die Kühlung des Abendwindes genießen."

4.

„Welche Zeit ist es, David?"

— Nach Mitternacht. Ich möchte doch wissen, ob Dein Bruder unser glückliches Zusammentreffen in den Sternen lesen wird? —

„Menschen lesen das, was sie wünschen. Er ist ein gelehrter Cabalist."

— Aber was wir wünschen kommt von oben. —

„So sagt man. Wir selbst schaffen unser Glück, und nennen es dann Schicksal."

— Und doch erscholl die Stimme . . . „die Tochter der Stimme", welche Samuel aufforderte. —

„Ihr habt mir sonderbare Dinge erzählt, aber ich habe noch sonderbarere aufgeklärt gesehen."

— Mein Glaube ist ein Felsen. —

„An dem Ihr zerschellen könnt."

— Bist Du ein Sadducäer? —

„Ich bin ein Mann, der Menschen kennt."

— Ihr seid gelehrt, aber anders als Jabastor. —

„Wir sind dasselbe, und doch verschieden. Tag und Nacht sind beides Theile der Zeit."

— Und Dein Theil ist? —

„Wahrheit."

— Das heißt, Licht. —

„Ja. So blendend, daß es manchmal Finsterniß scheint."

— Wie Deine Ansicht. —

„Ihr seid jung."

— Ist Jugend ein Fehler? —

„Nein, im Gegentheile. Aber wir können die Frucht nicht genießen, während der Baum blüht."

— Welche Frucht? —

„Erkenntniß."

— Ich habe geforscht. —

„Worin?"

— In allen heiligen Dingen. —

„Woher weißt Du, daß sie heilig sind?"

— Sie kommen von Gott. —

„Daher kommt alles. Ist jedes Ding deshalb heilig?"

— Sie sind der verkündete Ausdruck seines Willens. —

„Nach Jabastors Ansicht. Fragt den Mann, der dort in jener Moschee betet, und er wird Euch sagen, daß Jabastor Unrecht hat."

— Kurz, Du bist ein Moslem. —

„Nein."

— Was denn? —

„Ich habe Dir's gesagt . . . ein Mensch."

— Aber was betest Du an? —

„Was ist Anbetung?"

— Schuldige Verehrung des Geschaffenen gegen den Schöpfer. —

„Wer ist dies?"

— Unser Gott. —

„Der Gott Israels?"

— Allerdings. —

„Dann zündet ihm nur eine ganz kleine Zahl Weihrauch an."

— Wir sind das auserwählte Volk. —

„Auserwählt zu Hohn, Spott und Schmach. Erkläre mir solche Wahl."

— Wir vergaßen ihn, bevor er uns züchtigte. —

„Warum thaten wir das?"

— Du kennst die Geschichte unsers heiligen Volkes? —

„Ja, ich kenne sie; wie jede Geschichte, Annalen voll Blut."

— Annalen voll Sieg, der wieder herabthauen wird. —

„Wenn Erlösung nur ein anderer Name für Blutver=
gießen ist, so beneide ich keinen Messias."

— Bist Du Jabastors Bruder? —

„So pflegte unsere Mutter zu sagen; ein sanftes, edles
Weib."

— Honain, Du bist reich, und weise, und mächtig.
Deine Untergebenen sprechen von Dir mit Preis oder Furcht,
und beides ist empfehlend. Du hast unsere alte Bundes=
lade verlassen; weshalb? ... gilt gleich. Wir wollen dar=
über nicht streiten. Es ist doch etwas, daß Du, ob auch
ein Entfremdeter, doch kein Renegat bist. Die Welt meint
es gut mit Dir, Honain. Aber wenn statt Segnungen und
Kniebeugungen Du gleich Deinen Brüdern nur mit Stößen
und Flüchen behandelt würdest, wenn Du jeden Morgen auf=
stehen müßtest, nur um zu fühlen, daß Dasein eine Schmach
sei, und Du Dich von Allen die Dich umgeben, als etwas
unglückliches und bösartiges geflohen sähest; wenn es Dein
Loos wäre, gleich dem ihren, wenn's zum Höchsten kommt,
in einer niedrigen und ungekannten Laufbahn einherzu=
schreiten, hoffnungslos und ohne Ziel, oder mit keiner
andern Hoffnung, keinem andern Ziele als einem herab=
würdigenden; und alles dieses doch mit dem lebendigen
Gefühle Deines innern Werthes, und der tiefen Ueberzeu=
gung einer höhern Abkunft, — dann würde Honain viel=
leicht auch ergründen, daß dieser Zustand wohl werth sei
eines Strebens nach Freiheit und Ehre. —

„Ich bitte Euch um Verzeihung, David. Ich glaubte,
Ihr wäret Jabastors Zögling, ein träumerischer Lehrling,
aber ich sehe, Ihr habt hohen Ehrgeiz."

— Ich bin ein Fürst, und möchte gern ein Fürst sein
ohne meine Fesseln. —

„Hört mir zu, Alroy," sagte Honain leiser, und schlang
seinen Arm um ihn. „Ich bin Euer Freund. Unsere Be=

kanntschaft ist zwar noch sehr jung, doch was schadet das? Ich liebe Euch, Ich rettete Euch vor Unbill, ich pflegte Euch in Krankheit, noch jetzt ist Euer Leben in meiner Gewalt, aber ich würde es mit meinem eigenen beschützen. Zweifelt daher nicht an mir. Unsere Zuneigungen stehen nicht in unserer Macht, und Ihr habt die meinige gewonnen. Die Sympathie zwischen uns ist vollkommen. Ihr seht mich, seht wer ich bin; ein Hebräer, obgleich ohne daß es Jemand weiß; einer von jenem verachteten, verworfenen, verfolgten Volke, dessen Oberhaupt Ihr seid. Auch ich wollte gern frei sein und geehrt. Freiheit und Ehre habe ich erlangt, aber ich war mein eigener Messias. Ich verließ in früher Zeit unsere unselige Sache, doch nicht ohne Prüfung. Frage Jabastor, wie ich kämpfte. Jugend konnte meine einzige Entschuldigung bei diesem Schritte sein. Ich verließ dieses Land, ich ergab mich den Wissenschaften und lebte unter den Griechen. Von Constantinopel kehrte ich mit allen ihren Kenntnissen und einigen ihrer Fertigkeiten zurück. Niemand kannte mich. Ich nahm den Turban, und bin jetzt . . . der gefeierte Honain. Benutzt meine Erfahrung, Alroy, und erspart Euch großes Elend. Laßt dieses letzte Abenteuer zu Euerm Vortheile sich wenden. Niemand kann Euch hier erkennen. Ich will Euch als meinen Sohn, den mir irgend eine schöne Griechin geboren, hier unter den Vornehmsten einführen. Die ganze Welt liegt vor Euch. Ihr könnt kämpfen, Ihr könnt lieben, Ihr könnt genießen. Krieg, und Frauen, und Ueppigkeit, alles steht Euch zu Gebote. Mit Euerm Aeußern und Euern Talenten könnt Ihr Großvessir werden. Werft den Unsinn aus Euerm Kopfe. In dem jetzigen zerrütteten Zustande des Reichs könnt Ihr Euch sogar ein Königreich herausbilden, das unendlich reizender sein wird, als das dürre Land, wo Milch und Honig fleußt. Ich habe dieses Land gesehen, mein

Sohn; eine felsige Wildniß, wo ich mein Pferd nicht auf die Weide hinschicken möchte."

Er neigte sich herab und richtete seine Augen mit forschendem Blicke auf seinen Gefährten. Das Mondlicht fiel auf das entschlossene Antlitz des „Fürsten der Gefangenschaft."

„Honain," entgegnete er, indem er ihm die Hand drückte, „ich danke Dir. Du kennst mich nicht, aber doch danke ich Dir."

— Ihr seid also zur Zerstörung entschlossen? —

„Zum Ruhme, zum ewigen Ruhme."

— Ist denn ein günstiger Erfolg möglich? —

„Ist denn ein ungünstiger möglich?"

— Ihr seid wahnsinnig. —

„Ich bin fest im Glauben."

Genug. Keine Antwort mehr. Ihr habt jetzt nur noch einen Ausweg. Mein Bruder hat Euer Unternehmen von einer Bedingung abhängig gemacht, aber von einer unmöglichen. Erlangt den Scepter Salomo's, und ich will Euer Unterthan werden! Ihr werdet ein Jahr hinbringen in dieser Bemühung. Ihr seid jung und könnt es daran wenden. Hoffentlich werdet Ihr nichts schlimmeres erfahren, als Zeitverlust, der freilich auch sehr wichtig ist. Meine Pflicht ist es nun, nach allen Euren Leiden Euch wenigstens in guten Verhältnissen auf Eure Abenteuer auszusenden, und Euch Mittel und Wege zu einer minder beschwerlichen Pilgerfahrt zu verschaffen, als bis jetzt Euer Loos gewesen ist. Glaubt mir, Ihr kommt wieder nach Bagdad und nehmt mein Anerbieten an. Jetzt steigt der Nachtthau hernieder, wir wollen also zu unserm Divan zurückkehren und noch eine Schale Kaffee trinken. —

5.

Als einige Tage nach dieser Unterredung auf der Terrasse Alroy in dem schönen Garten seines Wirths in einer Laube ruhte, und über seine Zukunft nachdachte, berührte ihn Jemand von hinten. Er schaute auf. Es war Honain.

„Folgt mir," sagte Jabastors Bruder.

Der Prinz stand auf und folgte ihm schweigend. So traten sie in das Haus, und nachdem sie durch das vorbeschriebene Gemach gekommen waren, gingen sie durch eine lange Galerie, welche in eine breite Treppe endete, die zum Flusse herabführte. Am Ende derselben war ein Boot befestigt, das auf dem blauen Tigris in der Sonne glänzend schwamm.

Jetzt gab Honain Alroy ein sammtnes Packet, das er ihn tragen hieß, und dann stiegen sie die Stufen hinab, in das bedeckte Boot. Ohne dem Schiffer irgend eine Richtung zu bestimmen, befanden sie sich bald auf dem vollen Strome. Am Schalle der vorüberfahrenden Schiffe und dem gelegentlichen Rufen des Bootsmanns bemerkte Alroy, ob er gleich nicht nach außen sehen konnte, daß ihr Weg eine Zeitlang auf einer der vorzüglichsten Stromfahrten der Stadt fortging. Nach und nach wurden aber diese Töne seltener, und hörten endlich ganz auf, so daß alles was sein Ohr vernehmen konnte, bloß das regelmäßige und einförmige Plätschern ihres eigenen Ruders war.

Endlich hielt nach Verlauf von beinahe einer Stunde das Boot still und ward an eine Treppe befestigt. Die Vorhänge wurden hinweggezogen, und Honain stieg mit seinem Gefährten aus.

Aus einem Cypressenhaine am Ufer des breiten, aber stillen Flusses erhob sich ein niedriges, aber sehr ausgedehntes Gebäude, mit weißen und goldenen Arabesken bemalt, unregelmäßig aber malerisch in seiner Form, mit einigen kleinen Kuppeln, und hohen und schlanken Thürmen. Der reißende Strom hatte sie weit von der Stadt hinweg= geführt, die in großer Entfernung noch sichtbar war. Um= her erblickte man weder eine Wohnung, noch ein mensch= liches Wesen. Am gegenüberstehenden Ufer lagen ummau= erte Gärten. Selbst kein Boot ruderte vorüber.

Honain winkte immer noch schweigend Alroy zu, ihm zu folgen, ging zu einer kleinen Thür und klopfte an. Augenblicklich ward von einem einzelnen Nubier geöffnet, der sich ehrerbietig verbeugte, als die Besuchenden vorüber= gingen. So schritten sie durch einen niedrigen und düstern Gang, der mit Bogen von Gitterwerk bedeckt war, bis sie an eine Thür von Schildkröt' und Perlmutter gelangten. Hier wendete sich Honain, der vorausgegangen, zu Alroy um, und rief ihm zu: „Was auch geschehen und wer Euch auch nahen mag, sprecht nicht, so lieb Euch Euer und mein Leben ist.“

Das Thor ward geöffnet, und sie befanden sich in einer großen prachtvollen Halle. Pfeiler von vielfarbigem Marmor stiegen aus roth und blauer Fußtäfelung von demselben Gehalt empor und trugen eine gewölbte, kreis= förmige und hoch sich hebende Decke von Purpur, Scharlach und Gold. Um einen Springbrunnen her, der sich aus einem unermeßlichen Becken von Lapislazuli funfzig Fuß hoch erhob, saß auf kleinen gelben Matten aus der Berberei eine Gruppe nubischer Eunuchen in reiche Gewänder von Gold und Scharlach gekleidet, und mit elfenbeinernen Streit= äxten bewaffnet, deren mit den köstlichsten Arabesken aufs feinste ausgelegten Griffe von den blauen und glänzenden Klingen sonderbar abstachen.

Als der Befehlshaber der Eunuchen=Wache Honain erblickte, stand er auf, legte die Hand auf Kopf, Mund und Herz und begrüßte ihn damit. Der Arzt des Kalifen

bedeutete Alroy zurückzubleiben, trat einige Schritte weiter
vor, und ließ sich in ein flüsterndes Gespräch mit dem
Eunuchen ein. Nach einigen Minuten setzte sich dieser wie=
der, Honain winkte Alroy ihm zu folgen, und so schritten
sie durch die Halle.

Nachdem sie durch einen offenen Bogen gekommen,
traten sie in einen viereckigen Rosenhof. Jedes Blumenbeet
war von einem Strome funkelnden Wassers umflossen, und
schwamm wie eine Feeninsel auf einem Zauberozeane. Das
Geräusch des Wassers und der Duft der Blumen vermisch=
ten sich mit einander und brachten ein einschläferndes
Gefühl hervor, dem zu widerstehen Alroy nur seine außer=
ordentliche Neugier befähigte. Sie gingen nun längs einem
Säulengang von leichter, luftiger Bauart hin, der die Halle
mit dem übrigen Theile der Gebäude verband, und standen
dann vor einem hohen, prächtigen Portale.

Es war ein steinernes Thor, dreißig Fuß in der Höhe,
aus einem einzigen Blocke von grün und rothem Jaspis
gearbeitet, und in einen phantastischen, wellenförmigen
Bogen ausgehauen, wie ihn die Sarazenen lieben. Der
geniale Künstler hatte den Vortheil benutzt, den ihm die
rothen Adern des kostbaren Steins darboten, und sie in
hocherhabener Arbeit zu zwei großen, kühngewundenen
Schlangen zugemeißelt, die ihre gekrönten Häupter und
funkelnden Augen auf Honain und seinen Gefährten vor=
streckten.

Der Arzt des Kalifen zog seinen Dolch aus dem Gürtel
und schlug damit dreimal auf eines dieser Schlangenhäupter.
Das massive Portal öffnete sich mit gewaltigem Geräusch
und Getöse, und vor ihnen stand ein abyssinischer Riese,
der einen brüllenden Löwen am Leitseil hielt.

„Still, Harun!" sagte Honain zu dem Thiere, indem
er seinen Arm hob, und der Löwe krümmte sich schweigend.
„Würdiger Morgargon, ich bringe Euch einen Bekannten."

Der Abyssinier zeigte seine Fangzähne, breiter und weißer als die des Löwen, indem er grinsend den Gruß des höflichen Honain in Empfang nahm und stieß einige ungebildete Töne aus, aber sprechen konnte er nicht, denn er war stumm.

Das Portal von Jaspis führte die Wandernden in ein hohes, geräumiges und gewölbtes Gemach, durch hohe Fenster von mattem Glase beleuchtet, mit Tapeten von Silber und Seide behangen, von den köstlichsten Teppichen bedeckt und von gewaltigen Lagerstätten umgeben. So gingen sie durch mehrere ähnliche Gemächer, in deren einigen sich Spuren zeigten, daß sie erst vor Kurzem bewohnt gewesen waren, bis sie zu einem andern viereckigen Raume gelangten, den ein ganz sonderbarer Springbrunnen fast ausfüllte. Dieser erhob sich aus einem goldnen mit Perlen ausgelegten Becken, um welches her Gestalten von seltenen vierfüßigen Thieren, aus dem köstlichsten Metall und edlen Steinen geformt, standen. Hier schlich ein goldner Tiger mit flammenden Augen von Rubin und wellenförmigen Streifen von Opal, wie nach einem blutigen Mahle, zu dem erfrischenden Quell; ein Kamelopard hob seinen schlanken silbernen Nacken aus der Mitte einer Gruppe aller Einwohner des Waldes, und glänzende Schaaren von Affen aus köstlichen Steinen saßen und standen in jeder nur möglichen phantastischen Stellung auf dem Rande des Beckens.

Der Springbrunnen selbst war ein Baum von Gold und Silber, der sich in unzählige Zweige vertheilte, mit den verschiedenartigsten Vögeln bedeckt, deren Gefieder durch gleichfarbige, kostbare Steine nachgeahmt war, und die so wie sie aus ihren Schnäbeln das erfrischende und melodische Element ergossen, in den reizendsten Tonweisen zu singen schienen.

Kaum konnte sich Alroy eines Ausruf's der Bewun-

derung enthalten, aber Honain wendete sich schnell mit dem
Finger auf den Mund gelegt zu ihm, verließ das Viereck,
und so traten sie in die Gärten.

Hohe Terrassen, dunkle Massen von Cypressen, ge=
wundene Gänge von Akazien, in der Entfernung ein end=
loses Paradies, und hie und da ein funkelnder Pavillon,
ein köstlicher Kiosk. Sein Anblick vom Flusse aus hatte
Alroy nicht auf die Ausdehnung des Palastes selbst vorbe=
reitet. Dieser schien nun kein Ende zu haben, und doch
hatte er bis jetzt nur einen sehr kleinen Theil desselben
gesehen. Indem sie so vorwärts schritten, hörten sie plötz=
lich Trompetengeschmetter. Der Klang kam näher und
näher, ward lauter und lauter. Bald hörte man auch die
Fußtritte nahender Menschen. Honain zog Alroy bei Seite.
Ein Zug trat aus einem dunklen Cypressenhaine hervor.
Vierhundert Männer führten eben so viele Jagdhunde mit
Halsbändern von Gold und Rubinen. Dann kamen hun=
dert Mann, jeder mit einem bedeckten Falken. Ferner sechs
Reiter in reicher Kleidung. Nach ihnen ein einzelner Reiter
auf einem Rosse, dessen Stirn mit einem Sterne bezeichnet
war. Der Reiter war von mittlerm Alter, schön und wür=
devoll. Er war einfach gekleidet, der Stiel seines Jagd=
spießes aber mit köstlichen Diamanten besetzt und die Spitze
von Gold. Eine Schaar nubischer Eunuchen, in scharlach=
nen Gewändern, mit elfenbeinernen Streitäxten, schloß den
Zug.

„Der Kalif!" flüsterte Honain, als sie vorüber waren,
und legte schnell den Finger wieder auf die Lippen, um
jede weitere Frage zu verhindern. Dies bestätigte endlich
Alroy's Vermuthung, daß sie sich im Palaste des Beherr=
schers der Gläubigen befänden.

Die Wandrer gingen nun auf einem ungebahnten, ge=
krümmten Wege weiter fort, der sie nach einiger Zeit zu
einem kleinen und sanft sich herabsenkenden freien Platze

brachte, der mit Zedern von beträchtlicher Größe umgeben
war. Auf diesem Platze stand ein Kiosk, ein langes Gebäude mit vielen Fenstern, die mit Blenden geschützt und
noch überdies durch ein vorspringendes Dach beschirmt
waren. Der Kiosk war aus weißem und grünem Marmor
gebaut, und es führten längs des Gebäudes Stufen hinauf,
abwechselnd aus gleichem Marmor und fast ganz mit Ro-
senbäumen bedeckt. Honain bestieg die Stufen allein und
trat in den Kiosk. Nach einigen Minuten sah er aus
einem der Fenster und winkte Alroy. David schritt vor,
Honain aber, der sich vor einer Uebereilung von ihm fürchtete, ging ihm entgegen und flüsterte mit einem leisen Tone,
zwischen kaum geöffneten Lippen, zu ihm: „Denkt daran,
daß Ihr taub, stumm und ein Eunuch seid." Alroy konnte
sich kaum des Lachens erwehren, und der „Fürst der Gefangenschaft" und der Arzt des Kalifen traten nun zusammen in den Kiosk.

Zwei verschleierte Frauen und zwei Eunuchen von der
Wache empfingen sie im Vorzimmer. Darauf traten sie in
ein Gemach, das fast die ganze Länge des Kiosk einnahm,
auf der einen Seite nach dem Garten zu ging, und auf
der andern eine mit Elfenbeinverzierungen ausgelegte Wand
mit Nischen in grünem Fresco gemalt zeigte, in deren jeder
ein Rosenbaum stand. Auch war jede Nische mit einem
fast unsichtbaren goldnen Gitterwerk bedeckt, unter welchem
eine Nachtigall weilte, die daher stets der geliebten Rose
treu zu bleiben schien. Am Fuße jeder Nische befand sich
ein Springbrunnen, statt des Wassers aber glänzte jedes
Becken von dem reinsten Quecksilber. Die Decke des Kiosk
bestand aus Perlmutter mit Schildkröt ausgelegt. Der
Fußboden zeigte eine Mosaik von den seltensten Marmor-
arten und köstlichsten Steinen, die trefflichsten Früchte und
schönsten Blumen darstellend. Ueber diesen Fußboden goß
ein Knabe aus Georgien dann und wann kühlende, wohl-

riechende Gewässer. Am Ende dieses geschmackvollen Ge=
machs stand ein Divan von lichtgrüner Seide mit Perlen
gestickt, nebst Kissen von weißem Sammt und Gold. Auf
einem dieser Kissen, in Mitten des Divan, saß eine Dame.
Sie sah aufmerksam auf ein Buch, welches auf ihren Knieen
lag und persische Gedichte enthielt, während eine ihrer
Hände mit einem Rosenkranze von Perlen und Smaragden
spielte, und die andere eine lange goldene Kette hielt, welche
eine weiße Gazelle fesselte.

Als Honain und sein Gefährte eintraten, blickte die
Dame auf. Sie war sehr jung; nicht älter als Alroy.
Ihr langes, lichtbraunes Haar, eine hohe und weiße Stirn,
mit blauen Adern durchwebt, umgebend, fiel mit Perlen,
durchflochten auf ihre Schultern wieder herab. Ihre Augen
waren sehr groß und dunkelblau, ihre Nase zart, aber hoch
und gebogen. Die Schönheit ihres Gesichts war hinreißend,
und als sie aufschaute und Honain grüßte, bildeten sich auf
ihren reizenden Wangen zwei Grübchen, die auf die bezau=
berndste Art gegen den allgemeinen Ausdruck ihrer Züge,
der stolz und verachtend war, abstachen. Sie war in ein
Gewand von carmoisinrother Seide gekleidet, ein grüner
Shawl schlang sich um ihren Wuchs, und aus ihm blickte
der diamantne Griff eines kleinen Dolches. Ihre vollen
weißen Arme zeigten sich in unendlicher Zartheit, wenn sie
gelegentlich aus den großen, weiten Hängeärmeln hervor=
schauten. Der Eine war mit Juwelen bedeckt, der rechte
Arm aber ganz nackt.

Honain näherte sich und küßte verneigt der Dame vor=
gestreckte Hand. Alroy zog sich in den Hintergrund.

„Man sagte mir," begann der Arzt, sich lächelnd
wieder verbeugend, „daß die Rose der Welt welke an die=
sem Morgen, und ihr Sklave eilte auf ihren Befehl herbei,
um ihrer zu pflegen."

— Es war Südwind, aber der Wind hat sich geän=

dert und die Rose der Welt ist wieder besser; — entgegnete lachend die Dame.

Honain fühlte ihr an den Puls.

„Ungleich," sagte der Arzt.

— Wie ich selbst, — entgegnete jene. — Ist das ein neuer Sklave? —

„Neu angekauft und von großem Werthe; er sieht gut aus, hat den Vortheil taub und stumm zu sein, und ist unschädlich in jeder Hinsicht."

— Das ist Schade! — erwiederte die Dame. — Es ist, als ob alle gut aussehenden Personen dazu geboren wären, keinen Nutzen zu schaffen. Ich zum Beispiele. —

„Das Gerücht flüstert aber das Gegentheil," bemerkte der Arzt.

— Wie so? — fragte jene.

„Der junge König von Chovaresm."

— Bah! Ich habe mir vorgenommen, ihn zu verab= scheuen. Ein Barbar! —

„Ein Held!"

— Saht Ihr ihn je? —

„Allerdings."

— Ist er schön? —

„Ein Erzengel."

— Und prachtliebend? —

„Ist er nicht ein Eroberer? Die ganze Beute einer Welt wird die Eure werden."

— Ich bin der Pracht müde. Ich erbaute mir diesen Kiosk, um ihrer zu vergessen. —

„Er ist nicht im mindesten glänzend," sagte Honain und sah sich lächelnd um.

— Nein — antwortete die Dame mit selbstzufriedener Miene, — hier wenigstens kann man vergessen, daß man das Unglück hat eine Fürstin zu sein. —

„Es ist allerdings ein großes Unglück."

— Und doch soll's noch das einzige erträgliche Loos sein. —

„Versteht sich."

— Wenigstens für unser unglückliches Geschlecht. —

„Sehr unglücklich."

— Wenn ich nur wenigstens ein Mann wäre. —

„Was für ein Held würdet Ihr sein!"

— Ich würde mir ein Vergnügen daraus machen, in steter Unruhe zu leben. —

„Daran zweifle ich nicht im geringsten."

— Habt Ihr mir die Bücher verschafft? — fragte verdrüßlich die Prinzessin.

„Mein Sklave trägt sie," entgegnete Honain.

— So laßt sie mich gleich sehen. —

Honain nahm Alroy das Paket ab, und legte dessen Inhalt vor, der aus denselben Bänden griechischer Gedichte bestand, die der Handelsmann für ihn erkauft hatte.

„Ich bin der Poesie überdrüssig," sagte die Prinzessin, indem sie die theuren Bände durchblätterte und dann weg= legte. „Ich sehne mich darnach, die Welt zu sehen."

— Auch dieser würdet Ihr bald müde werden; — entgegnete der Arzt.

„Ich glaube, daß gemeine Leute nie müde werden;" sagte die Prinzessin.

— Ausgenommen bei der Arbeit. Sorge begleitet sie durch's Leben. —

„Was ist Sorge?" fragte die Prinzessin lächelnd.

— Sie ist eine unsichtbare, aber allmächtige Gottheit. Sie stiehlt die Röthe von den Wangen und die Leichtigkeit aus den Pulsen, sie raubt den Appetit und macht das Haar grau. —

„Sie ist also keine wahre Gottheit, sondern ein Götzen= bild, das wir uns selbst machen. Ich bin eine ächte Ma=

homedanerin und werde sie also nicht anbeten. Erzählt
mir etwas Neues, Honain."

— Der junge König von Chovaresm. —

"Wieder von dem Barbaren! Ihr seid von ihm be-
stochen! Ich will nichts von ihm wissen. Ein Gefängniß
zu verlassen, um mich wieder in ein anderes einzuschließen
... Denkt mir nicht daran. Nein, mein lieber Hakim, wenn
ich ja heirathe, heirathe ich, um frei zu sein."

— Das ist unmöglich. —

"Meine Mutter war frei, bis sie eine Königin und
Sklavin ward. Ich denke so zu enden, wie sie begann.
Ihr wißt, wer sie war?"

Honain wußte es recht gut, aber er war zu politisch, um
sich nicht zu stellen, als wisse er es nicht.

"Die Tochter eines Räubers," fuhr die Prinzessin fort,
"die an der Seite ihres Vaters focht. Das ist doch noch
eine Existenz! Ich möchte ein Räuber sein! Das liegt so
im Blute. Ich möchte gern mein künftiges Schicksal wissen,
Honain. Ihr seid ein Astrolog, wahrsagt mir."

— Ich habe schon Eure Nativität gestellt. Euer Stern
ist ein Comet. —

"Das ist eine gute Vorbedeutung: glänzende Unord-
nung und irrender Glanz. Ich wünschte, ich wäre ein
Stern!" setzte die Prinzessin mit tiefer, voller Stimme und
nachdenkender Miene hinzu: "ein Stern am klaren, blauen
Himmel, schön und frei. Honain, die Gazelle hat ihre
Kette zerrissen und frißt mir meine Rosen ab!"

Alroy eilte hinzu und bemächtigte sich des anmuthigen
Flüchtlings. Honain warf ihm einen ängstlichen Blick zu.
Die Prinzessin nahm die Kette aus Alroy's Hand und rich-
tete ein forschendes Auge auf ihn.

"Was für helle Augen das arme Thierchen doch hat!"
rief sie aus.

— Die Gazelle? — fragte der Arzt.

„Nein, Euer Sklav;" erwiederte die Prinzessin. „Wa=
rum wird er denn roth? Wäre er nicht taub und stumm,
so sollte man glauben, er habe mich verstanden."

— Er ist sehr bescheiden, — versetzte Honain, nicht
ohne große Besorgniß; — und erschrickt vor der Freiheit,
die er sich genommen hat. —

„Ich liebe Bescheidenheit: sie ist so anziehend. Ich
bin auch bescheiden; meint Ihr nicht?"

— O gewiß. —

„Und anziehend?"

— Außerordentlich. —

„Mir sind alle anziehenden Personen verhaßt. Es
geht doch in der Welt nichts über einförmige Dummheit."

— Nichts! —

„Der Tag fließt in solcher Gesellschaft so heiter hin."

— So ist's. —

„Keine Verwirrung, keine Auftritte."

— Keine. —

„Auch ist's eine Regel für mich, nur häßliche Sklaven
zu haben."

— Da habt Ihr sehr Recht. —

„Honain, wollt Ihr mir denn immer widersprechen
Ihr wißt wohl, daß ich die schönsten Sklaven von der
Welt habe."

— Das weiß Jedermann. —

„Und wißt Ihr auch, daß Euer neuer Ankauf, der,
wie Ihr sagt, zu seinem Posten vollkommen geeignet ist,
mir sehr ansteht? Seid Ihr nicht derselben Meinung?"

— O, das versteht sich. Ich zweifle gar nicht, daß
Euer Hoheit ihn vollkommen geeignet finden würden, und
nichts in der Welt würde mir mehr Vergnügen machen,
ihn Euch zu überlassen, aber ich bin bei der letzten Geschichte
mit der Circassierin so in Unannehmlichkeiten gerathen,
daß —

„O laßt ihn mir, laßt ihn mir!"

— Gewiß, gewiß, — entgegnete der Arzt und suchte das Gespräch abzulenken; — und wenn der König von Chovaresm in Bagdad ankommt, könnt Ihr ihn Seiner Majestät zum Geschenke machen. —

„Vortrefflich! und ist der König wirklich schön, und jung, und tapfer? Hat er aber auch Geschmack?"

— Ihr habt genug für zwei. —

„Wenn er nur gegen die Griechen Krieg erklärte!"

— Warum seid Ihr so erbittert gegen die armen Griechen? —

„Ihr wißt, daß sie Ungläubige sind. Ueberdies könnten sie ihn schlagen, und ich dann das Vergnügen haben, gefangen genommen zu werden,"

— Vortrefflich. —

„Reizend! Constantinopel zu sehen, und den Kaiser zu heirathen!"

— Den Kaiser heirathen! —

„Das versteht sich. Er verliebte sich jedenfalls in mich."

— Jedenfalls. —

„Und dann ... und dann möchte ich Paris erobern."

— Paris? —

„Seid Ihr in Paris gewesen?"

— Ja. —

„Da sperrt man die Männer ein," lächelte die Prinzessin, „und läßt die Frauen thun was sie wollen?"

— Ihr könnt immer thun, was Ihr nur wollt; — entgegnete Honain und stand auf.

„Ihr geht?"

— Meine Besuche dürfen nicht zu lange dauern. —

„Lebt wohl, lieber Honain!" sagte die Prinzessin schwermuthsvoll. „Ihr seid die einzige Person in ganz Bagdad, die eine Idee hat, und Ihr verlaßt mich! Mein Loos ist schrecklich, alles zu fühlen und doch nichts zu sein. Diese

Bücher und Blumen, diese zarten Vögel, diese schöne Ga=
zelle — ach! Dichter mögen sagen, was sie wollen, wie gern
gäbe ich alle diese zierlichen Tröstungen des Lebens in der
Gefangenschaft gegen eine einzige Stunde der Freiheit auf.
Gestern schrieb ich einige Verse an mich selbst; da, nehmt
sie, und laßt sie von dem besten Schreiber in der Stadt
abschreiben. Silberne Buchstaben auf veilchenblauem Grunde
mit einer schönen Blumeneinfassung. Die Zeichnung dazu
könnt Ihr selbst machen. Lebt wohl! Komm her, Stummer!"
Alroy nahte sich auf ihren Wink und kniete nieder. „Da,
nimm diesen Rosenkranz, um Deines Herrn und Deiner
schwarzen Augen willen."

Die beiden Gefährten kehrten wieder schweigend in ihr
Boot zurück. Die Sonne ging unter. Die laute, wohl=
tönende Stimme der Muezzin erscholl von den unzähligen
Minarets der glänzenden Stadt. Honain zog die Vorhänge
der Barke zurück. Bagdad stieg vor ihnen in dichten Massen
prachtvoller zwischen Gärten und Gebüschen gelegener Ge=
bäude empor. Eine unzählbare, durch die stärkende Däm=
merung gelockte Volksmasse strömte in allen Richtungen
einher. Der Fluß war mit schimmernden Kaïks *), die fun=
kelnden Terrassen mit prächtigen Gruppen bedeckt. Glanz
und Macht, Luxus und Schönheit waren in ihren anziehend=
sten Formen vor ihnen ausgegossen, und Alroy's Herz
klopfte dieser Herrlichkeit entgegen.

„Ein hinreißender Anblick!" sagte der „Fürst der Ge=
fangenschaft."

— Sehr verschieden von Hamadan; — versetzte der
Arzt des Kalifen.

„Heut habe ich Wunder gesehen!" rief Alroy.

— Die Welt liegt vor Euch offen! — entgegnete ihm
Honain.

---

*) Eine Art langer und schmaler türkischer Fahrzeuge.

Alroy antwortete nicht, aber nach einigen Minuten sagte er mit zögernder Stimme: „Wer war die Dame?"

— Die Prinzessin Schirin, — erwiederte Honain; — die Lieblingstochter des Kalifen. Ihre Mutter war aus Georgien und eine Ungläubige. —

6.

Das Mondlicht fiel auf Alroy, der auf einem Ruhebette lag. Sein Gesicht war hinter seinem Arm verborgen. Er lag regungslos, schlief aber nicht.

Plötzlich sprang er auf und ging im Zimmer mit unruhigen Schritten hin und her. Manchmal blieb er stehen und blickte starr auf den Boden. Dann schritt er zum Fenster und kühlte seine glühende Stirn an der mitternächtlichen Luft.

Es verstrich eine ganze Stunde und der „Fürst der Gefangenschaft" blieb in derselben Stellung. Dann aber wandte er sich und schritt zu einem porphirnen Dreifuße, nahm dort einen Rosenkranz von Juwelen und drückte ihn an seine Lippen.

„Der Geist meiner Träume, endlich naht er sich; jene Gestalt, nach der ich geseufzt und geweint habe, die Gestalt, die in meiner glühendsten Phantasie emporstieg, wenn ich meine Augen vor den geräuschvollen Schatten dieser trüben Welt schloß."

„Schirin! Schirin! hier in dieser Einsamkeit ströme ich Dir die lange aufgesparte Leidenschaft aus, die Leidenschaft meines Lebens: keines gewöhnlichen, sondern eines Lebens voll tiefen Gefühls und schöpferischer Gedanken. O wie schön Du bist! Nein, mehr als schön! Denn Du bist mir wie ein Morgentraum! Warum bist Du nicht mein? warum müssen wir eine so köstliche Zeit verlieren in unserm strahlenden Leben, und unser Schicksal armselig machen, da es so reich und schön sein könnte?

„Thor! haft Du vergeffen? Das Entzücken eines Ge=
fangenen in seinem Kerker, deffen kühne Phantasie einen
Augenblick lang seine Feffeln Lügen straft — die Tochter
des Kalifen und ein — Jude!"

„Gebt mir meines Vaters Scepter!"

„Fort mit den Talismans! Ich bedarf keiner Begei=
sterung als das Andenken an sie, keines Zaubers als
ihres Namens. Bei'm Himmel! Ich will einziehen in
diese herrliche Stadt als Sieger, oder ich will untergehen."

„Wir selbst schaffen unser Glück und nennen es dann
Schicksal. Du sprachst weise, Honain. Du Feinster aller
Sadduzäer! Das geheiligte Blut floß in den Adern meiner
Väter, und sie thaten nichts; aber ich habe einen Arm,
geschickt ein Scepter zu führen, und ich will mir es gewinnen.

„Ich kann nicht zweifeln an meinem Siege. Sieg ist
ein Theil meines Daseins. Ich bin geboren zum Ruhme,
wie ein Baum geboren ward seine Frucht zu tragen, oder
seine Blüthen auszubreiten. Die That ist geschehen. Sie
ist bedacht und geschehen. Ich will den größten meiner
gekrönten Vorfahren befragen, und das in seinem Grabe.
Großer Salomo! Er freite auch um Pharao's Tochter. Ha!
welch ein Morgenroth der Zukunft für meine Hoffnungen!
Eine Vorbedeutung, eine auserwählte!"

„Oft habe ich meine traurige Jugend verflucht, jetzt
rufe ich Dir Heil zu. Du warst eine köstliche Vorbereitung.
Bei allen Himmeln, ich bin voll Freude: zum Erstenmale
in meinem Leben fühle ich sie. Ich könnte lachen und fech=
ten und trinken. Ich bin neu geboren; ich bin ein andres
Wesen; ich bin wahnsinnig!"

„Aber wie? Der junge König von Chovaresm, ein jugend=
licher Held! Wär' er doch Alschiroch gewesen. Mein Herz
thut mir weh schon bei dem bloßen Namen. Ach! meine
Prüfungen haben noch nicht einmal begonnen. Jabastor
warnte mich, der gute, aufrichtige Jabastor! Sein Talisman

drückt auf mein stürmisches Herz und scheint mich zu war=
nen. Ich bin in Gefahr. Ein Prahler stehe ich hier, und
fülle die gleichgültige Luft mit eitlen Worten, während
nichts vollendet ist. Ich werde irr! Der junge König von
Chovaresm! Was bin ich, verglichen mit diesem Fürsten?
Ein Nichts, außer in meinen Gedanken. Nicht würdig wür=
den sie mich achten auf dem ganzen Bazar auch nur seinen
Steigbügel zu halten. — O dieser Streit, dieser harte, nie
endende Streit zwischen meinem Loose und meinem pochen=
den Herzen, zwischen der eisigen Wirklichkeit und den rasen=
den Wünschen, die in meiner Brust leben!"

„Süße Stimme, die Du von Deiner heiligen Heimath
herabstiegst in Jabastor's entlegene Höhle und Trost mir
zuflüstertest, athme wieder! Athme mir wieder Deine sanfte
Aufforderung an's einsame Ohr und scheuche hinweg die Ge=
danken, die mich umlagern. Gedanken, schwarz und zwei=
felvoll, wie herab sich senkende Raubvögel, lauernd auf den
Fall eines Helden, und glühenden Auges bei dem Sturze
des Tapfern. Es liegt etwas Unseliges in diesen menschen=
reichen Städten. Nur in der Einsamkeit blüht der Glaube."

Hier warf er sich auf sein Lager, ließ sein Haupt sin=
ken und schien in Nachdenken verloren. Plötzlich aber sprang
er auf, ergriff seine Schreibtafel und zeichnete Folgendes ein:

„Honain, ich bin die ganze Nacht über gleich David
in der Wüste Siph gewesen; aber durch des Herrn Bei=
stand habe ich gesiegt. Ich fliehe aus dieser gefahrvollen
Stadt an das Werk, das ich nur zu lange versäumt habe.
Versuche es nicht, mich aufzufinden, und nimm meinen
Dank an."

Sechster Abschnitt.

1.

Eine sengende Sonne, ein blauer, glühender Himmel, an jeder Seite hohe Ketten schwarzer, kahler Berge, dunkle Felsschluchten, tiefe Höhlen, bodenlose Abgründe!

Ein einsames Wesen bewegte sich in der Entfernung. Schwach und mühsam klimmte ein Pilger den steilen, steinigen Pfad empor.

Die schwülen Stunden schritten weiter, der Pilger erreichte endlich den Gipfel des Gebirgs, eine schmale, rauhe Ebene mit großen Massen abgerissener Felsstücke überstreut. Alles umher Verwüstung. Keine Quelle, kein Obdach, Vögel und Insekten gleich stumm. Aber es war doch der Gipfel! Keine höhere Bergspitze drohte in der Entfernung. Der Pilger hielt an, athmete leichter, und ein schwaches Lächeln spielte auf seinem ermatteten aber ernsten Angesichte.

Hier ruhte er wenige Minuten, und zog dann aus seinem Reisesacke einige Heuschrecken und wilden Honig und einen kleinen Schlauch mit Wasser. Sein Mahl war eben so kurz als einfach. Eine brennende Sehnsucht den Ort seiner Bestimmung vor Einbruch der Nacht zu erreichen, drängte ihn vorwärts. Bald war die Bergebene überschritten und das Absteigen begann. Erst zeigte sich ein einzelner Oelbaum, dann eine Gruppe derselben, und bald schwollen diese zu einem Walde an. Sein Weg ging durch den anmuthigen und ungewohnten Schatten. Aus dem Walde

heraustretend, sah er, daß er fast die Hälfte des Berges
wieder herabgekommen sei. Dieser endete steil in einer sehr
düstern und engen Schlucht, die durch einen gegenüber lie=
genden Berg gebildet ward, dessen hoher Gipfel mit einer
Stadt gekrönt war, die malerisch, stufenweis sich an ihm
heraufzog.

Man konnte sich nichts Wüsteres, Schrecklicheres und
Wilderes denken, als die sie umgebende Gegend, in welcher
sich auch nicht eine Spur von Anbau zeigte. Die Stadt
stand da, wie der letzte Fechter in einem Amphitheater der
Vernichtung.

Sie war mit einer Mauer und hohen Thürmen um=
geben, deren Bauart dem Pilger völlig fremd erschien.
Thore mit Zugbrücken und Fallgattern, viereckige Thürme
und gewaltige Schießscharten. In Stahl gewaffnete Schild=
wachen, glänzend im Sonnenscheine, wanderten in regel=
mäßigen Zwischenräumen auf dem schützenden Walle umher,
und auf einem hohen Thurme wehte eine schneeweiße Fahne
mit einem dunkelrothen Kreuze.

Der „Fürst der Gefangenschaft" erblickte endlich die
verlorene Hauptstadt seiner Ahnen.

2.

Vor einigen Monaten würde ein solcher Anblick alle
schlummernden Leidenschaften Alroy's aufgeregt haben, aber
Zeit, Leiden und traurige Erfahrungen hatten bereits den
kühnen Geist des hebräischen Fürsten einigermaßen gebeugt.
Er schaute auf Jerusalem, er betrachtete die Stadt David's,
von den gewaltigen Kriegern des Christenthums besetzt,
und bedroht von den zahllosen Heeren des Halbmonds.
Die beiden großen Hälften der Welt schienen um einen
Preis zu kämpfen, um dessen Rettung willen er, der ein=
same Wanderer, die Wüste durchkreuzt hatte. Hielt ihn
auch sein Glaube davon ab, an der Möglichkeit des Gelin=

gens dieser Unternehmung zu zweifeln, so fühlte er es doch
tief, daß die Welt etwas ganz Anderes sei, als er sich in
den Gärten von Hamadan und zwischen den Felsen des
Caucasus vorgestellt hatte, und daß, wenn sein Vorhaben
jemals ausgeführt werden sollte, es ganz allein auf Eine
Art geschehen könne. Ruhig, vielleicht sogar etwas nieder=
geschlagen, aber voll frommer Demuth, und von heiliger
Hoffnung nicht verlassen, stieg er in das Thal Josaphat
herab, stillte seinen Durst im Siloah, stieg die entgegenge=
setzte Anhöhe hinauf, und bald trat nun David Alroy in
Jerusalem durch das Thor von Zion ein.

Man hatte ihm gesagt, daß das Quartier seines Volkes
nahe an diesem Eingange liege. Er fragte nun eine Schild=
wacht nach dem Wege dahin; diese ließ sich aber nicht
herab, ihm zu antworten. Ein alter Mann in sehr scha=
biger Kleidung, der eben vorüber ging, winkte ihm.

„Was begehrst Du, Freund?" fragte Alroy.

— Du erkundigst Dich nach dem Quartiere unseres
Volkes. Du mußt wahrhaftig sehr fremd in Jerusalem sein,
um zu glauben, daß ein Franke mit einem Juden sprechen
werde. Du kannst von Glück sagen, daß Du nicht gestoßen
oder beschimpft wurdest. —

„Beschimpft und gestoßen! Wehe diesen Hunden,
wenn —"

— Still, still! um Gottes Willen! — sagte sein neuer
Gefährte in großer Angst. — Hast Du ihrem Anführer
Geld geliehen, daß Du so zu sprechen wagst? In Jerusalem
spricht unser Volk nur halb laut. —

„Meinetwegen: um Worte handelt sich's nicht. Wo
ist unser Quartier?"

— Hat man je so etwas gesehen! Spricht er nicht, als
wäre er ein Franke? Ich bewahre ihn davor, daß man
ihm nicht mit einem Blechhandschuh den Kopf einschlägt,
und er —

„Mein Freund, ich bin müde. Unser Quartier?"

— Wen begehrt Ihr dort? —

„Den obersten Rabbi."

— Habt Ihr Briefe an ihn? —

„Was geht das Euch an?"

— Still! still! Ihr wißt gar nicht, wie es in Jerusalem zugeht, junger Mann. So kommt Ihr nicht fort. Wo kommt Ihr her? —

„Von Bagdad."

— Bagdad! Jerusalem ist nicht Bagdad. Ein Türke ist ein Thier, aber ein Christ ist ein Teufel. —

„Aber unser Quartier, unser Quartier!"

— So haltet doch nur Ruhe. Ihr fragt nach dem obersten Rabbi? —

„Ja, ja!"

— Rabbi Zimri. —

„Kann sein. Ich weiß das nicht, ist mir auch einerlei."

— Weiß es nicht, und ist ihm einerlei! Das geht ja gar nicht; so kommt Ihr in Jerusalem nicht fort. An so etwas müßt Ihr gar nicht denken. —

„Hört, ich sehe, daß Ihr ein elender Schwätzer seid. Zeigt mir unser Quartier, und ich will Euch gut bezahlen — oder packt Euch."

— Mich packen? Bist Du ein Hebräer? Sich packen zu irgend Jemand zu sagen! Ihr kommt von Bagdad! Da will ich Euch etwas sagen: geht wieder zurück nach Bagdad. Für Jerusalem paßt Ihr nicht im geringsten. —

„Euer grauer Bart ist Euer Glück! Alter Narr, ich bin ein Pilger und eben angekommen, müde über allen Ausdruck, und Ihr haltet mich hier auf, um Euerm albernen Geschwätze zuzuhören!"

— Albernes Geschwätz! Ei, ei! was soll das heißen? —

„Führt mich zum Rabbi Zimri — wenn das sein Name ist?"

— Wenn das sein Name ist! Nun, jedermann kennt doch den Rabbi Zimri, den obersten Rabbi von Jerusalem, den Nachfolger Aarons! Wir haben unsern Tempel noch, was wollen sie denn da weiter? Ein gar gelehrter Mann ist der Rabbi Zimri. —

„Verwünschter Plauderer! Ich schäme mich, meine Geduld an einem solchen Narren zu verschwenden."

— Plauderer! Narr! ei, ei, wer seid denn Ihr? —

„Einer, den Ihr nicht begreifen könnt. Und nun kein Wort weiter. Führt mich zu Euerm Oberhaupte."

— Oberhaupt! Da habt Ihr nicht weit zu gehen. Ich kenne niemand von unserm Volke, der sein Haupt höher hielt als ich, und sie nennen mich Zimri. —

„Wie? Der oberste Rabbi! — Dieser gelehrte Mann!"

— Nichts geringeres. Ich denke doch, Ihr habt von ihm gehört? —

„Laßt uns das Vorgefallene vergessen, guter Zimri. Wenn große Männer Incognito spielen, müssen sie manchmal harte Worte hören. Das geschieht dem Kalifen eben so gut wie Euch. Ich freue mich, die Bekanntschaft eines so großen Gelehrten zu machen. Obgleich noch jung und schlecht gekleidet, habe ich doch die Welt etwas gesehen und kann am nächsten Sabbat in der Synagoge mehr Dirhems darbringen, als Ihr vielleicht glauben dürftet. Guter und gelehrter Zimri, ich wünschte Euer Gast zu sein."

— Ein sehr achtungswerther junger Mann! und er spricht jetzt so leis und sanft! Aber es war ein Glück, daß ich bei der Hand war. Guter — wie ist Euer Name? —

„David."

— Ein recht verständiger Name! — guter David, es war ein Glück, daß ich bei der Hand war, als Ihr mit der Schildwacht spracht. Ein Jude mit einem Franken sprechen, und noch dazu mit einer Schildwacht! Ei, ei, ei! das ist was schönes! Ha, ha, ha, wie wird Rabbi

7

Maimon lachen! Wahrhaftig, es war ein wahres Glück?
Nicht wahr? —

„Allerdings, ein großes Glück."

— Nun, das ist doch aufrichtig! — Da, den Weg
da! Es ist nicht weit. Wir sind unsrer wenig hier, mein
lieber Herr, aber es wird eine bessere Zeit kommen, ja, sie
wird kommen. —

„Das glaube ich auch. — Ist das Euer Haus?"

— Ein ganz bescheidenes. Jerusalem ist nicht Bag=
dad, aber Ihr seid willkommen. —

3.

„König Pirgandicus war drinn," sagte Rabbi Maimon:
„aber seitdem niemand mehr."

— Und wann lebte der? — fragte Alroy.

„Seiner Regierung wird im Talmud gedacht," ent=
gegnete Rabbi Zimri; „aber im Talmud stehen keine Jah=
reszahlen."

— Es ist wohl lange her? — sagte Alroy.

„Seit der Gefangenschaft," versetzte Rabbi Maimon.

— Ich glaube es kaum, entgegnete Rabbi Zimri,
weshalb wäre er denn da König genannt? —

„War er aus dem Stamme David?" fragte Alroy
weiter.

— Ohne Zweifel, — antwortete Rabbi Maimon; —
er war einer unsrer größten Könige und besiegte Julius
Cäsar. —

„Sein Königreich lag in dem nördlichen Theile Afri=
ka's," setzte Rabbi Zimri hinzu, „und existirt noch heutigen
Tages, wenn wir es nur finden könnten."

— Ja, ja, — fuhr Rabbi Maimon fort, — das Scep=
ter ist nie aus Juda gewichen; und er ritt stets auf einem
weißen Elephanten. —

„Mit goldnen Decken," ergänzte Rabbi Zimri.

— Und besuchte die Gräber der Könige? — fragte
Alroy.

„Ohne Zweifel;" erwiederte Rabbi Maimon: „die
ganze Sache steht im Talmud."

— Und jetzt kann diese Niemand mehr finden? —

„Niemand!" antwortete Rabbi Zimri; dem gelehrten
Moses Halevy jedoch zu Folge, liegen sie in einem Thale
der Gebirge des Libanon's, welches von dem Erzengel
Michael versiegelt ward."

—, Der berühmte Gelehrte Abarbanel aus Babylon,
— sagte Rabbi Maimon, — giebt in seinem Commentar
zu der Gemara hundert und zwanzig Gründe zum Beweise
an, daß sie bei der Einnahme des Tempels unter die Erde
versunken sind. —

„Kein Mensch schreibt so gelehrt wie Abarbanel von
Babylon!" rief Rabbi Zimri aus.

— Der große Rabbi Akiba von Pumpebita, — setzte
Rabbi Maimon hinzu, — hat sie jedoch alle widerlegt, und
glaubt, daß diese Gräber in den Himmel versetzt worden
seien. —

„Und was ist nun wahr?" fragte Rabbi Zimri.

— Keines von beiden; — antwortete Rabbi Maimon.

„Einhundert und zwanzig Gründe sind doch ein tüch=
tiger Beweis;" warf Rabbi Zimri ein.

— Der hochgelahrte und berühmte Aaron Mendola
von Granada, — entgegnete Rabbi Maimon; — hat ge=
zeigt, daß wir die Gräber der Könige im südlichen Spa=
nien zu suchen haben. —

„Alles, was Mendola schreibt, ist der Beachtung werth;"
sagte Rabbi Zimri.

— Rabbi Hillel von Samaria ist jeden Augenblick
zwei Mendola's werth; — erwiederte Rabbi Maimon.

„Das ist ein sehr gelehrter Mann!" bemerkte Rabbi
Zimri; „und was sagt der?"

Hillel beweist, daß es zweierlei Gräber der Könige giebt, — sagte Rabbi Maimon; — und daß keins von beiden doch das rechte ist. —

„Was für ein gelehrter Mann!" rief Rabbi Zimri aus.

— Und sehr genügend; — bemerkte Alroy.

„Das sind erhabene Gegenstände," fuhr Rabbi Maimon fort, und seine Augen blinzelten wohlgefällig. „Euer Gast, Rabbi Zimri, muß die Abhandlung des gelehrten Schimri von Damascus „Ueber wirkliche Unmöglichkeiten" lesen."

— Das ist ein Werk! — rief Zimri aus.

„Drei Nächte nach einander schlief ich nicht, nachdem ich's gelesen hatte," sagte Maimon. „Es enthält zwölftausend fünfhundert und sieben und dreißig Anführungen aus dem Pentateuch und nicht eine einzige Original-Bemerkung."

— Es gab damals wahre Riesen: — sagte Zimri; — wir sind jetzt nur Kinder dagegen. —

„Das erste Kapitel sagt ganz dasselbe, man mag es rückwärts oder vorwärts lesen;" fuhr Maimon fort.

— Ischabod! — rief Zimri aus.

„Und der Anfangsbuchstabe jeder Abtheilung ist ein kabalistisches Zeichen eines Königs von Juda."

— Der Tempel wird doch wieder aufgebaut! — sagte Zimri.

„Ja, ja, das nenne ich Gelehrsamkeit!" rief Maimon aus. „Aber was ist dieses große Werk Ueber wirkliche Unmöglichkeiten gegen jenes tiefe, bewundernswürdige und —"

— Heiliger Rabbi! — sagte ein junger Vorleser aus der Synagoge, der jetzt eben eintrat, — die Stunde ist da. —

„Das ist mir unlieb! Gelehrter Maimon, ich muß in die Synagoge. Ich könnte Euch den ganzen Tag über zuhören. Kommt David, das Volk erwartet uns."

Zimri und Alroy verließen das Haus und gingen

durch die engen und bergigen Gaſſen zu der Hauptſynagoge der Hebräer.

„Es thut dem ehrwürdigen Maimon ſehr leid, daß er uns nicht begleiten kann," ſagte Rabbi Zimri. „Ihr habt ohnſtreitig ſchon in Bagdad von ihm gehört. Ein ſehr gelehrter Mann."

Alroy verbeugte ſich ſchweigend.

„Er ſieht für ſein Alter noch recht gut aus. Ihr würdet wohl kaum glauben, daß er mein Lehrer war."

— Ich erkenne nur, daß Ihr viel von ſeiner Gelehrſamkeit geerbt habt. —

„Ihr ſeid zu gütig. Wenn noch ein Jahr vorüber iſt, wird Rabbi Maimon deren hundert und zehn werden: nächſtes Oſterfeſt."

— Das glaube ich wohl. —

„Wird er zu ſeinen Vätern geſammelt, ſo verliſcht ein großes Licht in Israel. Ihr wolltet etwas über die Gräber der Könige wiſſen, da ſagte ich Euch, daß er der Mann dazu ſei. Wie voll von allem er war! O! ſein Geiſt iſt ein wahres Ei."

— Ein etwas altes. Ich fürchte, ſeine Leitung wird mir ſchwerlich das beneidenswerthe Glück des Königs Pirganbicus verſchaffen. —

„Unter uns, lieber David; da wir von dem Könige Pirganbicus ſprechen, ſo kann ich mir nicht helfen, zu glauben, daß der gelehrte Maimon ein kleines Mißverſtändniß gemacht hat. So viel ich weiß, war Pirganbicus nur ein Fürſt. Es war nach der Gefangenſchaft, und ich wüßte keinen Gewährsmann dafür, daß irgend einer unſerer Beherrſcher ſeit der Zerſtörung einen höhern Titel geführt habe. Ausgemacht, bloß ein Fürſt! Ich möchte es freilich Niemand weiter zuflüſtern als Euch, aber mir kommts doch vor, als ob unſer würdiger Freund etwas alt würde. Wir müſſen

uns immer aber dabei an seine Jahre erinnern. Hundert
und zehn zum nächsten Passah. Das ist eine große Bürde."

— Ja, und wenn man seine Gelehrsamkeit dazu nimmt,
wahrhaftig eine recht große! —

„Ihr seid schon seit einer Woche in Jerusalem und
habt unsre Synagoge noch nicht besucht! Ob auch nicht von
Zedern und Elfenbein, ist sie doch auch ein Tempel. Hier=
hin! Nur eine Woche erst seid Ihr hier? Wie Ihr doch
jetzt ganz ein anderer Mensch seid! Ich werde unser erstes
Zusammentreffen nie vergessen. Ihr kanntet mich nicht.
Das war lustig! Und als ich Euch sagte, ich sei der oberste
Rabbi Zimri, wie waret Ihr da gleich verändert? Auch
habt Ihr Eure volle Eßlust wieder bekommen. O! es ist
etwas sehr Angenehmes, wieder unter seinem Volke zu sein.
Links hin. So! wir müssen hier etwas abwärts steigen.
Wir halten unsre Zusammenkünfte auf einem ehemaligen
Kirchhofe. Ihr habt gewiß einen schönen Tempel in Bag=
dad, davon bin ich überzeugt. Jerusalem ist nicht Bagdad.
Aber dieser hat auch seine Ursachen. Er ist sichrer, und
wir sind nicht sehr reich, wünschen auch nicht so zu scheinen."

4.

Ein langer Gang führte sie zu einer Anzahl kleiner,
niedriger Gemächer, wo man aus einem in das andere
ging. Sie wurden von ehernen Lampen erleuchtet, die hier
und da in leeren Nischen standen, in welchen sonst Leich=
name gelegen hatten, und die jetzt durch den Rauch der
Lampen beschmutzt waren. Zwischen zwei= und dreihundert
Personen waren in diesen Gemächern versammelt, und wer
aus dem hellen Tageslichte dahin herabstieg, konnte kaum
etwas unterscheiden. Nach und nach gewöhnte sich aber
das Auge an die trübe und dunstige Atmosphäre, und Al=
roy erblickte in dem letzten und besser erleuchteten Gemache
ein hohes Bauwerk von Cedernholz, das Nachbild der

Bundeslade, in welchem sich die heiligen Gefäße und die geweihten Abschriften des Gesetzes befanden.

Hier standen die unglücklichen Ueberreste Israels, gefangen in ihrer ehemaligen Hauptstadt, in Reihen aufgestellt, gelobten, troß ihrer Leiden, ihrem Gotte Treue, und bewiesen sie, ohnerachtet alles Schmerzes getäuschter Hoffnungen. Ihr einfacher Gottesdienst war beendet, die Gebete gelesen, die Antworten gegeben, das Gesetz aufgelegt und vom Vorbeter ihre frommen Gaben bekannt gemacht. Nachdem nun dieses geschehen, öffnete der ehrwürdige Zimri einen Band des Talmuds und legte, durch die Ansichten aller jener unterrichteten und berühmten Männer, der Helden seiner gelehrten Gespräche mit dem bejahrten Maimon, gekräftigt, dem versammelten Volke das Gesetz aus.

„Es steht geschrieben,“ sagte der Rabbi, „Du sollst keinen andern Gott haben neben mir. Wißt Ihr aber, was unser Vater Abraham sagte, als Nimrod ihm befahl, das Feuer anzubeten? Abraham antwortete: warum nicht lieber das Wasser, welches das Feuer verlöschen kann? Warum nicht die Wolken, welche Wasser herabgießen können? Warum nicht die Winde, welche Wolken erzeugen können? Warum nicht Gott, welcher Winde schaffen kann?“

Ein Gemurmel des Beifalls lief durch die Versammlung.

„Eliezer,“ sagte Zimri zu einem jungen Rabbi gewendet; „es steht geschrieben, daß der Herr eine Rippe nahm von Adam als dieser schlief. Ist denn Gott ein Räuber?“

Der junge Rabbi richtete bestürzt und verlegen seine Augen auf den Boden. Die Versammlung selbst war eben so verlegen und etwas beunruhigt darüber.

„Nun? Keine Antwort?“ sagte Zimri.

— Rabbi, — entgegnete ein Fremder, ein großer schwarzbrauner afrikanischer Pilger, der in einer Ecke in einen rothen Mantel gehüllt stand, und über den eine Lampe ein flackerndes Licht ergoß: „Rabbi, in mein Haus brachen in vergangener Nacht Räuber ein und stahlen mir ein irdenes Geschirr, ließen mir aber statt dessen ein goldenes Gefäß zurück. —

„Wohl gesprochen, sehr wohl gesprochen!" rief die Versammlung. Der Beifall war laut.

„Gelehrter Zimri," fuhr der Afrikaner fort; „es steht in der Gemara, daß es einen Jüngling in Jerusalem gab, der in Liebe gerieth zu einer schönen Jungfrau, sie aber verhöhnte ihn. Und der Jüngling war so ergriffen von dieser Leidenschaft, daß er nicht sprechen konnte; wenn er sie aber ansichtig ward, blickte er flehend auf sie und sie verlachte ihn. Eines Tages nun begab sich der Jüngling, da er nicht mehr wußte, was er beginnen sollte, in die Wüste; und gegen Nachtzeit ging er wieder nach Hause, die Thore der Stadt aber waren verschlossen. Und er stieg herab in das Thal Josaphat und trat in das Grabmal Absalons und schlief darin. Und er träumte einen Traum, und am folgenden Morgen ging er voll Heiterkeit in die Stadt. Und die Jungfrau begegnete ihm und fragte ihn: Bist Du das, der so lacht? Und er antwortete: Gestern war ich traurig und in Verzweiflung, und ging aus der Stadt in die Wüste, und kehrte zurück, aber die Thore der Stadt waren verschlossen, und ich stieg herab in das Thal Josaphat und trat in das Grabmal Absalon's und schlief darin, und träumte einen Traum, und seitdem habe ich immer gelacht. Und die Jungfrau sagte: erzähle mir Deinen Traum. Und er antwortete und sagte: ich werde meinen Traum bloß meinem Weibe erzählen, denn er betrifft ihre Ehre. Und die Jungfrau ward neugierig und sagte: ich bin Dein Weib, erzähle mir Deinen Traum. Und sogleich gingen sie, und wurden verheirathet, und lachten seitdem stets alle Beide. Nun, hochgelehrter Zimri, was soll diese Erzählung bedeuten, ein bloßer Scherz für einen

Meister des Gesetzes, aber sie ward geschrieben von dem größten Gelehrten der Gefangenschaft?“

— Das übersteigt meine Begriffe, — antwortete der oberste Rabbi.

Rabbi Eliezer schwieg. Die Versammlung murrte.

„So höre dann jetzt die Auslegung:“ sagte der Afrikaner. „Der Jüngling ist unser Volk, und die Jungfrau ist unser verlornes Zion, und das Grabmal Absalons beweist, daß die Rettung allein kommen kann vom Hause Davids. Hörst Du dies, junger Mann?“ fuhr der Afrikaner fort, trat vor und legte seine Hand auf Alroy. „Ich spreche zu Dir, weil ich tiefe Aufmerksamkeit in Deinem Benehmen beobachtet habe.“

Der „Fürst der Gefangenschaft“ war betroffen und warf einen Blick in das schwarzbraune Gesicht vor ihm; aber der Blick las nichts. Der obere Theil des Gesichts des Afrikaners war halb durch dichtes, gekraus'tes schwarzes Haar verhüllt, und der untere durch seine sonderbaren Gewänder. Ein glühendes Auge war das einzige Charakteristische, das wie ein Blitz aus einer finstern Wolke hervortrat.

„Ist meine Aufmerksamkeit der einzige Grund, weshalb Ihr Euch an mich wendet?“ fragte Alroy.

— Wer giebt gern alle seine Gründe an? — entgegnete der Afrikaner mit lachendem Spott.

„Ich mag sie auch nicht wissen. So viel nur, Fremdling, daß was Ihr auch nur immer damit meinen mögt, ich es doch begreifen kann.“

— Sehr wohl! Hochgelehrter Zimri; ist dies Dein Schüler? Dann wünsche ich Dir Glück. Ich mag ihn wohl dem hoffnungsvollen Eliezer gleich stellen. —

Mit diesen Worten schritt der lange Afrikaner aus dem Gemache. Alroy würde ihm auf der Stelle nachgeeilt sein, um weiter und ohne Zeugen mit ihm zu sprechen, aber es verflossen bei den höflichen Aufmerksamkeiten Zimri's gegen ihn einige Minuten, ehe er fortkonnte, und dann sah er sich nach dem Fremden vergebens um. Er forschte nun in der Versammlung seinethalb, aber Niemand kannte den Afrikaner. Er war Keines unter ihnen Gast, Keines Schuldner, und Niemand hatte ihn allem Anscheine nach vorher jemals gesehen.

5.

Die Trompete erscholl schon zum Thorschlusse, als Alroy aus dem Thore von Zion trat. Die Versuchung war zu unwiderstehlich. So eilte er denn mehr als hundert Schritte weit fort, ohne rückwärts zu sehen, und als er dies that, bemerkte er zu seiner Freude, daß er in dieser Nacht nicht wieder zurückkönne. Die Sonne war untergegangen, aber der Oelberg war noch beschienen von ihren letzten Strahlen, das Thal Josaphat dagegen lag im tiefsten Schatten zu seinen Füßen.

Eine Zeit lang wanderte er in den Bergen umher, betrachtete Jerusalem von hundert verschiedenen Punkten aus, und schaute auf die einzelnen Planeten und ganzen Sternbilder, die nach und nach in helleres Licht oder über den Horizont traten. Endlich stieg er etwas erschöpft in das Thal hinab. Der schmale Bach Siloa sah wie ein Silberfaden aus, der sich im Mondlichte dahinwand. Einige heimathlose Arme schliefen unter dem Gewölbe seiner Quelle. Verschiedene einzelne Grabmäler von beträchtlichem Umange erhoben sich am Fuße des Oelberges.

In der Gebirgskette, die sich zum Oelberge zum Flusse Jordan hinzieht, befindet sich die große Höhle von Gethsemane, eine gewaltige Oeffnung, ein Werk der Natur und Kunst, das vor unbenklichen Zeiten entstand. Denn an den hohen Basaltsäulen sind sonderbare Charaktere und unnatürliche Gestalten ausgehauen, und an vielen Orten

find die natürlichen Verzierungen durch Bildhauerhände zu
symmetrischer Täfelei und wunderbaren Capitälen vervoll=
ständigt worden. Ein Werk, das, wie man sagt, von be=
zwungenen und gefangenen Geistern für den großen König
gearbeitet worden.

Es war Mitternacht. Der kalte Vollmond schimmerte
im glänzenden Lichte auf das enge, von allen Seiten durch
schwarze, kahle Berge geschlossene Thal. Ein einzelnes
Wesen stand an dem Eingange in die Höhle.

Es war Alroy. Er nahm Stein und Stahl aus sei=
nem Gürtel, zündete sich damit eine Fackel an, und trat
alsdann ein.

Je weiter er sorgfältig vorschritt, desto enger wurde
die Höhle, und er befand sich bald am Ende einer offenbar
durch Kunst gearbeiteten Gallerie. Eine Schaar Fleder=
mäuse flog auf, und verlöschte seine Fackel. Er bückte sich
und zündete sie wieder an und bemerkte, daß er auf einem
kunstvollen Fußboden gehe.

Diese Gallerie war von großer Ausdehnung, und
senkte sich nach und nach tiefer. Da sie in gerader Rich=
tung mit dem Eingange der Höhle fortlief, blieb das Mond=
licht lange sichtbar, doch bemerkte Alroy, daß er wegen der
Höhe hinter ihm nicht mehr nach außenhin sehen konnte.
Die Seiten dieser Gallerie waren mit sonderbaren einge=
grabenen Gestalten bedeckt.

Fast zwei Stunden ging der „Fürst der Gefangenschaft"
in dieser Gallerie fort. Ein entferntes Geräusch eines Was=
serfalles nahm immer mehr zu, je weiter er schritt, und
jetzt bemerkte er an dem ganz nahen Getöse und Geplätscher,
daß er an dessen Rande stehe. Es war sehr finster. Sein
Herz bebte. Er untersuchte erst den Boden, ehe er weiter
schritt. Plötzlich zischte der Schaum weiter vor, und löschte
wieder die Fackel. Die drohende Gefahr erfüllte ihn mit
Schrecken, und er trat einige Schritte zurück, versuchte es

aber vergebens seine gänzlich durchnäßte Fackel wieder anzuzünden.

Sein Muth verließ ihn; alle Anstrengung schien erfolglos. Schon stand er im Begriffe sich der Verzweiflung hinzugeben, als eine in der Dunkelheit ihm gegenüber sich verbreitende Helle seine Aufmerksamkeit auf sich zog.

Eine kleine glänzend rothe Wolke schien auf ihn zuzusegeln. Sie öffnete sich; ihrem Schooße entquoll ein silberner Stern; dann verschwand sie. Aber der Stern blieb, der silberne Stern, und warf einen langen Streifen zitternden Lichts auf den breiten und wogenden Strom, der jetzt schäumend und wirbelnd sich von allen Seiten Alroy's Augen enthüllte.

Diese rettende Erscheinung belebte den abenteuernden Pilger wieder. Ein dunkler Schatten im Vorgrunde, der den Lichtstreif unterbrach, welchen der Stern auf das Wasser warf, fiel in seine Augen. Er begab sich wieder an seine vorige Stelle und untersuchte ihn genauer. Es war ein Boot, und in dem Boote saß stumm und unbeweglich eine große sonderbare Gestalt, wie er sie an den Wänden der Gallerie ausgehauen gesehen hatte.

David Alroy empfahl sein Schicksal dem Gotte Israels und sprang in das Boot.

In demselben Augenblicke erhob die Gestalt das Ruder, und das Boot gerieth in Bewegung. Der Wasserfall theilte sich plötzlich nach der Richtung des langen Streifens, den das Sternenlicht bildete, und die Barke glitt durch die hohen, geschiedenen Massen.

So ging es einige Minuten lang fort, bis sie zu einem schönen vom Monde beschienenen See kamen. In der Entfernung lagen Gebirge. Alroy betrachtete seinen Gefährten mit einem Gefühle von Neugier, das nicht ohne Schauder war. Bemerkenswerth war es, daß Alroy es auf keine Art dahin bringen konnte, dessen Aufmerksamkeit auf

fich zu ziehen. Er schien von dem Dasein des Mitschiffen=
den nicht das mindeste zu wissen. Endlich erreichte das
Boot das gegenüberliegende Ufer des Sees, und der „Fürst
der Gefangenschaft" stieg aus.

Hier sah er sich am Eingang zweier Reihen colossaler
Löwen von rothem Granit, welche sich so weit ausdehnten,
als das Auge sehen konnte, und an der Seite des Berges
hinausliefen, bis zu dessen Gipfel eine herrliche Treppe
führte. Das leichte Hinaufsteigen war daher bald vollendet,
und Alroy erreichte, durch die Löwenreihen hingehend, die
Höhe des Berges.

Hier erblickte er zu seinem größten Erstaunen Jerusa=
lem. Die merkwürdige Lage dieser Stadt war nicht zu
verkennen. Zu seinen Füßen befanden sich Josaphat, Kidron
und Siloa. Er stand auf dem Oelberge; vor ihm lag
Zion. Aber wie verschieden war in jeder andern Hinsicht
diese Landschaft für Jemand, der vor ein Paar Tagen sie
zum erstenmal erblickt hatte. Die Hügel umher grünten
alle von Weingärten, und schimmerten von Sommerpalästen,
köstlichen Pavillons und verschwenderischen Anlagen. Die
Stadt, die sich ganz über den Berg Zion hin erstreckte, war
von einer weißmarmornen Mauer mit gold'nen Zinnen
umgeben: prachtvolle Thore und Pilaster, blühende Terras=
sen, hohe Bauwerke von den seltensten Materialien, von
Zeder und Elfenbein und köstlichen Steinen, und Säulen
von der ausgesuchtesten Arbeit und den phantastischsten Ord=
nungen, Capitäler von Lotus und Palmen, und Friese von
Weinlaub und Oelzweigen.

Und in der Mitte hob sich ein gewaltiger Tempel
empor, Begeisterung selbst in seiner Form, ein Tempel, so
groß, so prachtvoll, daß kein Priester erst zu sagen brauchte,
seine unvergleichliche Herrlichkeit sei nicht von Menschen=
händen erbaut!

„Gott meiner Väter!" rief Alroy aus: „Ich bin ein

armes und schwaches Geschöpf, und mein Leben war ein
Leben voller Träume nnd Erscheinungen, und ich habe
manchmal geglaubt, meinem Gehirne fehle der Gedanken-
Zusammenhang; — aber wo bin ich jetzt? Schlafe ich oder
lebe ich? Bin ich ein Träumender oder ein Geist? Diese
Prüfung ist zu schwer!" Hier sank er auf den Boden,
und verbarg das Angesicht in seine Hände. Sein überreiz-
ter Geist schien ihn zu verlassen: er weinte bitterlich.

Viele Minuten verstrichen, ehe Alroy sich wieder fassen
konnte. Die wilden Ausbrüche seines Weinens gingen in
Schluchzen über, und das Schluchzen starb hinweg in Seufzer. Endlich aber ruhig durch Erschöpfung, fing er wieder
an aufzublicken, und sieh! die herrliche Stadt war nicht
mehr zu schauen! Vor ihm lag eine vom Mond beschienene
Ebene, über welche die Reihen der granitnen Löwen sich
ebenfalls hinwegzogen, und nur mit den entfernten Bergen
zu enden schienen.

Diesen Punkt erreichte endlich der „Fürst der Gefangenschaft," und stand nun vor einem ungeheuern in die Felsen
gehauenen Portale, viele hundert Fuß hoch, von Gruppen
riesenhafter Caryatiden gehalten. Ueber dem Portale waren hebräische Charaktere eingegraben, die, näher untersucht,
als dieselben sich zeigten, wie die auf Jabastor's Talisman.
Und jetzt zog denn Alroy dieses überköstliche und langge-
hegte Pfand aus seinem Busen, und drückte, gehorsam der
erhaltenen Weisung, das Siegel auf das Riesenthor.

Dieses öffnete sich mit einem Donnerschalle, lauter als
ein Erdbeben. Bleich, angstvoll und schwankend trat der
„Fürst der Gefangenschaft" in eine gränzenlose Halle, die
mit freihangenden ungeheuern Kugeln glühenden Metalls
erleuchtet war. An jeder Seite der Halle saß eine Reihe
von Königen auf gold'nen Thronen, und als der Pilger
eintrat, erhoben sie sich von ihren Sitzen, nahmen ihre
Kronen ab, und schwangen sie dreimal um ihr Haupt, und

riefen dreimal im feierlichen Chor: Heil Dir Alroy! Heil
Dir, Bruder König! Deine Krone wartet Dein!"

Der „Fürst der Gefangenschaft" stand zitternd, mit auf
den Boden gesenkten Augen da, und hielt sich athemlos an
einer Säule. Und als er sich endlich ein wenig erholt
hatte, und es wagte wieder aufzuschauen, sah er, daß sich
die Fürsten wieder niedergelassen, ihren ruhigen und leiden=
schaftlosen Gesichtern nach, ohnstreitig seine Gegenwart nicht
bemerkend. Dies aber gab ihm Muth, und so schritt er
denn, nach jeder Seite der Halle abwechselnd hinstarrend,
mit festem, aber vielleicht nur durch Verzweiflung gesicherten
Schritte vorwärts.

Und er gelangte zu den beiden Thronen, die von den
andern abgesondert in der Mitte der Halle standen. Auf
dem einen saß eine edle Gestalt, weit über gewöhnliche
Größe, mit übereinandergeschlagenen Armen und gesenkten
Blicken. Ihr Fuß ruhte auf einem zerbrochenen Schwerte
und zersplitterten Scepter, welches bewies, daß sie ein Kö=
nig sei, trotz des mit keiner Krone geschmückten Hauptes.

Und auf dem gegenüberstehenden Throne saß eine ehr=
würdige Gestalt, mit weit herabfließendem Barte, in ein
weißes Gewand gekleidet. Ihr Gesicht war schön, obgleich
alt. Das Alter hatte sich hier eingeschlichen ohne seine
Schwächen, und die Zeit sie bloß mit sanfter Würde und
feierlicher Anmuth bekleidet. Das Gesicht des Königs war
mit einem himmlischen Blicke nach oben gerichtet, und in=
dem er so mit Augen voll Liebe und Preis und Dankes=
erguß in die Höhe schaute, schienen seine Finger die beben=
den Saiten einer goldnen Harfe zu berühren.

Und weiter hin, und hoch über allen, auf einem
Throne, der sich über die ganze Breite der Halle erstreckte,
erglänzte eine erhabene Erscheinung, das Auge des hinstar=
renden Alroy glanzvoll blendend. Funfzig Stufen von El=
fenbein, jede Stufe von goldnen Löwen bewacht, führten zu

einem Throne von Jaspis. Ein funkelndes Licht ergoß sich schimmernd von dem strahlenden Diadem und dem leuchtenden Angesichte Dessen, der auf dem Throne saß — schön wie ein Weib, aber majestätisch wie ein Held. Und in der einen Hand hielt er ein Siegel und in der andern ein Scepter.

Und als Alroy den Fuß des Thrones erreicht hatte, blieb er stehn, und sein Herz entsank ihm. Und er betete einige Minuten lang in schweigender Andacht, und ohne es zu wagen den Blick zu erheben, schritt er die erste Stufe zum Throne hinauf, und die zweite, und die dritte, und so weiter, mit leisem, schwankenden Fuße, bis er die neun und vierzigste erreichte.

Der „Fürst der Gefangenschaft" erhob seine Augen. Er stand vor dem Monarchen, Gesicht zu Gesicht. Vergebens versuchte es Alroy, dessen Aufmerksamkeit auf sich zu ziehn, oder seinen Blick zu fesseln. Die großen schwarzen Augen voll übernatürlichen Glanzes schienen fähig, alle Dinge zu durchdringen, und alle Dinge zu erhellen, aber sie blitzten ohne einen Strahl auf Alroy zu werfen.

Bleich wie ein Gespenst stand der Pilger, dessen Wanderschaft jetzt am Endpunkte zu sein schien, kalt und zitternd vor dem Gegenstande all seines Strebens, all seiner Mühen. Aber er dachte an sein Vaterland, sein Volk, seinen Gott, und während seine stumme Lippe den Namen Jehovah's ausathmete, streckte er den Arm feierlich aus und griff mit edler Festigkeit nach dem unwiderstehlichen Scepter seines Vorfahren.

Und als er es ergriffen, verschwand alles vor seinen Augen!

6.

Stunden oder Jahre konnten für ihn verflossen sein, als Alroy wieder zum Selbstbewußtsein gelangte. Seine

Augen langsam öffnend, warf er einen unbestimmten Blick umher. Er lag in der Höhle von Gethsemane, hingestreckt auf den Boden. Der Mond war untergegangen, und der Morgen angebrochen, nur ein einzelner Stern glänzte über den Scheiteln der dunklen Gebirge. Langsam bewegte er seine Glieder, dann wollte er die Hand erheben zu seinem wirren Haupte, aber sie hielt ein Scepter! Die Erinnerung an das Vergangene kehrte ihm zurück. Er versuchte aufzustehen, und fand, daß er in den Armen eines menschlichen Wesens ruhte. Er wandte sein Haupt — und begegnete dem sorglichen Blicke Jabastor's!

Siebenter Abschnitt.

1.

„Euer Schritt ist unstät, Oheim."

— So wie mein Geist. —

„Es wird alles wohl gehen."

— Mirjam, wir haben die besten Tage überlebt. Bereite Dich vor auf Kummer, liebliches Mädchen. Ich sorge nicht für mich selbst, denn ich bin alt, und das Alter macht uns alle zu Helden. Ich habe geduldet, und kann noch mehr erdulden. Je näher wir unserm Ziele kommen, desto gehärteter scheint unser Geist zu werden. Ich habe meinen Wohlstand mit der Arbeit eines gedankenvollen Lebens erbaut, in einem Morgen zusammenstürzen, und mein Volk, obgleich nur ein schwacher Ueberrest, doch noch ein Volk, zerstreut gesehen, und schlimmer noch. Ich habe geweint über dasselbe, obgleich keine Thräne selbstsüchtigen Grams je diese verlebte Wange benetzte. Und wäre ich allein — aber ach! Das ist der Schmerz! Der Trost meiner Tage ist jetzt meine Sorge. Meine theure Mirjam mit mir im Gefängniß, in der düstern Zelle des Kerkers. —

„Weint nicht um mich, theurer Oheim. Lieber laßt uns beten, daß uns unser Gott nicht verlasse."

— Wir wußten es nicht, als wir uns wohl befanden. Unsere Stunden flossen ruhig dahin, und da murrten wir. Im Gedeihen murrten wir, und jetzt sind wir hart gezüchtigt und mit Recht. Die Kunde des Vergangenen ist Is=

raels Verderben. Das Vergangene ist ein Traum, und
in der wachenden Gegenwart sollten wir ihn von uns
scheuchen diesen entnervenden Schatten. Warum wollten
wir frei sein? Wir murrten gegen die Gefangenschaft. Dies
ist Gefangenschaft. Diese dumpfe, düstre Zelle, wohin man
uns brachte um zu sterben. O Jugend, rasche Jugend!
Dein Wesen ist Zerstörung. Noch gestern ein Kind . . .
es ist mir als ob ich ihn noch gestern in diesen Armen
nährte, als ein unbefangenes Kind . . . und jetzt ist unser
Haus gefallen durch seine That! Ich will daran nicht den=
ken: es könnte mich zum Wahnsinne treiben. —

„Oheim, theuerster Oheim, wir lebten zusammen, und
wir wollen zusammen sterben, und beide in Liebe: aber ich
beschwöre Euch! sprecht nicht so harte Worte gegen David.“

— Soll ich ihn preisen? —

„Sagt gar nichts. Was er gethan hat, that er im
Schmerz, that er alles in Ehren. Sollte er denn Alschi=
roch's schonen?“

— Nein, nein! Ich würde ihn selbst erschlagen haben.
Braver Junge, er that seine Schuldigkeit, und ich . . . ich,
Mirjam, Dein Oheim, den sie hinter seinen Rücken ver=
spotten und ihn einen Geizhals nennen, blieb ich zurück in
der Stunde der Prüfung? Schonte ich meine Schätze, wenn
es die Rettung meines Volkes galt? Zog ich mich hinweg
von aller Unruhe und Mühe dieser Zeit? Eine Zeit der
Prüfung, meine Mirjam, doch verglichen mit dieser, der
Bau des Tempels. —

„Ihr waret da, was Ihr immer gewesen seid, der beste
und weiseste. Und da der Gott uns'rer Väter uns auch
jetzt nicht verließ, selbst nicht in dieser Wildniß des schreck=
lichsten Elends, so zolle ich ihm Dank im steten Glauben
und zahle ihm für vergangene Wohlthaten durch Gebete
um neue.“

— Wohl, wohl! Das Leben muß enden. Die Stunde

tracht, wo wir unsern Gebietern gegenübertreten und die Ver=
suchung verspotten müssen. O der Gerechtigkeit, die mit
Drohungen beginnt und mit Martern endet! Du schweigst,
Mirjam? —

„Ich spreche zu meinem Gotte."

— Was ist das für ein Geräusch? Eine Gestalt be=
wegt sich hinter diesem dunkelnden Gitter. Unser Kerker=
meister? Nein, nein, es ist Caleb. Treues Kind, ich fürchte
Du hast zu viel gewagt. —

„Ich komme mit Erlaubniß, Herr, und bringe gute
Nachricht."

— Er lächelt! Ist's möglich? Sprich, sprich. —

„Alroy hat den Harem unsers Gouverneurs, als die=
ser von Bagdad nach dieser Stadt unter Geleit seiner aus=
erwähltesten Krieger zog, gefangen genommen. Und nun
hat er Botschaft gesendet mit dem Anerbieten, ihn für Euch
und die Euern auszutauschen. Und Hassan hat geantwor=
tet, daß seine Frauen nur seinem Schwerte ihre Frei=
heit verdanken sollten. In der Zwischenzeit sind aber der
Abgesandte Eures Neffen und er dahin übereingekommen,
daß die beiderseitigen Gefangenen mit der geziemendsten
Freundlichkeit behandelt werden sollen. Ihr werdet daher
wieder in Euern Palast zurückkehren können, und eben
ertönte die Trompete vor der großen Moschee, um das
ganze Heer gegen Alroy aufzubieten, den Hassan gelobt
hat todt oder lebendig nach Hamadan zu bringen."

— Der Harem des Gouverneurs! Und von seinen
besten Truppen bewacht! Das ist eine große That. Er
gedachte unserer. Treuer Sohn! Der Harem des Gouver=
neurs! Seine besten Truppen! Das ist eine sehr große
That. Der Herr ist gewißlich mit ihm. Er hat den Muth
seines großen Vaters. Wenn ich mir ihn so denke . . .
ein Kind! Ich gab ihm zu essen . . . Caleb! Kann denn
dies David sein? Aber er schlug Alschiroch! Mirjam! wo

ist sie? Würdiger Caleb, sieh doch nach dem Mädchen.
Sie liegt am Boden! Todt, völlig todt. Hole Wasser. Es
ist nicht eben völlig rein . . . aber wir werden bald in
unserm Palast sein. Den Harem des Gouverneurs! Ich
kann es noch nicht glauben. So sprenge doch, sprenge!
Mehr Wasser! Ich will ihr die Hände reiben. Sie werden
wieder warm! Sie schlägt die Augen auf! Mirjam, köstliche
Neuigkeiten, mein Herzblatt! Den Harem des Gouver=
neurs! . . .

2.

„Da sind wir ja wieder daheim, Caleb! Ich fühle
mich wieder ganz jung. Daheim bin ich, aber doch ein
Gefangener. Ihr sagtet, daß sich das Heer versammle; es
kann ihm nicht gelingen. Glaubst Du, Caleb, daß es ihm
gelingen kann? Ich hoffe, er wird lieber sterben. Gefangen
möchte ich ihn nicht sehen. Ich fürchte, sie martern ihn.
Wir wollen auch sterben; wir wollen alle sterben. Jetzt
da ich wieder aus dem Kerker bin, glaube ich, ich könnte
sogar mit fechten. Ist's denn wahr, daß er sich mit Räu=
bern verbunden hat?"

— Ich sprach mit dem Boten und hörte, daß er zu=
erst zu einigen Räubern in den Ruinen der Wüste geflüchtet
sei. Er habe ihre Bekanntschaft auf seiner Pilgerfahrt ge=
macht. Ihr Anführer soll einer aus unserm Volke sein. —

„Das freut mich. Da kann er mit ihm essen. Ich
wünschte nicht, daß er Unreines mit den Ismaeliten esse."

— Herr! unser Volk strömt ihm von allen Seiten zu.
Man sagt, Jabastor, der große Cabalist, sei von den Ber=
gen gekommen mit zehntausend Mann, und habe sich mit
ihm verbunden. —

„Der große Jabastor! Da ist doch wieder einige Hoff=
nung. Ich kenne Jabastor sehr wohl. Er ist zu weise,
um sich zu einem hoffnungslosen Unternehmen zu gesellen.

Es ist ein großer Name, ein gewaltiger Geist. Ich habe solche Dinge von diesem Jabastor gehört, daß Du davor staunen würdest wie Saul vor dem Geiste! Ich bin voll Hoffnung; ich fühle mich gar nicht wie ein Gefangener. Er schlug die Wache des Harems und hat jetzt den großen Jabastor für sich, da schlägt er sie alle."

— Der Bote sagte, er habe den Harem bloß genommen, um seinen Oheim und seine Schwester zu befreien. —

„Er hat mich stets geliebt: ich habe aber auch meine Schuldigkeit an ihm gethan. Ja, das habe ich. Jabastor! Der Name ist ein wahrer Zauber! Es giebt Leute in Bagbad, die in der Nacht aufstehen würden, um sich zu Jabastor zu begeben. Ich will hoffen, daß David seinem Rathe in allem folgt. Ich wollte, ich hätte seinen Diener gesehen, damit ich ihm auch eine Botschaft senden gekonnt."

— Herr! Fürst Alroy bedarf des Raths nicht eben sehr, das kann ich Euch versichern. Man sagt, er führe das Scepter des großen Salomo, das er selbst aus den unbekannten Gräbern von Palästina geholt habe. —

„Das Scepter Salomo's! . . . wers nur glauben könnte! Das ist eine wundervolle Zeit! Wo sind wir nur? Rufe mir Mirjam, ich will ihr das alles erzählen. Aber bedenke nur, David, ein bloßes Kind mit dem Scepter Salomo's, und Jabastor auch! Ich habe große Zuversicht. Der Herr verwirre seine Feinde!"

Die mächtige Trommel der Selbschucken ertönte, dann folgte das Geschmetter ihrer schallenden Trompeten, und diesem Rossestampfen. Hinter den Blenden ihres Gemachs sahen Mirjam und ihre Mädchen den prachtvollen Zug der Reiter im Turban vorüberziehen, die jetzt in glänzenden Waffen und köstlichen Shawls schimmernd, auf ihren kühnen Rossen stolz erhoben dahin sprengten, die einzige Hoffnung Israels zu besiegen und zu zertrümmern. Auf einem arabischen Hengste, schwärzer als die Nacht, ritt der stolze

Haſſan, und als er an der Wohnung ſeiner vormaligen
Gefangenen vorüberkam, ſchwenkte der hochmüthige, aber
ſchöne Seldſchucke, entweder in jubelnder Vorahnung künftigen Triumphes, oder in der Vorausſetzung, daß ſchöne
Augen und reizende Geſichter hinter dieſem Gitterwerke auf
ihn ſchauten, ſein Schwert hoch über dem Haupte, und
ließ ſein Roß Stellungen annehmen, welche die Geſchicklich-
keit ſeines Reiters an den Tag legten. Der Zug ging
vorüber.

3.

Die verlaſſene Stadt der Wüſte bot einen ganz ver-
ſchiedenen Anblick dar, als damals, wo Alroy voll Staunen
zuerſt ihre hohen Thürme erblickte und in den ſchweigſamen
Straßen ihrer Paläſtercihen wanderte.

Außerhalb der Thore war ein zahlreiches Lager jener
niedrigen ſchwarzen Zelte aufgeſchlagen, die unter Kurden
und Turkomanen ſo gebräuchlich ſind. Die Hauptſtraße
war voll geſchäftiger Gruppen, die alles zum Zuge vorbe-
reiteten, und wimmelte von allen den geräuſchvollen Be-
ſchäftigungen eines unregelmäßigen und abenteuerlichen Lebens. Roſſe ſtanden in verfallenen Gemächern, und hohe
Kameele hoben ihre ruhigen Geſichter über die zerbrochenen
Säulen, oder knieeten ſtill zwiſchen umgeſtürzten Statuen
und zertrümmerten Obelisken.

Zwei Monate waren kaum vergangen, ſeit Alroy und
Jabaſtor Scherirah in ſeinem Schlupfwinkel aufgeſucht und
ihm ihre heilige Sendung angekündigt hatten. Das harte
Herz dieſes Mannes, deſſen Mutter eine Jüdin war, hatte
ihren begeiſterten Verkündigungen endlich nachgegeben. Mit
allem Eifer der Bekehrung ſchloß er ſich ihrer Sache an,
und ſeine bunte Bande trug nicht lange Bedenken, einen
Glauben anzunehmen, der, indem er die ſicherſte Ausſicht
auf Gefahr und Abenteuer verließ, auch zugleich die auf

Reichthum und sogar auf Herrschaft gewährte. Von der Stadt der Wüste aus sandte nun der neue Messias seine Boten in die benachbarten Städte, um den Brüdern in Gefangenschaft seine Ankunft zu verkünden. Die Hebräer, ein stolzes und halsstarriges Volk, immer zur Rebellion geneigt, nahmen die Botschaft ihres vor allen geliebten Fürsten mit Entzücken auf. Der Abkömmling David's und der Mörder Alschiroch's hatte doppelte Ansprüche auf ihr Vertrauen und ihre Verbindung, und so strömte die Blüthe der hebräischen Jugend aus den benachbarten Städten des Califats haufenweise herbei, dem wiedererlangten Scepter Salomo's ihre Huldigung darzubringen.

Die Regierung sah anfangs die ganze Sache mit Verachtung an, und der Sultan der Seldschucken begnügte sich damit, einen Preis auf den Kopf des Mörders seines Bruders zu setzen; als aber mehrere Städte gebrandschatzt wurden, und mehr als eine muselmännische Caravane im Namen des Gottes Abrahams, Isaaks und Jakobs geplündert, so gelangten Befehle aus Bagdad an den neuen Gouverneur von Hamadan, Hassan Subah, den Räubern oder Rebellen das Handwerk zu legen, und David Alroy todt oder lebendig in die Hauptstadt zu liefern.

Die hebräischen Unzufriedenen wurden von ihren minder kühnen aber nicht minder theilnehmenden Brüdern von allem unterrichtet, was in dem Hauptquartier des Feindes vorging. Spione kamen an demselben Tage in der Stadt der Wüste an und verkündeten Alroy, daß sein Oheim zu Hamadan in ein Gefängniß geworfen worden sei, und ein Haufe auserwählter Truppen im Begriffe stehe, einen königlichen Harem von Bagdad nach Persien zu begleiten.

Alroy griff diese Begleitung in Person an, schlug sie gänzlich und nahm den Harem gefangen. Es zeigte sich, daß es der des Gouverneurs von Hamadan sei, und wenn auch die lebhafte Hoffnung des Siegers über diese Täuschung

einen Augenblick lang unzufrieden war, so ward doch, wie
wir gesehen haben, um diesen Preis Freiheit und Sicherheit
seiner theuern, obschon entfernten Verwandten erlangt.
Dieser Erfolg beschleunigte auch das Unternehmen, welches
man bereits zur Eroberung von Hamadan vorbereitet hatte.
Wüthend sprang Hassan Subah von seinem Divan auf,
ergriff sein Schwert, und ohne auf die Hülfsvölker zu war=
ten, die er von den benachbarten Heerführern gefodert, be=
stieg er sein Roß, um an der Spitze von zweitausend treff=
lichen Seldschuck'schen Reitern zur Rache seiner Liebe und
Stillung seines Durstes nach Alroy's Blute zu eilen.

In dem Amphitheater, welches Alroy zuerst als Ge=
fangener betrat, saß dieser nun und hielt Rath. Zu seiner
Rechten Jabastor, Scherirah zu seiner Linken. Ein Jüng=
ling, wenig älter als er, aber hoch gewachsen gleich einer
Palme, und stark wie ein junger Löwe, war der vierte
Heerführer. In der Entfernung standen und lagen ohnge=
fähr funfzig vollständig Bewaffnete umher.

„Ist das Volk gezählt, Abner?" fragte Alroy den
Jüngling.

— So eben: Dreihundert Reiter und zweitausend
Mann Fußvolk; diese aber brauchen noch Waffen. —

„Der Herr wird sie uns zur rechten Zeit senden," sagte
Jabastor, „unterdessen laßt sie Wurfspieße zubereiten."

— Verlaßt Euch auf den Herrn! — murmelte Sche=
rirah mit gesenktem Haupte und auf den Boden gerichteten
Augen.

Ein lautes Geschrei ward in der Stadt gehört. Alroy
sprang von seinem Teppich auf. Der Bote war zurückge=
kehrt. Bleich und entstellt, mit Schweiß und Staub bedeckt,
ward der treue Bote fast auf den Schultern des Volkes
in das Amphitheater getragen. Vergebens versuchte es die
Wache, der Menge den Zugang zu wehren. Sie klimmten
an den Bindungen der Bogen hinauf, füllten die leeren

und zertrümmerten Sitze des alten Circus an, trugen sich Einer den Andern auf den Schultern und erstiegen so die Capitäler der hohen Säulen. Die ganze Menge war versammelt, um die Nachricht zu hören. Der Anblick erinnerte an den vormaligen Zweck dieses Gebäudes, und Alroy und sein Kriegerhaufe schienen die Gladiatoren eines ehemaligen Kampfspieles zu sein.

„Sprich," sagte Alroy, „sprich selbst das Schlimmste. Keine Nachricht kann Diejenigen schrecken, die der Herr rächen will."

— Beherrscher Israels, also sprach Hassan Subah: — antwortete der Bote. — Mein Harem soll seine Freiheit nur meinem Schwerte verdanken. Ich unterhandle nicht mit Rebellen, doch führe ich auch nicht mit Greisen und Frauen Krieg. Zwischen Bostenai und seinem Hause auf der einen, und den Gefangenen Deines Herrn auf der andern Seite sei daher Friede. Geh, sage Alroy, ich will ihn mit seinem Herzblute besiegeln. Doch höre! Dein Oheim und Deine Schwester sind wieder in ihrem Palaste.

Alroy legte seine Hand einen Augenblick vor die Augen, doch sich schnell wieder fassend, fragte er weiter nach den Bewegungen des Feindes.

„Ich bin durch die Wüste auf einem schnellen Dromedare gekommen, das mir Schelohmi vor dem Thor ließ, dessen Herz uns'rer Sache ergeben ist. Ich habe nicht gezögert noch geschlafen. Morgen vor Sonnenaufgang werden die Philister hier sein, von Hassan Subah selbst angeführt. Der Herr der Heerschaaren sei mit uns! Seit wir Canaan eroberten, hat Israel nicht wieder mit einer solchen Macht gekämpft!"

Ein Gemurmel lief durch die Versammlung. Man wechselte forschende Blicke, und einer drückte unwillkührlich des Andern Arm.

„Die Zeit der Prüfung ist gekommen," sagte ein

Hebräer von mittleren Jahren, der zwanzig Jahre zuvor unter Jabaſtor gefochten hatte.

— Laßt mich ſterben für die Bundeslade! — rief ein junger begeiſterter Krieger aus Abner's Schaar.

„Ich dachte, wir wollten einen heimlichen Plan ausführen," flüſterte Kisloch, der Kurde, zu Kalidas, dem Inder. „Warum hätten wir es denn ſonſt aufgegeben, auf die gewohnte ruhige Weiſe zu rauben?"

— Und wären Juden geworden! — ſagte der Gueber höhniſch.

„Seht nur auf Scherirah," rief der Neger grinſend. „Ob der nicht Salomo's Scepter küßt."

— Ich wünſchte, er hätte Alroy gleich beim erſtenmale gehangen, wo er ihn geſehen hat: — murrte Kalidas.

„Söhne des Bundes!" rief Alroy aus; „der Herr hat ſie in eure Hände gegeben. Morgen Abends gehen wir nach Hamadan!"

Ein lauter Jubel folgte dieſem Ausrufe.

„Es ſteht geſchrieben," ſagte Jabaſtor, indem er ein Buch öffnete; „Hört! ich werde dieſe Stadt vertheidigen um ſie zu retten, um meinetwillen, und um meines Knechtes David's willen. Und es geſchah, daß der Engel des Herrn ausging in dieſer Nacht, und ſchlug im Lager der Aſſyrer hundert und vier Heerhaufen und fünftauſend Mann; und als man früh am Morgen aufſtand, ſiehe, da waren Alle todte Leichname. . . . Als ich aber an dieſem heutigen Morgen nach den Sternen ſchaute und das himmliſche Alphabet las, ſiehe, da bewegte ſich der Stern des Hauſes David's, und ſieben andere Sterne bewegten ſich und ſtanden zuſammen und bildeten einen Kreis. Und das Wort, das ſie bildeten, war mir ein Geheimniß. Doch hört! ich habe das Buch geöffnet, und jeder Stern iſt der Anfangsbuchſtabe des Targum, das ich Euch jetzt vorgeleſen habe. Daher iſt das Schickſal des Sanherib auch das

Schicksal des Hassan Subah! Vertraut auf ihn allezeit, Ihr Völker: und schüttet aus Euer Herz vor ihm. Gott ist uns're Zuflucht. Sela!"

Plötzlich erschien eine weibliche Gestalt an der höchsten Spitze des Amphitheaters, auf den wenigen Ueberresten der obersten Sitz=Reihe, von der bloß ein einsamer Bogen übriggeblieben war. Der Volkshaufe verstummte augenblicklich, jede Zunge war stumm, jedes Auge dahin gerichtet. Selbst Kisloch und seine Gefährten staunten schweigend und unbeweglich, als sie auf Esther blickten, die Prophetin.

Ihre erhabene Stellung, ihre Ehrfurcht einflößende Bewegung, das Glühen ihres großen Auges, ihr schönes aber ernstes Gesicht, ihr schwarzes Haar, das ihr fast bis an die Kniee reichte, und das bleiche Licht des Mondes, der eben an der gegenüberliegenden Seite des Amphitheaters emporstieg, einen Silberschimmer auf ihre Gestalt warf und sie, während alles umher in tiefes Dunkel gehüllt war, mit einem wunderbaren Scheine umfloß, alles dieses vereint machte sie zum Gegenstande der allgemeinsten Theilnahme und Aufmerksamkeit, während sie mit mächtiger, hochtönender Stimme also sprach:

„Sie kommen, sie kommen! Aber werden sie wieder gehn? Still! hörst Du es, Du Haus Jacob's, daß Du gerufen wirst Israel, und daher kommst von den Gewässern von Juda. Ich höre ihre Trommeln in der Wüste, und der Schall ihrer Trompeten ist gleich wie der Abendwind, aber ein Beschluß ist ausgegangen, und er sagt: daß ein Sterblicher köstlicher sein soll als feines Gold, ja, ein Mann mehr als das reiche Erz von Ophir."

„Sie kommen, sie kommen! Aber werden sie wieder gehn? Ich sehe den Blitz ihrer Schwerter, ich vernehme das Wiehern ihrer gewaltigen Rosse, aber ein Beschluß ist ausgegangen, und er sagt: eine Aehrenlese wird gehalten werden unter ihnen gleich dem Schütteln des Oelbaumes; zwei

oder drei Beeren auf der Spitze des höchsten Wipfels, vier
oder fünf an den äußersten Zweigen.

„Sie kommen, sie kommen! Aber werden sie wieder
gehen? Hört! Ein Beschluß ist ausgegangen, und er sagt:
Hamadan soll Dir gegeben werden zur Beute, und Ver=
wüstung soll fallen auf Babylon. Und dort sollen wohnen
die wilden Thiere der Wüste, und heulende Ungeheuer sol=
len füllen ihre Häuser, und dort sollen hausen die Töchter
des Straußes, und der Uhu aufschlagen sein Gezelt. Und
Wölfe sollen heulen in ihren Palästen, und Drachen in
ihren wollüstigen Lustgebäuden. Ihre Zeit ist gekommen,
ihre Tage sollen nicht verlängert werden, Rohr und Lotus
soll wachsen in ihren Flüssen, und die Wiesen an ihren
Wasserleitungen sollen sein wie der Sand der Wüste.
Denn es ist ein leichtes Werk vor dem Herrn, daß er sende
seinen Knecht, um aufzurichten die Stämme Jacobs, und
wiederherzustellen den Rest Israels. Singt, o Himmel, und
seid fröhlich; Erde, brich aus in Jubel, und Ihr Berge,
denn der Herr hat sein Volk getröstet und will Gnade
spenden seinen Betrübten!"

Sie endete, stieg die steile Seite des Amphitheaters
mit schnellem Schritte herab, von Schlußstein zu Schlußstein
der Bogen springend, und hüpfte mit wunderbarer Ge=
wandtheit von einem Trümmerhaufen zum andern. End=
lich erreichte sie den Boden und stürzte athemlos, von
Schweiß bedeckt zu Alroy hin, warf sich zur Erde, umarmte
seine Füße und wischte mit ihrem Haar den Staub von
seinen Sandalen.

Die versammelte Menge brach in laute Ausrufungen
übernatürlichen Vertrauens und leidenschaftlicher Begeiste=
rung aus. Sie sah ihren Messias sein wundervolles Scep=
ter schwingen. Sie dachte Hassan Subah und seine Selb=
schucken nur als Schlachtopfer, und den morgenden Tag

nur als einen Tag, der eine neue Aera beginnen solle des
Triumphes der Freiheit und der Herrschaft!

4.

Nach fünftägigem Marsche schlug Hassan Subah sein
prachtvolles Zelt in der reizenden Oase auf, welche Alroh
als einsamen Pilger so köstliche Erfrischung dargeboten
hatte. Rings umher, wohl eine Viertelstunde weit, zogen
sich die Zelte seiner Krieger und der zahlreichen mit Was=
ser und Proviant für sein Heer beladenen Caravane, die
ihn begleitet hatte. Während er hier ausruhte, suchte er
zugleich Nachrichten über die Stellung seines Feindes
einzuziehen.

Ein Heerhaufen, den er danach ausgesendet hatte, kam
fast sogleich wieder mit einer kleinen Caravane zurück, die
von den Räubern neuerlichst ausgeplündert worden war.
Der Kaufherr, ein ehrwürdiger und frommer Muselmann,
ward vor den Gouverneur von Hamadan geführt.

„Aus dem Schlupfwinkel der Räuber?" fragte Hassan.

— Leider! — antwortete der Kaufmann.

„Ist er weit?"

— Eine Tagereise. —

„Und Ihr verließet ihn?"

— Gestern früh. —

„Wie stark sind sie?"

Der Kaufmann zögerte.

„Machen sie keine Gefangene?" fragte der Gouverneur
und warf einen forschenden Blick auf den der vor ihm
stand.

— Heiliger Prophet! was für ein elender Mensch bin
ich! — rief der ehrwürdige Kaufmann und brach in Thrä=
nen aus. — Ein treuer Unterthan des Kalifen bin ich ge=
zwungen, den Rebellen zu dienen, ein frommer Muselmann
muß ich Juden beistehn! Laßt mich aufhängen, Herr! —

fuhr der Unglückselige händeringend fort. — Laßt mich auf
der Stelle hängen. Ich habe genug gelebt. —

„Was soll das heißen?" fragte Hassan; „sprecht, Freund,
sprecht ohne Scheu."

— Ich bin ein treuer Diener des Kalifen, — ant=
wortete der Kaufmann, — ich bin ein frommer Muselmann,
aber ich habe zehntausend Dirhems verloren. —

„Das ist mir leid: auch ich habe etwas verloren,
aber mein Verlust geht Euch nichts an, noch der Eurige
mich."

— Verflucht sei die Stunde, wo diese Hunde mich in
Versuchung führten! Sagt mir, ist's eine Sünde, einem
Juden sein Wort nicht zu halten? —

„Im Gegentheile. Ich könnte Euch mehrere Mollahs
anführen, die Euch lehren würden, daß ein solcher Wort=
bruch die größte Tugend ist. Ich sehe schon, wie die Sache
steht. Ihr habt Eure Freiheit unter der Bedingung erhal=
ten, Eure mitleidsvollen Plünderer nicht zu verrathen.
Versprechungen, die man durch Furcht entlockte, sind Po=
panze für Thoren. Sagt mir alles was Ihr wißt. Wo
sind sie? Wie stark ist ihre Anzahl? Halten Sie uns für
nahe?"

— Ich bin ein treuer Unterthan des Kalifen und
verpflichtet ihm zu dienen; ich bin ein frommer Muselmann,
und es ist meine Pflicht, alle Giaours zu vernichten; aber
ich bin auch ein Mensch, und muß daher auf meinen eig'=
nen Vortheil sehen. Erhabner Gouverneur, die Sache ver=
hält sich kürzlich so: diese Bösewichter haben mir 10,000
Dirhems abgenommen, wie meine Sklaven Euch versichern
können, das heißt wenigstens Güter auf Höhe dieser Summe.
Niemand wird beweisen können, daß sie weniger werth ge=
wesen wären. Allerdings rechne ich jedoch noch die hundert
Procent Gewinn dazu. Ich wollte meine Shawls in Ha=
madan verkaufen, und sie waren mir wenigstens 10,000

Dirhems werth. Fragt nur meine Sklaven, ob man noch jemals eine solche Auswahl von Shawls gesehen hat? —

„Zur Sache, zur Sache! Die Räuber?"

— Ich bin bei der Sache. Die Shawls sind die Sache. Denn wenn ich von den Shawls und meinem unglückseligen Schicksale sprach, müßt Ihr wissen, daß der Anführer der Räuber . . . —

„Alroy?"

— Ein stattlicher junger Mann, wie sie ihn aber heißen weiß ich nicht. Der Anführer sagte also zu mir: Kaufmann, Du siehst traurig aus. Traurig, entgegnete ich: nun, Ihr würdet wohl auch traurig aussehen, wenn Ihr gefangen wäret, und zehntausend Dirhems eingebüßt hättet. Ist denn dieser Kram da zehntausend Dirhems werth? fragte er. Mit den funfzig Procent, die ich in Hamadan daran verdienen wollte, sagte ich. Funfzig Procent; erwiederte er, Du bist ein alter Spitzbube. Spitzbube; sagte ich, es sollte mich nur einer in Bagdad einmal so nennen! Spitzbube oder nicht, versetzte er, Du kannst Dir aus dieser Verlegenheit helfen. Wie denn? fragte ich. Du bist ein ganz ehrwürdig aussehender Mann, erwiederte er, und ich wollte darauf wetten, auch ein guter Muselmann obendrein. Das bin ich, sagte ich, ob Ihr gleich ein Jude seid; aber wie mir hier mein Glaube helfen kann, das weiß ich wahrhaftig nicht, wenn nicht der Engel Gabriel, wie es in dem 55sten Verse des 27sten Kapitels des Koran steht . . . —

„Still, still!" rief Hassan aus: „zur Sache, zur Sache!"

— Ich bin immer bei der Sache, Ihr bringt mich nur wieder heraus. Um es aber so kurz als möglich zu machen, der Anführer der Räuber weiß, daß Ihr da seid, und weiß sich nicht zu helfen, ob er gleich groß that. Das konnte ich ganz deutlich sehen. So ließ er mich denn, wie Ihr seht, mit einigen meiner Sklaven gehen, und gab mir eine Anweisung von 5000 Dirhems auf einen Mann

Namens Bostenai in Hamadan ... Ihr kennt ihn vielleicht, ich aber gar nicht: taugt er denn etwas? ... unter der Bedingung, daß wenn ich etwa auf Euch stieße, ich Euch, Mahomed möge mir's vergeben! eine Lüge sagen sollte. —

„Eine Lüge!"

— Ja, ja, eine Lüge. Aber diese jüdischen Hunde wissen nicht was ein ächter frommer Mann ist, und als ich anfangen wollte, Euch die Lüge zu sagen, war ich bald wieder heraus. Wenn also, edler Hassan, ein Versprechen, das man einem Juden gegeben hat, einen wahren Recht= gläubigen nicht binden kann, und Ihr mir für die fünftau= send Dirhems einsteht, will ich Euch auf der Stelle alles entdecken. —

„Seid ganz ohne Sorgen wegen der fünftausend Dir= hems, und sagt mir alles."

— Ich soll sie bezahlt bekommen? —

„Auf mein Ehrenwort."

— Schön, schön! Nun so wißt denn, daß die abscheu= lichen Hunde sehr schwach und voll Schreckens sind über die Nachricht Eurer Fortschritte. Einer, ich glaube sie nann= ten ihn Jabaster, ist mit dem größten Theile dieses Volkes, etwa siebenhundert Mann, in's Innere der Wüste gezogen. So hörte ich, aber gewiß weiß ich's freilich nicht. Der junge Mann, den Ihr Alroy nennt, ist bei einem der letzten Vorfälle verwundet worden, konnte also nicht mit ihnen fort, sondern blieb in den Ruinen mit einigen weiblichen Gefangenen, einigen Schätzen, und etwa hundert der Sei= nigen, die in den Grabmälern verborgen liegen. Er schenkte mir unter der Bedingung meine Freiheit, daß, wenn ich mit Euch etwa zusammen käme, ich Euch versichern sollte, daß die Hunde, mehr als 5000 Mann stark, Euch in der Nacht umgangen hätten und gerade auf Hamadan zu mar= schiert wären. Sie redeten mir zu, Euch recht in Furcht

9

zu jagen, aber das war eine Lüge, und ich konnte sie nicht über den Mund bringen. Jetzt wißt Ihr nun die reine Wahrheit, und wenn es eine Sünde ist, einem Ungläubigen sein Wort nicht zu halten, so seid Ihr dafür verantwortlich, eben so wie für die 5000 Dirhems, welches eigentlich 10,000 hätten sein sollen. —

„Wo ist Eure Anweisung?"

— Hier ist sie, — sagte der Kaufmann und zog sie aus seinem Untergewande: — ein recht ordentliches Dokument, auf einen gewissen Bostenai gezogen, den sie mir als gewaltig reich beschrieben, und der mir sonach 5000 Dirhems auszahlen soll, wenn in Folge meiner Mittheilungen Hassan Subah . . . das seid Ihr selbst, . . nach Hamadan zurückkehrt, ohne sie anzugreifen. —

„Des alten Bostenai Kopf soll dafür bürgen."

— Das freut mich sehr. Wär' ich aber an Eurer Stelle, so ließ ich ihn vorher mich bezahlen. —

„Kaufmann," sagte Hassan, „habt Ihr etwas dagegen, noch einmal Euern Freund Alroy zu besuchen?"

— Das verhüte Allah! —

„In meiner Gesellschaft?"

— Das macht einen Unterschied. —

„Seid unser Führer, und ich verdopple die Dirhems."

— Das würde mir meine hundert Procent erst ersetzen. Es ist mir nicht so recht angenehm, aber . . . in Eurer Gesellschaft macht das einen Unterschied. Verliert nur keine Zeit. Eilt Ihr rasch vorwärts, könnt Ihr Alroy noch gefangen bekommen. Jetzt oder nie! Die Judenhunde, einen Rechtgläubigen auszuplündern! —

„Oglu," sagte Hassan zu einem seiner Offiziere. „Zu Pferd! Ihr braucht die Zelte nicht abbrechen zu lassen. Können wir die Stadt noch bis heut Abend erreichen, Kaufmann?"

— Eine Stunde vor Sonnenuntergang, wenn Ihr gleich aufbrecht. —

„Laßt die Trommel rühren. Zu Pferde, zu Pferde!"

5.

Die Seldschucken hielten vor den Mauern der verlaß=nen Stadt. Ihr Anführer ordnete einen Heerhaufen ab, einzubringen und zu recognosciren. Er kehrte zurück und berichtete deren anscheinendes Leerstehen. Hassan Subah ordnete nun an, daß eine Wache sich unter den Mauern aufstellen solle, um dem Feinde jede Flucht unmöglich zu machen, und zog mit seinen übrigen Kriegern durch das große Portal in die schweigende Straße.

Die noch immer vorwaltende Pracht dieses sonderbaren und glänzenden Anblicks übte selbst auf das Gemüth dieser wilden Reiter ihren Einfluß aus. Sie blickten mit Stau=nen und Bewunderung um sich. Ihre wilden Gesichter wurden sanfter, die Wuth des Einrückens gestillt. Ein übernatürliches Gefühl von Ruhe übermannte sie. Keiner schwang den Säbel, das unbändige Roß schien eben so be=sänftigt wie sein Reiter, und kein Ton ward gehört als das mechanische, schwermüthige Gestampfe des regelmäßigen Marsches, nicht von der militärischen Musik gehoben, von keinem Fluche oder Scherze begleitet, und selbst nicht durch die prahlerischen Sprünge eines übermüthigen Rosses un=terbrochen.

Die Sonne war im Untergehn. Der Abendstern glänzte über dem weißen ionischen Tempel, der sich heiter und zart in den strahlenden Purpurhimmel hob.

„Hieher," sagte der Kaufmann, der ihnen als Führer diente, indem er sich zu Hassan umwandte, der von seinen Offizieren umgeben, die Vorhut anführte. Die ganze Haupt=straße der Stadt wurde mit Seldschuckschen Kriegern ange=füllt. Ihre schwarzen Rosse, ihre schneeweißen Turbane,

mit Federn des schwarzen Adlers und rothen Reihers ge=
schmückt, der Schimmer ihrer Waffen beim Sonnenunter=
gange, und die lange wogende Perspektive schöner Formen
und glänzender Farben. . . . Diese Schaar von Helden in
einer Straße von Palästen, . . . selten hatte der Krieg ein
eindruckreicheres, und malerischeres Schauspiel dargeboten.

„Hieher!" rief der Kaufmann wieder und zeigte auf
die enge Wendung an dem ionischen Tempel vorbei, wel=
cher sie durch verfallene Straßen zu dem Amphitheater
führte.

„Halt!" schrie hier eine wilde, gellende Stimme.

Jeder Krieger hielt augenblicklich sein Pferd an.

„Wer sprach hier?" fragte Hassan Subah.

— Ich! — antwortete eine Stimme. Und unter dem
Portikus des Tempels stand eine weibliche Gestalt mit em=
porgehobenen Armen.

„Und wer bist Du?" fragte Hassan Subah, nicht we=
nig bestürzt.

— Dein böser Genius, Seldschuck! —

Hassan Subah bleich wie seine elfenbeinerne Streitart,
antwortete nicht. Jeder, der es hörte, schauderte. Das
furchtbare Weib blieb unbeweglich unter der Tempelhalle.

„Weib, Hexe oder Gottheit," rief endlich Hassan Subah
aus, „was willst Du hier?"

— Seldschuck! Sieh diesen Stern. Es ist ein bloßer
Tropfen Lichts; wer aber von Deiner wilden Schaar kann
ohne Ehrfurcht auf ihn blicken? Und doch kommst Du,
schlechter als Sisera, kommst um zu streiten gegen die, für
welche selbst die Sterne fechten auf ihren Bahnen! —

„Eine jüdische Hexe!" rief der Seldschuck.

— Eine jüdische Hexe! Sei dem so: so soll mein Zau=
ber auf Dich fallen, und dieser Zauber heißt Zerstörung.

Erwache, erwache, Debora! erwache und beginne Dei=
nen Sang: erhebe Dich, Barak, und führe die Gefan=

genen davon, selbst ein Gefangener', Du Sohn des Abi=
noam! —

Und in demselben Augenblicke schien sich der Himmel
zu verdunkeln, eine Wolke von Pfeilen und Wurfspießen
ergoß sich überallher auf die Seldschucken. Ungeheure Mas=
sen von Stein und Marmor wurden von allen Seiten her
geschleudert, Rosse wurden von Speeren niedergestochen,
geführt von unsichtbaren Händen, und Reiter stürzten zu
Boden ohne vorhergehenden Kampf, und wurden von ihren
erschrockenen und in Unordnung gerathenen Brüdern zer=
treten.

„Wir sind verrathen!" rief Hassan und schleuderte
seinen Wurfspieß nach dem Kaufmann. Der Kaufmann
war aber verschwunden. Die Seldschucken erhoben ihr be=
rühmtes Kampfgeschrei.

„Oglu! wieder in die Wüste!" befahl ihr Heerführer.

Doch kaum hatte die Wache vor den Mauern das
Kampfgeschrei ihrer Gefährten gehört, als sie auch, wegen
deren Sicherheit in Sorgen, zu ihrem Beistande in die
Stadt eilte. Die auf ihrem Rückzuge mit jedem Augenblicke
sich mindernden Heereskräfte Subah's wurden selbst hierbei
durch den gewaltigen Eifer seiner Hülfsschaar gestört. Das
Zusammentreffen beider Abtheilungen vermehrte die Unord=
nung, und als endlich die neuhinzugekommenen Seldschucken
sich einigermaßen wieder gesammelt hatten, fanden sie zu
ihrer großen Beängstigung das Portal vom Feinde barri=
cadirt und besetzt. Durch die Gegenwart ihres Heerführers,
der sich bei der Nachhut befand, nicht angeregt, wurden
die bestürzten Krieger von einem panischen Schrecken er=
griffen, und zerstreuten sich, ihre Pferde spornend, nach allen
Richtungen der Stadt. Vergebens suchte Hassan Subah
die Ordnung wiederherzustellen. Der Augenblick dazu war
vorüber. Mit etwa dreißig Mann sich auf eine offene
Stelle zurückziehend, welche im Zuge durch die Stadt sein

schneller Blick beobachtet hatte, erwartete der gefürchtete Gouverneur von Hamadan, tapfer sich vertheidigend, mit ächtem Kriegermuthe das unvermeidliche Schicksal, indem er doch noch nicht ganz die Hoffnung aufgab, daß irgend eine Wendung ihn aus dieser verzweiflungsvollen Lage retten könne.

Und jetzt schienen, wie durch einen Zauberschlag, bewaffnete Männer aus jedem Theile der Stadt zu ersehen. Aus jeder Masse von Trümmern, aus jedem eingestürzten Tempel und verwitterten Hause, aus jeder Katakombe und jedem Keller, hinter jeder Säule und jedem Obelisken hervor, erhob sich ein wilder Krieger mit blutiger Waffe. Das Niedermetzeln der Seldschucken war allgemein. Die Reiter sprengten in wilder Flucht durch die zerstörten Straßen, von Haufen Fußvolks verfolgt. Manchmal sammelten sich die Seldschucken zu einzelnen Massen und fochten wie Verzweifelnde: wie kräftig aber ihr Widerstand auch gegen den offnen Feind sein mochte, unmöglich war es, den geheimen Gegnern zu widerstehen. Keinen Ort zur Zuflucht gab es, keine Möglichkeit, auch nur einen Augenblick Zeit zum Athmen zu gewinnen. Zogen sie sich an eine Mauer zurück, starrte diese augenblicklich von Speeren. Versuchten sie es, sich in einem Hofe wieder zu formiren, so sanken sie unter niederstürzenden Massen dahin, die von allen Punkten her sie überschütteten. Wildes Geschrei der Rache, verbunden mit den gellenden Klängen der Hörner und dem Getöse der Cymbeln und Trompeten, erscholl in jedem Theile der Stadt.

„Könnten wir nur die Mauern übersteigen und in die Wüste sprengen," rief Hassan Subah einem der Wenigen zu, die ihm noch übrig geblieben waren: „das ist unsere einzige Rettung. Hier müssen wir wie Hunde umkommen! Träfe ich nur auf Alroy!"

. Drei der Seldschucken sprengten eiligst an dem offe=

nen Platze vorüber, von mehreren Hebräern zu Pferde verfolgt.

„Abner! strecke sie alle nieder! Schone keinen; denk an Amalek!" rief ihr jugendlicher Führer, sein blutiges Schwert schwingend.

— Nieder sind sie — einer — zwei — da stürzt der Dritte. Mein Wurfspieß traf ihn gut. —

„Dein Roß blutet heftig. — Wo ist Jabastor?"

— An dem Thore. Mein Arm schmerzt von der Metzelei. Der Herr hat sie in unsere Hände gegeben. Könnte ich nur auf ihren Anführer stoßen! —

„Wende Dich, Bluthund, hier ist er!" rief Hassan Subah.

— Fort, Abner, das ist meine Sache. —

„Fürst, Ihr habt schon Tausende besiegt!"

— Und Abner Zehntausend. Nein, dies Geschäft ge= hört allein mir. Komm an, Türke. —

„Bist Du Alroy?"

— Ich bin's. —

„Der Alschiroch erschlug?"

— Ich erschlug ihn. —

„Rebell und Mörder."

— Was Du willst. Jetzt wahre Dich. —

Hiermit schleuderte der hebräische Fürst einen Wurf= spieß nach dem Seldschucken. Er prallte vom Brustharnisch ab, aber Hassan Subah schwankte auf dem Rosse. Bald ermannte er sich jedoch wieder und griff Alroy mit voller Kraft an. Ihre Schwerter kreuzten sich und Hassan's Klinge zerschellte.

„Der mir diese Klinge verkaufte," rief Hassan, „sagte mir, daß sie gefeit sei und bloß von einem Kalifen zer= brochen werden könne. Er war ein Lügner!"

— Kann möglich sein! — sagte Alroy und hieb den Seldschucken vom Rosse. Abner hatte unterdeß dessen Ge=

fährten zerstreut. Alroy sprang von seinem ermatteten Rosse und bestieg den schwarzen Hengst seines getödteten Feindes. Dann stürzte er sich wieder mitten ins Gefecht.

Die Schatten der Nacht sanken herab, das Geschrei nahm nach und nach ab, der Kampf erstarb. Einige unglückliche Muselmänner, die von den Pferden abgestiegen waren und sich unter den Trümmern zu verbergen gesucht hatten, wurden nur noch dann und wann aufgespürt, vorgezogen und niedergehauen. Lange schon vor Mitternacht hatte der letzte Seldschucke geendet.

Der Mond warf volles Licht auf die Straße der Paläste, die mit erschlagenen Feinden und ihren lebenden Siegern angefüllt war. Feuer wurden angezündet, Fackeln leuchteten, die Sieger bereiteten unter Hymnen des Preises und Dankes ein Festmahl.

Ein Zug nahte sich. Esther, die Prophetin, tanzte mit Zusammenschlagen der Becken vor dem Messias Israels, der auf sein Siegerschwert gelehnt dastand, von Jabastor, Abner, Scherirah, und seinen ersten Heerführern umgeben. Wer konnte jetzt an der Gültigkeit seiner Sendung zweifeln? Die weite, schweigende Wüste tönte von dem Jubelrufe seiner begeisterten Anhänger wieder.

6.

Langsam schlichen die angstvollen Stunden in den Wohnungen der Juden zu Hamadan dahin. Immer von Neuem besprach sich der ehrwürdige Bostenai mit den theilnehmenden aber hoffnungslosen Aeltesten über die Möglichkeit des Erfolgs. Mirjam verblieb in stetem Gebete. Ihre glänzendsten Hoffnungen verstiegen sich nicht über das Entkommen ihres Fürsten.

Vierzehn Tage waren vorüber, und noch hatte man keine Nachrichten vom Erfolg des Abzugs erhalten, als gegen Abend plötzlich ein Posten auf einem Wachthurme das

Erscheinen Bewaffneter in der Entfernung meldete. Augen= blicklich drängten sich die besorgten Einwohner auf die Wälle, und Straßen und Märkte waren mit Neugierigen angefüllt. Freude thronte auf der triumphirenden Stirne der Muſel= männer, kaltes Beben durchzuckte das bangende Herz der Hebräer.

„Es ist nur ein Gott!" sagte der Hauptmann der Wache am Thore.

— Und Mahomed sein Prophet; — antwortete die Schildwacht.

„Morgen wollen wir allen diesen Judenhunden die Nasen abschneiden."

— Das Scepter ist uns entfallen; — rief der ver= zweifelnde Bostenai.

„Herr, gedenke David's!" flehte leis Mirjam, warf sich nieder im Hofe des Palastes und bestreute ihr Haupt mit Asche.

Die Mollah's zogen in feierlicher Prozession zu den Wällen, um dem siegreichen Hassan Subah ihren Segen darzubringen. Die Muezzin bestiegen die Minarets, um den Untergang der Sonne zu erwarten und die Macht Allah's mit erneuter Begeisterung zu verkünden.

„Ich bin nur neugierig, ob Alroy todt oder lebendig ist?" sagte der Hauptmann der Thorwache.

— Ist er lebendig, so wird er gespießt werden; — versetzte die Schildwacht.

„Und ist er todt, so wirft man den Leichnam den Hunden vor," vollendete der Hauptmann, „das ist der Ge= brauch."

— Bostenai wird gehängt. —

„Und seine Nichte auch."

— Hm! wer weiß! Hassan Subah liebt schwarze Augen. —

„Ich will hoffen, daß ein rechtgläubiger Muselmann

keine Jüdin berühren wird!" rief ein erzürnter schwarzer Eunuch aus.

— Sie kommen näher. Was für ein Staub! — sagte der Hauptmann.

„Ich sehe Hassan Subah!" rief die Schildwacht.

— Ich auch! — sagte der Eunuch. — Ich kenne sein schwarzes Pferd. —

„Ich bin neugierig, wie viele Dirhems der alte Bostenai im Vermögen haben wird;" — sagte der Hauptmann.

— Unzählige! — entgegnete die Schildwacht.

„Es wird doch wohl nicht geplündert werden?" fragte der Eunuch.

— Je nun, wir werden's sehen! — versetzte der Hauptmann. — Tausend bin ich freilich dem alten Schelomi schuldig, aber bezahlt wird nun nichts mehr, wie Ihr wißt. —

„Bewahre!" sagte der schwarze Eunuch, „den Rebellen."

Eine Schaar Reiter sprengte vor. Ihr Anführer spornte sein stolzes Roß der Mauer zu.

„Im Namen des Propheten, wer ist das?" rief der wachthabende Hauptmann etwas bestürzt aus.

— Ich habe ihn noch nie gesehen, — sagte die Schildwacht; — ob er gleich wie ein Seldschucke gekleidet ist. Ohnstreitig Jemand aus Bagdad. —

Eine Trompete erscholl.

„Wer hält hier Wache?" fragte der Krieger.

— Ich bin der Hauptmann der Thorwacht. —

„So öffnet es dem Könige von Israel."

— Wem? — fragte der staunende Hauptmann.

„Dem König David. Der Herr hat Hassan Subah und dessen Heer in unsere Hände gegeben, und von all' den stolzen Seldschucken ist kein Einziger übrig geblieben. Oeffnet das Thor, sage ich, und verlieret keine Zeit. Ich bin Jabastor, ein Stellvertreter des Herrn. Dieses Schwert

ist mein Auftrag. Deffne das Thor, und Du und Dein
Volk, Ihr sollt die Gnade genießen, die Ihr nie für Andere
gezeigt habt. Zögerst Du aber noch einen Augenblick, dann
spricht der König, unser Herr, also: ich will Euer Thor
offen machen und zerstören, und alles vernichten, was Ihr
besitzet, und Eurer selbst nicht schonen, und erschlagen so
Mann als Weib, Kinder und Säuglinge, Ochsen und Schafe,
Kameele und Maulthiere."

— Ruft den ehrwürdigen Herrn Bostenai her, —
sagte der Hauptmann zähneklappernd; — er wird sich für
uns verwenden. —

„Und das holdselige Fräulein Mirjam," setzte die
Schildwacht hinzu; „sie ist stets mitleidsvoll."

— Ich will den Zug anführen! — rief der schwarze
Eunuch; — ich bin schon an Frauen gewöhnt. —

Die Prozession der Mollahs stürzte in der profansten
Eile zu ihrem Kloster zurück; die Sonne ging unter, und
die staunenden Muezzins standen mit offenem Munde da
und vergaßen gänzlich die Macht ihrer Gottheit und die
Kraft ihres Propheten zu verkünden. Das ganze Volk rief
nach dem ehrwürdigen Herrn Bostenai und dem holdseligen
Fräulein Mirjam und lief haufenweise herbei, um zuerst
den Saum ihrer Kleider zu küssen.

Das Hauptthor von Hamadan stieß auf den freien
Platz vor der großen Moschee. Hier hatte sich das Volk
versammelt. Die Thore wurden geöffnet, und Jabastor
bezog mit den Seinen die Wache. Die kurze Dämmerung
verschwand, die Schatten der Nacht senkten sich herab. Die
Minarets waren erleuchtet, die Häuser mit Blumengewinden
behangen, die Wälle mit Teppichen bedeckt.

Der Klang der Trommeln, Trompeten und Zimbeln
verkündete die Ankunft des hebräischen Heeres. Das Volk
jubelte, das Heer antwortete von Außen mit lautem Sieges-
geschrei. Unter dem Schimmer der Fackeln sprengte ein

Jüngling auf einem rabenschwarzen Rosse, sein Schwert schwingend, an der Spitze seiner Leibwachen in die Stadt — das Volk fiel auf die Kniee und rief: „Lange lebe Aroh!"

Ein ehrwürdiger Mann, ein schönes Mädchen mit niedergesenkten Augen führend, schritt einher. Hinter ihnen Abgeordnete, aus den angesehensten Einwohnern der Stadt bestehend. Sie kamen, um Schutz und Gnade zu erflehen. Als er sie erblickte, schwang sich der jugendliche Krieger von seinem Rosse, warf sein Schwert hinweg und rief, das Mädchen in seine Arme schließend: „Mirjam, Schwester, dies ist wahrhaftig Triumph!"

7.

Asien tönte vom Aufstande der Juden und der Nieder=metzelung der Seldschucken wieder. Haufen von Hebräern aus den reichen Städten Persiens und den volkreichen Nie=derlassungen am Tigris und Euphrat, strömten stündlich nach Hamadan.

Die aufgebrachten Muselmänner verfolgten die Glau=bensbrüder des glücklichen Rebellen, und dieses unkluge Benehmen beschleunigte ihren Fall. Bagdad's Reichthum floß in die hebräische Hauptstadt. Sitzend auf dem Divan Hassan Subah's, und das Scepter Salomo's führend, em=pfing der König von Israel die Huldigung seiner treuen Unterthanen und schickte seine Abgesandten nach Syrien und Egypten. Die wohlversehenen Zeughäuser von Hamadan verwandelten schnell die Pilger in Krieger. Die Stadt vermochte nicht mehr die vermehrte und stets anwachsende Volksmenge aufzunehmen. Außerhalb der Mauern ward daher unter dem Befehle Abner's ein großes Lager gebildet, wo die Truppen täglich geübt und zu größeren Unterneh=mungen, als einem Handgemenge in der Wüste gebildet wurden.

Ein Monat war seit der Uebergabe Hamadan's ver=

flossen, da versammelte sich die Volksmasse auf dem Platze vor der großen Moschee, die jetzt in eine Synagoge verwandelt worden war. In geordnete Reihen war die Menge abgetheilt und die Terrasse jedes Hauses besetzt. In der Mitte des Platzes war ein ungeheurer Altar von Zedernholz und Erz aufgerichtet, und an jeder Seite desselben stand eine Schaar von Priestern, die Schlachtopfer, einen jungen Stier und zwei untadelhafte Widder, bewachend.

Beim Schalle der Trompeten öffneten sich die Thore der Synagoge und zeigten dem staunenden Auge der Hebräer ein großes, gestreiftes Zelt, das in dem Hofe aufgeschlagen war. Der heilige, jetzt nicht mehr hülflose Ueberrest des Volks schaute das Tabernakel, wovon er so lange geträumt hatte, im Glanze der Sonne strahlend, mit seinen purpurnen und scharlachnen Behängen, seinen Vorhängen von seltnen Stoffen, und seiner Ausschmückung von Silber und Gold.

Ein Zug von Priestern trat vor, auf Stäben von Zedernholz, welche durch goldne Ringe liefen, ein prachtvolles Werk, die Arbeit der geschicktesten persischen Künstler, tragend. Tag und Nacht hatten sie unter Jabastor's Anleitung daran gearbeitet, dieses Wunderwerk zu Stande zu bringen. Auf's Neue erblickten die Kinder Israels die Cherubim. Sie brachen aus in eine jubelnde Hymne des Dankes, und Viele zogen ihre Schwerter und riefen laut, man solle sie führen gegen die Cananiter.

Aus den geheimnißvollen Vorhängen des Allerheiligsten trat Alroy, Jabastor an der Hand haltend, hervor. Sie nahten dem Altare. Und Alroy nahm Gewänder von den umstehenden Priestern, und legte sie Jabastor an, nebst einem Gürtel, und dem Brustschild von Edelsteinen. Dann setzte er die Mitra auf Jabastors Haupt, und auf diese eine Krone, und Oel auf dessen Haupt gießend, weihte der Zögling seinen Meister zum Hohenpriester von Israel.

Die Opfer wurden geschlachtet und die Sühnopfer
entzündet. Unter Wolken von Weihrauch, Strömen von
Musik und dem Jubelrufe eines ergebenen Volkes, unter
Wohlgeruch, Melodie und Begeisterung, bestieg Alroy sein
Streitroß und zog an der Spitze von 20,000 Kriegern aus,
um Medien zu erobern.

8.

Die große und wichtige Provinz Aderbijan, mit der
Hauptstadt Hamadan, war aus dem alten Medien gebildet
worden. Ihr Schicksal ward in einem Treffen entschieden.
Auf der Ebene von Nehawend stieß Alroy mit den in der
Eil angeworbenen Schaaren des Atabek*) von Kermanschah
zusammen, und schlug sie gänzlich. Innerhalb eines Mo-
nates hatte jede Stadt dieser Provinz die Oberherrschaft
des neuen Monarchen anerkannt, und dieser überließ Abner
die Vollendung der Eroberung von Laristan, und zog nach
Persien.

Die unglaublichen und unwiderstehlichen Fortschritte
Alroy's scheuchten Togrul, den Türkischen Sultan von
Persien,**) aus dem schwelgerischen Müßiggange der Paläste
von Nischabur. Er ließ seine Emire bescheiden in der
Kaiserstadt Rhey zusammenzukommen, um mit Einem zer-
malmendem Schlage den übermüthigen Rebellen zu vernichten.

Religion, Muth und Geist walteten zwar vereint in
dem Heere Alroy's, doch war auch nicht zu läugnen, daß
ihm die feste Nationalanhänglichkeit seines eigenthümlichen
und zerstreuten Volkes sehr zu Statten kam, wodurch er

---

*) Eigentlich Vater des Fürsten, Würde der ehemaligen Aufseher
und Erzieher Seldschuck'scher Fürsten. Sie bildeten in Asien 4 Fürsten-
stämme.

**) Das Kalifat bestand damals aus vier Sultanien.

von allen Bewegungen des Feindes aufs schnellste Nachricht
erhielt. Ohne alle Vorbereitung fand er an jedem Hofe,
in jedem Lager, in jedem Divan thätige Anhänger, durch
deren Beistand er die Anschläge seiner Feinde im voraus
wissen und ihre Zuversicht zu ihrem Verderben wenden
konnte. So ward denn auch die Kaiserstadt Rhey in der
Nacht überfallen, geplündert und mit Feuer und Schwert
der Erde gleich gemacht. Die erschreckten und bestürzten
Emire, die noch zu entfliehen vermochten, eilten zum Sultan Togrul, rissen ihre Bärte aus, und prophezeiten das
nahe Ende der Welt. Die Paläste von Nischabur tönten
von den Verwünschungen ihres Gebieters wieder, der die
jüdischen Hunde verfluchte, eine Pilgerfahrt nach Mekka
gelobte, sich selbst an die Spitze einer zahllosen Menge von
Kriegern stellte, und nach den Ebenen von Irak eilte, um
Alroy zu vernichten.

Die persische Heeresmacht war der hebräischen wenigstens fünffach an Zahl überlegen. Der Caucasus hatte
außer einer starken Abtheilung von Selbschucken seine fernen Einwohner in Menge ergossen, um die Schaaren der
Rechtgläubigen zu vermehren. Die wilden Stämme der
Bactiaren sogar mit ihren weithintreffenden Bogen wurden
eingereiht, und die furchtbaren Turkomanen gaben, vom
Golde des Sultans gelockt, für einen Augenblick ihre Freiheit auf, um in seinem Heere ihre langen Lanzen zu
schwingen.

Was sind aber wilde Bactiaren und furchtbare Turkomanen, ja, was selbst kriegsgebildete und kühne Selbschucken gegen die Krieger des Gottes Abraham, Isaak und
Jakob! Beim ersten Angriffe gelang es Alroy, das weit-
gedehnte Centrum Togru's zu durchbrechen und den grö-
ßern Theil der Türken von ihren minder geübten Kampf-
genossen zu trennen. An der Spitze seiner medischen Reiterei griff er die Krieger des Caucasus an und schlug sie

gänzlich. Die wilden Stämme der Bactiaren schoffen ihre Pfeile ab und flohen, und die furchtbaren Turkomanen plünderten das Feldgeräth ihres eigenen Anführers.

Die Türken selbst fochten verzweiflungsvoll; da sie aber von ihren Bundesgenossen verlassen und von einem begeisterten Feinde umzingelt waren, vermochten alle ihre Anstrengungen nichts, und ihre Niederlage war gräßlich. Togrul ward erschlagen, als er eben einen überaus heftigen, aber fruchtlosen Angriff befehligte, und nach seinem Falle glich das Treffen mehr einer Metzelei als einer Schlacht. Die Ebene starrte vom Blute der Seldschucken. Kein Quartier ward gegeben noch verlangt. Zwanzigtausend auserlesene Krieger fielen auf Seiten der Türken, der Ueberrest ward zerstreut und rettete sich in die Gebirge. Alroy über- ließ es Scherirah die Ordnung wieder herzustellen, und ging am Tage darauf an der Spitze von 3000 Reitern nach Nischabur, welche Stadt er schon aufforderte, ehe noch die Einwohner etwas von der Niederlage und dem Tode ihres Sultans erfahren hatten. Die Hauptstadt Persiens entging dem Schicksale, das Rhey betroffen hatte, nur durch einen unrühmlichen Vertrag und schweren Tribut. Die Schätze der Cosroës und der Gasneviden wurden nach Ha- maban gebracht, wohin jeder Tag neue Nachricht eines Sieges oder einer Eroberung sendete.

Während Alroy den Frieden eigenmächtig in den Pa- lästen von Nischabur vorschrieb, hatte Abner Laristan un- terworfen, zog über die Gebirge, und traf in Persien mit den Verstärkungen ein, die ihm Jabastor zugeführt hatte. Jetzt überließ Alroy die Regierung und Besetzung seiner neuen Eroberungen diesem tapfern Heerführer und kehrte in Folge der Nachrichten, die er aus Hamaban erhalten hatte, an der Spitze der Eroberer Persiens in Eilmärschen nach dieser Stadt zurück.

9.

Die Armee stand noch eine Tagereise von Hamadan, als Alroy sie verließ und bloß von seinem Stabe begleitet des Abends dort einritt. Er begab sich sogleich in die Festung und ließ Jabaster zu einer Berathung rufen. Die Nacht floß dem Könige und dem Hohenpriester in dieser ernsten Beschäftigung hin. Am andern Morgen benach= richtigte ein Erlaß die Einwohner von der Rückkehr ihres Monarchen, von der Errichtung des neuen Königreiches von Medien und Persien, als dessen Hauptstadt Hamadan, Ab= ner aber zum Vicekönig erkoren ward, und von dem vor= habenden, augenblicklich anzutretenden Zuge nach Syrien, um das „Land der Verheißung" wieder zu erobern.

Der Plan zu diesem Zuge war lange gemacht worden, und die Vorbereitungen dazu schon sehr weit vorgeschritten. Jabaster war während der Abwesenheit seines Zöglings nicht müßig gewesen. Es waren hunderttausend Krieger in der Hauptstadt des Königreichs von Medien und Persien versammelt: Der größte Theil Hebräer; doch vermehrten auch der Araber viele, müde des türkischen Jochs, und ebenso viele tapfere Abenteurer vom Caspischen Meere, die man von einem leeren Götzendienste leicht zur Religion des Siegers bekehrt hatte, die Reihen des Heeres des Herrn der Heerschaaren.

Hamadan's Ebene war mit Zelten bedeckt, die Straßen mit durchziehenden Truppen gefüllt, die Bazars voll des kriegerischen Bedarfs. Lange Caravanen von Kameelen, beladen mit Vorräthen, kamen täglich aus den benachbarten Städten herbei; jeden Augenblick sprengte ein hochmüthiger Tatar mit Nachrichten in die Stadt und eilte den steilen Weg zur Festung hinauf. Der Klang der Waffen, das Wiehern der Rosse, der Schall der Kriegsmusik ertönte aus allen Theilen der Stadt. Die Geschäftigkeit und die Schätze

10

der Welt schienen für den Augenblick in Hamaban gesam=
melt. Jeder hatte irgend einen wichtigen Zweck; Gold
glänzte in allen Händen. Alle großen Triebfedern waren
im Spiele, alle Ursachen menschlicher Anstrengung in leb=
hafter Bewegung. Jedes Auge funkelte, jeder Fuß trat fest
und kräftig auf, jeder that als ob von seinem Bemühn das
Schicksal Aller abhinge, als ob der allgemeine Wille mit
seinem eigenen Streben im engsten Einklange sei. Eine
mächtige Bevölkerung, von einem hohen Grade der Auf=
regung begeistert, ist der erhabenste Anblick!

Der Beherrscher der Gläubigen erhob die Fahne des
Propheten an den Ufern des Tigris. Die geheime Nachricht
von diesem Vorhaben hatte Alroy so schnell aus Persien
zurückgeführt. Der schlummernde Enthusiasmus der Musel=
männer ward durch diese seltne, mystische Feierlichkeit ge=
weckt, und dieser Wirkung gingen wohlüberlegte Vorberei=
tungen voraus. Das Heer der Selbschucken von Bagdad
allein belief sich auf funfzig tausend Mann. Der Sultan
von Syrien führte die Krieger herbei, welche die arabischen
Fürsten von Damascus und Aleppo besiegt hatten, während
die alten Provinzen Klein=Asiens, die das reiche und mäch=
tige Königreich des Selbschuckischen Rum bildeten, eine
Myriade jener unvergleichlichen Reiterei ausströmten, die so
oft den Heeren der Kaiser gefährlich geworden war. Nie
war noch eine so große Armee am Ufer des Tigris seit
der Regierung Harun Alraschid's versammelt worden. Je=
den Tag rückte ein neuer kriegserfahrener Atabeck an der
Spitze seiner bewaffneten Schaar in die Hauptstadt des
Kalifen, oder schlug seine Gezelte an dem Ufer des Flusses
auf; jeden Tag setzte der stolze Emir irgend eines entfern=
ten Fürstenthumes die schwelgerischen Babylonier in Stau=
nen oder Furcht, durch die seltsamen oder ungezügelten
Krieger, die er in den Wüsten Arabiens oder an den Küsten
des Euxinus um seine Fahne geschaart hatte. In einer

Ausdehnung vieler Stunden waren die beiderseitigen Ufer des Flusses, so weit das Auge nur reichte, mit den bunten Fahnen, den glänzenden Standarten, den wehenden Flaggen, dem schwankenden Federschmucke des gewaltigen Heeres bedeckt, dessen Oberbefehlshaber Malek, der Großsultan der Seldschucken und Gouverneur des Palastes des Kalifen war.

Dies war die Heeresmacht, die sich auf den Ebenen Asiens sammelte, um die Fortschritte des hebräischen Fürsten zu hemmen, und die Eroberung des merkwürdigen Landes zu hindern, das dem Glauben seiner Väter versprochen und durch ihre Abtrünnigkeit verloren gegangen war. Vor den Mauern Hamadans hielt Alroy über die Heerschaaren Israels Musterung, 60,000 Mann schwer bewaffnetes Fußvolk, 30,000 Bogenschützen und leichte Truppen und 20,000 Reiter. Nächst diesen war noch eine Schaar von 10,000 mit Piken bewaffneter Reiter gebildet worden, welche alle bereits im persischen Feldzuge gedient hatten und „die heilige Wache" hießen. In ihrer Mitte trug ein Riese, in einem Gehäuse von gediegenem Golde mit Karfunkeln besetzt, auf einer starken Lanze von Zedernholz das Scepter Salomos. Elnebar war es, der es trug, und er ragte volle drei Fuß über gewöhnliche Mannsgröße vor. Die heilige Wache befehligte Asriel, Abner's Bruder.

Das Heer war in drei Treffen getheilt. Alle zogen in feierlicher Ordnung vor Alroy's Throne, den man auf dem Walle errichtet hatte, vorüber, und senkten ihre Standarten und Lanzen, als sie vor den heldenmüthigen Führer gelangten. Costenai und Mirjam, so wie die ganze Bevölkerung der Stadt, waren von den Mauern aus Zeugen des begeisternden Schauspiels. An demselben Abende noch ging Scherirah an der Spitze von 40,000 Mann über Kermanschah nach Bagdad zu und Jabastor, der in seinen heiligen Gewändern befehligte und das Gelübde gethan hatte, sein Schwert nicht eher abzulegen, bis der Tempel wieder aufgebaut sei, führte seine Heeresabtheilung über das Siegesfeld von Nehawend. An dem Passe Kerrunb, welcher in die Provinz Bagdad leitete, sollten sie zusammentreffen und die Ankunft des Königs erwarten.

Mit Tages Anbruch verließen die königliche Heeresabtheilung und die heilige Wache, beide unter Anführung Asriel's, die Hauptstadt. Alroy verweilte noch, und wohl konnte man noch einige Stunden lang sehen, wie die Krieger seines Generalstabes um die Festung her sich trieben, oder ihre Geschicklichkeit im Wurfspießschleudern übten, indem sie ihre ungeduldigen Rosse vor den Thoren tummelten. Der König war bei seiner Schwester Mirjam.

In dem Garten ihres Oheims ging er mit ihr auf und ab. Sein Arm war um ihren schlanken Wuchs geschlungen, und mit der seinigen faßte er ihre sanfte, zarte Hand. Thränen strömten aus ihren niedergesenkten Augen über die bleichen Wangen. So wanderten sie schweigend einher, der Bruder und die Schwester, und vor der Reinheit ihrer überschwänglichen Liebe verschwand sogar der Ehrgeiz. Er öffnete die vergitterte Thür. Sie traten ein in das enge, reichbegrünte Thal. Vor ihnen lag der Marmorbrunnen mit seinen Säulen und seiner Kuppel, ohnfern standen Alroy's Streitroß und ein einzelner Diener.

Da blieben sie stehn, und Alroy pflückte Blumen und schmückte Mirjam's Haar damit. Er hätte so gern das Bittre der Trennung durch ein Lächeln versüßt. Sanft ließ er den umschlingenden Arm sinken, fast unmerklich ihre bebende Hand.

„Schwester meiner Seele," flüsterte er; „als wir hier zum letztenmale schieden, war ich ein Flüchtling und jetzt verlasse ich Dich als Herrscher."

Sie wandte sich, warf sich um seinen Nacken und verbarg ihr Gesicht an seiner Brust.

„Mein holdes Wesen, beruhige Dich, wir sehen uns in Bagdad wieder!"

Er winkte ihren in der Entfernung gebliebenen Dienerinnen. Sie traten näher und er legte Mirjam in ihre Arme. Dann ergriff er ihre Hand, drückte sie an seine Lippen, eilte zu seinem Rosse, schwang sich hinauf und verschwand.

10.

Der Paß Kerrund war von einem Haufen unregelmäßiger Reiterei nur schwach vertheidigt. Mit geringem Verluste nahm ihn die Vorhut Scherirah's, und die Flüchtlinge bereiteten des Kalifen Heer auf die Ankunft der hebräischen Krieger vor.

Auf der Ebene am Tigris stand der Feind in Schlachtordnung. Das Mitteltreffen befehligte Malek, der Großsultan der Seldschucken selbst: der rechte Flügel lehnte sich unter des Sultans von Syrien Anführung an den Fluß und der linke war unter dem Sultan von Rum auf einem unregelmäßig aufsteigenden Boden sehr vortheilhaft aufgestellt. So erwartete Malek, stolz auf Anzahl, Tapferkeit, Kriegszucht und Stellung, den Besieger Persiens.

Jetzt gewahrte man die glänzenden Heereszüge der Hebräer wie sie aus den Engpässen vorkamen und sich am äußersten Ende der Ebene aufstellten. Noch vor Einbruch der Nacht befand sich das Lager derselben ohnweit des von Malek aufgeschlagenen. Man konnte deutlich die Feuer der beiderseitigen Heere unterscheiden, und dann und wann tönte der Klang der feindlichen Musik mit ahnungsvollem Schalle an die Ohren der sich Gegenüberstehenden. Kaum eine halbe Meile trennte die gewaltigen Heeresmassen. Von dem morgenden Tage vielleicht hing das Schicksal von Jahrhunderten ab. Wie feierlich ist der Abend vor der Schlacht!

Alroy besuchte, nur in Begleitung einiger Hauptleute, die Zelte der Krieger persönlich und versprach ihnen auf morgen einen Sieg, gegen welchen die von Nehawend und Nischabur nur unbedeutend sein würden. Ihre kühnen und feurigen Gesichter bewiesen zugleich festen Muth und festes Vertrauen. Salomo's Scepter ward in feierlicher Prozession durch das Lager getragen. Auf dem Gipfel eines großen Hügels, vielleicht des Grabes eines klassischen Helden, strömte Esther, die Prophetin, von den eifrigsten Zeloten des Heeres umgeben, ihre hinreißende Begeisterung aus. Es war ein anziehendes Gemälde, diese schöne, wilde Jungfrau zu sehen und die Gruppen ernster und andächtiger Krieger, die rothe Flamme der Wachtfeuer, die sich mit den silbernen Strahlen des Mondes mischte, wie sie die bunten Turbane und glänzenden Waffen der Umstehenden beleuchtete.

In Alroy's Zelte berieth sich Jabastor mit seinem Zöglinge über die morgende Leitung.

„Es ist hier ganz anders als damals, wo wir in der Höhle des Caucasus Rath hielten," sagte Alroy, als der Hohepriester aufstand um fortzugehen.

— Und doch hat es eine große Aehnlichkeit, o Herr! Der Gott uns'rer Väter ist auch jetzt mit uns. —

„Ja, der Gott der Heerschaaren. Es giebt keinen Weg als den des Siegs."

— Ihr denkt nach? —

„Ueber die Vergangenheit. Die Gegenwart ist vorbereitet. Zu vieles Nachdenken würde sie abstumpfen."

— Das Vergangene gehört der Weisheit, das Gegenwärtige der That, aber das Zukünftige der Freude. Der Gedanke, daß der Bau des Tempels nahe ist, daß des Herrn Erwählter wieder einmal leben wird in dem Hause David's, beschäftigt meinen ganzen Geist, und wenn ich über unsern künftigen Ruhm nachdenke, verliere ich in meinem enthufiaftiſchen Entzücken faſt den Ernſt, den mein heiliges Amt erheiſcht. —

„Jeruſalem ... ich habe es geſehn! Wie viele Stunden noch, bis der Tag anbricht?“

— Etwa drei. —

„Ich könnte faſt ſchlafen. Immer war ich ſonſt am Abende vor der Schlacht ſo unruhig. Woher kommt das jetzt, Jabaſtor?“

— Euer Glaube, Herr, iſt feſt. —

„Ja, ich habe nicht die mindeſte Furcht. Meine Beſtimmung iſt noch. nicht vollendet. Gute Nacht, Jabaſtor. Tapfrer Prieſter, ſeht noch nach Asriel ... Phares!“

— Herr! —

„Wecke mich um die zweite Nachtwache. Gute Nacht, Knabe.“

— Gute Nacht, Herr. —

11.

„Es iſt um die zweite Nachtwache, Herr!“

— So bald! Ich fühle mich friſch wie ein Adler. Rufe mir Scherirah, Knabe. .... Es war ein ſüßer Traum, der mich umgaukelte, eine reizende Erſcheinung, die mir winkte: „Nach Bagdad, nach Bagdad!“ ſchien ſie mir zuzurufen, „da wird Deines Glückes Vollendung kommen.“ Ich komme, mein Siegerſchwert wird mir die Bahn brechen. ...

Ich will die Vorhänge meines Zeltes hinwegziehen. O! dieſe majeſtätiſche Erſcheinung! Und ich habe dieſes Heer geworben! Ueber die weite Ebene hinweg, ſo weit nur mein Auge ſchauen kann, füllen ſeine ſchneeigen Zelte die purpurne Landſchaft, ſchaaren ſich Legionen um ihre Fahnen, um für mein Loos zu kämpfen. Es iſt der Todeskampf Aſiens.

Vor einem Jahre lag ich auf derſelben Stelle und gedachte zu ſterben — ein ungekanntes Weſen, oder wenn gekannt, nur dazu, um verachtet zu werden; und jetzt ziehen die Sultane der Welt mir entgegen. Ich habe keine Furcht. Meine Bestimmung ist noch nicht vollendet. Und welches ist ihr Ziel? Möge dies jene Macht entscheiden, welche bisher all' meinen Lauf geleitet hat.

Jerusalem, Jerusalem . . . immer nur auf Jerusalem gerichtet! Mit all' seiner Kunde ist er doch nur ein beschränkter Zelot, dessen träumerische Erinnerung gern die Zukunft gestaltete, wie es die Vergangenheit war. O Bagdad, Bagdad! in deinen funkelnden Hallen giebt es einen Zauber, der seine ganze Cabala aufwiegt!

Ha! Scherirah! Der Tag wird gleich anbrechen; noch scheinen die Sterne. Die Luft ist lieblich und erfrischend. Heut ist ein großer Tag, Scherirah, für Israel und für Dich. Du leitest den ersten Angriff. Komm einen Augenblick in mein Zelt, mein tapfrer Scherirah! —

12.

Der Tag brach an. Ein starker Heereszug der Hebräer ging unter Scherirah's Anführung gegen das Mitteltreffen der Armee des Kalifen vor. Eine andre Abtheilung, von Jabastor befehligt, griff den linken Flügel an, der unter dem Sultan von Rum stand. Kaum hatte Alroy bemerkt, daß Scherirah das Centrum der Türken gesprengt hatte, als er sich selbst an die Spitze der heiligen Wache setzte und Unordnung und Verwirrung unter jenen durch einen unwiderstehlichen Angriff noch vermehrte. Die Heeresabtheilung des Sultans von Syrien und ein großer Theil des Mitteltreffens wurden gänzlich geschlagen und in den Fluß gedrängt, während der übrige Theil der Streitkräfte Malels von seinem linken Flügel völlig getrennt ward.

Während aber Alroy auf diese Art schon den Sieg entschieden glaubte, erwartete die Abtheilung Jabastor's ein ganz anderes Loos. Der Sultan von Rum, der in einer

sehr vortheilhaften Stellung sich befand und Truppen be=
fehligte, die an die Disciplin der Römer in Constantinopel
gewöhnt waren, nahm Jabastor's Angriff ohne zu wanken
an, und schlug diesen nicht nur zurück, sondern machte zu=
letzt selbst einen Ausfall, der diesen Flügel der Hebräer
gänzlich in Unordnung brachte und zerstreute. Vergebens
versuchte es Jabastor, seine Truppen wieder zu sammeln,
vergebens streckte er selbst den Standartenträger des Sul=
tans zu Boden und drang sogar einmal bis zum Zelte
des Monarchen vor. Seine Abtheilung ward gänzlich ge=
schlagen. Der Eifer des Sultans von Rum seine Gegner
zu vernichten, hinderte ihn daran, die traurige Lage des
türkischen Centrums zu bemerken. Hätte er, nachdem er
Jabastors Heerhaufen geschlagen, Alroy nur im Rücken
angegriffen, so würde das Schicksal dieses Tages eine ganz
andere Wendung genommen haben. Jetzt aber entdeckte
Alroy's Adlerauge schnell dessen Unvorsichtigkeit und benutzte
diese Uebereilung. Er überließ es Ithamar das Centrum
ferner zu verfolgen, griff den Sultan von Rum mit der
heiligen Wache an und verschaffte dadurch Jabastor Gele=
genheit, einen Theil seiner Streitkräfte wieder zu vereinen.
Als der Sultan von Rum bemerkte, daß das Treffen durch
das schlechte Benehmen seiner Mitheerführer verloren sei,
ließ er seine Truppen sich wenden, zog sich eiligst, aber in
bester Ordnung nach Bagdad zurück, nahm daselbst den
Kalifen, dessen Harem und einen Theil seiner Schätze mit
und bewirkte glücklich seine Flucht nach Syrien. Unterdes=
sen war die Niederlage der übrigen türkischen Armee voll=
ständig. Der Tigris strömte von ihrem Blute, und die
Städte, wodurch er floß, wurden von Alroy's Siege durch
die Leichname seiner Feinde unterrichtet. Dreißigtausend
Türken blieben. Unter ihnen die Sultane von Bagdad
und Syrien, und eine außerordentliche Menge Atabeks,
Emire und Hauptleute. Eine ganze Heeresabtheilung ergab

sich, als sie sich umzingelt sah, auf Gnade und Ungnade und lieferte ihre Waffen aus. Die Lager und Schätze der drei Sultane wurden ebenfalls genommen und die fliehenden Schaaren waren so vollkommen in Unordnung, daß sie nirgends es wagten sich zu sammeln, sondern zerstreut und in Verzweiflung die benachbarten Provinzen überschwemmten und sie plünderten. Die Heeresabtheilung Jabastor's hatte gleichfalls bedeutenden Verlust erlitten, der übrige Theil des Heeres aber sehr geringen. Die Schlacht dauerte nur drei Stunden. Ihre Folgen waren unermeßlich. David Alroy war jetzt Herr des Ostens.

13.

Die Ebene war mit Leichen von Menschen und Pferden, mit Waffen und Standarten und umgestürzten Zelten besäet. Als Alroy von der Verfolgung des Sultans von Rum zurückgekehrt war, ließ er durch Trompetenschall zu den Waffen rufen, sprang mit Blut und Staub bedeckt von seinem Streitrosse und stellte sich, auf sein blutiges Schwert sich lehnend, und von seinen siegreichen Heerführern umgeben, vor Malek's Zelt.

„Jabastor!" rief er zuerst und reichte dem Hohenpriester die Hand; „es war ein Glück, daß Eure Truppen einen solchen Anführer hatten! Kein andrer als Ihr hätte sie wieder sammeln können. Ihr müßt Eure Burschen ein wenig mehr einüben, ehe sie wieder Cappadocische Reiterei angreifen. Tapfrer Scherirah, wir werden Deinen Angriff nie vergessen. Asriel, sage der heiligen Wache in meinem Namen, daß wir den Sieg, am Tigris ihren Schwertern verdanken. Ithamar, welches sind unsere geruhtesten Truppen?"

— Die Legion von Aderbjan, Herr. —

„Wie stark kann sie wohl sein?"

— Zwölftausend Mann. Zwei Drittheile davon sind sogleich bereit. —

„Tapfrer Jthamar, nimm die Aderbjanen und eine Abtheilung unf'rer heiligen Wache, eile damit nach Bagdad und fodre die Stadt auf. Bietet Dir der Sultan von Rum eine Schlacht an, so suche Dir eine gute Stellung, und er soll schleunigst seinen Wunsch erfüllt sehn. Für jetzt müssen nach den schnellen Märschen und heftigem Gefecht die Truppen wieder ausruhn. Ich glaube immer, er wird sich dort nicht aufgehalten haben. Fodre die Stadt also auf und verkünde, daß wenn sie den geringsten Widerstand leistet, sie so verwüstet werden soll, wie das alte Babylon. Aber laß Dich mit keiner bewaffneten Macht ein.... Wo ist der Krieger, der mich vor einem Schlage rettete, der meinem Haupte drohte? Er hieß Benaja."

— Ich erwarte Euern Befehl. —

„Ihr seid Hauptmann. Schließt Euch der Heeresab= theilung Jthamar's an und erringt Euch neue Lorbeeren bis wir uns wieder sehen. Trauter Asriel, meldet Euerm Bruder unser Glück."

— Herr! es sind schon mehrere Tataren nach Hama= dan abgesendet. —

„Gut. Schickt noch einen mit diesen Zeilen an Mir= jam. Sendet Malek's Zelt als Siegesbeute der Stadt zum Geschenke. Elnebar, Goliath der Hebräer, Ihr trugt unfre heilige Standarte wie ein Held! Wie geht es der Prophe= tin? Ich sah sie bei'm Angriffe in unsern Reihen, ein Schwert schwingend mit ihrem Schwanenarm, das schwarze lange Haar wie ein Strom sie umfließend, die Augen Blitze schleudernd."

— Der König blutet, — sagte Jabaftor.

„Nur wenig. Es wird mir wohl thun. Ich fühle eine Art Fieber. Gebt mir einen Trunk frischen Wassers! Und jetzt zu unsern verwundeten Freunden. Asriel,

orbne Du das Lager. Es ist Sabbathabend. Die Zeit
brängt."

14.

Die Todten wurden geplündert und in den Fluß ge=
worfen. Alle Hebräer bezogen das Lager. Alroy besuchte
mit seinen vorzüglichsten Heerführern die Verwundeten und
lobte die Tapfern. Die Geschäftigkeit, die stets auf einen
Sieg folgt, ward jetzt noch durch die Sorgfalt des Heeres,
den bevorstehenden Sabbath mit der dankbarsten Genauig=
keit zu begehen, vermehrt.

Mit Sonnenuntergang begann er. Der wellenförmige
Horizont machte es schwer, den Augenblick dieses Untergangs
völlig genau zu bestimmen. Die rothe Scheibe sank hinter
die purpurnen Berge; der ganze Himmel war mit Rosen=
gluth übergossen. Jetzt erblickte man die Zeloten, stolz auf
ihre Kenntniß des Talmud's, wie sie ein Gewind von weißer
Seide in den Händen hielten und durch die Beobach=
tung der sich ändernden Farben darauf, den Eintritt des
Sabbaths verkündeten. Als das Gewind noch golden war,
tönte der Hammer des Waffenschmieds noch wieder, glühte
noch das Feuer des Kochs, führten die Reiter ihre Rosse
noch zum Strome, richtete das geschäftige Fußvolk seine
Zelte noch in die Höhe und arbeitete an den Pallisaden.
Das Gewind ward rosenfarb, die Waffenschmiede arbeiteten
mit stärkerem Eifer, der Koch blies mit vermehrtem Athem,
die Reiter sprengten aus dem Wasser, das Fußvolk warf
einen unruhigen Blick auf die bleicher werdende Däm=
merung.

Das Gewind von Seide ward blau; ein düsteres, trü=
bes, todtes, schweres Farbenspiel überzog seine Reinheit.
Die Heimchen fingen an zu schwirren, die Fledermaus flog
kreisend über den Zelten, Hörner tönten von allen Punkten
her, die Sonne war untergegangen; der Sabbath hatte

begonnen. Die Waffenschmiede war still, das Feuer aus=
gelöscht, das Gewieher der Rosse und das Getös der Men=
schen hörte augenblicklich auf. Ein tiefes, plötzliches, allge=
meines Schweigen senkte sich auf das gewaltige Heer. Es
war Nacht. Die heilige Sabbath=Lampe funkelte in jedem
Zelte des Lagers, das an Stille und Glanz mit dem stum=
men, sternenhellen Himmel wetteiferte.

Der Morgen kam. Die Krieger versammelten sich um
den Altar und das Opfer. Der Hohepriester und die ihm
dienenden Leviten verkündeten die Einheit und die Allmacht
des Gottes Israel's und die tiefgefühlte Antwort seines
siegreichen und auserwählten Volkes hallte wieder über die
Ebene. Dann begaben sie sich zu ihren Zelten zurück, um
die Auslegung des Gesetzes zu vernehmen. Selbst die Ent=
fernung eines Sabbathsweges durfte nicht den Raum über=
schreiten, der zwischen Jerusalem und dem Oelberge ist.
Jeder Hebräer, der heut aus dem Lager gehen mußte, zählte
sorgsam die Schritte seines Sabbathsweges. Endlich ging
die Sonne wieder unter, und plötzlich brannten Feuer,
schallten Stimmen, eilten Menschen einher mit demselben
Eifer, derselben Schnelligkeit, welche die Stille des vorher=
gehenden Abends so plötzlich beendet hatte. Ausbrüche
lachenden Muths, Klänge der Musik kündeten die Festlich=
keiten der nächsten Nacht an. Aus allen benachbarten
Dorfschaften waren Lebensmittel herbeigeschafft worden, und
bald gedachten die frommen Sieger ihrer Triumphe beim
Mahle der Freude.

Am folgenden Morgen kam ein Tatar von Ithamar
mit der Nachricht an, daß der Sultan von Rum sich nach
Syrien zurückgezogen habe, und Bagdad zwar unvertheidigt
sei, er aber doch den Bitten der Einwohner nachgegeben
habe, ehe die Truppen in die Stadt einrückten, einigen an
Alroy zu sendenden Abgeordneten freies Geleit zu bewilligen.

15.

Am Morgen verkündeten Boten die Ankunft dieser Gesandtschaft. Alle Truppen standen unter den Waffen. Alroy hatte befohlen, daß die Bittenden durch das ganze Lager geführt werden sollten, ehe sie zu dem königlichen Zelte gelangten, an dessen beiden Seiten die heilige Wache aufgestellt stand. Als die Vorhänge des Zeltes weggezogen wurden, erblickte man den Sieger selbst auf einem prachtvollen Divan sitzend. Ihm zur Rechten stand Jabastor in seinem hohenpriesterlichen Gewande und zur Linken Scherirah. Hinter ihm hielt der riesige Elnebar das heilige Scepter empor. An jeder Seite im Zelte stand eine Menge seiner Heerführer.

Zimbeln ertönten, und dumpfe Pauken und die schallenden Klänge der Trompeten. Den Anfang des Zuges konnte man in der weiten Entfernung der Zeltstraße erblicken. Erst kam eine Schaar schöner Jünglinge, je zwei und zwei, Blumen streuend, dann eine Bande Musiker in weiten Gewändern von Goldstoff, Klagetöne lockend aus ihren silbernen Trompeten. Diesen folgten Sklaven aus allen Weltgegenden, den Tribut der reichsten und köstlichsten Produkte ihrer Heimath tragend, Neger mit Elephantenzähnen, Federn von Straußen, und Becken mit Goldstaub; Syrier mit kostbaren Waffen, Perser mit Gefäßen voll Rosenöl, und Indier mit Körben voll Perlen von Ormus und weichen Shawls von Kaschmir. Von seinen Kindern umgeben, deren Jedes abwechselnd eine weiße oder hellbraune Gazelle führte, leitete ein in seinen blauen Mantel gekleideter Araber eine hohe, zahme Giraffe an einem carmoisinen Bande. Hierauf folgten funfzig starke Männer paarweise, welche silberne Schilder voll goldner Münzen, oder herrlich gearbeitete und mit Edelsteinen eingelegte Becher trugen.

Der Klang der Zimbeln verkündete das Erscheinen der

Ehrenkleider, die aus den Vorräthen des Beherrschers der Gläubigen ausgesucht waren, die Seidenzeuge aus Aleppo und der Goldstoff von Damascus, mit Besätzen von Zobel und Hermelin und Flaum aus der Brust des Schwans, so wie Felle des weißen Fuchses. –

Darauf folgten zwei graue Dromedare mit silbernem Geschirr und mehrere reichgezäumte Rosse, jedes von einem Diener in prachtvoller Kleidung geführt. Das letzte der Rosse war schneeweiß und auf seiner Stirn eine Art röthlichen Sterns, ein Roß aus dem heiligen Marstalle Salomo's, nur allein von Abkömmlingen des Propheten bestiegen.

Beim dumpfen Getös der Heerpauken nahte dann eine Schaar schwarzer Eunuchen mit ihren scharlachnen Kleidern und elfenbeinernen Streitärten. Sie umgaben und schirmten vor dem Blicke der Menge vierzehn schöne cirkassische Jungfrauen, deren reizendes Antlitz und vollendeter Wuchs durch lange Schleier und weite Gewänder zum Theil verhüllt ward.

So wie dieser prachtvolle Zug sich dem Sieger nahte, verbeugte er sich demüthig vor Alroy und stellte sich an jeder Seite des breiten Zugangs in Ordnung auf. Die Abgesandten erschienen. Zwölf der angesehensten Bürger Bagdad's mit übereinander geschlagenen Armen, gesenkten Augen und ungeordneter Kleidung. Stumm und demüthig berührte jeder die Erde mit der Hand, küßte diese dann zum Zeichen der Unterwerfung, trat hierauf bei Seite und machte Platz dem ersten Abgeordneten und Sprecher — Honain.

16.

Ehrerbietig doch anmuthig verbeugte sich der Arzt des Kalifen vor dem Eroberer des Ostens. Sein Aeußeres, wie sein Benehmen, stach nicht wenig gegen den Anblick seiner Begleiter ab. Nicht minder ruhig und heiter sein Gesicht, nicht minder reich und sorgfältig seine Kleidung als damals, wo er zuerst Alroy im Bazar von Bagdad aus den Klauen des schändlichen Abdallah rettete.

Er sprach, und jeder Ton schwieg vor dem Wohlklange seiner Stimme.

„Eroberer der Welt! Jene Bestimmung, mit der zu kämpfen vergebens ist, hat unser Leben und Gut in Deine Macht gegeben. Deine Sklaven bieten Dir Proben ihrer Reichthümer dar; nicht als Tribut, denn all' das ihrige ist Dein, sondern nur, um Dir die Erzeugnisse der Sicherheit und des Friedens vorzulegen, damit Du Dich überzeugest, Gnade sei für den Sieger eben so vortheilhaft wie für den Besiegten, es sei besser, zu erhalten, als zu zerstören, und weiser, zu genießen, als auszurotten.

„Das Schicksal ließ uns als Sklaven des Kalifen geboren werden; dasselbe Schicksal hat seinen Scepter Deinen Händen überliefert. Wir bringen Dir nun dieselbe Unterwerfung, die wir ihm weihten, und bitten Dich um denselben Schutz, den er uns gewährte.

„Was Du auch entscheiden mögest, wir müssen uns beugen unter Deinem Beschluß, mit der Demuth, wie die Obergewalt sie gebietet. Doch sind wir nicht hoffnungslos. Wir können es nicht vergessen, wie glücklich wir sind, uns nicht an ein barbarisches Oberhaupt wenden zu müssen, das nicht Theil nehmen kann an den Forderungen der Bildung, der Kunstschöpfungen, der eblern Antriebe der Menschlichkeit. Wir erkennen Deine unwiderstehliche Macht an, aber wir wagen es, Alles von einem Fürsten zu hoffen, dessen Geist Jedermann anerkennt und bewundert, der einen Theil seiner Jugend den Sorgen der Regierung und den Waffen entzog, um der höhern Forderungen der Kenntniß willen, dessen Gemüth durch einen reinen und erhabenen Glauben veredelt ward, und der seine Abkunft herleitet aus einem berühmten und heiligen Stamme, dessen Alter ohne Gleichen selbst der Prophet anerkennt."

Hier endete er. Ein Gemurmel des Beifalls lief durch das Zelt, schwieg aber im Augenblicke, so wie die Lippen des Siegers sich öffneten.

„Edler Emir," entgegnete Alroy, „kehre nach Bagbad zurück und sage Deinen Mibürgern, daß der König von Israel ihren Personen Schutz, ihrem Eigenthume Sicherheit gewährt."

— Und ihrem Glauben? — fragte der Abgeordnete leiser.

„Duldung;" erwiederte Alroy, indem er sich zu Jabastor wandte.

— Bis auf weitere Anordnungen; — setzte der Hohepriester hinzu.

„Emir," sagte Alroy, „die Person des Kalifen soll geehrt werden."

— Eure Hoheit, — entgegnete Honain, — mögen wissen, daß der Sultan von Rum mit unserm vorigen Beherrscher sich zurückgezogen hat. —

„Und sein Harem? —

— Auch mit diesem. —

„Das war unnöthig. Wir führen nicht mit Weibern Krieg!"

— Männer sowohl als Frauen müssen die gnadenvolle Milde Eurer Hoheit anerkennen. —

„Benoni!" rief Alroy, indem er sich an einen jungen Offizier seiner Leibwache wandte, „befehlige Du die Ehrenwache, welche diesen edlen Emir bei seiner Rückkehr begleiten soll. Wir Krieger, Herr, haben es bloß mit Erz zu schaffen, und können daher mit der Pracht Bagbad's nicht wetteifern; tragt aber diesen Stahl zu Ehren des Gebers!" und damit hielt Honain einen von Edelsteinen funkelnden Dolch hin.

Der Abgesandte Bagbad's trat vor, nahm den Dolch, küßte ihn und steckte ihn in seinen Gürtel.

„Scherirah," fuhr Alroy fort, „Euch empfehle ich diesen

eblen Emir. Gebt ihm ein ausgewähltes Zelt zu seinem Gebrauch, und lasset sein Gefolge sich nicht über die rauhe Kriegszucht unsers Lagers beklagen."

— Wenn es Euer Hoheit gefällig ist, — entgegnete Honain, — so werde ich mit Eurer Erlaubniß jetzt, da ich meine Pflicht erfüllt, mich wieder auf den Rückweg begeben. Ich habe daheim ein nur darum minder dringendes Geschäft, weil es mich selbst betrifft. —

„Wie Ihr wollt, edler Emir. Benoni, auf Deinen Posten. Lebt wohl."

Die Abgeordneten traten wieder vor, verbeugten und entfernten sich. Alroy wandte sich zu Jabastor.

„Kein gewöhnlicher Mann ist dies, Jabastor."

— Ein sehr anmuthiger Türke, Herr!"

„Hälst Du ihn für einen Türken?"

— Seiner Kleidung nach. —

„Kann sein. Asriel, laß das Lager abbrechen. Wir marschiren sogleich nach Bagdad.

17.

Die Heerführer entfernten sich, um die nothwendigen Vorkehrungen zum Marsche zu treffen. Die Nachricht von dem unmittelbaren Zuge nach Bagdad ward bald im Lager bekannt, und erregte den lebhaftesten Enthusiasmus. Alles legte Hand an's Werk, brach Zelte ab und rüstete Waffen und Rosse. Alroy blieb in seinem Zelte. Die Vorhänge wurden vorgezogen. Er war allein und in tiefes Nachdenken versunken.

„Alroy!" tönte eine Stimme.

Er schreckte auf und schaute um sich. Esther stand vor ihm, die Prophetin.

„Esther! Du bist es?"

— Alroy! ziehe nicht nach Babylon! —

„Wie so?"

— So wahr ich lebe, der Herr hat es gesprochen. Gehe nicht nach Babylon! —

„Meiner schönsten Eroberung mich nicht erfreuen?"

— Geh nicht nach Babylon! —

„Was erschreckt Dich?"

— Geh nicht nach Babylon! —

„Soll ich denn das Loos meines Lebens ändern ohne eine Ursach?"

— Der Herr hat gesprochen. Ist das nicht eine Ursach? —

„Ich bin des Herrn Auserwählter. Seine Warnung ist mir noch nicht erschollen."

— Sie erschallt Dir jetzt. Verachtet der König die Prophetin des Herrn? Das war Ahab's Sünde! —

„Dich verachten! Den Mund verachten, der der Herold meiner Siege ist! Das hieße Gott lästern. Prophezeihe Sieg, Esther, und Alroy wird nie an Deinem göttlichen Berufe zweifeln."

— Er zweifelt jetzt daran. Ich seh's, er zweifelt daran. O, mein König! Ich sage Dir nochmals: geh nicht nach Babylon! —

„Schöne Jungfrau, Deine Augen schießen Blitze. Wer kann ihren wilden, reinen Glanz erblicken und daran zweifeln, daß Esther begeistert sei? Sei ruhig, holdes Mädchen, irgend ein Traum verwirrt Deinen Geist."

— Alroy, Alroy, geh nicht nach Babylon! —

„Ich kenne keine Furcht — mein Leben ist verzaubert."

— Weh mir, er hört mich nicht! Es ist Alles verloren. —

„Es ist Alles gewonnen, reizende Jungfrau!"

— Ich wollte, wir wären auf dem heiligen Berge und schauten die Sterne Zions. —

„Esther," sagte Alroy, indem er sich ihr nahte und sanft ihre Hand ergriff: „Die Hauptstadt des Ostens wird

11*

bald ihre Wunder Deinen Blicken entfalten. Bereite Dich vor auf das Außerordentlichste. Mädchen, wir sind nicht mehr in der Wüste! Vergiß Deine schwermüthigen Träume. Komm, wähle Dir einen Gemahl aus meinen Heerführern, und ich will Dir ein Königreich als Mitgift schenken. Gern säh' ich eine Krone auf dieser Kaiserstirne. Sie verdient eine."

Die Prophetin wandte ihre schwarzen Augen mit vollem Blicke auf Alroy. Was in ihrer Seele vorging, war weder sichtbar noch ausgesprochen. Sie sah fest und absichtsvoll in das ruhige, unerforschliche Gesicht des Siegers, warf seine Hand zurück und stürzte aus dem Zelt.

Achter Abschnitt.

1.

Fahnenwehen, Trompetengeschmetter, Pferdegewieher und Speeresglanz! Es schwimmt am entfernten Horizonte wie der Morgen, wenn das Grau der Nacht strahlend in den Tag übergeht.

Horch! Der Schritt des Fußvolks wie die Fluth des Ozeans, wenn sie nach und nach vorbringt und das Ufer erobert. Vom Gipfel des Berges strömt, wie ein Fluß, das Heer herab und ergießt sich über die Ebene.

Streiter von Juda! Heilige Männer, die Ihr für den Herrn kämpft! Das Land, worin Eure Väter weinten und ihre Klageharfen rührten, die stolze Stadt, wo Eure Vorfahren ihren erkalteten, entlegenen Heerd bejammerten, Eure Rosse wiehern jetzt auf ihrer Ebene, und einziehen werdet Ihr in ihre Paläste. Streiter von Juda! heilige Männer, die Ihr für den Herrn kämpft!

Vorwärts, rasch vorwärts, Ihr tapfern Stämme, die Stunde ist gekommen. Alle Versprechungen der Jahrhunderte, alle Zeichen der heiligen Sagen, sie treffen ein in dieser entzückenden Stunde. Wo ist nun des Unterdrückers Wagen, wo Eures Tyrannen Purpurgewand? Roß und Reiter sind daniebergestürzt, Roß und Reiter niedergestürzt in den Staub!

Erhebe Dich, Rahel, aus der Wüste; erhebe Dich und weine nicht mehr. Nicht mehr braucht Deiner einsamen

Palme Schatten Deinen Kummer zu verbergen. Der Herr
hat gestillt der Wittwe Thräne. Sei getröstet, Deine Kin=
der leben wieder!

Sieh! Auf der jubelnden Ebene glänzt der flinke As=
riel wie ein Stern, und der männliche Scherirah schwingt
seinen Speer neben des ernsten Jabastors Schwerte. Und
Er ist da, der Auserwählte, gefeiert von prophetischen Har=
fen, dessen Leben ist wie der Morgenthau auf Zion's hei=
ligem Hügel, der Auserwählte, der sein Volk zum Siege
führt, Ihr Streiter von Juda, heilige Männer, die Ihr
für den Herrn kämpft!

Sie kommen, sie kommen! — —

Die Wälle der Stadt waren mit ihren Einwohnern
überfüllt, der Strom funkelte von zehntausend Booten, die
Bazars waren geschlossen, die Straßen mit Reihen Volks
besetzt, und die Terrasse jedes Hauses mit Zuschauern be=
deckt. Am Morgen war Ithamar mit seiner Heeresabthei=
lung als Besatzung in die Stadt gezogen. Und jetzt nahte
sich die Vorhut des hebräischen Heeres, nachdem man sie
schon lange aus der Ferne gesehen hatte, den Mauern.
Aus dem Hauptheere sprengte eine mächtige Schaar Reiterei
in schnellster Eile vor. Auf einem milchweißen Rosse, von
einem glänzenden Kriegergefolge begleitet, gelangte Alroy
unter dem Jubel der unzählbaren Menge an das Thor.

Hier ward er von Ithamar und den früheren Abge=
ordneten empfangen, nur Honain war nicht dabei. Von
seinen Heerführern und einer starken Abtheilung der heiligen
Wache begleitet, ward Alroy durch die vorzüglichsten Stra=
ßen und Plätze der Stadt geführt, bis er am Hauptein=
gange des Serails oder Palastes des Kalifen anlangte.
Durch ein weites Portal kam er in einen großen, viereck=
gen Hof, wo er abstieg, und ihm von dem Hauptmann der
Eunuchen=Wache gehuldigt ward. In der vorigen Beglei=
tung seiner ersten Befehlshaber und unmittelbarsten Diener

warb er nun burch eine lange Reihe von Zimmern geführt, deren er sich noch von seinem ersten Besuche mit Honain her erinnerte, bis er in dem Saale des großen Reichsraths der Kalifen ankam.

Hier warf sich der Sieger auf den prachtvollen Divan des Beherrschers der Gläubigen.

„Ein bequemer Sitz nach einem langen Marsche!“ rief Alroy aus, als er den Kaffee mit den Lippen berührte, den ihm der Oberste der Eunuchen in einer Schale von durchsichtigem dunkelrothen Porzellan, mit Perlen besetzt, barreichte. „Ithamar, jetzt sage an: Wie hast Du die Stimmung der Stadt gefunden? Wo ist der Sultan von Rum?“

— Die Stadt, o Herr, ist ruhig und, wie ich glaube, zufrieden. Der Sultan und der Kalif weilen noch an der Gränze der Provinz. —

„Das bachte ich mir. Scherirah wird das in Ordnung bringen. Laß die Truppen vor den Mauern sich lagern und die Besatzung, aus zehntausend Mann bestehend, monatlich sich ablösen. Ithamar, Du bist Gouverneur der Stadt. Asriel befehligt die Truppen. Ehrwürdiger Jabastor, setze mir einen Bericht über die bürgerlichen Angelegenheiten der Hauptstadt auf. Deine Wohnung ist das Kloster der Derwische. Tapfrer Scherirah, Dir kann ich keine lange Ruhe vergönnen. In drei Tagen mußt Du mit Deiner Heeresabtheilung jenseits des Flusses stehen. Es wird schnell abgethan sein. Ich sehe voraus, daß sie nicht fechten werden. Kommt alle morgen Mittags wieder hieher, um Rath zu pflegen. Lebt wohl.“

Die Heerführer gingen hinweg, der Hohepriester blieb.

„Wenn es Euch nicht stört, Herr, bitte ich um ein kurzes Gehör.“

— Theuerster Jabastor, sprich nur. —

„Herr, ich wollte mit Dir von Abiban sprechen, einem so tapfern Streiter als irgend einer im Heere. Es schmerzt

mich sehr, daß seine Dienste, durch irgend einen unglück=
lichen Zufall, stets übergangen werden."

— Abiban! ich kenne ihn wohl, — ein tapfrer Mann,
aber ein Träumer, ein Träumer. —

„Ein Träumer, Herr! Glaube mir, er ist ein treuer
Sohn Israels, und einer, dessen Glaube tief gewurzelt ist."

— Guter Jabastor, wir sind alle treue Söhne Israels. Laß mich aber Männer um mich haben, die nicht
selbst bei der Mittagssonne Erscheinungen sehen. Wir müs=
sen uns vor Träumern bewahren. —

„Träume sind die Orakel Gottes."

— Wenn Gott sie sendet. Sehr wahr, Jabastor. Aber
dieser Abiban und die Gesellschaft, zu der er gehört, sind
von hochfliegenden Ideen erfüllt, aus alten Traditionen
aufgefaßt, die, wenn man danach handeln wollte, jede Re=
gierung unmöglich machen würden, — kurz, es sind gefähr=
liche Menschen. —

„Die wahre Blüthe Israel's! Irgend Jemand hat Dein
heiliges Ohr gegen sie vergiftet."

— Nein, Niemand, ehrwürdiger Jabastor. Ich habe
keinen Rathgeber, außer Dir selbst. Sie mögen die Blüthe
Israels sein, aber sie sind nicht die Frucht. Gute Krieger
— aber schlechte Unterthanen; vortreffliche Mittel, durch
die wir größere Zwecke erreichen können. Ich will nicht,
daß Träumer in Ansehen stehen. Ich muß praktische Män=
ner um mich haben — thätige Männer. Sieh Abner, As=
riel, Ithamar, Medab, sieh, wie sie sich dem aneignen, was
sie umgiebt, und doch unbesiegbare Heerführer sind. Sie
sind aber praktische Männer, Jabastor; sie haben Augen
und gebrauchen sie. Sie kennen den Unterschied der Zeiten
und Verhältnisse. Aber dieser Abiban hat keinen andern
Gedanken, als den Tempel wieder aufzubauen! Ein eng=
herziger Frömmling, der der Form die Hauptsache aufopfern
würde. Mit solchen Bauleuten würde der Tempel, wenn

er sich erhebt, bald wieder einstürzen. Bedenke einmal, derselbe Abidan predigte im Lager gegen meinen Einzug in das, was dem verschmitzten Fanatiker „Babylon" zu nennen beliebt, und plagte mich mit einer Erscheinung. —

„Es gab eine Zeit, wo Du nicht so übel von Erschei= nungen dachtest."

— Bin ich Abidan? Müssen Andere ihr Benehmen oder ihre Ansichten nach den meinigen gestalten? In dieser Welt stehe ich allein, ein Wesen anderer Art als Ihr, selbst Dir unbegreiflich. Laß uns davon abbrechen. Ich will nichts mehr davon hören, und habe schon zu viel gehört. Morgen im Rathe. —

Der Hohepriester ging schweigend fort.

„Er ist fort! — endlich bin ich allein. Ich kann die Gegenwart dieser Menschen nicht ertragen, außer in der Schlacht. Ihre Worte, selbst ihre Blicke stören mir die stille Schöpfung meiner brütenden Gedanken. Ich bin end= lich wieder allein, und die Einsamkeit war die Wiege mei= ner Herrschaft. Jetzt fühle ich mich begeistert. Jetzt be= darfs keiner Mummerei, um ein Wunder zu bewirken.

„Salomo's Scepter! Es kann sein. Was weiter? Jetzt giebt es hier das Scepter Alroy's. Was ist jenes ohne seinen Geist? Die Sage erzählte, daß Niemand unser Volk befreien könne, der nicht das Scepter führe des gro= ßen Salomo. Die Sage wußte, daß Niemand dieses Scep= ter erlangen könne, ohne einen Geist, vor dessen erhabenem Auffluge die Mächte der Welt sich beugen würden wie das Schicksal. Ich errang es. Ich sah die gespenstischen Mo= narchen in ihrem Grabe, und dieselbe Hand, welche ihre Schattenherrschaft ergriff, ergriff auch das Diadem der mächtigen Kalifen an den stolzen Wogen ihres kaiserlichen Flusses.

„Die Welt ist mein. Und soll ich den Lohn aufgeben, den Lohn, den alle Helden sich eigneten, um die albernen

Sagen eines träumerischen Priesters wahr zu machen, und eine Ueberlieferung zu heiligen? Er eroberte Asien und erbaute den Tempel. Soll dies der Inhalt meiner Annalen sein? Soll dieser Glanz des Kaiserthums schnell einschrumpfen zu einem leeren, ärmlichen Gebieten über irgend eine kleine Provinz, zum bescheidenen Patriarchenthum einer Hirtenhorde? Ist der Gott der Heerschaaren ein so schwacher Gott, daß wir eine Schranke stellen müssen seiner Herrschaft, und die Gränzen der Allmacht feststellen zwischen dem Jordan und dem Libanon? Nein, so steht es nicht geschrieben! und wär' es auch, so will ich meine Begeisterung setzen gegen die Voraussetzung meiner Vorfahren. Ich bin auch ein Prophet, und Bagdad soll mein Zion sein. Die Tochter der Stimme! O! ich bin deutlich berufen. Ich bin des Herrn Diener, nicht Jabastors. Seine Verehrung, seine Anbetung will ich allgemein machen, wie es seine Macht ist, und welcher Priester soll es wagen, an meinem Glauben zu zweifeln, weil seine Altäre auf anderen Hügeln rauchen, als auf denen von Juda?

„Ich muß Honain sehen. Dieser Mann hat großen Geist. Er allein nur kann mein Vorhaben fassen. Universalherrschaft kann nicht gegründet werden auf Sektenvorurtheile und ausschließliche Rechte eines kleinen Stammes. Jabastor würde die Muselmänner umbringen, wie Amalek, die Muselmänner, der bei weitem größte und wichtigste Theil meiner Unterthanen. Er würde mein Reich entvölkern, damit man nicht sagen möge, daß Ismael die Erbschaft Israels getheilt habe. Fanatiker! Ich will ihn absenden zur Eroberung von Judäa. Wir müssen uns vereinigen. Es muß etwas geschehen, um die Besiegten an unsere siegende Macht zu ketten. Jener kühne Sultan von Rum — ich wünschte, Abner hätte sich ihm entgegengestellt. Davonzufliehen mit dem Harem! Ich bin halb entschlossen, mich an die Spitze des ihn verfolgenden Heeres zu stellen, und — die Leidenschaft meines Herzens mit der Politik zu verbinden — und dennoch — Honain ist der Mann — ich möchte ihn zu einer Sendung gebrauchen. Könnten wir uns vergleichen? Ich hasse Verträge. Meine Phantasie fliegt über alle Ziele hinweg. Ich muß ihn sehen. Könnte ich ihm nur alles sagen, was ich denke! Diese Thür — wohin führt sie? Ha! ist mir's doch, als erinnerte ich mich jener glänzenden Gallerie! Niemand hier? Kein Diener? Die Ordnung in unserm Palaste ist nicht eben streng. Meine Krieger sind keine Höflinge. Welch ein trefflicher Oberaufseher des Palastes würde Honain sein! Alles still. Durch diese Säle bin ich sicherlich schon einmal gegangen. Könnte ich nur das kleine Thor am Ufer des Flusses ungesehen und unentdeckt erreichen! Es wäre nicht unmöglich. Hier sind viele Gewänder. Ich will mich verkleiden. Treues Schwert, Du hast Deine Pflicht gethan, ruhe einstweilen. Ein Glück ist's, daß ich keinen Bart habe. Man wird mich wieder für einen Eunuchen halten. So! ein sehr schönes Kleid. Ein Dolch, zu einem Ritze gut, Pantoffeln mit Perlen gestickt, ein Kaftan von Goldstoff, ein Kaschemirner Gürtel und ein Zobelpelz. — Ein Blick in den Spiegel. — Schön! Jetzt sehe ich aus wie der Eroberer einer Welt!"

2.

Die Dämmerung trat ein. Ein kleines, einsames Boot mit einem einzigen Ruderer glitt den Tigris entlang und hielt am Bogengange eines Hauses, das am Rande des Flusses lag. Der Ruderer zog die Vorhänge im Boote hinweg, der einzelne Schiffende darin stieg aus und die Treppen des Bogenganges hinauf.

Hier öffnete er ein goldnes Gitter, schritt durch eine lange Galerie und trat in einen schönen Saal von weißem und grünem Marmor, der zu den Gärten führte. Niemand war im Gemach. Der Fremde setzte sich auf ein silbernes

Ruhebett, das an dem Rande eines Springbrunnens stand, dessen Strahl sich aus der Mitte des Zimmers erhob und in ein Porphirbecken zurückfiel. Ein sanftes Geflüster weckte den Fremden aus seinen Träumen; ein sanftes Geflüster, das den Namen Honain leis murmelte. Der Fremde blickte auf. Eine in einen bis auf den Boden herabgehen= den Schleier gehüllte Gestalt schritt von dem Garten her.

„Honain!" sagte die sich nähernde Gestalt und warf den Schleier zurück. „Honain! Ah! Da ist ja der schöne Stumme wieder!"

Ein weibliches Wesen, lieblicher als der rosige Morgen, erblickte den unerwarteten Gast. Beide staunten schweigend einander an. Da trat ein Mann, mit einer Kerze in der Hand, in den entferntesten Theil des Saales. Sorgfältig verschloß er die Thür, langsam schritt er mit leisen Schrit= ten vor und nahte sich der Verschleierten und dem Fremden.

„Alroy!" rief der staunende Honain, und die Kerze entsank seiner Hand.

„Alroy!" rief erschrocken Jene aus, ward blaß und lehnte sich an eine Säule.

— Tochter des Kalifen! — sagte der Beherrscher Is= raels, indem er vortrat, auf ein Knie fiel und ihre herab= gesunkene Hand ergriff: — ja, ich bin jener Alroy, dem das Schicksal das Reich Deines Vaters anheimgegeben hat, aber die Fürstin Schirin kann nichts zu fürchten haben von Dem, der diesen Beweis ihres Wohlwollens höher, als alle seine Siege schätzt: — und damit zog er einen Rosenkranz von Perlen und Smaragden aus dem Busen, stand lang= sam auf und ließ ihn in ihrer zitternden Hand.

Die Prinzessin wandte sich ab und verbarg ihr Gesicht an dem Arme, mit dem sie sich an der Säule festhielt.

„Theurer Honain," sagte Alroy, „Ihr glaubtet, ich habe die Vergangenheit vergessen, — Ihr hieltet mich für un= dankbar. Meine Gegenwart hier beweist Euch, daß dem nicht so ist. Ich bin hierhergeeilt, um Eure Wünsche zu erfahren, um sie, wenn es in meiner Macht steht, alle zu erfüllen.“

— Herr! — erwiederte Honain, der sich von der Aufregung, in die er selten gerieth, und von dem Staunen, das ihn nicht oft überraschte, wieder erholt hatte. — Herr! meine Wünsche sind gering. Ihr seht die Tochter meines vormaligen Gebieters vor Euch. Eine Unterredung, wegen welcher ich schwerlich die Verzeihung dieser Dame erhalten dürfte, hat Euch mit ihrer Lage und ihren Gesinnungen einigermaßen bekannt gemacht. Die Fürstin Schirin benutzte die günstige Gelegenheit der jetzigen Unruhen, um einer Lebensweise zu entrinnen, die schon seit langer Zeit ihren Gefühlen widersprach, einer Bestimmung, vor der sie zitterte. Ich war Ihr einziger Rathgeber, und, wie sie sich überzeugen wird, ein treuer, obgleich vielleicht ein minder verschwiegener. Die unwiderstehlichen Bitten der Einwohner, ihr Abgesandter an den Sieger zu werden, verhinderten bis jetzt die vorgehabte Flucht. Seitdem hielt ich es, wegen der Bewegungen der Heere, für gerathener, für jetzt hier zu bleiben, ob ich gleich das Gerücht meiner Abreise geflissentlich aussprengen ließ. In dem Kiosk meines Gartens ist jetzt die Fürstin Schirin eine freiwillige Gefangene. In der Abenddämmerung schleicht sie sich zu der schwachen Erholung in meiner Gesellschaft herbei, und um die Nachrichten von mir zu hören, die ich des Tages über in meiner Verkleidung einzuziehen im Stande bin. Die Geschichte, Herr, ist kurz und einfach. Wir sind in Eurer Gewalt; ich flehe Euern Schutz an. —

„Guter Honain, dessen bedürft Ihr nicht. Die Fürstin Schirin braucht blos einen Wunsch auszusprechen, um ihn auch sogleich erfüllt zu sehen. Ich wollte mit Euch über wichtige Gegenstände sprechen, Honain, aber ich ziehe mich jetzt zurück, um hier nicht zu stören. Morgen werde ich,

wenn Ihr es wollt, in derselben Verkleidung und zu der=
selben Stunde wieder hier sein. Unterdessen theilt Euch die
Prinzessin vielleicht ihre Wünsche mit, und Ihr legt sie mir
vor. Wenn ein sicheres Geleit in irgend ein Land, wenn
irgend ein Palast, oder irgend eine Provinz zu ihrem Auf=
enthalte und Befehl — doch ich will Der nichts anbieten,
die allein gebieten sollte. Lebt wohl, Prinzessin! Verzeiht
das Vergangene! Morgen also, theurer Honain! Laß uns
ja hier wieder zusammenkommen. Gute Nacht!"

3.

„Die Königliche Stirn war umwölkt!" sagte Ithamar
zu Asriel, als sie beim Fortgehen aus dem hohen Rathe
in ihr köstliches Boot stiegen.

— Mit Gedanken: es liegt ihm so viel im Sinne, daß
es zu bewundern ist, wie er's nur tragen kann. —

„Ich habe ihn am Abende vor der Schlacht heiter
und fröhlich, obgleich ruhig bei wichtigeren Dingen gesehen,
als die jetzt auf ihm lasten. Seine Stirn war umwölkt;
wie mir's aber scheint, nicht mit Gedanken, sondern vielmehr
mit Verdruß. Bemerktet Ihr's, wie er Jabastor schalt?"

— Stark! Der finstere Hohepriester erbebte davor und
zerstieß, als er den Befehl unterzeichnete, in der Wuth sei=
nen Rohrstift. Nie sah ich Jemand bleicher werden! —

„Oder stiller. Er sah aus wie ein verkörperter Sturm.
Ich will's Euch offen sagen, Asriel, dieser finstere Priester
liebt uns nicht."

— Habt Ihr das Geheimniß auch entdeckt, Ithamar?
Wir sind nicht von seiner Schule. Auch, im Vertrauen,
unser Herr ist es nicht. Ich bin recht froh, daß der König
so abgeneigt gegen Abidan ist. Wär' Er im Rathe, hielt
er es mit Jabastor. —

„O, er ist ein bloßes Werkzeug von diesem! Was
meint Ihr von Scherirah?"

— Ich traue ihm nicht. So lange es an's Fechten geht, mischt er sich in weiter nichts, aber, merkt Euch, was ich Euch sage, Ithamar, in ruhigen Zeiten wird er auch auf Jabastors Seite treten. —

„Medad soll mit in den Rath kommen, der hält's mit uns."

— Mit Herz und Seele. Ich wünschte, Euer Bruder wäre hier, Asriel; er allein könnte es mit Jabastor auf= nehmen. Alroy liebt Euern Bruder wie sich selbst. Ist's wahr, daß er Mirjam heirathet? —

„Der König wünscht es. Eine schöne Verbindung für Abner!"

— Wir können noch Alles möglich machen! Ich möchte aber nur wissen, wer Vicekönig von Syrien werden wird? —

„Wenn wir's erst werden eingenommen haben. Sche= rirah aber gewiß nicht. Sagt mir's nach, Ithamar, der kommt nie an's Ruder. Ihr, oder ich vielleicht. Was mich betrifft, so bliebe ich lieber, wie ich jetzt bin."

— Ihr habt einen guten Posten: den besten —

„Nächst dem Commando der Stadt. Dies sollte mit der Leibwacht verbunden sein."

— Verhelft mir, daß ich Syrien bekomme, und Ihr könnt dann mein Commando haben.

„Einverstanden. Jabastor verlangt, daß in einer he= bräischen Monarchie der Hohepriester auch zugleich der Großwessir sei."

— Alroy wird sein eigner Minister sein. —

„Das weiß ich doch nicht ganz gewiß. Wenn er nun die syrische Expedition selbst befehligt, muß er doch Jemand an der Spitze der Geschäfte in Bagdad zurücklassen. Ja= bastor ist kein' Feldherr. —

„Ganz und gar nicht. Alroy wird froh sein, ihn zu

Hause zu lassen. Der Sultan von Rum wird nicht stets so gefügig sein."

— Ha, ha, ha! das war eine Flucht! —

"Bei'm Himmel! Ich glaubte, es wäre alles aus. Ihr machtet einen herrlichen Angriff."

— Ich werde es nie vergessen. Ich überrannte beinah Jabastor. —

"Hättet Ihr's doch gethan!"

4.

Die Tochter des Kalifen schreitet einher, um sich der Kühle der Luft zu erfreun: nur ihre Laute ist ihre Begleiterin. Sie setzt sich nieder an des Springbrunnens Rand und schaut sinnend auf den Fall der Gewässer. Ihre Wange ruht auf ihrem Arme, wie die Frucht auf einem anmuthigen Zweige. Tiefnachdenkend ist das Antlitz der schönen, herrlichen Jungfrau. Sie erschrickt. Eine warme, wollüstige Lippe drückt ihre zarte, müßige Hand. Es ist ihre Lieblings-Gazelle. Die reizende Begleiterin fragt mit ihren großen, hellen Augen, beredter als manche Zunge, stumm nach der Ursache all' dieses Nachdenkens.

"Ach, meine holde Gazelle. Du schöne Gazelle!" ruft die Prinzessin: "Deine Lippen sind sanfter, als der Schwan, aber seine hauchten Leidenschaft, als sie diese Hand küßten! Deine Augen sind wie die Sterne der Nacht, aber seine glänzten von Leidenschaft, als sie auf mich blickten. O, meine schöne Gazelle!"

Sie nahm ihre Laute, fuhr wild mit den Fingern in die schrillenden Saiten, und zu dem rosigen Himmel blickend, um dessen ganze Poesie zu entlehnen, sang sie:

Wie dort an Syriens mächt'gen Himmel
Des Morgens Schimmer strahlt und wallt,
So stand der Held, die Augen sprühen,
In Herrscherhoheit die Gestalt.

Mein Herz, es gleicht der dunkeln Erde,
Auf die des Morgens Schimmer fällt,
Wie sie nun glänzt und rosig leuchtet:
Mein Herz ward eine Liebeswelt.

Wie dort an Syriens nächt'gem Himmel
Des Morgens Schimmer strahlt und wallt,
So stand der Held, die Augen sprühen,
In Herrscherhoheit die Gestalt.

„Noch einmal, noch einmal! O! singet diesen Vers noch einmal!“

Die Prinzessin erschrak und blickte umher. Alroy stand vor ihr. Sie sprang auf, wollte gehen, aber beim ersten Schritte hielt der Eroberer sie an der Hand zurück.

„Holde Fürstin!“ rief er; „laßt nicht durch meine Gegenwart Schönheit und Tonkunst zugleich verscheucht werden.“

— Herr! ohnstreitig wartet Honain auf Euch. Laßt mich ihn rufen. —

„Prinzessin! nicht mit Honain wünschte ich zu sprechen.“

Er setzte sich neben sie. Sein Antlitz war bleich, sein Herz bebte.

„Dieser Garten,“ begann er endlich mit leisem Tone; „dieser Garten — nur ein kurzer, kurzer Zeitraum ist verflossen, seit ich zuerst in seinen reizenden Räumen wandelte, und es kommen mir diese Tage wie die entfernte Erinnerung an ein anderes Leben vor.“

— Es ist auch ein anderes Leben! — versetzte die Prinzessin. — Wir selbst, die Welt, alle Formen und Gebräuche, alle Gefühle und Gewohnheiten haben sich so sehr verändert, als ob wir in einer andern Sphäre geathmet hätten. —

„Eine große Veränderung.“

— Seit Ihr zuerst meinen schönen Kiosk besuchtet. Ein reizendes Spielwerk. O schont ihn, wenn Ihr wollt! —

„Er ist mir heilig, so wie Ihr selbst."

— Ihr seid ein höflicher Eroberer. —

„Ich bin kein Eroberer, schöne Schirin, sondern ein demüthigerer Sklave, als da ich das erstemal vor Eurer Gegenwart mich neigte."

— Und ein Pfand mit hinwegnahmt, das ich nicht vergaß. Hier ist Euer Rosenkranz. —

„Gebt mir ihn wieder. Er war mein Trost in mancher Gefahr, reizende Schirin. Am Abende vor der Schlacht ruhte er auf meinem Herzen."

Sie hielt ihm den Rosenkranz hin und wendete das Haupt weg. Ihre Hand blieb in der seinen. Er drückte sie an seine Lippen. Mit dem rechten Arme hielt er diese Hand, den linken schlang er um ihre Hüfte, als er vor ihr auf einem Knie niedersank.

„O schön! o mehr als schön! denn Du bist mir wie ein ungestörter Traum!" rief der jugendliche Beherrscher Israels. „Laß mich meine Bewunderung ausathmen. Ich biete Dir kein Königreich an, keine Schätze, nichts von dem, was nur die schrankenloseste Phantasie sich erdenken kann — alles das kannst Du erhalten, doch Du besaßest es ja schon; aber wenn die glühendste Hingebung eines Geistes, der nie der Macht eines Weibes noch unterlag, wenn die tiefste Verehrung der Seele Alroy's ein würdiges Opfer Dir scheinen kann vor dem Heiligenschein Deiner Schönheit, Deiner Alles überstrahlenden Anmuth, so verehre ich Dich, Schirin, so bete ich Dich an!

„Seit ich Dich zuerst erblickte, seit Deine Schönheit zuerst über meinem Leben aufging wie ein Stern, der meiner Bestimmung glänzt, ist Dein Götterbild stets in dem Heiligthume meiner verschwiegenen Liebe aufgestellt gewesen. Denn sie war ein Wesen, das, wenn Du es auch nur hättest ahnen können, Beschimpfung für Dich sein mußte. Seitdem habe ich die Beleidigungen einer Reihe von Jahr-

hunderten abgewaschen in dem edelsten Blute Asiens; ich
bin zurückgekehrt in Ruhm und Stolz, um mein altes Scep=
ter wieder zu erfassen; aber süßer bei weitem als Rache,
süßer bei weitem, als das schnelle Versammeln meiner hei=
ligen Stämme, als die Fluth des Triumphes und der
Glanz der Herrschaft, ist dieser kurze Augenblick anbetender
Liebe, in welchem ich ausströme die Leidenschaft meines
Lebens!

„O meine Seele, mein Leben, mein ganzes Dasein!
Du schweigst, aber Dein Schweigen ist süßer als das Sprechen
der Andern. Neige Dich, o neige Dich, theure Schirin,
zu dem der vor Dir fleht. Dein Glaube, Deines Vaters
Glaube, Deine heimathliche Sitte, alles dieses soll geehrt
werden, reizendes Wesen! Pharao's Tochter neigte sich in
ihrer dunkeln Schönheit zu meinem großen Vorfahr. Dein
Antlitz ist wie der sonnenhelle, entzückende Tag! Laß nicht
die Nachwelt sagen, die Tochter des Nils theilte Israels
Krone, aber die Tochter des Tigris verwarf unser Scepter.
Ich bin nicht Salomo, aber ich fühle es, daß, wenn Schi=
rin meinen Thron theilte, auch meine glorreichen Annalen
gelesen werden sollten von der uns überlebenden Zeit, als
eine geheimnißvolle und thatenreiche Sage!"

Hier endete er. Die Prinzessin wandte ihr bis dahin
verborgen gehaltenes Antlitz und neigte es zu seinem Her=
zen. „O Alroy!" rief sie aus, „ich habe keinen Glauben,
keine Heimath, kein Dasein, als Dich!"

5.

„Der König kommt heut spät."

— Ist es wahr, Asriel, daß ein Eilbote da ist von
Hamadan? —

„Ohne Bedeutung, Ithamar. Er bringt Privatbriefe
von Abner. Alles ist ruhig."

— Die Stunde ist lange vorbei. Wann ziehen wir fort? —

„Das Heer ist völlig bereit. Ich warte nur auf Befehl. Der Rath von diesem Morgen wird vielleicht entscheiden."

— Der Rath wird sich heute nur versammeln, um bürgerliche Angelegenheiten in der Hauptstadt zu ordnen, — bemerkte Jabastor.

„So?" sagte Asriel. „Ist Euer Vortrag fertig, Jabastor?"

— Hier ist er, — entgegnete der Hohepriester. — Der hebräische Gesetzgeber braucht nur kurzes Nachdenken, um so etwas zu ordnen. Er besitzt ein Muster, das die Zeit nicht zerstören, kein menschliches Nachdenken verbessern kann. —

Ithamar und Asriel warfen sich einander bedeutsame Blicke zu. Scherirah sah feierlich vor sich hin. Asriel unterbrach endlich das Schweigen.

„Bagdad ist doch eine herrliche Stadt: Ich habe Eure Quartiere noch nicht besucht, Jabastor. Ihr seid doch gut untergebracht?"

— Es geht schon. Ich hoffe, daß wir hier nicht lange zaudern sollen. Das große Werk ist noch nicht vollendet. —

„Wie weit ist 'es bis zu der heiligen Stadt? fragte Scherirah.

— Ein Marsch von einem Monate, — versetzte Jabastor.

„Und wenn Ihr dort seid?" fragte Ithamar.

— Könnt Ihr mit den Franken fechten; — entgegnete Asriel.

„Jabastor, wie groß ist Jerusalem wohl?. fuhr Ithamar fort. „Ist's wahr, wie ich einmal gehört habe, daß es nicht größer ist, als das Serail hier, mit Gärten und allem?"

— Jerusalems Ruhm ist untergegangen, — erwiederte der Hohepriester: — ihre Steine sind zerfallen, aber wir wollen sie wieder von Marmor erbauen, und Zion; das jetzt außerhalb der Mauern der Christen liegt, soll wieder glänzen, wie in den alten Zeiten, von Palästen und Land= häusern. —

Trompetengeschmetter, die Thüren öffneten sich, und Alroy trat, auf den Arm des Abgesandten von Bagdad sich stützend, ein.

„Tapfre Heerführer," sagte er zu den erstaunten Haupt= leuten: „In diesem edeln Fremden erblickt Ihr einen Mann, dem ich so wie Euch mein unbegränztes Vertrauen geschenkt habe. Jabastor, sieh Deinen Bruder!"

— Honain! Du bist Honain! — rief der Hohepriester und sprang von seinem Sitze auf. — Ich habe tausend Boten nach Dir ausgeschickt. — Jabastor, dessen Gesicht bald bleich war vor Staunen, bald glühte in Bruderliebe, umarmte den langentbehrten, und verbarg, von innerer Bewegung übermannt, sein Antlitz an dessen Schulter.

„Herr!" rief endlich der Hohepriester mit schwacher, zitternder Stimme aus: „ich muß Euch um Verzeihung bitten, daß ich in meiner Stellung auch nur einem andern Gedanken habe Raum geben können, als dem an Euer Wohl. Es ist vorüber, und Ihr, der Ihr ja alles wißt, werdet mir vergeben."

— Alles was Jabastor angeht, gehört auch mit zu meinem Wohle. Er ist der Grundpfeiler meiner Herrschaft. — Alroy streckte hier die Hand aus und berief den Hohen= priester zu seiner Rechten. — Scherirah, Du ziehst noch die= sen Abend fort. —

Der rauhe Heerführer verbeugte sich schweigend.

„Was ist das?" fuhr Alroy fort, als Jabastor ihm eine Pergamentrolle überreichte. „Ha! Euer Vortrag! ... Ordnung der Stämme ... Dienst der Leviten ... Für=

sten des Volkes . . . Aeltesten Israels. . . . Die Zeit wird
kommen, wo dies alles zur Ausführung gelangen soll. Jetzt,
Jabastor, müssen wir genügsam sein, und uns mit Maaß=
regeln begnügen, wodurch die Ordnung erhalten, das Ei=
genthum geschützt und Gerechtigkeit gehandhabt werden kann.
Ist's wahr, daß einige Krieger eine Moschee geplündert
haben?"

— Herr! davon wollte ich eben sprechen. Es waren
keine Plünderer, sondern vielleicht nur allzueifrige Männer,
welche gelesen und sich daran erinnert haben, daß wir von
Grund aus zerstören sollen alle die Orte, worin die Natio=
nen, über welche ihr gebieten werdet, ihren Göttern dien=
ten auf hohen Gebirgen, und auf den Hügeln, und unter
den grünen Bäumen. Und Ihr sollt ihre Altare umstürzen,
und . . . —

„Jabastor, ist dieß eine Synagoge? Bin ich in einem
Rathe tapfrer Staatsmänner oder träumerischer Rabbiner?
Haben wir mit Hülfe solcher Gesetze Nischabur erobert und
den Tigris überschritten? Tapfrer und weiser Jabastor,
Du bist besserer Dinge würdig und zu allem Großen fähig.
Ich bitte Dich, bringe zum letztenmale auf solche Gegen=
stände. Sind jene Frevler gefangen?"

— Sie waren gefangen. Ich habe sie freigelassen. —

„Frei gelassen! Gehangen sollten sie werden! Gehan=
gen auf dem öffentlichsten Platze! Ist dieß die Art, den Mu=
selmann zu einem treuen Unterthan zu machen? Jabastor,
Israel ehrt Dich, und ich, sein Oberherr, ich weiß, daß
kein treuerer, tapfrer noch gelehrterer Mann zu meiner
Fahne sich gesellte, als Du, aber leider sehe ich, daß die
Höhlen des Caucasus keine Schule sind, wo man regieren
lernt."

— Herr! ich habe demüthig bisher geglaubt, die
Schule wo man regieren lerne, sei das Gesetz Moses. —

„Allerdings, aber unseren Zeiten angepaßt."

— Kann etwas Göttliches geändert werden? —

„Bin ich so lang wie Adam war? Wenn die Menschen die Krone, die Rose dieser ganzen schönen Schöpfung, die göttlichste von allen diesen herrlichen Einrichtungen, wenn selbst diese erlesensten von allen gottähnlichen Werken, die Zeit verändert hat, warum soll sie denn ein Gesetz verschonen, das nur dazu gegeben wurde, um deren Handelnsweise zu regeln. Guter Jabastor, wir müssen den Thron Israels wieder herstellen . . . das ist meine Bestimmung; was aber die Mittel dazu betrifft, so fragt sichs nicht wie . . . noch wo. . . . Asriel, was für Nachrichten von Medab?"

— Alles ist ruhig zwischen dem Tigris und Euphrat. Es wäre wohl am besten, seine Heeresabtheilung zurückzurufen, die sehr geneckt worden ist. Ich dächte, wir löseten ihn durch Abidan ab. —

„So denke ich auch. Abidan kann eben so gut außerhalb der Stadt beschäftigt werden. Könnten wir noch die Wahrheit ergründen, so wollte ich darauf wetten, daß einige von seinen Leuten die Moschee plünderten. Wir müssen deshalb eine Bekanntmachung erlassen. Guter Jabastor, wir sprechen noch darüber, wenn wir allein sind. Jetzt will ich Euch Euerm Bruder überlassen. Scherirah, Ihr speiset mit mir zu Nacht, ehe Ihr von uns scheidet. Asriel, kommt mit in mein Cabinet."

6.

„Ich muß den König sprechen!"

— Heiliger Priester! er will allein sein. Es ist unmöglich. —

„Ich muß ihn sprechen. Würdiger Pharez, ich nehme alle Verantwortung auf mich."

— Die Befehle des Königs sind heilig. Ihr könnt ihn nicht sprechen. —

„Wißt Ihr, wer ich bin?"

— Ein Mann, den alle frommen Hebräer verehren. —

„Und so sage ich denn, daß ich den König sprechen muß."

— Heiliger Jabastor, es kann nicht geschehen. —

„Soll Israel untergehen wegen eines Knechtes? Geh. Ich muß ihn sehn."

— Komme es wohin es wolle! Ich erfülle meine Pflicht. —

„Berühre nicht den Auserwählten des Herrn! Hund, Du sollst es büßen!"

Mit diesen Worten warf Jabastor Pharez bei Seite, und drängte sich nebst dem Diener, der ihn am Gewande zurückzuhalten strebte, in das königliche Gemach.

„Was soll das bedeuten?" rief Alroy vom Divan aufspringend. „Jabastor! Pharez! hinweg! Ist Bagdad denn in Aufruhr?"

— Schlimmer, viel schlimmer wird es bald mit Israel stehen! —

„O!"

— Mein unglückseliger Bruder hat mir alles erzählt, und ich will nicht eher mein Haupt niederlegen, bis ich meine Stimme erhoben habe, um Dich zu retten! —

„Bin ich in Gefahr?"

— In der Wildniß, als die weite Wüste unter Deinem zitternden Fußtritte schwankte, und der dunkle Himmel seine brennenden Ströme herabgoß, warst Du es minder. In dieser Stunde des Todes bewachte Dich Einer, der seine treuen und geliebten Abkömmlinge nie vergißt, und jetzt, da er Dich aus dem Hause der Knechtschaft gebracht hat, jetzt, da Dein Glück gleich einer edlen Zeder sich in die Luft erhebt, und das ganze Land, überschattet, bist Du der Führer seines Volks, sein Auserwählter, für den er solche Wunder that,... ist Dein Herz gewendet von Deines Vaters Gott, und gelüstet nach fremden Gräueln. —

Durch den großen Bogen, der in die Gärten des
Serails führt, fiel das Mondlicht auf die lange Gestalt
und den aufgehobenen Arm des Priesters. Alroy stand
mit untergeschlagenen Armen in einiger Entfernung und
betrachtete Jabastor, während dieser sprach mit ruhigem,
aber forschenden Blicke. Plötzlich nahte er sich ihm rasch
und sagte, seine Hand auf Jabastors Arm legend im sanf=
ten Tone der Frage: Sprecht Ihr von dieser Heirath?"

— Von der, die Salomo zu Grunde richtete. —

„Hört mir zu, Jabastor," fuhr Alroy fort, indem er
ihn mit ruhigem, aber festen Tone unterbrach. Ich kann
nie vergessen, daß ich mit meinem Lehrer spreche, mit mei=
nem Freunde. Der Herr, der alle Dinge kennt, hat mich
für würdig erachtet zu seiner Sendung. Meine Fähigkeit
zu diesem hohen und heiligen Werke ward nicht ohne Prü=
fung anerkannt. Eine Abkunft, die niemand als ich dar=
bieten konnte, mystische Studien wie sie nur wenige treiben,
ein Geist, der kühn allem entgegentrat, und eine Körperkraft
die fast alles ertrug … das waren meine Ansprüche: …
doch genug davon. Ich habe die große Prüfung überstan=
den, der Herr der Heerschaaren hat mich nicht für unwür=
dig gefunden seines Auftrags, ich habe sein altes Volk
wieder hergestellt, seine Altäre rauchen von Opfern, seine
Priester werden geehrt … Du bezeugst es, Jabastor …
seine allmächtige Einheit ist erklärt. Was verlangst Du
mehr?"

— Alles! —

„Dann kannte Euch Moses wohl! Es ist ein hart=
näckiges Volk."

— Herr! habt Nachsicht mit mir. Spreche ich heftig,
so spreche ich auch eifrig. Ihr fragt mich, was ich wünsche?
meine Antwort ist: ein Dasein als Nation, denn dieses ha=
ben wir noch nicht. Ihr fragt mich, was ich wünsche?
meine Antwort ist: das Land der Verheißung. Ihr fragt

mich, was ich wünsche? meine Antwort ist: Jerusalem! Ihr
fragt mich, was ich wünsche? meine Antwort ist: den Tempel ... alles was wir verloren haben, alles wonach wir
uns gesehnt, alles wofür wir gefochten ... unser schönes
Land, unsern heiligen Glauben, unsre einfachen Sitten und
unsre alten Gebräuche. —

„Sitten ändern sich nach Zeit und Umständen, Gebräuche kann man überall beobachten. Das Ephod*) auf
Deiner Brust beweiset unsern Glauben, und was das Land
betrifft, ist der Tigris kleiner als der Siloa, oder der Euphrat minder tief als der Jordan?"

— Ach! ach! Es war eine herrliche Zeit, als Israel
entfernt stand von anderen Nationen, ein schönes und heiliges Wesen, das Gott geweiht hatte! Wir waren da eine
erlesene Familie, ein eigenthümliches Volk, ausgewählt vor
anderen zu Gottes voller Freude. Alles um uns her war
feierlich, tief und heilig. Wir scheuten den Fremden als
etwas Unreines, das unsre einsame Heiligkeit meiden mußte,
und indem wir uns an uns und unsern Gott hielten, floß
unser Leben dahin in einem einzigen feierlichen Strome
tiefer Religion, wodurch der niedrigste unter uns sich größer fühlte, als die Könige andrer Länder. Es war eine
ruhmvolle Zeit. Ich glaubte, sie sei zurückgekehrt ... aber
ich erwache aus diesem wie aus jedem andern Traume. —

„Wir müssen das Träumen lassen, mein theurer Jabastor; wir müssen handeln. Verfiele ich durch irgend einen Zufall in solche Träumereien, womit ich oft die goldnen Stunden in Hamadan oder in uns'rer alten Höhle
verschwendete, so würde ich wohl eines schönen Morgens
die Sultanschaft von Rum an meinen Thoren rütteln hören." Alroy lächelte, als er dies sagte. Er hätte gern der

---

*) Der Leibrock der Hohenpriester, aus Gold, bunter Wolle und
Leinwand gewirkt. (Moses, II. 28; 6.)

ganzen Unterredung einen leichtern Ton gegeben, aber das feierliche Antlitz des Priesters stimmte mit dieser Leichtigkeit nicht überein.

— Mein Herz ist voll, und doch kann ich nicht sprechen, Die Erinnerung an das Vergangene übermannt meinen Geist. Ich habe vergeblich geglaubt, meine von der Seele der Wahrheit begeisterte Stimme würde ihn noch retten, und nun stehe ich hier in seiner Gegenwart, stumm und zitternd, wie ein Verbrecher. O mein Fürst! mein Zögling! — und damit trat der Priester näher auf ihn zu, fiel auf seine Kniee und faßte Alroy's Gewand: — bei Deiner heiligen Abkunft, bei der schönen Erinnerung an Deine feurige Jugend und unsre vereinten Arbeiten ... bei allen Deinen eifrigen Gedanken und feierlichem Sinnen, und glorreichem Streben nach Ruhm ... bei allen Deinen Leiden und allen Deinen Triumphen, und vor allem bei dem Namen jenes großen Gottes, der Dich auserlesen hat seinem geliebtesten Kinde ..!. bei allen Wundern dieser erhabenen Sendung beschwöre ich Dich! Erhebe Dich, Alroy, und reiße Dich empor. Die Lockspeise, die Deine Väter verführte, verlockt sonst auch Dich! Diese Delilah schneidet sonst auch Deine mystische Locke ab! Geister gleich Dir handeln nicht halb. Einmal abgewichen von der geraden Bahn die vor Dir liegt, und ob Du gleich vermeinst, es sei nur ein stilles Plätzchen zur Ruhe unter dem Schattenbaume, wirst Du doch bald wandeln in der Tiefe eines höllischen Waldes, aus welchem nichts Dich mehr erretten kann! —

„Und hätte ich auch das feurige Blut ererbt meines großen Vorfahren, so habe ich doch wenigstens auch sein Scepter. Sollte je menschliche Macht etwas vermögen gegen die übernatürliche Herrschaft über Himmel und Hölle?"

— Herr, o Herr! Die Sage, die vom Sinai kam, ist voll erhabener Lehre. Ordne nur Dein Benehmen nach

diesen Drakeln, und alles wird wohl ergehen. Sie verkün=
det aber, daß unser Volk nur durch Den wieder hergestellt
werden kann, der es mit dem Stabe Salomos regiert.
Herr! als der Allmächtige diesem großen Könige seine Freu=
den darbot, kennst Du auch dessen erhabene Bescheidenheit.
Reichthum und langes Leben, Herrschaft und Rache waren
nicht die Wahl des Mannes, dem alles Zufällige angeboten
ward. Die Sage enthält sowohl einen innern Geist als
eine äußere Ansicht. Die Erlangung des Preises war ein
weises Zeugniß Deiner Fähigkeit zu herrschen. Du hast
sein Scepter; aber ohne seine Weisheit . . . ist es nur ein
Stab von Zederholz. —

„Ha, ha! habe ich Dich da? Es ist mir lieb, Jabastor,
Dich als Staatsmann zu sehen. Höre mich, Freund.
Meine Gefühle für jene Königstochter kommen hier wenig
oder gar nicht in Betrachtung. Laß sie bei Seite, und da=
für uns diese Frage aus dem Gesichtspunkte ansehen, aus
welchem Du sie nahmst, im Lichte der Staatskunst, nicht
der Leidenschaft. Ich bin kein Verräther an dem Gotte
Israels, in dessen Namen ich siegte, und in dessen Namen
ich herrschen werde, aber Du bist ein Gelehrter, Du kannst
uns belehren. Ich habe von keinem Befehle gehört, meine
ruhmvolle Herrschaft auch nur über die kleinste Provinz
aufzugeben. Ich bin Herr von Asien, und so soll es auch
meine späte Nachkommenschaft sein. Unser Volk ist nur
ein Bruchstück, nur ein kleiner Theil der zahllosen Millio=
nen, die meinem Scepter gehorchen. Was ich besitze, kann
ich vertheidigen, es wäre aber doch möglich, daß meine
Kinder nicht den Geist ihres Vaters erbten. Dann werden
die Muselmänner ihre Herrschaft bereitwilliger anerkennen,
wenn sie bedenken, daß eine Tochter des Kalifen ihnen das
Dasein gab. Du siehst, daß ich auch staatsklug bin, lieber
Jabastor.“

— Die Staatsklugheit des Sohnes von Kareah war

sein Unglück. Er zog Egypten Judäa vor und ward dafür bestraft. O Herr! Gott hat Judäa gesegnet: es ist sein Land. Er wollte es erfüllt haben mit seinem eigenen Volke, so daß seine Anbetung dort immer blühe und wachse. Daher hat er uns durch viele sonderliche Gebräuche und Sitten ausgezeichnet vor allen andern Nationen, so daß wir uns nicht zugleich mit diesen vermischen, und doch auch ihm treu bleiben können. Wir müssen allein für uns bestehen. Der Hauptzweck und Inhalt unsers Gesetzes ist der, diese Abgeschiedenheit zu erhalten. Was haben wir zu thun mit Bagdad, oder dessen Volke, wo wir jeden Augenblick Zeugen sein müssen der Uebertretung eines unserer Gesetze? Können wir mit ihnen beten? Können wir mit ihnen essen? In den höchsten Pflichten, wie bei den niedrigsten Bedürfnissen, können wir nichts mit ihnen gemein haben. Vom Altare unsers Gottes an bis an unsern häuslichen Heerd sind wir gleich von ihnen getrennt. Herr! Du kannst König von Bagdad sein, aber nicht zu gleicher Zeit ein Jude! —

„Ich bin was ich bin. Ich bete den Herrn der Heerschaaren an. Vielleicht wird er nach seiner Gnade die Tage von Nischabur und dem Tigris als Ausgleichung gegen einige kleine Verstöße in den Vorschriften beim Backen und Baden annehmen.“

— Höre auf meine Worte! Durch die Vorschriften für das Backen und Baden erhob sich Alroy, und außerhalb derselben wird er untergehn. Der Genius des Volks, dem er angehörte, hob ihn in die Höhe, und dieser Genius ist gebildet worden durch das Gesetz Mosis. Auf dieses Gesetz begründet, würde er einer langen Nachkommenschaft ein Reich haben hinterlassen können, doch jetzt, obschon der Baum seines Glücks am Rande eines Stroms aufzuwachsen scheint, von tausend Quellen genährt, und seine Zweige mit Thau bedeckt sind, doch jetzt frißt schon ein Krebs an seinem Marke, und morgen wird er umfallen gleich einem verwelkten Kürbis. Ach! wehe, wehe Israel! Wir haben uns lange von Pappeln ernährt, aber die Wein=Ernte zu verlieren, wo sie nun eben reif geworden, das ist sehr schmerzlich! Ach! als ich Deine erschöpften Glieder in der Höhle von Gethsemane vom Boden erhob, und der Stern David's hell leuchtete am Himmel über Deiner erhabenen Vollendung, wer hätte da von einer Nacht träumen können, gleich dieser? Lebt wohl, Herr. —

„Halt, Jabaster! frühster, theuerster Freund, ich be= schwöre Dich, bleib!"

Der Priester kehrte langsam zurück, der Fürst zögerte.

„Scheide nicht im Zorne von mir, Jabaster!"

— In Sorge, Herr! nur in Sorge: aber in tiefer und furchtbarer. —

„Israel ist Herr Asiens, mein Jabaster. Was haben wir zu fürchten?"

— Salomo baute Tadmor in der Wüste, und seine Flotte brachte Gold von Ophir, und doch ward Alroy als Sklave geboren. —

„Starb aber nicht als Sklave. Die Sultane der Welt sind untergegangen vor mir. Ich habe keine Furcht. Nein, gehe nicht. Du wirst doch wenigstens in die Sterne einiges Vertrauen setzen, Du gelehrter Cabalist? Sieh denn also. Mein Planet scheint so hell, wie mein Glück." Damit zog Alroy den Vorhang hinweg und ging mit Jabaster auf die Terrasse. Ein schöner Stern leuchtete am Himmel. Als sie so auf ihn blickten, veränderte sich seine Farbe und ein blutigrothes Meteor entsprang in seinem Kreise und versank in dem Weltraume. Der Eroberer und der Priester sahen sich einander zu gleicher Zeit an. Ihre Gesichter waren bleich, forschend, unruhig.

„Herr," begann endlich Jabaster, „ziehe nach Judäa!"

— Es bedeutet Krieg, — versetzte Alroy, der sich

wieder zu fassen suchte. — Vielleicht Unruhen in Per=
sien. —

„Unruhen daheim, nichts anderes. Die Gefahr ist
nah. Sieh Dich vor!"

Ein wildes Aufschreien drang von dem Garten her.
Dreimal vernahm man es.

„Was bedeutet das Alles?" rief Alroy aus, jetzt
wirklich besorgt. „Nimm Wachen, Jabaster, und untersuche
den Garten."

— Es ist nutzlos, und könnte schaden. Es war ein
Geist, von dem dieser Laut kam. —

„Was sagte er?"

— Mene, mene, tekel, upharsin! — *)

7.

„Die alte Geschichte! Der Priester gegen den König!"
sagte Honain zu Alroy, als dieser ihm bei ihrer Morgen=
unterhaltung die Begebenheiten der vergangenen Nacht mit=
getheilt hatte. „Mein frommer Bruder wünscht Euch zu
der Theokratie zurückzuführen, und fürchtet, daß, wenn er
zu Bagdad betet statt zu Zion, er leicht bloß das Oberhaupt
einer untergeordneten Sekte werden könne, statt an die
allgemeinen Zügel für eine ganze Nation mit Hand anzu=
legen. Was das Meteor betrifft, so muß Scherirah fast
um dieselbe Zeit über den Fluß gegangen sein, und der
Sultan von Rum mag daher das blutige Wunderzeichen
erklären. Den Schrei anlangend, so muß ich, da ich keine
Bekanntschaft mit Geistern habe, solche wunderbarliche Mit=
theilungen den begünstigteren Ohren und eingeweihteren
Kenntnissen Euer Hoheit und meines Bruders überlassen.
Mir scheint derselbe von der „Tochter der Stimme" in

---

*) Die Worte, welche bei Balsazar's Feste in Babel die Hand
an die Mauer schrieb und nur Daniel zu lesen und zu denken vermochte.

mehr als einer Hinsicht verschieden gewesen zu sein, da er nicht nur sehr geräuschvoll war, sondern auch völlig unverständlich, dem Einzigen ausgenommen, der ein Interesse an seiner Auslegung nahm — einer geistreichen Auslegung, wie ich nicht läugnen kann. Wenn ich meine Stelle als Euer Hoheit Kammerherr antrete, will ich wenigstens dafür stehen, daß Euer Schlummer weder durch Geister, noch andere noch unwillkommenere Besuche gestört werden soll."

— Tritt sie nur endlich einmal an, guter Honain. Wie geht es heut meiner persischen Rose, meiner süßen Schirin? —

„Sie ergötzt sich in Eurer Abwesenheit an Euerm Bilde. Sie schenkt mir kein Wort, das kann ich Euch versichern."

— O! ich weiß, daß Du ein allgemeiner Liebling dieses Geschlechts bist, Honain. Ich werde eifersüchtig werden. —

„Ich wollte, Euer Hoheit hätte Grund dazu:" sagte Honain sehr ehrbar.

8.

Die bevorstehende Vermählung des Königs der Hebräer mit der Prinzessin von Bagdad ward durch ganz Asien bekannt gemacht. Auf der Ebene am Tigris bereitete man alles zu diesem großen Volksfeste vor. Ganze Wälder wurden gefällt, um Materialien für die Bauten und Holz für die Gastmähler zu spenden. Alle Gouverneure der Provinzen und Städte, alle hohe Beamten und Vornehme beider Nationen wurden namentlich eingeladen und langten Tag vor Tag in größtem Glanze zu Bagdad an. Unter ihnen der Vicekönig von Medien und Persien und seine junge Gemahlin, die Fürstin Mirjam, mit einem Gefolge von fast zehntausend Personen.

Ein Thron, zu dem man auf hundert mit rothem

Tuch belegten Stufen |stieg und den ein goldner Baldachin
krönte, ward in der Mitte der Ebene errichtet; an jeder
Seite zwei minder hohe, aber gleich prachtvolle. Gegenüber
diesen Thronen bildeten hundert Schartaks oder Amphithea=
ter einen unermeßlichen Halbkreis, doch so, daß für die
Menge zwischen diesen Bauwerken hinreichender Platz blieb.
Diese Schartaks waren mit Teppichen des reichsten Brokats
bedeckt, und an jedem erhob sich ein glänzendes, köstliches
Panier. Auf einigen derselben standen Banden ausgesuch=
ter Musiker, auf anderen Gesellschaften von Jongleurs,
Possenreißern und Märchenerzählern. Fünf Schartaks an
jeder Seite der drei Throne waren zum Gebrauch für den
Hof bestimmt, auf den übrigen befanden sich verschiedene
städtische Gewerbe. Hier hatten die Früchtehändler einen
schönen Garten angelegt, der von Granatäpfeln, Kürbissen,
Melonen, Orangen, Mandel= und Pistaziennüssen wimmelte;
dort stellten die Fleischer ihre Gerichte, in den wunderbar=
sten Formen zubereitet, aus, so wie ausgestopfte Thiere in
den lächerlichsten Gruppen. Anderswo versammelten
sich die Kürschner, wie zu einem Maskenballe, sämmtlich
als Löwen, Tiger, Leoparden und Füchse gekleidet, und
dann wieder zeigten sich die Tapezierer, stolz auf ein von
Holz, Rohrstäben, Stricken und gemalten Linnen geformtes
Kameel, das umherging als wäre es lebendig, obgleich der
darin sich befindende Mann zuweilen einen Vorhang weg=
zog und der staunenden Menge den Künstler in seinem
eigenen Kunstwerke zeigte. Weiterhin konnte man die Baum=
wollenweber sehen, deren Schartak voll Vögel aller Formen
und Farben war, aber doch nur aus der von ihnen bear=
beiteten Pflanzengattung gebildet, und von demselben Stoffe
erhob sich, aus Rohrstäben zusammengesetzt, ein hohes Mi=
naret aus der Mitte in die Höhe, von dem jeder glaubte,
daß es mit Backsteinen und Mörtel erbaut sei. Es war
mit Stickerei bedeckt, und auf der Spitze stand ein so künst=

lich nachgeahmter Storch, daß die Kinder ihn mit Pistazien zu verscheuchen suchten. Die Sattler zeigten ihre Geschicklichkeit in zwei oben offenen und von Dromedaren getragenen Sänften, in deren jeder sich ein schönes Frauenzimmer befand, welches die Zuschauer mit vergoldeten Lederbällen unterhielt, die es mit Händen und Füßen auswarf. Auch waren die Mattenmacher in Beweisen ihrer Kunstfertigkeit nicht zurückgeblieben, denn statt eines gewöhnlichen Paniers zeigten sie eine große Standarte von Rohrgeflecht, mit zwei Reihen einer kufischen Inschrift, welche die beglückten Namen Alroy's und Schirin's feierte. Kurz, auf jedem Schartak konnte man bewundernswerthe Proben vom Wohlstande Bagdad's und der Kunstfertigkeit seiner Bewohner erblicken.

Um diesen ungeheuren Circus überallher, in einer Ausdehnung von mehr als einer Stunde weit, war die Ebene mit zahllosen Zelten bedeckt. In bestimmten Zwischenräumen standen Tafeln mit jeder Art von Lebensmitteln, Flaschen Weines und Krüge mit Scherbet, verbunden mit unzähligen Schüsseln der auserlesensten Früchte und Teller erfrischender Conditorei=Waaren. Eine Schaar von Dienern wartete dabei auf, und ob sie gleich Jedem zugänglich waren, ward doch auch das Verzehrte so schnell und reichlich wieder ersetzt, daß diese Tafeln stets besetzt zu sein schienen.

Damit aber die Freude des Volkes ganz vollkommen sei, ward ihm verstattet, sich jedem Vergnügen rücksichtslos hinzugeben, welchem es nur wollte, und dies folgendermaßen bekannt gemacht:

„Dies ist die Zeit der Festlichkeit, des Vergnügens und der Freude. Niemand soll den andern schelten, noch sich über ihn beklagen. Der Reiche soll den Armen nicht kränken, noch der Starke den Schwachen. Keiner soll den andern fragen, warum hast Du das gethan?"

Millionen Menschen hatten sich in diesem Paradiese versammelt. Sie freuten sich, schmaus'ten, jubelten, tanzten, sangen. Sie hörten den bezaubernden Erzählungen der arabischen Improvisatoren zu, oder gaben sich den Gesängen des persischen Dichters hin, wenn er die mondlichthelle Stirn seiner Heldin und die abgezehrte, düstre Gestalt seines liebesiechen Helden malte; sie betrachteten mit Staunen die Kunststücke des Jongleurs vom Ganges, oder lachten über den verschmitzten Witz und die dargestellten Scherze des syrischen Mimen. Doch selbst der Uebersatte mochte noch einen Blick auf die einladenden Stellungen und die wollüstige Anmuth der tanzenden Mädchen aus Egypten werfen. Ueberall gab es Melodie und Heiterkeit, Seltenheiten und Schönheit. Jedermann vergaß seiner Sorgen und gab sich unerschöpflicher Lust hin.

„Ich werde zum Höfling," sagte Kisloch, der Kurde, der an einer der Schaustellungen Theil nahm.

— Und ich menschlich, — sagte Kalibas, der Indianer.

— Bursche, wie kannst Du es wagen, der Bekanntmachung entgegen zu handeln, und das Kind hier zu schlagen? — Damit wandte er sich an einen der Tafelaufseher, der den unglückseligen Treiber eines Kameels bearbeitete, das gefallen war, und dabei zwei Körbe mit Porzellan, die es trug, zerbrochen hatte.

„Besorgt Ihr Eure eigenen Angelegenheiten, Bursche," entgegnete der Aufseher, „und dankt Gott, daß Ihr einmal in Eurem Leben zu Mittag essen könnt."

— Spricht man so mit einem Offizier? — sagte Kalibas, der Indianer. — Ich habe große Lust, Dir die Zunge herauszureißen. —

„Laßt es gut sein, kleiner Junge," rief der Gueber; „hier hast Du einen Dirhem. Lauf fort und sei fröhlich."

— Ein Wunder! — grinsete der Neger; — er giebt Almosen! —

„Und Ihr seid witzig!" erwiederte der Gueber. „Dies ist ein Tag voll Wunder."

— Was fangen wir nun an? — fragte Kisloch.

„Wir wollen zu Mittag essen;" schlug der Neger vor.

— Ja, unter dieser Platane; — sagte Kalibas. — Es speist sich besser so allein. Es ist mir alles zuwider, außer wir. —

„Halt hier, Spitzbube!" rief der Gueber. „Wie heißt Du?"

— Ich bin ein Hadschi, — sagte unser alter Freund Abballah, der Diener des mitleidigen Kaufmanns Ali, der heut einen dienstleistenden Aufseher machte.

„Seid Ihr ein Jude, Schuft?" fuhr der Gueber fort; „das ist das Einzige, warum sich's jetzt handelt. Bringt Wein her, Ihr verfluchter Giaour."

— Auf der Stelle, — setzte Kisloch hinzu: — und ein Pillau. —

„Und eine Gazelle mit Mandeln gefüllt;" sagte Kalibas.

— Und einige Zuckerpflaumen! — rief der Neger.

„Schnell, Du höllischer Heide, oder ich schicke den Wurfspieß da Dir in den Rücken!" schrie der Gueber.

Der knechtische Abballah eilte was er konnte, und kam bald mit zwei Flaschen Wein zurück, begleitet von vier Dienern, jeder mit einer Schüssel voll Leckereien.

„Wo wollt Ihr hin, Ihr verwünschten Spitzbuben?" fluchte Kisloch: „wartet hier wahren Rechtgläubigen auf."

— Es ist besser, wir bleiben allein, es spricht sich freier; — flüsterte Kalibas.

„Nun, so packt Euch fort, Ihr Hunde!" brummte Kisloch.

Abballah und seine Begleiter eilten hinweg, wurden aber bald wieder zurück gerufen.

„Warum bringt Ihr keinen Schiras=Wein?" fragte Kalibas mit glühendem Auge.

— Der Pillau ist angebrannt! — donnerte Kisloch.

„Ihr habt ein mit Pistaziennüssen gefülltes Lamm, statt der Gazelle mit Mandeln gebracht!" sagte der Gueber.

— Bei weitem nicht Zuckerpflaumen genug; — rief der Neger.

„Alles ist schlecht!" eiferte Kisloch. „Geht und holt uns einen Kabob."*)

Nach und nach ward jedoch auch diese unersättliche Gesellschaft zufrieden gestellt, setzte sich unter die Platane und stopfte sich mit allen Leckerbissen des Orients voll. Je mehr ihr Appetit abnahm, je freundlicher wurden sie.

„Einen Becher, Kalidas, und ein Lied;" sagte Kisloch.

— Das ist ein schöner Gegenstand; — entgegnete der Gueber; — kommt Kali, er wird Euch begeistern. —

„Meinetwegen! stimmt nur tüchtig mit ein."

Und Kalidas sang:

Trinkt und trinkt und trinket wieder,
Denken, Fühlen, trinkt es nieder!
     Was ist Liebe? Nur ein Sehnen,
     Was ist Ruhm? O, nur ein Wähnen;
     Reichthum? Immer mehr bedürfen —
     Alles habe ich, kann ich schlürfen.
     Wohnt im Herzen Dir ein Weh,
     Wirf' es in des Bechers See;
     Drückt Dich eine Sorge wund,
     Senk' sie auf des Bechers Grund!
Trinkt und trinkt und trinket wieder,
Denken, Fühlen, trink es nieder!

„Horcht! Trompeten! Der König und die Königin! Der Zug kommt. Fort, fort!"

— Noch einmal! Sie müssen schon ganz nahe sein. Fort, auf einen guten Platz. —

„Zerschlagt erst Teller und Becher! So! Und nun vorwärts!"

---

*) Kabob, geröstete Fleischstücke, eine Lieblingsspeise.

Von allen Seiten her stürzte die Menge in den großen Circus, während tausend Cymbeln erklangen und zahllose Trompeten schmetterten. In der Entfernung konnte man aus Bagdad's Thoren eine schimmernde Menschenmenge, die Vorhut des Brautzuges, herauskommen sehen.

Es waren fünfhundert mit Blumen bekränzte Mädchen, so schön wie die Knospen in ihren Haaren. Ihre fliegenden Gewänder waren weißer, als Schnee, jedes hielt einen Palmenzweig in der Hand.

Hierauf kam eine Schaar trefflicher Musiker in goldnen Kleidern, auf silbernen Trompeten blasend.

Dann fünfhundert Jünglinge, glänzend wie Sterne, in anschließende Gewänder von weißem Fuchse gekleidet, abwechselnd Becken mit Früchten oder Blumen tragend.

Ihnen folgte wieder eine Schaar geübter Musiker in silbernen Kleidern, auf goldnen Trompeten blasend.

Sechs ausgesuchte Rosse, mit reichen Decken, jedes von einem jungen Araber geführt.

Medad's Hausoffizianten, in carmoisin Gewändern mit Zobel besetzt.

Medad's Standarte.

Medad selbst, auf einem kohlschwarzen Araber, von dreihundert Offizieren seiner Abtheilung gefolgt, welche alle auf Pferden der reinsten Race ritten.

Sklaven, die Medad's Hochzeitsgeschenk, sechs damascenische Säbel von unvergleichlicher Arbeit, trugen.

Zwölf auserlesene, mit prachtvollen Decken geschmückte Rosse, jedes von einem jungen Anatolier geführt.

Ithamar's Hausoffizianten, in violetnen Gewändern, mit Hermelin besetzt.

Ithamar's Standarte.

Ithamar selbst, auf einem schneeweißen anatolischen Hengste, von sechshundert Offizieren gefolgt, welche alle auf Pferden der reinsten Race ritten.

Sklaven, die Ithamars Hochzeitsgeschenke brachten. Ein goldenes Gefäß von Rubin, auf einem violetnen Throne getragen.

Einhundert Neger, in deren durchbohrten Nasen Brillantringe hingen, und welche auf Blase-Instrumenten und Kesselpauken spielten.

Die Standarte der Stadt Bagdad.

Abgeordnete der Bürger Bagdad's.

Zweihundert Maulthiere mit seidnen und goldgestickten Decken, woran kleine goldne Glöckchen hingen. Sie trugen die prachtvollen Gewänder, welche die Stadt der Prinzessin verehrte. Neben jedem Maulthiere ging ein wie eine Peri gekleidetes Mädchen mit besternten Flügeln, und ein Mann in der Maske eines häßlichen Diven.

Die Standarte Egypten's.

Abgeordnete von den Hebräern in Egypten, auf Dromedaren mit Silberzäumung reitend.

Funfzig Sklaven, welche das Geschenk für die Prinzessin an goldnen Seilen trugen, eine überaus große Badewanne von Jaspis, sehr schön gearbeitet, der Sarkophag eines vormaligen Tempels, für eine ungeheure Summe erkauft.

Die Standarte Syrien's.

Abgeordnete von den Hebräern aus dem gelobten Lande, an ihrer Spitze Rabbi Zimri selbst, jeder seine Gabe für das Brautpaar, ein prachtvolles Gefäß mit Erde vom Berge Sinai in der Hand tragend.

Die Standarte von Hamadan.

Abgeordnete von den Bürgern Hamadan's, an ihrer Spitze der ehrwürdige Bostenai selbst, dessen prachtvolles Roß Caleb führte.

Das Geschenk, welches die Stadt Hamadan Alroy, nach seinem eignen Wunsche brachte, der Becher nämlich, in welchem der Fürst der Gefangenschaft seinen Tribut brachte, jetzt mit Sand gefüllt.

Funfzig auserlesene Rosse, jedes mit prachtvoller Decke und von einem jungen Meder oder Perser geführt.

Die Hausoffizianten von Abner und Mirjam, an Zahl zwölfhundert, in Ketten=Rüstungen von Gold und Elsenbein gekleidet.

Die Standarte der Meder und Perser.

Zwei weiße Elephanten mit goldnen Sänften, in wel= chen der Vicekönig und seine Gemahlin saßen.

Abner's Geschenk für Alroy, zwölf Staats=Elephanten mit Decken mit Juwelen gestickt, jeder von einem in Ket= tenrüstung von Gold und Elsenbein gekleideten Indianer geführt.

Mirjam's Geschenk an Schirin, funfzig Rosenpflanzen aus Rocnabad, — ein weißer Shawl aus Kaschmir, funf= zig Fuß lang, in einen Fächergriff zusammengefaltet, funf= zig Sonnenschirme, jeder aus einer Feder des Vogels Roc gemacht, und funfzig cristalne Gefäße voll der ausgesuch= testen Wohlgerüche, jedes mit einem Talisman von kostbaren Steinen versiegelt.

Diesen folgte die Eunuchen=Wache.

Dann kamen die Musiker des Serails, aus dreihundert Zwergen bestehend, die allerdings sehr häßlich anzusehen, aber die vollkommensten Musiker von der Welt waren.

Die Rosse Salomo's, an Zahl einhundert, jedes mit einem natürlichen Sterne auf der Stirn, ungesattelt, und bloß an einem mit Diamanten besetzten Zügel geführt.

Die Hausoffizianten von Alroy und Schirin. Zuerst Honain auf einem nußbraunen Rosse reitend, das mit Sil= ber beschlagen war. Die Kleidung des Reiters war mit silbernen Sternen besäet. An seinem rosenfarbnen Turban prangte eine zitternde Agraffe von Brillanten, in tausend wechselnden Farben schimmernd.

Ihm folgten zweihundert Pagen, und alsdann Dienende beiderlei Geschlechts, nahe an zweitausend, prachtvoll ge= kleidet, reiche Gefäße, köstliche Helme und glänzende Ge= wänder tragend.   Der Schatzmeister und zweihundert seiner Untergebenen kamen dann, welche nach allen Seiten hin goldne Dirhems auswarfen.

Das Scepter Salomo's, von Asriel selbst getragen.

Ein hoher, prachtvoller Wagen aus blauem Email mit goldnen Rädern, und Achseln von Turkissen und Brillanten, von zwölf schwanenweißen heiligen Rossen je vier und vier gezogen.   Auf diesem Wagen Alroy und Schirin.

Fünfhundert Mann der heiligen Leibwache schlossen den Zug.

So ging er unter dem Zurufe des Volkes über die Ebene und längs des gewaltigen Circus herum.   Der Er= oberer und seine Braut bestiegen ihren Thron: seine Stu= fen bedeckten sich mit Jünglingen und Mädchen.   Auf dem Throne rechts saß der ehrwürdige Bostenai, auf dem links der tapfere Vicekönig und seine Gemahlin.   Der Hof füllte die Schartaks auf beiden Seiten.

Die Abgeordneten brachten ihre Geschenke, die Anführer und Hauptleute ihre Huldigung dar, die Gewerke der Stadt zogen vor dem Throne in bester Ordnung vorüber und zeigten ihre mannigfache Betriebsamkeit.   Dreimal ward die Proclamation unter Trompetenschall bekannt gemacht, und dann begannen die Spiele.

Tausend Reiter sprengten in die Arena und warfen ihre Wurfspieße.   Sie galoppirten in größtem Fluge und hielten dann ihre Rosse plötzlich an, indem sie ihre Spieße nach dem kleinen aber funkelnden Schildchen warfen, das die Gestalt eines seltnen und glänzenden Vogels nachahmte. Die Sieger erhielten ihre Preise aus der Hand der Prin= zessin selbst, welche in schönen Shawls, mit Juwelen beseß= ten Dolchen, und Rosenkränzen von Edelsteinen bestanden

Manchmal verkündeten die Trompeten auch einen ausgesetz=
ten Preis von der Vicekönigin, manchmal von dem ehr=
würdigen Bostenai, manchmal von den siegreichen Generalen,
oder den trefflichen Abgeordneten, manchmal von den ver=
einten Gewerken, manchmal von der Stadt Bagdad, manch=
mal von der Stadt Hamadan. Die Stunden flohen in
endloser und herrlicher Abwechslung vorüber.

„Ich wollte wir wären allein, meine geliebte Schirin!"
flüsterte Alroy seiner Braut zu.

— So auch ich; und doch freut es mich, ganz Asien
zu Alroy's Füßen zu sehen. —

„Geht denn die Sonne heut' gar nicht unter! Gieb
mir Deine Hand, Geliebte!"

— Still, still! Sieh, wie Mirjam lächelt. —

„Liebst Du meine Schwester, Du Holdselige!"

— Niemand inniger als nur Dich. —

„Sprich nicht von meiner Schwester, sprich von uns.
Glaubst Du nicht, Liebe, daß die Sonne bald untergehen
wird?"

— Ich kann's nicht erkennen; Deine Augen blenden
mich . . . sie sind so glänzend, so süß! —

„O, meine geliebte Seele, könnte ich nur meine ganze
Liebe in Deine Brust überströmen!"

— Du bist sehr ernst. —

„Wahre Liebe ist immer so."

— O nein! mein Süßer! Mich macht sie kühn und
schwärmerisch. Ich möchte Thaten vollbringen, aber was,
weiß ich nicht. Ich wollte, wir hätten Flügel, dann flögen
wir weit, weit hinweg. —

„Sieh, ich muß diesen Sieger in den Spielen begrüßen.
Da muß ich Deine Hand aus der meinen lassen. Theure
Hand, lebe wohl! Denk an mich, indeß ich spreche, mein
geliebtes Leben. . . . Es ist geschehn. Gieb mir Deine

Hand wieder, oder sonst glaube ich, müßt' ich sterben. Was ist das?"

Ein Reiter, nicht in festlicher Kleidung, sondern mit Staub bedeckt, sprengte in den Circus, eine lange Lanze tragend, an deren Spitze ein Pergament befestigt war. Die Aufseher bei den Spielen suchten ihn abzuhalten, er ließ sich aber nicht beschwichtigen. Seine Botschaft war nur an den König allein gerichtet. Durch die Menge kreiste ein Gerücht von Neuigkeiten vom Heere. Und es waren auch Nachrichten vom Heere. Noch ein Sieg! Scherirah hatte den Sultan von Rum geschlagen, und dieser bat jetzt um Frieden und Bündniß. Die Nachricht war allerdings schon früh angelangt, der höfische Honain hatte es aber so einzurichten gewußt, daß sie später und in einem wirksamern Augenblicke mitgetheilt werden sollte.

Es bedurfte aber kaum noch dieser Aufregung an einem so köstlichen Tage. Doch jubelte das Volk, die goldnen Dirhems wurden in erneuter Zahl ausgeworfen, und alle Partheien erkannten diese Nachricht für eine feierliche Zustimmung Jehovah's oder Allah's zu der Vermählung dieses Tages.

Die Sonne ging unter, der Hof erhob sich und kehrte mit demselben Pomp in das Serail zurück. Die Dämmerung schwand, ein auf einer fernen Höhe angezündetes Feuer gab das Zeichen, daß Alroy und Schirin in das hochzeitliche Gemach traten, und plötzlich strahlten wie durch Zauberei, die große Stadt, jede Moschee, jedes Minaret, jeder Thurm, jede Terrasse, die ganze Ebene und die zahllosen Landhäuser, und der unermeßliche Circus, und der breite, sich windende Strom, von Lichtesglanz. Von allen Punkten schimmerte eine Lampe, eine Fackel, eine Laterne in allen Farbenabstufungen, ungeheure Leuchten glänzten im Silberschein auf der Spitze jedes Schartaks, und längs des ganzen Horizonts entzündeten sich gewaltige Feuer mit flackernden Flammen der Holzstöße.

Sieben Tage und sieben Nächte lang dauerten diese Freudenfeste in steter Abwechslung. Lange, sehr lange erinnerte man sich noch an das Hochzeitfest des hebräischen Fürsten mit der Tochter des Kalifen; lange, sehr lange nachher noch saßen die Landleute in den Ebenen am Tigris, an den Ufern des sternenhellen Flusses und erzählten ihrer staunenden Nachkommenschaft diese Wundersage.

Welch ein ruhmgekrönter Mensch war nun David Alroy, der Herr des mächtigsten Reiches der Welt, vermählt mit der schönsten aller Fürstinnen, umgeben von einem glücklichen und gehorsamen Volke, bewacht von unbesiegbaren Heeren, ein Sterblicher, über den die Erde all' ihr Glück, der Himmel all' seine Gunst ergoß . . . und dieß alles durch die Kraft seines eigenen Geistes!

Neunter Abschnitt.

1.

Mitternacht war es, und noch wüthete der Sturm. Mitten unter dem Gebrüll des Donners und dem Brausen des Windes enthüllten Ströme zackiger Blitze jeden Augenblick die breite, aufgeschwellte Brust des unruhigen Tigris.

Jabaftor blickte von der Gallerie seines Palastes aus auf die wilde Scene. Sein Antlitz war feierlich, aber bewegt.

"Ich wollte, er wäre hier!" rief der Hohepriester aus. "Aber warum wünsche ich denn dessen Gegenwart, der allein Dunkelheit herführt? Aber bin ich denn froh in seiner Abwesenheit? O, ich bin ein Nichts! Dieses Bagdad lastet auf mir wie ein bleiernes Gewand; mein Geist ist dumpf und gebeugt.

"Sie sagen, Alroy gebe heute Nacht ein großes Festmahl im Serail und trinke auf das Wohl seiner Buhlerin unter Donnerschlägen. Giebt's denn da keine Hand, die an die Mauer schriebe? "Er ist zu leicht erfunden worden; er ist gewogen und zu leicht erfunden worden. Sein Reich wird bald von ihm entfallen, und dann ..." O, ich könnte weinen ... So jung, so groß, so begünstigt! So nur noch einen Schritt, ein David zu sein, und nun ein verruchter Belsazar!

"Verfloß deshalb seine anmuthige Jugend in gedankenvoller Einsamkeit und geheimnißvollem Forschen? Erweckte deshalb der heilige Bote seinen frommen Sinn? Durchstrich

er deshalb die wilde Wüste und pflegte Gemeinschaft mit
seinen Vätern in ihren Gräbern? Ist dies das Ziel aller
seiner Siege, all seines unermeßlichen Strebens? Mit einer
Buhlerin zu schwelgen!

„Vor einem Jahr in derselben Nacht ... es war die
vor der Schlacht ... stand ich in seinem Zelte, um sein
letztes Wort zu erwarten. Er dachte eine Zeitlang nach
und sagte dann: Gute Nacht, Jabastor! Ich hielt mich für
den nächsten an seinem Herzen, so wie er stets dem meinen
der nächste war; doch das ist nun alles vorüber. Jetzt
sagt er nicht mehr: Gute Nacht, Jabastor! Wie? was ist
das? Bin ich denn zum Kinde geworden?

„Der Auserwählte des Herrn ist jetzt ein Gefangener
in den dünnen Gittern eines Kiosk und schaut nicht mehr
auf die Welt, die er eroberte. Egypten und Syrien, selbst
das entfernteste Indien senden ihre Botschafter, um Alroy
zu begrüßen, den großen, den stolzen, den unbesiegbaren.
Und wo ist er? In einem weichen Paradiese von Mädchen
und Eunuchen, mit Blumen bekränzt, schmelzenden Gesängen
und den regellosen Tönen einer liebeklagenden Laute hor=
chend. Im Rathe fließen seine Stunden nicht mehr hin,
alles überläßt er seinen Günstlingen, deren Führer jener
gauklerische Feind ist, den ich einmal meinen Bruder
nannte.

„Warum bleibe ich hier? Wohin sollte ich aber fliehen?
Meine Gegenwart scheint mir noch ein Band des Anstandes
zu sein. Legte ich das Ephod ab, so fürchte ich sehr, es
würde auf keiner andern Brust wieder glänzen. Er geht
nicht zum Opfer. Man sagt, er beobachte kein Fasten, keine
heilige Vorschrift, und die Schwelgereien ihrer Feste wür=
den selbst durch den Sabbath nicht gestört. Ich habe ihn,
seit er vermählt ist, nicht dreimal wieder gesehen. Honain
hat ihr gesagt, ich sei gegen die Heirath, und so hegt sie
einen Haß wider mich, wie nur ein Weib ihn fühlen kann.

Unfre heftigen Leidenschaften zerstückeln sich in tausend Vor=
haben, das Weib hat nur ein einziges. Seine Liebe ist
gefährlich, aber sein Haß tödtlich.

„Sieh! Ein Boot tanzt auf den Wellen. In einer
solchen Nacht . . . kann nur Einer dieses wagen.“

Bald sichtbar, bald in Finsterniß gehüllt, mit einer
einzigen Leuchte am Vordertheile, schwebte die leichte Barke
vor Jabastors besorgten Blicken auf den Wogen. Ein
furchtbarer Blitz erhellte den ganzen Strom und beleuchtete
mit gespenstischem Lichte selbst die entferntesten Massen der
Gebäude. Das Boot und die arbeitende Gestalt des ein=
zelnen Ruderers waren deutlich zu erkennen. Jetzt alles
wieder dunkel, der Wind ließ plötzlich nach. Nach wenigen
Augenblicken hörte man das Plätschern des Ruders, und
das Boot hielt deutlich unterhalb des Palastes.

Man klopft an den geheimen Eingang.

„Wer klopft?“ fragte Jabastor.

— Ein Freund Israels. —

„Abidan, der Stimme nach. Bist Du allein?“

— Die Prophetin ist bei mir; sie allein. —

„Sogleich. Ich will die Thüre öffnen. Zieh das Boot
unter den Bogen.“

Jabastor stieg von der Gallerie herab und kam nach
wenigen Augenblicken mit zwei Ankömmlingen zurück, der
jugendlichen Prophetin Esther und ihrem Begleiter, einem
Manne, nicht von großer Gestalt, aber besonders kräftig
und wohlgebaut. Sein Gesicht war sehr schwermüthig, der
untere Theil rauh und hart, aber in der breiten, klaren
Stirn und den tiefliegenden Augen zeigte sich ein Grad
gedankenvoller Schönheit, der auf orientalischen Gesichtern
ungewöhnlich ist.

„Eine ungestüme Nacht,“ sagte Jabastor.

— Für die, so sie fürchten; — entgegnete Abidan.

Mir hat die Sonne so wenig Freude gebracht, daß ich den Sturm nicht scheue. —

„Was giebt es Neues?"

— Unglück! Wehe! Wehe! —

„Dein gewöhnliches Lied, meine Schwester! Wird der Tag nie anbrechen, wo wir ein anderes anstimmen?"

— Wehe, Wehe, Wehe! Unaussprechliches Wehe! —

„Abidan, wie geht es?"

— Sehr gut. —

„Wahrhaftig?"

— Je nachdem man es nimmt. —

„Du bist kurz."

— Bitter. —

„Bist Du bei Hofe gewesen, daß Du so vorsichtig in Deinen Reden zu sein gelernt hast, Freund?"

— Wer weiß was noch geschieht. Vielleicht werden wir alle Höflinge mit der Zeit, Jabastor, ob ich gleich fürchte, wir thaten zu viel, um belohnt zu werden. Ich gab ihm mein Blut, und Du noch etwas mehr, und jetzt sind wir in Bagdad. Ich wünschte beim Himmel, der Regen Sodoms fiele auf ihre Dächer. —

„Du hast mir etwas Schreckliches zu erzählen. Ich sehe es an Deiner finstern Stirn, die sich verdüstert wie der Sturm. Sprich es aus, Mann! Ich kann das Schlimmste ertragen, und bin darauf vorbereitet."

— So nimm es denn hin. Alroy hat sich selbst zum Kalifen ausgerufen. Abner ist zum Sultan von Persien ernannt. Asriel, Ithamar, Medad und die ersten Heerführer sind Wessire geworden, Honain ihr Oberhaupt. Vier vornehme Muselmänner sind in den Rath mit aufgenommen. Die Prinzessin geht nächsten Freitag im festlichen Aufzuge zur Moschee, und man sagt sogar, daß sie Dein Zögling dahin begleite. —

„Das will ich nicht glauben bei dem Gotte auf Sinai,

das will ich nicht glauben! Und wären meine eigenen
Augen die verruchten Zeugen solcher That, ich würde es
nicht glauben. In die Moschee gehen! Sie treiben ihren
Scherz mit Dir, mein guter Abidan, ihren Scherz!"

— Es kann sein. Es ist bloß ein Gerücht, aber Ge=
rüchte verkünden Thaten. Alles übrige ist vollkommen wahr.
Ich erfuhr es von meinem Verwandten, dem kräftigen Zal=
munna. Er ging vom Bankett fort. —

„Soll ich zu ihm gehen? Vielleicht ein Wort von mir
... Zur Moschee! Ein bloßes Gerücht, und noch dazu ein
falsches. Ich kann es nie glauben, nein, nein, nein, nie,
nie! Ist er nicht der Auserwählte des Herrn? Fluch, un=
aussprechlicher Fluch auf die Tochter des Moabiten! Kein
Wunder, wenn es donnert! Beim Himmel, ich will hin=
gehen, und ihm Trotz bieten bei seinen Gelagen!"

— Ihr kennt Eure Macht besser, als Abidan. Ihr
ermahnt ihn vor seiner Vermählung, aber dennoch ... —

„Vermählte er sich. Das ist wahr. Honain ihr Ober=
haupt! Und ich behielt seinen Ring! Honain ist mein
Bruder. Habe ich denn keinen Dolch, um das Band der
Brüderschaft zu zerschneiden?"

— Wir haben alle Dolche, Jabastor, wüßten wir nur,
wozu wir sie gebrauchen sollten. —

„Es ist sonderbar ... nach zwanzigjähriger Trennung
sahen wir uns wieder. Du warst nicht mit dabei, Abidan.
Es geschah im Rathe. Es ist doch sonderbar, er schien sich
vor meiner Umarmung zu scheuen."

— Honain ist ein Philosoph und glaubt an Sympa=
thie. Scheint es doch, als ob deren keine zwischen Euch
Beiden vorgewaltet habe. Sein System befreit Euch also
von allen Banden. —

„Weißt Du auch gewiß, daß das Uebrige wahr ist?
An die Moschee will ich nicht glauben ... ist doch das
Uebrige schlimm genug."

14

— Zalmunna kam eben vom Bankett. Haſſan, Subah's Bruder, ſaß über ihm. —

„Subah's Bruder! dann iſt alles aus! Iſt er mit im Rathe?"

— Ja; er und Andere. —

„Wo iſt jetzt Israel?"

— Es ſollte in ſeinen Zelten ſein. —

„Wehe, Wehe, Wehe! unausſprechliches Wehe!" rief die Prophetin, die bewegungslos im Hintergrunde des Gemachs geſtanden hatte, und auf die Unterredung nicht zu achten ſchien.

Jabaſtor ging mit unruhigen Schritten in der Gallerie auf und ab. Plötzlich blieb er ſtehen, trat auf Abidan zu, ergriff deſſen Arm und ſah ihm finſter in's Geſicht. „Ich kenne Deine Gedanken, Abidan," rief der Prieſter aus; „aber es kann nicht ſein. Ich habe jedes Gefühl aus meinem Herzen fortan verbannt, verbannt für immer; ich habe keinen Bruder jetzt mehr, keinen Freund, keinen Zögling, und, wie ich fürchte, auch keinen Sproſſen David's! Israel iſt mir alles und alles. Ich habe kein anderes Leben ... nicht alſo Schwäche, noch Mitleid hält meinen Arm zurück. Mein Herz iſt ſo hart wie das Deine."

— Was hält es alſo ſonſt zurück? —

„Daß auch wir fallen, wenn er fällt. Er iſt der letzte ſeines heiligen Stammes. Es giebt keine andere Hand mehr, die unſer Scepter ergreifen könnte."

— Unſer Scepter! ... welches Scepter? —

„Das Scepter unſerer Könige."

— Könige? —

„Nun, warum blickſt Du ſo finſter?"

— Wie blickte der Prophet, als das hartnäckige Volk durchaus einen König haben wollte? Lächelte er? Jubelte er und klatſchte in die Hände und rief: „Gott erhalte den König!? O Jabaſtor! Du zweiter Samuel unſeres unver=

ständigen Volks! es gab eine Zeit, wo Israel keinen ande=
ren König hatte, als seinen Gott. Waren wir damals
schlechter? Eroberten Könige Canaan? Wer war Moses,
wer Aaron, wer der mächtige Josua? War das Schwert
Gideon's ein königliches Schwert? Beschatteten Simson's
Locken königliche Schläfe? Würde ein König sein feierliches
Gelübbe gehalten haben, wie es Jephta that? Königsworte
sind leicht wie die Luft, wenn, um sie zu verwirklichen, Ihr
nicht etwa nur einem Unterthan zu nahe treten müßt!

Könige! was ist ein König? Warum soll ein Einzelner
die gleiche Heiligkeit unseres ganzen auserwählten Volkes
stören? Ist ihr Blut reiner als das unsere? Wir sind alle
aus Abraham's Saamen. Wer war Saul und wer David?
Ich hörte nie, daß sie andere Wesen waren als unsere
Väter. Laß sie fromm gewesen sein, was sie nicht waren,
und tapfer und weise, was auch Andere waren, hat denn
ihre Nachkommenschaft ein Vorrecht für alle Tugenden?
Nein, Jabastor! Du irrtest nie, als damals, wo Du eine
Krone auf das Haupt dieses hochmüthigen Aufschößlings
setztest. Was er that, hätten Tausende auch gethan. Dein
Geist war es, der ihn zur That begeisterte. Und jetzt ist
er ein König, und jetzt zittert Jabastor, die wahre Seele
Israel's, der unser Richter und Führer sein sollte, jetzt
zittert Jabastor in Ungnade, während unser unheiliger
Sanhedrin mit Ammonitern erfüllt ist! —

„O Abidan! Du hast mich bis ins Leben getroffen!
Du hast Gedanken aufgeweckt, die dann und wann, wie
unselige, erstickende Nebel aus den tiefen Abgründen meiner
Seele emporstiegen und die ich verscheuchte."

— Laß sie emporsteigen, laß sie die Strahlen dieser
sengenden Sonne verhüllen, unter der wir vergehen, die
alle Lebenskraft aufzehrt und uns in dumpfer Erschöpfung
schmachten läßt. —

„Freude! Freude! unaussprechliche Freude!"

— Horch! die Prophetin hat ihr Lied geändert und
doch hörte sie uns nicht. Der Geist des Herrn ist wahr=
haft mit ihr. Komm, Jabaſtor, ich ſehe, daß Dein Herz
offen iſt für Deines Volkes Leiden. Deines Volkes, mein
Jabaſtor, denn biſt Du nicht unſer Richter? wenigſtens
ſollteſt Du es ſein. —

„Können wir die Herrſchaft Gottes über ſein Volk
durch ſeinen geweiheten Prieſter zurückrufen? ... Iſt das
möglich?

— Sage nur ein Wort und es iſt geſchehen, Jabaſtor!
Erſchrick nicht! Glaubſt Du denn, es gebe nicht noch treue
Ohren in Israel? Glaubſt Du denn, Deine Kinder hätten
gedankenlos mit angeſehen, die ſchimpflichen Beleidigungen,
die man auf Dich häufte, auf Dich, ihren Prieſter, ihren
angebeteten Hohenprieſter, den Mann, der uns die ſchönſten
Tage der Vergangenheit zurückruft, die Tage unſerer großen
Richter? Nur ein Wort, nur eine Bewegung dieſes mit der
Mitra gezierten Hauptes und ...

„Die Muſelmänner im Rath! Wir wiſſen, was nach=
kommen wird. Israel liegt in Todeszuckungen. Mir ſcheint,
die Zeit ſei reif, Abidan!“

— So denken wir auch, großer Mann! Darum ſprich
ein Wort und zwanzigtauſend Speere werden die Bundes=
lade ſchützen. Ich ſtehe für meine Mannſchaft. Der tapfere
Scherirah blickt grimmig auf die Moabiten. Ein Wort
von Dir und die ganze Syriſche Armee ſchließt ſich unſerm
Paniere an ... dem Löwen von Juda; der ſoll es ſein.
Laß den Tyrannen und ſeine Satrapen ſterben, dann ver=
einen ſich die übrigen mit uns. Wir rufen das alte Geſetz
aus, überlaſſen Babylon ſeinem blutigen Schickſale und
ziehen gen Zion. —

„Zion, ſein Jugendtraum; Zion!“

— Ihr denkt nach? —

„König oder nicht König, er bleibt des Herrn Auser=

wählter. Soll diese Hand, die auf sein heiliges Haupt das
Del goß, dieses Balsamsiegel wieder abwaschen mit seinem
Blute? Soll ich ihn tödten?"

— Seine Stimme ist leis', aber sein Gesicht ist bewegt... Herr! wie nun? —

„Wer bist Du? Ha! Abidan, der treue, brave Abidan!
Sieh', ich dachte nach darüber, ob dieß alles nicht bloß die
Phantasie eines Traumes sei. Der morgende Tag bringt
vielleicht kälteren Rath. Ein Gespräch bei Tafel, im Rausche
gesprochen. Laß es uns vergessen. Der Herr wende sein
Herz. Wer weiß, Abidan?"

— Edler Herr, noch vor einem Augenblicke war Euer
Sinn wie Euer Glaube, fest, entschlossen; und jetzt... —

„Table mich nicht, guter Abidan. Es ist etwas in
meinem Geiste, das Du nicht ergründen kannst; geheime
Sorgen, die ganz allein mir angehören. Verlaß mich jetzt.
Wenn Israel nach mir ruft, werde ich nicht fehlen. Verlasse Dich darauf, Abidan. Doch nein, gehe nicht: Die
Nacht ist sehr rauh und die Prophetin kann dem anschwellen-
den Flusse nicht Widerstand leisten. Ich gehe jetzt in mein
stilles Gemach und komme bald wieder zurück."

Jabastor verließ die Gallerie und trat in ein kleines
Zimmer. Verschiedene große Bücher, aufgeschlagen und verschlossen, lagen auf dem Divan umher. Vor ihm stand
sein eherner kabbalistischer Tisch. Mit Vorsicht verschloß er
das Gemach. Dann trat er in die Mitte desselben. Hier
hob er seine Hände, zum Himmel und rang sie dann wie
in Todesangst.

„Ist es dahin gekommen?" jammerte er in dem Tone
tiefster Zerknischung. „Ist es dahin gekommen? Was mußte
ich hören? Was ist geschehen? Hinweg, teuflischer Versucher,
hinweg! O Leben, o Ruhm, o mein Vaterland, mein auserwähltes Volk, mein heiliger Glaube!... Warum leben
wir, warum handeln wir, warum haben wir Gefühl für

etwas, das ruhmwürdig oder heilig ist? Laßt mich sterben ... laßt mich sterben! Die Qual des Daseins ist zu groß."

Er warf sich auf das Lager, er vergrub sein trauerndes Antlitz in sein Gewand. Sein kräftiges Herz ward von Weh durchzuckt. So lag er da, der große, edle Mann, hingestreckt und dem Schmerze dahingegeben.

2.

„Der Lärm des Banketts schwirrt mir noch vor den Ohren. Ich bin so gern allein."

— Mit mir? —

„Du bist ich selbst. Ich habe kein anderes Leben."

— Süßer Liebling! Es ist jetzt das eines Kalifen. —

„Ich bin alles, was Du willst, Seele meines entzückenden Daseins. Pracht und Herrschaft, Ruhm und Sieg kommen mir nur vor wie bleiche, verdunkelte Edelsteine gegen Dein süßes Lächeln."

— Meine klagende Nachtigall, werden wir heute jagen? —

„Ach, meine Rose, ich möchte lieber auf diesem schwellenden Lager liegen und auf Deine Schönheit blicken!"

— Oder wollen wir auf dem kühlen Azursee in einem glänzenden Boote gleich einer Muschel der Seenymphen schiffen, von Schwänen begleitet? —

„Kein See ist so blau, wie Deiner Augen Tiefe, kein Schwan so weiß, wie Dein runder Arm!"

— Oder unsere Falken steigen lassen, daß sie den goldenen Fasan zu unseren Füßen herabbringen? —

„Ich bin der goldene Fasan zu Deinen Füßen; bedarfst Du noch reicherer Beute?"

— Erinnerst Du Dich noch Deines ersten Besuchs in diesem lieben Kiosk, mein schöner Stummer? Du standest da mit untergeschlagenen Armen und bescheidenen Blicken, und nur zuweilen stahl sich aus diesen dunklen Augen ein

Strahl, der mir die Wange bleichte. Mir ist's, als ob ich Dich noch vor mir sähe, Du schüchterner Vogel. Weißt Du auch, daß ich, als Du davon flogst, so kindisch war, daß ich zu weinen anfing? —

„O nein, Du weintest nicht!"

— Doch, doch! Ich besinne mich recht wohl. —

„O, sage es mir noch einmal, meine geliebteste Schirin, weintest Du wirklich?"

— Ja, ja, ich that's, meine Seele!" —

„Ich wollte, ich könnte diese Thränen in eine kristallene Vase fassen, eine Provinz gäb' ich für ein so köstliches Gefäß."

Sie schlang ihren Arm um seinen Nacken und bedeckte sein Gesicht mit Küssen.

Von den Minarets ertönte Sonnenuntergang. Sie standen auf und wanderten mit einander in dem sie umgebenden Paradiese. Der Himmel war mit einem blaßvioletten Hauche überzogen, ein einzelner Stern stand neben dem bleichen Monde, der mit einem matten Schimmer sanft und schattenfrei wie eine Perl' leuchtete.

„Schön!" rief die nachdenkende Schirin aus, als sie auf den Stern blickte. „O mein Alroy, warum können wir nicht immer allein leben, immer im Paradiese?"

— Ich bin des Herrschens müde, — entgegnete Alroy lächelnd; — laß uns fliehen. —

„Giebt's denn kein Eiland mit allem, was das Leben reizend machen kann, aber unzugänglich den Menschen? Wie wenig bedürfen wir! Ach, wenn diese Gärten, statt von dem verhaßten Bagdad umgeben zu sein, nur von irgend einem schönen Ocean umflossen wären."

— Meine Geliebte, wir leben in einem Paradiese und werden selten gestört, Dank sei es Honain. —

„Aber schon das Bewußtsein, daß noch andere Menschen mit darin sich befinden, als wir allein, ist mir pein=

lich. Jedermann, der auch nur an Dich denkt, scheint mir einen Theil Deines Ichs zu rauben. Ueberdieß bin ich der Pracht und der Paläste überdrüßig. Wie gern lebte ich in einer Höhle von Tropfstein mit Dir und schlief auf einem Lager weicher Blätter."

Ein Zwerg unterbrach diese anziehende Unterredung, der außerdem, daß er sehr klein und häßlich, auch noch stumm war. Er verbeugte sich vor der Prinzessin und nahm dann zu einer umständlichen pantomimischen Darstellung seine Zuflucht, aus welcher sie endlich so viel herausbrachte, daß es Zeit zum Speisen sei. Niemand sonst würde es gewagt haben, das königliche Paar zu stören, aber dieses kleine Wesen war ein privilegirter Liebling.

Alroy und Schirin traten nun in das Serail. Eine außerordentlich große Dreifuß=Lampe, worin wohlriechendes Oel brannte, verbreitete ein sanftes Licht in dem prachtvollen Gemache. Im Hintergrunde stand eine Schaar in Scharlach gekleideter Eunuchen, jeder einen silbernen Stab haltend. Der Kalif und die Sultanin setzten sich auf ein mit hundert Kissen bedecktes Lager. Auf der einen Seite desselben stand der Hauptmann der Wache und andere Beamten des Haushalts, und auf der andern eine Zahl schöner Sklavinnen in köstlichen Gewändern.

Die Dienerreihe am Ende des Gemachs öffnete sich und eine Schaar Sklaven erschien, welche Schüsseln von Elfenbein und Gold, Ebenholz und Silber mit den ausgesuchtesten und sorgfältigst bereiteten Leckerbissen trugen. Diese wurden von den sie umgebenden Personen Alroy und Schirin dargeboten. Die Prinzessin nahm einen aus einer einzigen Perle gearbeiteten Löffel, dessen langer und dünner goldener Stiel mit Rubinen eingelegt war, und aß damit etwas Safransuppe, die sie sehr liebte. Dann genoß sie die Brust eines jungen, mit Mandeln gefüllten und mit Veilchen und Milch zubereiteten Schwanes. Wenn sie nun

so ein wenig ihren Appetit gestillt hatte und einer gewissen
Person ein besonderes Zeichen ihrer Gunst zu geben wünschte,
befahl sie dem Hauptmann der Wache, den ganzen folgen=
den Gang Speisen nebst ihren Grüßen abzusenden. Sie
beschäftigte sich alsdann mit einer Schüssel jener zarten
Ortolanen, welche von den Weinblättern von Schiras sich
nähren und womit der Gouverneur von Nischabur sie stets
reichlich versorgte. Die zarten Glieder, mit ihren noch zarte=
ren Fingern zerlegend, drang sie darauf, daß auch Alroy
davon speisen mußte, der ihr denn endlich nachgab. Wäh=
rend dessen erfrischten sie sich mit ihrem Lieblingsscherbet
von Granatäpfeln und dem goldenen Weine des Libanon.
Der Kalif, der keine Ortolanen mehr essen konnte, obgleich
sie von so lieblichen Fingern dargeboten wurden, war zu=
letzt genöthigt, nach „Reis“ zu verlangen, welches so viel
bedeutet, als den Tisch abtragen zu lassen. Die Aufwarten=
den brachten nun jedem der Beiden goldene Becken und
Kannen von Felskristall mit Rosenwasser gefüllt, nebst Tüchern
von der seltenen egyptischen Leinwand, die bloß von der
Baumwolle verfertigt werden kann, welche an den Ufern
des Nils wächst. Indeß sie sich nun damit unterhielten,
Zuckerpflaumen zu essen und mit Zimmt gewürzten Kaffee
zu trinken, tanzten die Sklavinnen vor ihnen in den an=
muthigsten Stellungen, nach den Melodieen unsichtbarer
Musiker.

„Meine entzückende Schirin,“ sagte der Kalif, „ich habe,
Dank sei es Deiner Aufmerksamkeit, vortrefflich gespeist.
Deine Sklavinnen tanzen wundervoll und sind höchst reizend.
Auch Deine Musik verdient alles Lob; was mich aber be=
trifft, so möchte ich doch lieber allein sein und einem Dei=
ner Lieder zuhören.“

— Ich habe heut' ein neues gedichtet. Du sollst es
hören. — Und damit schlug sie in ihre weißen Händchen
und alle Anwesenden zogen sich unverzüglich zurück.

3.

„Die Sterne stehlen sich hinweg, so will auch ich's. Trauriger Anblick! Jabaſtor mit biebiſchem Schritt, wie ein entehrtes Weſen daher ſchleichen zu ſehen! O! möge der Zweck die That heiligen — die Würfel ſind geworfen."

Indem der Hoheprieſter ſo ſprach, hüllte er ſich in ein dunkeles Gewand und trat aus ſeinem Palaſte in die geräuſchvollen Straßen. Bei Nacht iſt die Regſamkeit des orientaliſchen Lebens beſonders auffallend. Die engen, krummen Straßen, voll von einer Menſchenmenge, die nun die erquickende Luft einathmet, die vollgedrängten Kaffeehäuſer, die luſtigen Gruppen und dann wieder ruhigere Wanderer, Muſik und Tanz und die belebten Mittheilungen des Dichters und Erzählers, alles verbindet ſich, den ſternenhellen Stunden einen verführeriſchen, hinreißenden Charakter von Luſt und Abenteuerlichkeit zu verleihen.

Es war die Nacht nach dem Beſuche Abidan's und der Prophetin. Jabaſtor hatte eingewilligt, Abidan auf dem Platze vor der großen Moſchee zwei Stunden nach Sonnenuntergang zu treffen, und dahin ging er jetzt.

„Ich komme etwas zu früh," ſagte er zu ſich ſelbſt, als er auf den großen Platz trat, über welchen der aufgehende Mond eine volle Lichtfluth ergoß. Einige dunkele Schatten menſchlicher Geſtalten allein bewegten ſich in der Entfernung. Die Menſchenmenge war auf den Straßen und in den Kaffeehäuſern. „Ich komme etwas zu früh," ſagte alſo Jabaſtor. „Verſchwörer ſind wachſam. Ich beeile die Zuſammenkunft und fürchte mich doch davor. Seit er mich in dieſes Geſchäft verwickelte, habe ich nicht geſchlafen. Mein Geiſt iſt ein Chaos. Ich will nicht denken. Muß es geſchehen, ſo mag es auf der Stelle geſchehen. Ich bin mehr geneigt, dieſen Dolch in Jabaſtor's Bruſt zu ſtoßen, als in das Herz Alroy's. Wär' Leben oder Herrſchaft das elende

Wagniß, wollte ich ein Leben enden, das mir keine Freude mehr gewähren kann, oder ein Ansehen aufgeben, das keinen Reiz für mich hat; aber Israel, Israel! Du, für das ich so viel erduldet habe — laß mich vergessen, daß Jabastor eine Mutter hatte.

„Wär' der Gedanke nicht, der mich mit meinem Gotte verknüpft und mein Gemüth zu höherer Richtung leitet, wie eitel und trüb, wie mühselig und leer wäre diese sogenannte Welt, an die sie denken! Nur dieser Gedanke nicht und ich legte mich hin und stürbe. Ja! mein Herz würde brechen aus Ueberdruß, meine gewaltigen Leidenschaften mit ihrer wilden aber lodernden Flamme würden vergehen und ersterben, und der starke Geist, der stets auf meine Laufbahn mich trieb und mich vorwärts stachelte, würde das Ruder verlassen, das es so lange führte, wie ein bestürzter Pilot verzweifelnd in der weit entlegenen Mitte eines unbekannten Meeres.

„Arbeit und Lernen, Mühe und Sorge, kräftige That, vielleicht die Zeit und Verdruß, der schlimmer ist als Alles, haben ihr Werk an mir gethan und nicht vergebens. Nicht mehr bin ich derselbe Jabastor, der im Caucasus nach den Sternen blickte. Kommt mir es doch vor, als leuchteten sie matter denn sonst. Die Glorie meines Lebens verlischt. Meine Blätter sind trocken, gefärbt, aber nicht befleckt. Aber in Einem bin ich unerschütterlich derselbe — ich habe meinen Gott nicht verlassen, weder in That noch Gedanken. Ha! wer bist Du?"

— Ein Freund Israel's. —

„Es freut mich, daß Israel einen Freund hat. Edler Abidan, ich habe Alles, was zwischen uns vorgefallen ist, reiflich überlegt. Ich muß Dir sagen, daß Du eine Saite berührtest, auf der ich früher auch schon spielte, aber nur für mich ganz allein. Ein gellender Ton; ja, ja, ein gellender Ton; aber es ist nun einmal so, und da es so ist, so bringe mich zu Deinen Freunden, Abidan."

— Edler Jabastor, Du bist, für was ich Dich hielt —

"Abidan, sie sagen, das Bewußtsein Recht zu handeln, sei der sicherste Führer zu Glück und Befriedigung."

— So ist's. —

"Und Du glaubst es auch? —"

— Ohne Zweifel. —

"Wir handeln recht?"

— Das ist ein zu schwaches Wort für ein so heiliges Unternehmen. —

"Ich bin sehr unglücklich!"

4.

Der Hohepriester und sein Gefährte traten in Abidan's Haus. Jabastor redete die schon Versammelten an.

"Braver Scherirah, es freut mich, Dich hier zu finden. Wenn fehlte Scherirah je, sobald es Israel betraf? Tapferer Zalmunna, wir haben einander noch nicht oft genug gesehen, der Fehler liegt an mir. Holde Prophetin, Deinen Segen!

"Edle Freunde, weshalb wir hier zusammengekommen sind, ist Allen bekannt. Nicht träumen hätten wir uns solche Zusammenkunft lassen, als wir über den Tigris gingen. Doch nichts davon. Zu handeln, kamen wir hierher, nicht zu sprechen. Unser Geist ist entschlossen, unser großes Vorhaben bedarf keiner Vorstellungen. Wenn es Einen unter uns giebt, der Israel sehen möchte als Sklaven Ismael's, der verlieren möchte alles, wofür wir gebetet, wofür wir gefochten, alles, was wir gewonnen haben, und alles, wofür wir bereit sind zu sterben — wenn Einer unter uns wäre, der es dulden könnte, die Bundeslade beschimpft zu sehen, und Jehova's Altar befleckt mit heidnischem Opfer, wenn Einer unter uns wäre, der nicht nach Zion sich sehnte, der nicht sein Leben daran wenden möchte, den Tempel wieder aufgebaut und das Erbe wieder erlangt zu sehen, das seine Väter verloren, der entferne sich von hier! Aber es ist kein solcher unter Euch. So steht denn fest und befreit Euer Vaterland!"

— Wir sind bereit, großer Jabastor, wir sind bereit, alle, alle! —

„Ich weiß es; Ihr seid gleich mir. Nothwendigkeit hat uns Entschluß gelehrt. Jetzt zu unsern Plänen. Sprich Zalmunna."

— Edler Jabastor, ich sehe viele Schwierigkeiten voraus. Alroy kommt nicht mehr aus seinem Palaste. Unbeobachtet können wir, wie Ihr wißt, nicht in diesen gelangen. Was sagt Ihr dazu, Scherirah?

„Ich kann mich auf meine Krieger verlassen; aber Krieg gegen Alroy ist, ohne der Gefahr zu gedenken, doch wegen des Ausgangs zweifelhaft."

— Ich bin bereit zu sterben, aber nicht zu unterliegen! — rief Abidan. — Wir müssen unserer Sache gewiß sein. Offener Krieg ist nicht zu rathen. Die Masse des Heeres wird es mit ihren Anführern halten und diese sind auf der Seite des Tyrannen. Laßt die That geschehen sein und sie müssen sich mit uns verbinden. —

„Ist's nicht möglich, seine Gegenwart bei irgend einem Opfer zu Ehren eines Sieges zu erlangen? — Was denkt Ihr davon?"

— Ich zweifle sehr daran, Jabastor. In diesem Augenblicke wünscht er es keineswegs, unsere Nationalgebräuche durch seine königliche Persönlichkeit zu heiligen. Auf jeden Fall hält ihn seine Gemahlin zurück. Und käme er auch, so wäre der glückliche Erfolg doch schwer und deshalb zweifelhaft. —

„Edle Krieger, hört auf eines Weibes Stimme!" rief die Prophetin vortretend. „Sie ist nur schwach, aber durch solche Werkzeuge, selbst durch das Lallen eines Kindes, pflegt der Herr mit seinem erwählten Volke zu sprechen. Es giebt einen geheimen Weg, auf welchem ich in die Gärten des Palastes gelangen kann. Morgen Nacht, wenn der Mond in seiner mitternächtlichen Laube weilt, soll das verruchte Gebäude auflodern. Haltet Abiban's Krieger bereit, und in dem Augenblicke, wo die Flammen zuerst emporsteigen, zieht zu dem Thore des Serails, als brächtet Ihr Hülfe. Die erschrockene Wache wird Euch kein Hinderniß entgegensetzen. Indem nun die Truppen sich der Eingänge bemächtigen, eilt Ihr selbst, Zalmunna, Abiban und Jabastor, in das königliche Gemach und vollbringt die That. Unterdessen laßt den tapfern Scherirah mit all' den Seinen den Palast umringen, als wisse er nichts von dem, was geschehen. Dann tretet Ihr vor, zeigt, hier nöthig, mit Thränen, den unglückseligen Leichnam den Kriegern und verkündet das Priesterreich Gottes."

— Der Herr ist's, der aus Dir spricht, — sagte Abiban, der ohnstreitig auf den Vorschlag vorbereitet war. — Er hat sie in unsere Hände gegeben. —

„Ein kühner Plan," sagte Jabastor nachdenkend; „und doch gefällt er mir. Er ist schnell und das ist etwas. Ich glaube, er ist sicher."

— Es kann nicht fehlen! — rief Zalmunna aus; — — denn wenn die Flamme nicht aufsteigt, bleiben wir, wo wir sind. —

„Ich stimme bei!" sagte Scherirah.

— Wohlan denn! — rief Jabastor, — so sei es. Morgen Abend laßt uns hier wieder, wohlvorbereitet, zusammenkommen. Gute Nacht. —

„Gute Nacht, heiliger Priester! Wie stehen die Sterne, Jabastor?"

— Sehr unruhig; schon seit einigen Tagen. Ich weiß nicht, was sie vorbedeuten. —

„Heil für Israel."

— Laß es uns hoffen. Gute Nacht, theuere Freunde. —

„Herr," sagte Abidan, „bleibe nur noch einen Au=
genblick."

— Was giebt's? Ich möchte gern gehen. —

„Alroy muß sterben, Herr, glaubst Du aber, daß ein
einzelner Tod den Bund besiegeln wird?"

— Das Weib? —

„O, das Weib! Ich dachte nicht an das Weib. As=
riel, Ithamar, Medad?"

— Tapfre Krieger! Seid überzeugt, sie werden nütz=
liche Werkzeuge für uns werden. Solche vereinzelte Ge=
sellen fürchte ich nicht. Sie folgen ihren Führern, gleich
andern Wesen, die zum Gehorchen geboren sind. Da sie
selbst keinen Kopf haben, müssen sie u n s folgen, die wir
ihn besitzen. —

„Das glaube ich auch. Giebt's sonst Niemand, der
uns gefährlich sein könnte?"

Zalmunna und Scherirah ließen ihre Augen auf den
Boden sinken. Ein tiefes Schweigen. Endlich unterbrach
es die Prophetin.

„Ein Gericht ist ausgegangen gegen Honain!"

— Nein! Er ist Jabástor's Bruder! — rief Abidan.
— Das ist genug, um selbst einen noch eingefleischtern
Feind Israel's zu retten, wenn es deren gäbe. —

„Ich habe keinen Bruder, Abidan. Nicht Ich werde
den Mann, von den Ihr sprecht, erschlagen, da es noch
Andere giebt, die es thun können. Und somit denn gute
Nacht."

5.

Es war tiefe Nacht. Nur eine einzige Lampe brannte
im Gemache, das auf eine offne Gallerie ging, von welcher
eine Treppe in die Gärten des Serails führte.

Eine weibliche Gestalt bestieg die Treppe mit leisen, vorsichtigen Schritten. Sie blieb auf der Treppe stehen und sah sich um, mit einem Fuße schon im Gemache.

Sie trat ein. Es war ein Zimmer von geringem Umfange, aber reich verziert. In der fernsten Ecke stand ein elfenbeinernes Bett mit einem Gazevorhange von Silbergewebe, der, ohne das freie Athemholen zu hindern, die Schlafenden vor den Insektenschwärmen einer orientalischen Nacht schützte. An einer Ottomane lehnte ein großes ehernes Schild nach alterthümlicher Form, und daneben einige Helme und seltene Waffen.

„Ein unwiderstehlicher Trieb hat mich in dieses Gemach geführt," sagte die Prophetin. „Das Licht neckte mich wie ein Gespenst, und wohin ich auch ging, schien es mir zu winken.

„Eine Lagerstätte und ein Schlafender!"

Sie trat näher hinzu und zog den Vorhang vorsichtig hinweg. Bleich und bebend schauderte sie zurück, doch mit leisem Schritte. Sie erblickte Alroy!

Einen Augenblick lang lehnte sie sich, von ihren Empfindungen überwältigt, an die Wand. Dann trat sie wieder vor und starrte auf ihr die Gefahr nicht ahnendes Opfer.

„Kann der Schuldbelastete schlafen wie der Schuldlose? Wer sollte glauben, daß dieser schöne Schläfer das höchste Vertrauen verrieth, das je der Himmel einem Menschen schenkte? Er sieht nicht aus wie ein Tyrann und Verräther: ruhig seine Stirn und mild sein friedlicher Athem! Sein langes schwarzes Haar, schwarz wie die Schwinge des Raben, ist seiner Fessel entronnen und fließt wie eine wilde, stürmische Nacht über seine blasse, mondbeleuchtete Stirn. Seine Wange ist zart, und Ruhe hat sie röthlich angehaucht. Auf seiner Lippe scheint ein Liebeswort zu schweben, das sie nicht verlassen will. Ist dies derselbe Alroy, den wir mit Jubel begrüßten, als er wie der junge, glänzende Stern des Morgens in der Wüste aufging, und, Anderen Freude gewährend, mir allein nur." —

„O! still mein Herz! Und laß Dein Geheimniß sich verbergen in das Leichenhaus überwundener Leidenschaft. Hart ist das Loos der Frauen: zu lieben und es zu ver= heimlichen, ist unsre schwere Pflicht! O schmerzliches Leben! Die Männer gaben uns Gesetze und machten uns zu Skla= vinnen. Und so welken wir dahin und sterben, oder neh= men unsere Zuflucht zu nichtigen Wahnbildern, auf die wir jene Gluth wenden, die edlern Zwecken bestimmt sein sollte.

„Reizender Held! Ich weiß nicht, ob ich Dich mehr hasse, oder mehr liebe. Sterben mußt Du; aber ich fühle es, daß ich mit Dir sterben sollte. O! daß doch diese Nacht zugleich uns zum Hochzeitbett und zum Grabesscheiterhaufen führen könnte! Muß diese weiße Brust sich blutig färben? Müssen diese starken Glieder von jenen blutdürstigen Hen= kern verunstaltet werden? Ist das Gerechtigkeit? Sie lügen, die Verräther, wenn sie Dich treulos nennen unserm Gotte. Ich könnte Dich anbeten! Sieh, die schönen Lippen, sie be= wegen sich! Horch der Musik ihrer Töne!"

„„Schirin! Schirin!""

„Nur dieses Wortes bedurfte es, um meinen Geist wieder zurückzurufen! O Thörin! Wohin verirrtest Du Dich? Ich will nicht warten auf späte Gerechtigkeit. Ich will die That selbst vollbringen. Sollte ich meinen Sisera nicht tödten?""

Sie ergriff einen Dolch, der auf der Ottomane lag, einen trefflichen, scharf geschliffenen Stahl. Hoch hob sie ihn in die Höhe und zuckte ihn auf seine Brust mit über= menschlicher Kraft. Er traf auf den Talisman, den Jabastor Alroy gegeben hatte, und den dieser, aus einem Ueberreste von Aberglauben, noch trug. Und als die Klinge ihn traf, zerschellte sie in tausend Stücke.

Der Kalif erhob sich auf seinem Lager. Seine Augen begegneten der Prophetin, die über ihm in bleicher Verzweiflung stand, den Dolchgriff in der Hand.

„Was ist das! Schirin! Wer bist Du? Esther!" Er sprang auf vom Lager, rief nach Pharez und ergriff der Prophetin beide Hände. „Sprich!" fuhr er fort: „bist Du Esther?. Was willst Du hier?"

Sie brach in ein wildes Gelächter aus. Sich seinen Händen entwindend, zog sie ihn nach der Gallerie. Hier erblickte er das Hauptgebäude des Serails in Flammen. Ihre beiden Hände mit seiner starken Rechte ergreifend, zog er sie zu der Ottomane, ergriff einen Helm und schlug damit auf das gewaltige Schild. Es tönte wie eine Glocke. Pharez erwachte aus seinem Schlummer und stürzte in's Gemach.

„Pharez! Verrath! Verrath! Gieb sogleich Befehl, daß die Thore des Palastes geschlossen werden. Geh, eile! Sprich mit dem Hauptmann selbst. Rufe alle die Meinen herzu. Laß sie die Waffen ergreifen. Es gilt unser Leben, darum schnell!"

Der ganze Palast kam in Bewegung. Alroy übergab die erschöpfte, wie es schien, bewußtlose Esther, der Eunuchenwache. Sklaven und Dienerschaft stürzten von allen Seiten herbei. Auch Schirin eilte hinzu, mit entfesseltem Haar, fliegendem Gewande, von einer Schaar Mädchen mit Fackeln gefolgt.

„Mein Leben! was ist mit Dir?"

— Nichts, nichts, meine Geliebte. Es wird bald alles wieder in Ordnung sein! — entgegnete Alroy, indem er die Splitter des zerschellten Dolches aufhob, die er eben entdeckt hatte. „Man hat mir an's Leben gewollt; der Palast steht in Flammen; ich fürchte, daß die Stadt in Aufruhr ist. Mädchen, habt auf Eure Gebieterin Acht. — (Schirin war in ihre Arme gesunken). — Ich werde gleich wieber zurück sein. — So sprechend, eilte er in den großen Hof.

Mehrere tausend Personen — denn die Bevölkerung wie die Freiungen des Serails waren sehr beträchtlich — befanden sich bereits dort; Eunuchen, Pagen, Frauen, Sklaven, Diener und einige Krieger. Alles war in Unordnung und Bestürzung. Das Feuer wüthete innerhalb, geheimnißvolles, furchtbares Geschrei von Außen. Da verkündete der Ruf: der Kalif, der Kalif! Alroy's Ankunft, und verursachte eine verhältnißmäßige Stille.

„Wo ist der Hauptmann der Wache?" fragte er. „Wohl! Oeffnet Niemand die Thore. Wer wagt's, über die Mauer zu klettern und Asriel eine Botschaft zu bringen? Du? Brav! Morgen sollst Du selbst befehlen. Wo ist Mesru? Nimm die Eunuchen-Wache und die Mannschaft der Gärtner, und lösche das Feuer um jeden Preis. Reißt die dazwischen liegenden Gebäude nieder. Abidan's Schaar rückt heran, um zu helfen. Ha! das dachte ich wohl. Das erwartete ich. Laßt sie nicht herein. Sie wollen den Einlaß erzwingen. Ha! ganz wie ich dachte. Der Wurfspieß traf den Verräther gut! Gebt mir Waffen. Ich will das Thor schon halten. Schickt noch einmal zu Asriel. Wo ist Pharez?"

— An Eurer Seite, Herr! —

„Eile zu der Königin, treuer Pharez, und sage ihr, daß alles gut steht. Wollte der Himmel, es wäre so! Hörtest Du je ein so furchtbares Getöse? Ist's doch, als ob alle Trommeln und Zimbeln der ganzen Stadt zusammenklängen! Abgeredetes Spiel, wie ich vermuthe. Wenn nur Asriel käme! Ist Pharez zurück?"

— Hier bin ich, Herr! —

„Wie geht's der Königin?"

— Sie stünde gern an Eurer Seite. —

„Nein, nein! Besetzt dort das Thor. Wer sagte doch,

daß sie Feuer davor anzündeten? Es ist wahr! Wir müssen einen Ausfall machen, wenn's zum Schlimmsten kommt, und wenigstens sterben wie Soldaten. O Asriel! Asriel!"

— Herr! Die Truppen strömen von allen Gegenden der Stadt herbei. —

„Es ist Asriel."

— Nein, Herr! es ist nicht die Leibwache. Mir scheint's, als wären es Scherirah's Krieger. —

„Hm! Ich weiß nicht, was alles dies bedeuten soll, aber Verrath ist es, schändlicher Verrath, das ist gewiß. Wo ist Honain?"

— Bei der Königin, Herr. —

„Wohl. Was ist das für ein Rufen?"

— Es ist der Bote, den Ihr an Asriel sendetet. Platz für ihn! —

„Herr! ich konnte die Leibwache nicht erreichen."

— Nicht sie erreichen! Gott meiner Väter; was hinderte Dich daran? —

„Herr! ich ward gefangen!"

— Gefangen! Bei dem Donner des Sinai! führen wir denn Krieg? Wer nahm Dich gefangen? —

„Herr, sie haben Deinen Tod ausgerufen."

— Wer? —

„Der Rath der Aeltesten. So hörte ich wenigstens. Abidan, Zalmunna. —"

— Rebellen und Hunde! Wer sonst noch? —

„Der Hohepriester."

— Ha! Steht es so? Ist's wahr, daß Scherirah sich mit ihnen verbunden hat? —

„Seine Mannschaft umzingelt das Serail. Keine Hülfe kann uns nahen, wenn sie sich nicht durchschlägt."

— O! wäre ich nur mit meiner braven Leibwache dort! Sollen wir denn hier wie Ratten sterben, ohne Mühe gemordet! Die feigen Buben! Haltet aus, haltet aus, Ihr

Treuen! Es ist ein schweres Werk, aber einige von uns
werden sich dessen nachher erfreuen. Wer heut treu und
tapfer Alroy beisteht, soll morgen Alles haben, was sein
Herz begehrt. Fürchtet Euch nicht! Ich ward nicht dazu
geboren, in einem Bürgeraufstande zu fallen. Mein Leben
ist verzaubert. Ja, so ist es! —

6.

„Geh zu dem Kalifen, mein guter Honain, ich bitte
Dich, geh! Ich kann mich schon halten, aber er bedarf
Deines Raths. Bitte ihn, daß er sein kostbares Leben nicht
der Gefahr aussetze. Die Bösewichter! Asriel muß bald
hier sein. Was meinst Du dazu?"

— Es hat keine Gefahr. Ihre Pläne sind schlecht
angelegt. Ich habe diese stürmische Nacht längst erwartet
und bin daher mehr besorgt, als beunruhigt. —

„Ich bin es, nach der sie streben, Ich, die sie hassen!
Der Hohepriester auch! Ja, ja! Ich habe immer geahnt,
daß Dein stolzer Bruder, guter Honain, nicht ruhen werde,
bis er mich von diesem Throne gestoßen, oder meinen verhaßten Namen aus unsern Jahrbüchern mit meinem Herzblute gewaschen habe. Böser, böser Jabastor! Gleich vom
Anfange her zürnte er auf mich. Ist er denn wirklich Dein
Bruder, Honain?"

— Ich denke nicht gern daran. Er strebt aber noch
nach etwas anderm, als nach Deinem Leben. Die Zeit
wird uns mehr lehren, als alle unsere Gedanken. —

7.

Die Befestigungen des Serails widerstanden allen Anstrengungen der Rebellen. Scherirah blieb in seinem Stand-
quartiere mit seinen Truppen unter den Waffen, und rief
die kleine Schaar wieder zurück, die er anfangs abgesendet
hatte, eben sowohl um den Gang der Sache zu beobachten,

als um Abidan zu unterſtützen. Asriel und Ithamar boten
ihre Truppen im Rücken dieſes Letztern auf, und bei Ta=
gesanbruch war eine Abtheilung der Leibwache über den
Fluß gekommen, deſſen Bewachung Scherirah anvertraut
war, und hatte ſich in den Palaſt geworfen. Alroy machte
nun an der Spitze dieſer friſchen Krieger einen Ausfall.
Seine Gegenwart brachte einen Erfolg hervor, der vielleicht
nie zweifelhaft geweſen war. Abidan's Heeresabtheilung
focht mit der Verzweiflung, wie ſie ihr Schickſal mit ſich
brachte. Das Blutbad war furchtbar, aber ihre Niederlage
vollſtändig. Sie kämpften nicht länger in Maſſen, oder mit
irgend einem allgemeinen Plane. Nur daran dachten ſie,
ſich zu retten, oder wenigſtens ihr Leben ſo theuer als mög=
lich zu erkaufen. Einige entflohen, andere zerſtreuten ſich.
Noch andere ſetzten ſich in Häuſern feſt, und einige befeſtig=
ten ſogar den Bazar. Jetzt fanden alle Gräuel des Krie=
ges in den Straßen ſtatt. Häuſer ſtanden in Flammen,
Blut floß in Strömen.

An der Spitze einer Schaar von Getreuen zeigte ſich
Abidan durch Muth und Beſonnenheit eines beſſern Erfolgs
würdig. Endlich ſtand er allein, nur von ſeinen Feinden
umringt. Mit dem Rücken ſich an ein Gebäude in einer
engen Straße, wo die Menge ſeiner Gegner ihnen ſelbſt
nur hinderlich werden konnte, lehnend, fielen die drei Vor=
derſten derſelben vor ſeinem unwiderſtehlichen Schwerte.
Die verſperrte Thür gab dem Andrange der Menge nach.
Abidan floh die engen Treppen hinauf, und als er auf
einen Abſatz derſelben kam, wendete er ſich plötzlich und
ſpaltete dem, der ihn zunächſt drängte, den Schädel. De=
nen, die ihn verfolgten, wälzte er den gewaltigen Leichnam
entgegen, ihr Weiterſchreiten dadurch verzögernd, er ſelbſt
aber eilte vorwärts und gelangte ſo auf die Terraſſe des
Hauſes. Drei Krieger der Leibwache folgten ihm, als er
von Terraſſe zu Terraſſe ſprang. Der eine, mit einem

Wurfspieße bewaffnet, schleuderte diesen dem Heerführer nach. Die Spitze verwundete Abidan nur leicht. Aus dem Arme riß er sich aber den Spieß und schleuderte ihn zurück in das Herz des Senders. Die zwei anderen, nur mit Schwertern bewaffneten Soldaten drängten immer näher. Endlich kam er auf die letzte Terrasse in einer Masse von Gebäuden. Da stand er an der Schwelle des Abgrundes. Er schöpfte wieder Athem. Jene nahten ihm. Er äffte sie durch schnelles Wechseln seiner Stellung. Plötzlich aber schwang er mit bewundernswürdiger Geschicklichkeit sein Schwert kreuzweise über die Schenkel seines hintern Feindes, so daß er laut aufschreiend zu Boden sank. Dann stürzte er sich auf den ihn von vorn Angreifenden, packte ihn und schleuderte ihn in die Straße hinunter, wo er zerschellte. Jetzt bot sich eine Fallthüre dem verzweifelnden Auge des Rebellen dar. Er stieg sie schnell hinab und stand in einem Gemache mit Frauen angefüllt. Sie kreischten, er aber eilte durch sie hindurch, gelangte eine Treppe hinunter und trat in eine Kammer, in welcher ein alter, bettlägeriger Mann sich befand. Der alte Invalid fragte nach der Ursache dieser Störung und starb beim Anblicke des furchtbaren, mit Strömen Blut bedeckten Wesens vor ihm, ehe er eine Antwort erhalten konnte. Abidan verschloß die Thüre, wusch sein blutbeflecktes Gesicht, zog das dunkle Gewand des Armeniers an und eilte wieder hinweg, um das Gefecht zu beobachten. Die dunkle Straße war einsam. Ungehindert schritt der Heerführer weiter. An der Ecke stieß er auf einen Soldaten, der ein Pferd für seinen Hauptmann bereit hielt. Abidan zog, waffenlos, einen Dolch aus des Soldaten Gürtel, stieß ihn diesem in's Herz, schwang sich auf das Pferd und sprengte nach dem Flusse zu. Hier war kein Boot zu finden. Er schwamm auf dem starken Rosse durch den Strom. Das jenseitige Ufer war erreicht. Dort lagerte eine Heerde Kameele an einem Brunnen. Der Tu-

mult hatte ihre Treiber zerstreut. Er bestieg das dem An=
scheine nach flüchtigste und ritt darauf zum nächsten Stadt=
thor. Die Wache versagte ihm den Ausgang. Er verbarg
seine Unruhe. Ein Hochzeitszug, der vom Lande zurück=
kehrte, nahte sich. In dessen Mitte stürzte er und überritt
die Braut auf ihrem vergoldeten Wagen. Mitten unter der
daraus entstandenen Unordnung, dem Geschrei, den Flüchen,
dem Gedränge, erzwang er sich den Weg durch das Thor,
sprengte in's Freie und hielt nicht eher an, als bis er die
Wüste erreicht hatte.

8.

Der Tumult ließ nach. Das Geschrei der Krieger,
das Gekreisch der Frauen, der wilde Klang der Waffen,
alles schwieg. Die Flammen waren gelöscht, das Blutbad
endete. Der Aufruhr war unterdrückt, und die Ordnung
wieder hergestellt. Die siegenden Truppen durchstreiften die
Stadt, in welcher alle Häuser geschlossen waren, und gegen
Abend nahm der Eroberer selbst in seinem Staatssaale die
Berichte und Glückwünsche der Heerführer an. Abidan's
Flucht schien durch Jabastor's Gefangennehmung ausge=
glichen. Nachdem der Hohepriester Wunder der Tapferkeit
verrichtet, war er übermannt und als Gefangener in das
Serail gebracht worden. Scherirah's Benehmen ward nicht
zu streng beurtheilt. Es ward eine Commission niederge=
setzt, um diese geheimnißvolle Angelegenheit näher zu unter=
suchen, und Alroy begab sich ins Bad, um nach den Mühen
des ersten Sieg's, den er nicht für einen Triumph ansehen
konnte, sich wieder zu stärken.

Als er schwermüthig und erschöpft auf seinem Lager
hier ruhte, ward Schirin gemeldet. Die Königin warf sich
an seinen Hals und bedeckte ihn mit Küssen. Ihr Herz
ergab sich ganz dem Entzücken, ihr Gemüth erleichterte sich,
die Last, die sie bedrückte, schwand.

„Mein Rubin!" rief sie aus, mit dem süßesten Tone der sanftesten Stimme, und drängte ihr Gesicht tief in seine Brust: „mein Rubin! liebst Du mich?"

Er lächelte selig, indem er sie an sein Herz drückte.

„Mein Rubin, Deine Perle ist so voll Furcht, daß sie nicht wagt zu Dir aufzublicken! Die Bösewichter! Mich hassen sie, mich möchten sie gern aus Deinem Wege räumen."

— Es hat keine Gefahr mehr, meine Süße! Alles ist vorbei. Sprich nicht, nein — denke nicht mehr daran. —

„O! die gottlosen Menschen! Es giebt keine Freude mehr auf Erden, wenn solche Wesen noch leben! Alroy morden zu wollen, ihren erhabenen Herrn, der sie aus niedrigen Sklaven zu Fürsten gemacht hat! Undankbare Buben! Ich bin so aufgeregt — ich werde nie wieder schlafen können. Doch nein! Mich nur hassen sie. O! sie tödten mich gewiß auch noch einmal. Du darfst mich nun nicht mehr verlassen, nie, nie! Hörtest Du nicht ein Geräusch? Mir ist's immer, als wären sie noch hier, als wollten sie noch immer ihre Dolche uns in die Brust stoßen. O! ich hoffe, Du liebst mich noch, mein Leben!"

— Fasse Muth, meine Geliebte. Es ist nichts mehr zu befürchten, meine Seele! Ich kann Dich nicht noch inniger lieben, sonst thät' ich es. —

„Alle Freude ist dahin! Ich werde nie wieder schlafen können. O, mein Geliebter, lebst Du denn wirklich noch? Umfasse ich denn noch wirklich meinen Alroy, oder ist dies nur ein wilder, unruhiger Traum, und meine Arme schlingen sich nur um einen Schatten, ich selbst nur ein Gespenst in einem Grabe? Die bösen Menschen! Kann es denn möglich sein? Unser reizendes Glück ist für immer entflohen."

— Nein, mein süßes Kind! noch sind wir, was wir waren. Nur einige, bald vorüber gehende Stunden noch, und alles wird wieder so glanzvoll bastehen, als hätte kein Sturm durch unsere sonnigen Tage gerauscht. —

„Haſt Du Asriel geſehen? Er ſpricht ſo furchtbare Dinge."

— Wie ſo? —

„O wehe mir! ich bin verlaſſen! Ich habe keinen Freund mehr!"

— Schirin! —

„Sie dürſten nach meinem Blute. Ja, ich weiß es, daß ſie darnach dürſten."

— O! welch ein Wahn. —

„Ein Wahn? Frage Asriel, frage Ithamar. Es ſteht geſchrieben auf ihren Tafeln, auf ihrer blutigen Liſte von Raub und Mord. Dein Tod ſollte bloß zu dem meinen führen, und hätten ſie hoffen können, daß Du mich ihnen hingeben werdeſt, ſo hätten ſie Deiner geſchont. Ja, mich haſſen ſie, mich wollen ſie vernichten. Dieſe Geſtalt wollten ſie zerſtückeln und zertreten, dieſen Buſen wollten ſie auf= reißen und martern, und dieſes warme Blut, das allein für Dich fließt, wollte der ſchändliche Jabaſtor auf dem Altare ſeiner alten Rache vergießen. Er haßte mich ſtets!"

— Jabaſtor! Schirin! wo ſind wir, und was ſind wir? O! mein Herz will brechen. Ich ſcheuchte ihn aus meinen Gedanken, und nun muß ich daran denken, daß er mein — Gefangener iſt! Gott des Himmels, Gott meiner Väter, mußte es dahin kommen? Warum iſt er nicht ent= kommen? Warum mußte Abidan, ein gemeiner Gurgel= ſchneider, ſein unedles Leben retten, und dieſe große Seele, dieſes hohe, ernſte Weſen — O wehe mir! Ich habe lange genug gelebt. Wollte der Himmel, ſie hätten mich nicht gefehlt, ſie hätten — —

„Halt ein, Alroy! Ich bitte Dich, Geliebter, ſei ruhig. Ich kam zu Dir, um Dich zu beſänftigen, nicht um Deine Leidenſchaften aufzuregen. Ich ſagte nicht, daß Jabaſtor Deinen Tod gewollt habe, obgleich Asriel es behauptet; nur gegen mich kämpft er, und wenn Jabaſtor wirklich ein

Mann ist, der Deinem Herzen so nahe steht — wenn er
wirklich zu Deinem Glücke so unentbehrlich ist, und mit
Deiner Sklavin, die vor Dir kniet, nicht in geziemender
Ruhe leben kann, so kenne ich meine Pflicht, Herr. Nicht
um alles möchte ich Dein Glück gestört sehen, um mein
armes Herz zu retten, ob ich gleich glaube, daß es brechen
wird. Ich will gehen, und sterben, und das härteste Loos
meines Lebens für das süßeste Glück halten, wenn es nur
Dir frommt."

— O Schirin! was wolltest Du? Dies — dies nur
ist Qual! —

„Dich glücklich und sicher sehen; nichts weiter."

— Ich bin beides, wenn Du es bist. —

„Sorge nicht für mich; ich bin ein Nichts."

— Du bist alles, alles für mich. —

„Beruhige Dich, meine Seele. Es schmerzt mich, daß,
als ich kam, um Dich zu besänftigen, ich Dich nur noch
mehr aufgeregt habe. Es ist ja alles gut, alles. Sprich
es aus, daß Jabastor leben soll. Was weiter? Er lebt,
und ist dann wohl pflichtgetreuer als zuvor. Das ist alles."

— Er lebt, er ist mein Gefangener und erwartet sein
Urtheil. Es muß ihm werden. —

„Ja wohl."

— Sollen wir verzeihn? —

„Mein Herr wird thun, was ihm gefällig ist."

— Nein, meine Schirin! O ich bitte Dich, sei mild.
Ich bin sehr unglücklich. Sprich, was begehrst Du? —

„Muß ich sprechen, so muß ich auch ausrufen — sein
Leben!"

— Weh mir! —

„Hat unsere Liebe noch einen Reiz für Dich, fesselt
Dich noch die Hoffnung künftigen Glücks, nicht minder
herrlich als das verflossene, an diese trübe Welt, so wie ich
dies fühle und allein es fühle, so muß ich Dir zurufen,

sein Leben! sein ganzes Leben! Er steht zwischen uns und unserer Liebe, Alroy, und hat immer zwischen uns gestanden. Es giebt kein Glück für uns, so lange Jabaster noch athmet, und ich kann nicht dieselbe Schirin für Dich sein, wie ich es war, wenn dieser stolze Rebell lebt, um als Kundschafter und Verläumder meiner Handlungen mir entgegen zu stehen."

— Laß uns ihn verbannen! ja, verbannen. —

„Daß er mit den Rebellen sich verschwöre! Ist dies Deine Weisheit?"

— O Schirin! ich liebe diesen Mann nicht, ob ich's wohl eigentlich sollte; aber wüßtest Du nur alles? —

„Ich weiß nur zu viel, Alroy. Vom Beginn an war der Gedanke an ihn mir verhaßt. Komm, mein süßer Geliebter, gewähre dieses Geschenk Deiner Schirin, die dieser abscheuliche Mann so erschreckt hat! Ich fürchte, er hat mehr Unglück angestiftet, als Du glaubst. O! er wollte uns alle unsere Hoffnungen stehlen! Wird es noch thun! Darum ein Geschenk! Es ist nicht viel, was ich begehre — eines Verräthers Haupt. Gieb mir Deinen Siegelring. Du willst nicht? Nun, so will ich mir ihn nehmen. Wie? Du widersetzest Dich! O! ich weiß schon, Du hast mir oft gesagt, daß ein Kuß jede Weigerung besiegen könne. Da ist einer. Ist er süß? Du sollst noch einen haben, und noch einen. Da habe ich den Ring! Nun, lebe wohl, mein Adler, ich will bald wiederkommen, und mich wieder betten in Deinem Neste."

9.

„Sie hat meinen Ring genommen! Was soll das bedeuten? Schirin! Bist Du fort? Gewiß nicht. Sie scherzt nur. Jabaster! Eines Verräthers Haupt! Ist Niemand da? Pharez!"

— Herr! —

„Ging die Königin dort hinaus?"

— Allerdings, Herr. —

„Weinend?"

— Nein, sehr heiter. —

„Rufe Honain — schnell wie Gedanken! Honain! Honain! Er wartet draußen. Ich habe den glücklichsten Theil meines Daseins durchlebt. Mein Herz ist gebrochen. Aber sie scherzt gewiß. — Ha, Honain. Verzeihe meine zerstreuten Blicke. Eile in das Zeughaus! Eile!"

— Was soll ich dort? —

„Was Du dort sollst? O! ich rede irr! Dein Bruder — Dein großer Bruder — die Königin — die Königin hat meinen Siegelring mir entrissen — das heißt, ich gab ihn ihr. Flieh! o eile! oder im nächsten Augenblicke lebt Jabastor nicht mehr! — Er ist fort! Pharez! Deinen Arm — mir schwindelt!"

10.

„Seiner Hoheit ist heut sehr unwohl."

— Man sagt, er sei heut früh in Ohnmacht gefallen. —

„Ja, im Bade."

— Nein, nein, nicht im Bade. Als er Jabastor's Tod vernahm. —

„Wie starb er denn?"

— Er erdrosselte sich selbst. Sein großes Herz konnte die Ungnade nicht ertragen, und so endete er alle seine glorreichen Thaten selbst. —

„Ein großer Mann."

— Wir werden nicht sobald seines Gleichen sehen. Die Königin hatte ihm Verzeihung ausgewirkt, und eilte selbst in das Zeughaus, um dorthin die Nachricht zu bringen. Ach! zu spät! —

„Das sind doch sonderbare Zeiten! Jabastor tobt!"

— Ein sehr wichtiges Ereigniß. —

„Wer wird Hoherpriester werden?“

— Ich glaube, daß man die Stelle gar nicht wieder besetzen wird. —

„Speist Ihr mit Ithamar heut Abend?“

— Ja. —

„Ich auch. Wir wollen zusammen gehen. Die Königin hatte Verzeihung für ihn erhalten! Hm! es ist doch sonderbar.“

— Allerdings. Abidan soll entwischt sein. —

„So hörte ich auch. Werden wir Medad heut Abend finden?“

— Wahrscheinlich. —

Zehnter Abschnitt.

1.

„Er kommt noch nicht! Seine reizende Gestalt glänzt noch nicht an unserm umnachteten Himmel. Er kommt noch nicht! Die dunkeln Sterne scheinen traurig und glanzlos ohne ihren König. Er kommt noch nicht."

„Wir sind die Wächter des Mondes, und leben einsam, um Licht zu verkünden."

„Er kommt noch nicht! Seine heilige Gestalt ruft noch nicht zu unserm Feste der Weihe. Er kommt noch nicht. Unsre Brüder warten stumm und regungslos auf seinen! seligen Strahl. Er kommt noch nicht!"

„Wir sind die Wächter des Mondes, und leben einsam, um Licht zu verkünden."

Er kommt, er kommt! Seine schöne Gestalt schwebt mit sanftem Glanze in der funkelnden Luft. Er kommt, er kommt! Die Thürme glühen und erzählen dem Volke, daß der Monat beginnt."

„Wir sind die Wächter des Mondes, zu künden dem Volke, daß der Monat beginnt."

Augenblicklich entzündeten die heiligen Wächter die Leuchten auf der bergigen Spitze, und tausend Gluthen ergossen sich rings über das Land. Vom Caucasus zum Libanon, auf jedem Hügel eine Krone von Licht!

2.

„Herr! Ein Tatar ist von Hamadan angelangt, der nur Euch zu sprechen begehrt. Ich sagte ihm, daß Euer Hoheit beschäftigt sei, und sendete ihn zu Honain, aber er läßt sich nicht abweisen. Und da ich nun glaubte, daß vielleicht die Fürstin Mirjam ..."

— Von Hamadan? Du thatest wohl daran, Pharez. Führe ihn her. —

Der Tatar trat ein.

„Was bringst Du? Gutes will ich hoffen."

— Verzeiht, o Herr! Das Schlimmste! Ich komme vom Vicekönig Abner mit dem Befehle, den Kalifen zu sprechen, aber sonst Niemand. —

„Nun, Du stehst vor dem Kalifen. Sprich also. Was läßt mir der Vicekönig sagen?"

— Herr, ich soll Euch verkünden, daß in dem Augenblicke, wo das Wachtfeuer, welches das Fest des Neumondes verkündete, auf dem Caucasus angezündet wurde, der gefürchtete Herrscher von Chovaresm, der große Alp Arslan, in Euer Reich einbrang, und jetzt ganz Persien überströmt. —

„Ha! Und Abner?"

— Ist in's Feld gerückt und bittet um Hülfe. —

„Sie soll ihm werden. Das ist eine wichtige Nachricht. Wann verließest Du Hamadan?"

— Nacht und Tag bin ich auf dem schnellsten Dromedare gereis't. Der dritte Morgen sieht mich hier in Bagdad. —

„Du hast Deine Schuldigkeit gethan. Pharez, sorge für diesen treuen Boten gut. Rufe mir Honain.

„Alp Arslan! Ein berühmter Krieger! In dem Augenblicke, wo das Wachtfeuer angezündet wurde? Also kein schneller Einfall, sondern lang vorher überlegt. Das gefällt mir nicht."

— Herr, — sagte Pharez, als er wieder eintrat: — ein Tatar ist von den Gränzen des Reichs angekommen, der Niemand als Euch selbst sprechen will. Ich sagte ihm, Eure Hoheit sei emsig beschäftigt. Ich denke, er bringt nur dieselben Nachrichten, und ... —

„Es ist wohl möglich. Aber denke übrigens nie, lieber Pharez. Ich will den Mann sprechen.“

Der Tatar trat ein.

„Nun, woher kommst Du?“

— Von Mosul. Der Gouverneur befahl mir, den Kalifen zu sprechen, aber sonst Niemand, und Euer Hoheit zu sagen, daß in dem Augenblicke, wo die Wachtfeuer auf den Bergen das Fest des Neumondes ankündigten, der schändliche Rebell Abidan das Banner Juba's in der Provinz aufgepflanzt und Krieg gegen Eure Majestät erklärt habe. —

„Ist er stark?“

— Die königlichen Truppen müssen sich in der Festung halten. —

„Ich weiß genug. Eile gleich wieder zurück. Es wird einige Unruhe geben ... Hast Du Honain gerufen?“

— Ich that es. —

„Sieh zu, daß der Bote gehörig bedient werde, und Pharez ... hörst Du, laß Niemand mit ihnen sprechen. Du verstehst mich?“

— Eure Hoheit können ganz ruhig sein. —

„Abidan wieder zu Kräften! Dieses mal soll er nicht so gut durchkommen. Ich muß Scherirah sprechen. Ich fürchte sehr, daß ... Was ist das wieder? Noch mehr Neuigkeiten!“

Ein dritter Tatar trat ein.

„Dieser Tatar, Eure Hoheit, kommt von der syrischen Gränze.“

— Ohnstreitig ungünstiger Wind. Sprich. —

16

„Herr, verzeiht! ich bringe sehr traurige Nachrichten."

— Heraus mit den schlimmsten! —

„Ich komme von Medad."

— Nun, hat er auch rebellirt? Es scheint ein an=
steckendes Fieber zu sein. —

„O nein, erhabner Herr, Medad hat keinen andern
Gedanken, als Euern Ruhm. Ach! er hat ihn jetzt nur
gegen furchtbare Gefahren zu beschützen. Er hat mir an=
befohlen, nur den Kalifen zu sprechen, sonst aber Niemand,
und Eurer Hoheit zu sagen, daß in dem Augenblicke, wo
die Wachtfeuer das Fest des Neumondes auf dem Libanon
verkündeten, der Sultan von Rum und der vormalige ara=
bische Kalif die Standarte ihres Propheten vor ihrem Heere
aufrollten, und jetzt gen Bagdad ziehen."

— Die Verschwörung ist offenbar! Ist Honain da?
Laß die Wessire augenblicklich zu einem Rathe zusammen=
kommen. Die Welt ist gegen mich aufgestanden. Wohl!
Ich bin des Friedens müde. Sie sollen mich nicht schlafend
finden! —

3.

„Ihr seht," sagte Alroy, ehe der Rath sich trennte,
„daß wir sie einzeln angreifen müssen. Daran ist kein
Zweifel. Stoßen sie zusammen, so wird die Gefahr für uns
viel größer. Vereinzelt müssen wir sie also zerstreuen. Ich
selbst ziehe nach Persien. Ithamar muß sich zwischen den
Sultan und Abidan werfen, Medad sich auf Ithamar zu=
rückziehen. Scherirah soll die Hauptstadt bewachen. Honain,
Du bist Regent. Und somit lebt wohl. Noch in dieser
Nacht breche ich auf. Muth, Ihr braven Gefährten! Dieß
ist ein Ungewitter, aber viele Zedern überleben den Blitz=
strahl."

Der Rath trennte sich.

„Theurer Scherirah," sagte der Kalif zu diesem, „warte

noch. Ich will allein mit Dir sprechen. Honain, fuhr er fort, imdem er dem Großwessir aus dem Saale nachging, und Scherirah allein ließ; „Honain, ich habe noch kein einziges vertrautes Wort mit Dir geredet. Was denkst Du von alle dem?"

— Herr! ich bin auf das Schlimmste gefaßt, hoffe aber das Beste. —

„Das ist weise. Wenn Abner nur diesen Chovaresmier zurückhalten könnte! Ich will eben mit Scherirah allein sprechen. Ich hege großen Verdacht gegen ihn."

— Ich stehe für ... seinen Verrath. —

„Ja, ja, ich hege großen Verdacht. Deshalb gebe ich ihm auch kein Commando. Ich möchte ihn nicht gern zu nahe bei seinem vormaligen Gefährten sehen. Aber dann werden wir Rebellen als Besatzung in der Stadt haben!"

— Herr, es ist jetzt keine Zeit dazu, leis aufzutreten. Scherirah ist ein tapferer Heerführer, ein sehr tapferer, aber ... leihet mir Euern Siegelring. Ich bitte Euch, Herr! —

Alroy ward blaß. „Nein, nein, ich habe ihn einmal weggegeben und nun nie wieder. Du hast da eine Saite berührt, die mich sehr traurig macht. Ich habe eine Last auf meinem Gewissen ... wie, oder was, das weiß ich nicht. Ich bin unschuldig jedoch. Du weißt, Honain, daß ich unschuldig bin."

— Einstehen will ich für Euer Hoheit. Der Mann, welcher menschliche Milde genug besitzt, um eines Wesens wie Scherirah zu schonen, wenn es ihm im Wege steht, kann wohl den Glauben verdienen, daß er mit edlerer Gnade dessen schonte, der weit besser war als dieser. —

„Wehe mir! Solch' ein Gedanke könnte mich wahnsinnig machen. Warum ist er nicht hier? Hätte ich ihm nur gefolgt ... still! still! Geh zur Königin und sage ihr, was vorgefallen ist. Ich gehe zu Scherirah."

16*

Der Kalif kam zurück.

„Verzeihe mir, wackerer Scherirah! In solchen Augen=
blicken müssen meine Freunde schon Nachsicht haben."

— Euer Hoheit nimmt allzu viele Rücksicht. —

„Du siehst, Scherirah, woher der Wind weht. Es giebt
viel zu thun, tapferes Gemüth! Ich bedarf eines treuen,
zuverlässigen Freundes, in dessen Busen ich alles ausschütten
kann, was mich bedrängt. Ich war anfangs gesonnen, Dich
gegen Arslan zu senden, aber es ist vielleicht besser, wenn
ich selbst gehe. Dieß sind Augenblicke, wo man nicht schei=
nen muß, sich vor etwas zu scheuen, und doch weiß man
nicht, wie der Ausgang sich zeigen kann ... Ein Unfall
und die Stadt nebst der Umgegend erhebt sich vielleicht
gegen uns, und diese falschen Muselmänner werden uns
untreu. Deshalb sollte ich hier bleiben, lasse ich aber
Scherirah hier, ist's so gut als ob ich's selbst wäre. Das
fühle ich tief und das ist ein Trost für mich. Es könnte
kommen, daß ich mich auf die Stadt zurückziehen müßte.
Bereite Dich darauf vor, Scherirah. Laß mich im Rücken
treue, hülfreiche Freunde finden. Ich übergebe Dir einen
wichtigen Platz. Sei würdig meines Vertrauens. Ja, Du
wirst es sein, das weiß ich."

— Euer Hoheit kann versichert sein, daß ich keinen
andern Gedanken hege, als für Euer Wohl, Euern Ruhm.
Zweifelt nicht an meiner Ergebenheit, Herr. Ich bin keiner
jener süßschwatzenden Jünglinge, voll ihrer eigenen Thaten
und Lippenweisheit, aber ich habe ein Leben, das Euerm
Dienste geweiht und bereit ist, zu jeder Zeit jeder Gefahr
entgegenzutreten. —

„Das weiß ich, Scherirah, ich weiß es und fühle es
tief. Was meinst Du von allen diesen Bewegungen?"

— Sie sind nicht übel berechnet und doch zweifle ich
nicht, daß Euer Majestät über alle siegen wird. —

„Glaubst Du, daß das Heer gut gesinnt sei?"

— Für meine Krieger stehe ich. Es sind rauhe Bur=
schen, wie ich, vielleicht ein wenig allzuplump, Hoheit. Wir
sind keine Staatspuppen, aber wir kennen unsere Pflicht
und werden sie erfüllen. —

„Schön! weiter brauche ich nichts. Ehe ich fortgehe,
will ich noch Heerschau halten. Laß ein Geschenk unter die
Truppen vertheilen und ... fast hätte ich's vergessen, daß
Deine Legion künftig die Legion von Syrien heißen soll.
Wir verdanken unsere schönste Provinz ihren Waffen.“

— Ich werde ihnen Euer Hoheit Wunsch mittheilen.
Wär's möglich, so würde dieß ihre Ergebenheit noch er=
höhen? —

„Sie sind meine Kinder, gehören mir also ganz an.
Du speisest heut mit mir im Serail, Scherirah. Wir wer=
den ganz unter uns sein. Laß uns noch zusammen trinken,
ehe wir scheiden. Wir sind ja alte Freunde! Du hast doch
unsere zertrümmerte Stadt nicht vergessen?“

4.

Alroy trat in Schirin's Gemach. „Geliebte, weißt Du
alles?“

Sie sprang auf und schlang ihre Arme um seinen
Nacken.

Fürchte nichts, mein Leben. Uns'rer Königin soll nichts
geschehen. Es wird alles schnell beendet sein. Zwei Dritt=
theile von ihnen sind schon früher geschlagen worden, und
was den neuen Kämpfer betrifft, so dürfen unsere Lor=
beeren nicht welken; und aus seinem Blute sollen uns neue
entsprießen.“

— O mein theurer Alroy, zieh nicht selbst in den
Krieg! Ich beschwöre Dich. Kann nicht Asriel siegen? —

„Das soll er auch ... aber in meiner Begleitung.
Wir scheiden nur auf einige Zeit ... auf kurze nur. Es
ist unsere erste Trennung; möchte es unsere letzte sein!“

— O nein, nein! o sprich nicht von Trennung. —

„Die Heere stehen unter den Waffen; der Anbruch des nächsten Morgens soll meine Trompeten hören.

— Nein, ich verlasse Dich nicht! Was hat denn Schirin noch zu thun, ohne Alroy? Hast Du mir nicht oft gesagt, daß ich Deine Begeisterung sei? Und darf ich Dir da fehlen in der Stunde der Gefahr? Nein, ich verlasse Dich nie! —

„Du bleibst meinen Gedanken, meiner Seele stets gegenwärtig. Im Schlachtgewühl werde ich der Geliebten gedenken, für die allein ich ja siege.“

— Nein, nein, ich gehe mit Dir; ich muß mit Dir gehen, Alroy. Ich will Dir kein Hinderniß machen, mein Geliebter, nein, gewiß nicht. Ich habe kein Gefolge, nicht einmal eine einzige Dienerin. Glaube mir, ich weiß, wie das echte Weib eines Kriegers sich benehmen muß. Ich will Dich bewachen, wenn Du schläfst, Dich verbinden, wenn Du verwundet bist, und wenn Du in die Schlacht gehst, will ich Dir das Schwert gürten um die kriegerische Hüfte und mit Siegesküssen Dir Victoria zuflüstern. —

„O meine Schirin, in Deinen Augen liegt schon Sieg. Wir schlagen sie, mein geliebtes Weib.“

— Abidan, doppelt falscher Abidan, o, warum mußtest Du nicht doppelt sterben?“ Ha! die unselige Prophetin sagte, ehe sie starb, diese Ereignisse zuvor und spielte an auf seinen künftigen Verrath. —

„Denk' nicht an ihn.“

— Und der Chovaresmier ... glaubst Du, daß er sehr stark sei?“

„Stark genug für unsern Ruhm. Er ist ein mächtiger Krieger. Ich hoffe, daß Abner uns nicht unsern Sieg über ihn rauben wird.“

— Wenn Du nur siegst, so ist's mir gleich durch wessen Schwert. Gehst Du denn wirklich morgen? —

„Mit Tagesanbruch. Ich bitte Dich, bleib, meine Süße!"

— Nein, nein! Ich verlaße Dich nicht. Ich bin schon völlig vorbereitet. Mit Tagesanbruch also? Es ist bald Mitternacht. Ich will mich nur ein Weilchen auf dieses Lager zur Ruhe legen und dann in meiner Sänfte reisen. Weißt Du es auch gewiß, daß Alp Arslan selbst im Felde steht? —

„Ganz gewiß, meine Holde."

— Verflucht sei seine Krone! Wir wollen sie erobern. Geht Asriel mit uns? —

„Ja."

— Das ist gut. Also mit Tagesanbruch. Ich bin doch etwas müde. Ich glaube, ich werde recht sanft schlafen. —

„Thu' das, mein geliebtes Herz. Ich gehe jetzt in mein Gemach und bei Tagesanbruch wecke ich Dich mit einem Kuße."

5.

Der Kalif begab sich in sein Gemach, wo seine Schreiber mit Arbeiten beschäftigt waren. Während er auf und ab schritt, dictirte er ihnen die nothwendigen Instructionen.

„Wer befehligt die Wache?"

— Benajah, Herr. —

„Ich besinne mich auf ihn. Er rettete mich vor einem Todesstreiche am Tigris. Dieß ist etwas für ihn. Die Königin begleitet uns. Ihm sei sie anvertraut. Diese Schriften dem Wessir. Mit Tagesanbruch soll das Heer unter den Waffen stehen. Dieser Tagesbefehl für Asriel. Schicke dieses sogleich nach Hamadan. Ist der Tatar an Medab abgesendet? Gut. Du hast Deine Schuldigkeit redlich gethan. Nun zur Ruhe. Pharez!"

— Herr! —

„Ich will heute Nacht nicht schlafen. Gieb mir zu trinken. Geh zur Ruhe, guter Junge. Ich bedarf weiter nichts. Gute Nacht."

— Gute Nacht, mein gnädiger Herr! —

„Ich will mich sammeln. Bin ich doch endlich allein. Ich bin ruhig, aber mein Geist ist nicht heiter. Nicht bin ich, was ich war. Wer hätte vor vier und zwanzig Stunden sich alles das träumen lassen? Alles wieder auf dem Spiele! Noch einmal in's Feld, zum Kampfe für Reich und Dasein! Ich vermisse den kräftigen Geist meiner frühern Zeit. Ich bin nicht, was ich war. Ich habe wenig Vertrauen. Alles um mich her scheint sich verändert zu haben und träge und maschinenartig geworden zu sein. Wo sind diese glühenden Augen, diese Sieg verkündenden Mienen, die ich am Abend vor einer Schlacht um mich her sah, um mich, den Auserwählten des Herrn? Ich sehe keine solchen mehr. Verändert sind sie so wie ich es bin. Ha! dieser Abidan war ein Heer, und nun ficht er gegen mich. Sie sprach von der Prophetin. Ich erinnere mich, daß dieses Weib die erregende Trompete unserer Schaaren war, und wo ist sie jetzt? Ein Opfer meiner Gerechtigkeit! Und wo ist Er, der weit Mächtigere, der Freund, der Rathgeber, der stete Führer, der Lehrer meiner Kindheit, der feste, gütige, treue Wächter meiner ganzen glänzenden Laufbahn, dessen Tage und Nächte nur damit beschäftigt waren, mir Ruhm zu erwerben! Ach! ich komme mir eher vor wie ein verurtheilter, verzweifelnder Abtrünniger, als wie ein junger Held am Vorabende der Schlacht, von dem Andenken an stete Siege durchglüht!

„Ha! was für eine ehrwürdige Gestalt steigt dort aus der Erde Schooß vor mir auf? Du mußt Jemand sein, den ich nicht zu nennen wage und doch will — das Ebenbild Jabaſtor's! Hinweg! Warum siehst Du mich so zürnend an? Ich erschlug Dich nicht! Träume ich oder wache ich?

Ich sehe ihn! Ja, ich sehe Dich! Aber ich fürchte Dich nicht, ich fürchte nichts! Ich bin Alroy.

„Sprich! Ich beschwöre Dich, erhabene Erscheinung, sprich! Bei der Erinnerung an die Vergangenheit, ob es gleich Wahnsinn ist, so beschwöre ich Dich doch, laß mich wieder die Laute hören aus meiner Kindheit!"

„„Alroy, Alroy, Alroy!""

„Ich höre Dir zu, wie der letzten Posaune."

„„Finde mich auf der Ebene von Neha-wend.""

„Es ist fort!

„Es verschwand. Gott meiner Väter, es war Jabaster! Mein Muth ist gelähmt! Niederlegen könnte ich mich und sterben. Es war Jabaster! Noch schallt wie ferner Donner die Stimme in mein Ohr: Finde mich auf der Ebene von Nehawend! O! ich werde Dich nicht verfehlen dort, edler Geist, ob ich gleich meinem Urtheile entgegen gehe. Jabaster! Habe ich denn Jabaster wirklich gesehen? Ja, ich sahe ihn! Ha! was war das?"

Ein fürchterlicher Donnerschlag krachte über dem Palaste, von einem sonderbar gellenden Tone gefolgt, der aus einem der Gemächer zu kommen schien. Die Mauern des Serails wankten.

„Ein Erdbeben!" rief Alroy aus. „O! wenn doch die Erde sich öffnete und Alles verschlänge! Ha, Pharez! Hat es Dich aufgeweckt? Pharez, wir leben in merkwürdigen Zeiten."

— Euer Hoheit ist sehr bleich. —

„Und Du auch, mein Sohn. Sollte ich denn etwa lustig sein? Bleich! o, wir können wohl bleich aussehen! Ha! dieser schreckliche Ton noch einmal! Ich kann es nicht ertragen, Pharez, ich kann es nicht. Vieles habe ich er-tragen, vieles, aber dies kann ich nicht."

— Herr, es ist im Zeughause. —

„Lauf und sieh! Doch nein, ich will nicht allein sein. Wo ist Benajah? Laß ihn gehen. Bleibe hier, Pharez, bleibe bei mir.

Pharez führte den Kalifen zu einem Ruhebette, auf welches sich Alroy bleich und zitternd legte. Ein paar Minuten darauf fragte er, ob Benajah noch nicht zurückgekehrt sei.

— Er kommt so eben, Herr! —

„Gut. Was gab es?"

— Herr! einen höchst traurigen Zufall. Als der Donner über dem Palaste erscholl, fiel die heilige Standarte von dem Orte, wo sie aufbewahrt wird und zersplitterte in tausend Stücke. Und sonderbar, nirgends kann man das Scepter Salomo's finden! Keine Spur davon! —

„Sagt nichts von dem, was vorgefallen, wenn Ihr mich liebt, Kinder! Laßt Niemand in das Zeughaus. Verlaß mich, Benajah. Du auch, Pharez."

Sie entfernten sich. Alroy wartete auf ihr Fortgehen mit Blicken unaussprechlicher Angst. Kaum waren sie verschwunden, als er dem Ruhebette zustürzte, sich auf die Kniee niederwarf, das Gesicht mit beiden Händen bedeckte, in einen Strom heißer Thränen ausbrach und rief: — „O Herr, mein Gott! ich habe Dich verlassen und jetzt hast Du mich verlassen!"

6.

Endlich schlich sich der Schlaf zu den Sinnen des erschöpften und zerrütteten Kalifen. Er warf sich auf den Divan und fiel bald in einen tiefen Schlummer. Er träumte. Aus dem Gemache, in welchem er ruhte, gelangte man durch einen hohen und weiten, mit einem jetzt zurückgezogenen Vorhange bedeckten Bogen in einen unermeßlichen Saal. Plötzlich erschien dieser Audienzsaal hell erleuchtet. Er sprang von seinem Lager auf, schritt vor — und ge-

wahrte mit dem Schauder der Furcht und der Neugier,
daß der ganze Saal mit Wesen angefüllt war, allerdings
schrecklich anzusehen, aber besonders für ihn noch schrecklicher.
Riesige und mysteriöse Gestalten, welche an den Wänden
des Saales sich hinzogen, und von denen jede im ausge=
streckten Arme eine Fackel hielt, erkannte er furchtbare Geister.
Am Ende des Saales saß auf einem prachtvollen Throne,
von Priestern und Höflingen umgeben, ein Monarch, den
Alroy schon einmal erblickt hatte, Salomo der Große! Alroy
sah ihn in Stellung und Aehnlichkeit wieder als denselben
Salomo, dessen Scepter der „Fürst der Gefangenschaft" in
den Königsgräbern von Judäa erfaßt hatte.

Die wundervolle Versammlung schien die Gegenwart
eines Kindes der Erde nicht zu gewahren, das mit ver=
zweiflungsvollem Muthe an einer Säule des Bogeneinganges
lehnte und voll Verwunderung auf die stummen, regungs=
losen Gestalten starrte. Nichts ward gethan, nichts ge=
sprochen. Keiner bewegte sich, nicht Einer schien selbst durch
die leiseste Regung anzudeuten, daß er sich einer andern
Erscheinung bewußt, als seiner eignen.

Plötzlich erhob sich aus dem Boden, dicht vor Alroy,
ein Zug. Krieger mit mächtigen Waffen und ehrwürdige
Gestalten in weiten Gewändern und langen Bärten. Und
als sie vorüber schritten, gaben sie doch, ohnerachtet der
Lebhaftigkeit ihrer Bewegungen, keinen Ton von sich, noch
unterbrachen die Musiker, von denen eine große Schaar
auf Harfen und Psaltern, Zimbeln und Hörnern spielten,
auch nur im mindesten das gewaltige Schweigen.

Dieser große Zug, der immer sich erneute, ging drei=
mal rund um den Saal her, verbeugte sich vor Dem, der
auf dem Throne saß und stellte sich in Ordnung auf.

Und nun traten zwölf Gestalten ein, welche ein großes
Siegel trugen. Der grüne Stein und die eingegrabenen,
in lichten Flammen strahlenden Charaktere waren dieselben,

wie auf dem Talisman Jabaſtor's, den Alroy noch auf
dem Herzen trug. Und die zwölf Geſtalten legten das große
Siegel vor Salomo nieder und beugten ſich demüthig, und
der König beugte ſich auch. In demſelben Augenblicke fühlte
Alroy einen Schmerz am Herzen. Sogleich fühlte er nach
der leidenden Stelle. Ach! der Talisman, den der Dolch
Eſther's getroffen hatte, zerfiel in Stücke.

Der Zug hatte geendet. Eine einzelne Geſtalt ſchritt
vor. Nur was er bis dahin geſehen, erlebt, hielt Alroy
aufrecht, daß er nicht vor Jabaſtor's Schatten niederſank.
Denn Dieſer war es. Er ſchritt vor, ein Scepter tragend.
Er ſchritt vor und kniete vor dem Throne und bot das
Scepter dar der erhabenen, gekrönten Erſcheinung. Und
Salomo's Geſtalt ſtreckte den Arm aus und nahm das
Scepter und augenblicklich verſchwand die ganze ungeheure
Verſammlung!

Alroy erwachte. Er ſprang auf und trat augenblick=
lich in den Saal, aber alles war finſter und ſtill. Eine
Trompete erſcholl. Er erkannte den Schall ſeines Heeres.
Schnell griff er hin nach dem Vorhange, ſchob dieſen bei
Seite und erblickte den erſten Strahl des anbrechenden
Tages.

7.

Jetzt wieder auf dem Roſſe, wieder von ſeinen Legionen
umgeben, ſeine Sinne wieder geſchmeichelt und entflammt
von den wehenden Panieren und begeiſternden Trompeten,
wieder ſich bewußt, daß die Macht noch in ſeinen Händen
ſei, und des hohen Beweiſes, um den es ſich jetzt handele,
bekam Alroy größtentheils ſeine gewöhnliche Geiſtesſtärke
und Selbſtherrſchaft wieder. Mit dem erhöhten Nerven=
leben kehrte auch ſeine Kraft zurück und die Größe der
drohenden Gefahr ſchien die Fruchtbarkeit ſeines Genius
nur höher aufzuregen.

In beschleunigten Märschen eilte er an der Spitze von 50,000 Mann nach Medien. Am Abende des zweiten Tages kamen neue Boten von Abner und meldeten, wie dieser dem mächtigen, fast zahllosen Heere des Königs von Chovaresm nicht habe Widerstand leisten können und daher Persien ganz geräumt und seine Truppen in Laristan zusammengezogen habe. Alroy sendete nun sogleich Befehle an Scherirah, mit seiner Heeresabtheilung unverweilt zu ihm zu stoßen und die Hauptstadt ihrem Schicksale zu überlassen.

So überschritten sie denn wieder die Gebirge von Kerrund und stießen mit Abner und der medischen Armee, 30,000 Mann stark, am Flusse Abeah zusammen. Hier verweilte Alroy eine Nacht, um seinen Truppen Ruhe zu gönnen und rückte am folgenden Morgen an die persische Gränze vor, wo er unerwartet die Vorposten Alp Arslan's angriff und sie mit großem Verluste in diese Provinz zurückschlug. Die Heeresmacht des Königs von Chovaresm war jedoch so beträchtlich, daß sich der Kalif auf kein allgemeines Gefecht einlassen wollte, sich daher zurückzog und in Schlachtordnung ohnweit der Ebene von Nehawend aufstellte, dem Schauplatze eines seiner frühesten und glänzendsten Siege, wo er die stündlich gehoffte Ankunft Scherirah's erwartete.

Der König von Chovaresm jedoch, der die Sache schnell zu einer Entscheidung bringen wollte und sich auf seine überwiegende Macht verließ, rückte auf der Stelle vor. Es war einleuchtend, daß in zwei bis drei Tagen eine Schlacht geschlagen werden mußte, welche das Schicksal des Orients entschied.

Am Morgen nach ihrer Ankunft bei Nehawend, während der Kalif, nur von einigen wenigen Offizieren begleitet, auf die Jagd geritten war, ward er plötzlich aus einem Hinterhalte von Chovaresmiern angegriffen. Alroy und

seine Gefährten vertheidigten sich so verzweiflungsvoll, daß
sie endlich die Angreifenden zurückschlugen, ob diese ihnen
gleich dreifach an Zahl überlegen waren. Als der An=
führer der Chovaresmier sich zurückzog, schoß er einen Pfeil
auf den Kalifen ab, der diesen getödtet hätte, wenn sich nicht
ein junger Offizier der Leibwache dazwischen geworfen und
das Geschoß mit seiner eigenen Brust aufgefangen hätte.
Jener Hinterhalt eilte darauf in vollster Unordnung in's
Lager zurück, Alroy selbst aber geleitete das sterbende Opfer
unwandelbarer Treue und kriegerischen Enthusiasmus in
sein Zelt.

Dort ward der heftig blutende Krieger auf das könig=
liche Feldbett gelegt. Der geschickteste Wundarzt ward her=
beigerufen, schüttelte aber, nachdem er die Wunde untersucht
hatte, das Haupt. Der sterbende Krieger fühlte seine hoff=
nungslose Lage selbst. Nur dadurch, daß man den Pfeil
aus der Wunde zog, konnte sein Todeskampf erleichtert,
mußte aber zugleich der unmittelbare Tod herbeigeführt
werden. Er wünschte daher mit seinem Fürsten allein zu
bleiben.

„Herr," sagte er da, „ich muß sterben und sterbe ohne
Klage. Immer habe ich es für den rühmlichsten Tod ge=
halten, in Deinem Dienste zu sterben. Das Schicksal hat
mir dies vergönnt; und ward mir der Tod nicht auf dem
Schlachtfelde selbst zu Theil, so tröstet mich doch dies, daß
mein Tod das theuerste aller Leben gerettet hat. O Herr!
ich habe eine Schwester."

— Erschöpfe Dich nicht, theurer Freund, indem Du
mir sie nennst. Sei überzeugt, daß ich Alle, welche Dir
angehören, als die Meinigen betrachten werde. —

„Daran zweifle ich nicht. O! hätte ich tausend Leben
für einen solchen Gebieter hinzugeben! Aber ich habe eine
Bürde auf meinem Gewissen und kann nicht sterben in Frie=
den, bis ich sie Dir kund gemacht."

Sprich offen. Haſt Du Jemand gekränkt, und Alroy's
Macht und Vermögen reichen hin, Deinen getrübten Sinn
zu erleichtern, ſo wird er dieſe nicht ſchonen, jenes zu
thun. Sei deſſen verſichert. —

„Edler Herr! großmüthiger Kalif! ich muß kurz ſein.
Denn ob ich gleich noch ſo lange leben kann, als dieſer
Wurfſpieß in der Wunde bleibt, iſt doch meine Erſchöpfung
groß. Herr! die That, von welcher ich ſprach, betrifft Dich.“

— Wie? —

„Ich hatte die Wache, als Jabaſtor ſtarb.“

— Mächte des Himmels! Ich bin ganz Ohr. Sprich
weiter! —

„Sie ſagen, er habe ſich ſelbſt erbroſſelt?“

— Ja, ſo ſagte man mir ſtets. —

„Du biſt unſchuldig. Ich danke meinem Gott, mein
König iſt unſchuldig!“

— Sei deſſen verſichert, bei Israel's Hoffnung. Aber
ſage mir Alles, ich bitte Dich. —

„Die Königin kam mit dem Siegelringe. Solchem Befehle mußte ich nachgeben. Sie trat ein und hinter ihr
Honain. Ich vernahm lautes Geſpräch, Jabaſtor's Stimme.
Er wehrte ſich, aber ſeine kräftige Geſtalt, verwundet und
gefeſſelt, konnte doch nicht widerſtehen. Wehe, wehe, Herr!
Was konnte ich thun wider ſolche Gegner? Verſtohlen ſchlichen
ſie ſich aus dem Gemache. Ihre Blicke begegneten den meinigen. Nie werde ich dieſes blutgierige, gleißende Geſicht
vergeſſen.

— Du haſt nie über dieſes traurige Ende mit Jemand
geſprochen? —

„Mit Niemand, Herr! Und warum ich auch jetzt noch
davon rede, kann ich nicht ſagen, es müßte denn ſein, daß
mich eine innere Eingebung dazu anzutreiben ſcheint, und
mir es bedünkt, als ob die, ſo dieſes thaten, auch noch blu-
tigere Werke vollbringen könnten, wenn's deren gäbe.

— Du haſt mir allen Frieden, alle Hoffnung auf Frie=
ben geraubt — und doch danke ich Dir. Jetzt weiß ich,
was das Leben werth iſt. Ich habe nie gern an einen
ſolchen furchtbaren Tag gedacht, und ob ich gleich manchmal
von heimlicher That geträumt, ſo war die ſchlimmſte doch
noch unſchuldsvoll gegen das, was Du mir berichtet. —

„Es iſt geſchehen, und ich bitte Dich jetzt, Dein Ge=
heimniß dadurch vollkommen zu ſichern, daß Du aus meiner
matten Bruſt dieſen Wurfſpieß zieheſt.“

— Treues Herz, das iſt ein trauriger Dienſt. —

„Ich werde freudig ſterben, wenn Du ihn ſelbſt voll=
bringſt.“

— Es iſt geſchehen. —

„Gott erhalte Alroy!“

8.

Während Alroy, in Gedanken verſenkt, vor dem Leich=
name ſtand, erhob ſich ein Trompetengeſchmetter und ein
Eunuch kündigte, in's Zelt tretend, Schirin's Ankunft von
Kerrund her an. Gleich darauf trat die Fürſtin, nachdem
ſie aus ihrer Sänfte geſtiegen, ebenfalls in das Zelt. Alroy
zog ſein Obergewand aus und legte es auf den Leichnam.

„Mein Geliebter!“ rief die Fürſtin, indem ſie zu dem
Kalifen eilte; „ich vernahm Alles. Sei meinetwegen außer
Sorge. Ich kann einen Leichnam ſehen. Bin ich doch eines
Helden Gattin. Ich bin an Blut gewöhnt.“

— Ach! ach! —

„Warum biſt Du ſo bleich? Du giebſt mir keinen Kuß!
Hat Dich dieſer Mann ſo erſchüttert? Es iſt ein trauriger
Fall, aber morgen kann Tauſenden ein gleiches ſchreckliches
Schickſal beſchieden ſein. Wie? Du zitterſt! O, Du ſanftes
Gemüth! Der Tod dieſes Einzelnen, eines treuen, edlen
Herzens, hat meinen Alroy ſo heftig angegriffen! Und doch
biſt Du an Schlachten gewöhnt. O nein! Das iſt zu weit

getrieben. Bist Du denn nicht froh, mich wiederzusehen,
Wie? nicht einmal ein Lächeln? Und ich komme, um mit
Dir zugleich zu kämpfen. Ich muß einen Kuß haben!"

Sie schlang sich um seinen Nacken. Alroy erwiederte
nur kühl ihre Umarmung und führte sie zu einem Ruhe=
bette. Dann klopfte er in die Hände; zwei Soldaten traten
ein und trugen den Leichnam hinweg.

"Dieses Zelt ist nun geeigneter für Dein Verweilen.
Bleibe hier, ich komme gleich zurück." So sprechend, ver=
ließ er sie.

Er verließ sie, aber ihr gebeugter Blick voll ängstlicher
Beklemmung drang ihm durch's Herz. Er dachte an alle
ihre Liebe, all' ihre Liebenswürdigkeit, er rief sich die wun=
dervolle Geschichte ihres Verhältnisses in's Gedächtniß. Er
fühlte, daß er für sie, und nur allein für sie, noch am Le=
ben hange, daß ohne ihre belebende Liebe selbst der Sieg
für ihn keinen Werth haben würde. Sein Geist wogte in
Ebbe und Fluth der Leidenschaft und Vernunft. Jene siegte.
Er verscheuchte aus seiner Seele alle Unterscheidung von
Gutem und Bösem; er beschloß, geschehe auch was da wolle,
unveränderlich an ihr fest zu halten, er riß aus seinem Ge=
dächtnisse die Erinnerung der eben gehörten Entdeckung.
So kehrte er mit einem von Liebe strahlenden Gesichte wie=
der in das Zelt zurück. Da fand er sie weinend. Innig
schloß er sie in seine Arme, bedeckte sie mit tausend Küssen
und flüsterte ihr zwischen jedem Kusse seine heiße Liebe zu.

9.

Es war Mitternacht. Schirin ruhte in Alroy's Armen.
Der Kalif war in Sorge und Unruhe wegen Scherirah's
Ankommen nur eben kaum eingeschlummert, als der Ton
einer Stimme ihn wieder erweckte. Er blickte um sich und
sah Jabastor's Gespenst. Das Haar sträubte sich ihm, seine
Glieder bebten, ein kalter Schweiß überzog ihn, als er so

auf die furchtbare Gestalt schaute, die nur zwei Schritte von seinem Lager stand. Bewußtlos ließ er die schöne Bürde aus seinen Armen gleiten, erhob sich vom Ruhebette und beugte sich vorwärts.

„Alroy, Alroy, Alroy!"

— Hier bin ich. —

„Morgen ist Israel gerächt!"

— Was giebt es? — rief die Prinzessin, erwachend, aus.

In der Verwirrung der Furcht vergaß Alroy ganz das Gespenst, wendete sich zu ihr und legte ihr die Hand auf die Augen. Als er wieder um sich blickte, war die Erscheinung verschwunden.

„Was hattest Du denn, Alroy?"

— Nichts, meine Geliebte. Eines Kriegers Weib muß sonderbare Anblicke ertragen lernen, doch wollte ich Dir einen ersparen. Einer meiner Leute vergaß, daß Du hier warst, und stürzte in einem Zustande in das Zelt, der sich für ein weibliches Auge nicht geziemt hätte. Ich muß fort, mein Leben. Ich will Deine Sklaven herbeirufen. Noch einen Kuß! Leb' wohl! doch nur auf kurze Zeit. —

10.

„Morgen ist Israel gerächt! Wie? in Chovaresmischem Blute! Ich habe kein Vertrauen darauf. Sey's denn. Alles ist jetzt außer meiner Herrschaft. Ein wildes Schicksal reißt mich mit sich fort. Ich kann seinen Lauf nicht hemmen, noch leiten das Schiff. Weiter denn! Wer befehligt die Wache?"

— Benomi, Herr, Dein Knecht. —

„Schickt zum Vicekönige. Bescheidet ihn hierher zu mir. Wer ist dies?"

— Ein Bote von Scherirah, der so eben angelangt ist. Scherirah hat in vergangener Nacht die Gebirge von

Kerrund überschritten und wird mit Tagesanbruch zu Dir stoßen. —

„Eine gute Nachricht. Hole mir Abner. Eile! Er soll hier meiner warten. Ich will indeß das Lager besuchen. Brav, meine tapferen Genossen, Ihr seid hieher gekommen, um wieder mit Alroy zu siegen. Ich wette darauf, Ihr habt schon in der Ebene von Nehawend mit mir gefochten. Das ist ein fruchtbarer Boden, und er soll noch fruchtbarer werden durch Chovaresmisches Blut.“

— Gott erhalte unsern König! Unser Leben gehört Dir. —

„Darf ich Euch etwas sagen, mein Hauptmann?“ rief ein einzelner Krieger. „Nehmt mir das nicht übel, aber ich kannte Euch schon, ehe Ihr Kalif wurdet.“

— Wackeres Herz, ich liebe solche Freimüthigkeit. Sprich nur getrost. —

„Ich wollte sagen, daß ich doch hoffen will. Ihr werdet uns morgen selbst anführen? Einige behaupten nein!“

— Die haben Unrecht. —

„Das dachte ich mir gleich. O! für meinen Hauptmann will ich wohl immer stehen — aber die Königin!“

— Sie ist ein ächtes Soldatenweib und lebt mit im Lager. —

„Das ist brav. Nun, ich sagt's Euch ja, Kameraden. Ihr wollt mir's nur nicht glauben, aber ich kannte unsern kleinen Hauptmann lange schon vor Euch. Ich wohnte am Thore von Hamadan, mit Euer Hoheit Erlaubniß, und bin der Sohn des alten Schelomi.“

— Gieb mir Deine Hand — ein wahrer Freund! Was eßt ihr hier, Bursche? Laßt mich einmal kosten! Ich wollte, mein Koch könnte mir auch einen solchen Pillau zurichten. Er schmeckt vortrefflich. —

Die Soldaten stellten sich, mit Augen von Bewunderung strahlend, um ihren Heerführer. Es war ein schö=

nes Gemälde — der Held in der Mitte, die verschiedenen Gruppen umher; einige mit ihm sprechend, andere kochend, noch andere Kaffee bereitend, alle ihm durch Wort und That irgend ein Zeugniß ihrer Ergebenheit darbringend, und mit inniger Hingebung den vollkommensten Freimuth verbindend.

„Wir schlagen sie, Kinder!"

— Das hat keine Noth mit Euch; Ihr schlagt sie stets. —

„Ich thue das Meine, und so auch Ihr. Ein guter General ist nichts werth ohne gute Truppen."

— Ja, ja, das ist wahr. Gute Truppen gehören dazu. Was haltet Ihr von Alp Arslan? —

„Ich glaube, er wird uns so viel zu thun geben, als alle unsere anderen Feinde zusammen, doch das heißt nicht zu viel."

— Gut, gut! Gott erhalte Alroy! —

Benomi kam jetzt und meldete, daß der Vicekönig warte.

„Ich muß Euch verlassen, Kinder:" sagte Alroy. „Wir wollen wieder zusammen essen, wenn wir gesiegt haben."

— Gott erhalte Euch, Herr! Wir wollen Eure Feinde schon vertilgen. —

„Sie sind gut gesinnt, und doch war's ein anderer Geist, der in früheren Zeiten uns beseelte. Das fühle ich tief. Dies sind Menschen, die einem Führer treu sind, der sie nie verließ, und einer Sache anhängen, die — zum Plündern führt. Es sind nur brave Miethlinge. Weiter nichts. O! wo sind jetzt die streitbaren Männer Juda's! Wo sind die Männer, die, wenn sie ihre Schwerter zogen, einen Sieges=Psalm heiligen Triumphs begannen? Am Abende vor der Schlacht glich sonst das Feld einer uner= meßlichen Synagoge. Priester und Altäre, flammende Opfer und rauchende Weihgefäße, Gruppen von kühnen Zeloten,

die mit Wahnſinn an prophetiſchen Lippen hingen, und mit
Blut und heiligen Gelübden den feierlichen Bund beſiegel=
ten, Canaan zu erobern. Alles iſt verändert, ſo wie ich.
Nun, Abner? Du haſt Dich tüchtig eingehüllt."

— Iſt's wahr, daß Scherirah da iſt? —

„Ich fürchte, daß nicht alles ſo iſt, wie es ſein ſollte.
Ich wollte, der Tag bräche an."

— Der Feind rückt vor. Einige ihrer Heereshaufen
erblickt man ſchon. Meine Feldwachen haben ſie erſpäht.
Ohnſtreitig wollen ſie ſich auf der Ebene aufſtellen. —

„Sie laſſen ſich ſchon ſehen! Ha! Dann wollen wir
ſie angreifen, ehe ſie noch in voller Ordnung ſtehen. Vor=
trefflich! Nun ſchlagen wir ſie. Muth, Muth, mein Bruder!
Scherirah wird früh bei guter Zeit hier ſein, zur rechten
Zeit — gewiß zu recht früher Zeit."

— Unſere Truppen ſind voll guten Muthes. — Mit
Tagesanbruch greife mit 30,000 Reitern ihre Reihen an,
ehe ſie ſich bilden. Ich will den rechten Flügel nehmen,
Asriel den linken. Es ſoll eine Familienſache werden.
Bruder Abner. Wie geht es Mirjam?"

— Wie ich dieſen Morgen hörte, ganz gut. Sie ſen=
det uns ihre Liebe und Gebete. Die Königin iſt hier? —

„Sie kam dieſen Abend. Sie befindet ſich wohl."

Ich hoffe, mein Schwert ſoll ihrer Kinder Thron be=
ſchützen. —

„Gut. Gieb nur Deine Befehle. Auf der Stelle die
Schlacht.

Ich will Boten abſenden, um Scherirah's Ankunft zu
beſchleunigen. Es läßt ſich Alles gut an. Die Leibwacht
ſtell' als Reſerve auf."

— So ſei es! Lebt wohl! Wenn wir uns wiederſehen,
müſſen Eure Feinde ſchon Eure Sklaven ſein. —

11.

Bei'm erften Anbruche des Tages griff die hebräifche Reiterei, mit Ausnahme der Leibwacht, die vorrückenden Colonnen der Chovaresmier an, warf fie mit unwiderfteh= licher Gewalt und hieb fie zufammen. Alp Arslan fuchte feine Truppen zu fammeln und ftellte enblich das Mittel= treffen in guter Orbnung wieder her. Nun führten Alroy und Asriel ihre Heeresabtheilungen vor, und das Treffen warb allgemein. Mehrere Stunden lang wüthete die Schlacht, und beide Heere hielten fich tapfer. Der Verluft der Chovaresmier war groß, aber ihr fefter Charakter und ihre Mehrzahl hielten eine Zeitlang dem Ungeftüme der Hebräer und der ganzen Kraft ihrer Führer das Gleichgewicht. An biefem Tage ftellte Alroy alle feine früheren Helbenthaten in Schatten. Zwölfmal griff er an der Spitze feiner hei= ligen Leibwache die Feinde an und brang mehr als einmal felbft bis zu Alp Arslan's Zelte vor.

Vergebens ftrebte er barnach, im Zweikampf auf biefen berühmten Heerführer zu ftoßen. Beide Monarchen fochten in ben Reihen der Ihrigen; das Schickfal hatte aber be= fchloffen, baß ihre Schwerter fich nicht treffen follten. Bier Stunden vor Mittags fah enblich Alroy ein, baß, wenn nicht Scherirah komme, er gegen die große Ueberzahl fich nicht halten könne. Er war zeitig genöthigt, feine Referve mit in ben Kampf zu ziehen, und obgleich die Zahl der Getöbteten im feindlichen Heere bei weitem bie übertraf, welche die Hebräer bei irgend einem ihrer früheren Siege erlegt, bilbeten die Chovaresmier boch noch immer eine unabfehbare Fronte, die ftets durch frifche Truppen wieder ergänzt warb. Auf feine Anzahl fich verlaffend, und bie Schwäche feiner Gegner wohl kennend, begnügte fich Arslan bamit, vertheidigungsweife zu Werke zu gehen, und burch

Widerstand gegen ihre furchtbaren und wiederholten Angriffe seine Gegner zu ermüden.

Alroy hatte sich einen Augenblick lang an der Spitze der heiligen Leibwache aus dem Gefechte gezogen. Abner und Asriel hielten es noch aufrecht, und der Kalif rüstete sich unterdeß zu neuen Anstrengungen, während er angstvoll auf Scherirah's Ankunft wartete. In der fünften Stunde endlich, erblickte er von einer Anhöhe aus mit der höchsten Freude die sich nahenden Paniere der sehnsuchtsvoll erwarteten Hülfstruppen! Ueberzeugt nunmehr, daß die Schlacht gewonnen sei, machte er diese erfreuliche Nachricht seinen Soldaten bekannt und führte sie, von der begeisternden Kunde aufgeregt, noch einmal zum Angriffe vor. Dieser war unwiderstehlich. Scherirah schien nur noch zur Verfolgung, nur noch zur Vervollständigung des Sieges angekommen zu sein. Aber wie groß war Alroy's Schrecken und Bestürzung, als Benajah auf ihn losstürzte und ihm meldete, daß die lang erwartete Hülfe aus den vereinten Heeren Scherirah's und Abiban's bestehe, und ihn bereits im Rücken angegriffen habe. Hier konnte kein menschliches Genie mehr eine Rettung erdenken. Die erschöpften Hebräer, deren Kräfte bis auf das Aeußerste angestrengt worden, waren umringt. Die Chovaresmier rückten zugleich von allen Punkten aus vor. In wenigen Minuten war die hebräische Armee völlig aufgelöst. Voll Verzweiflung warfen selbst die tapfersten Krieger ihre Schwerter weg. Jeder war nur auf Selbsterhaltung bedacht. Selbst Abner floh nach Hamadan. Asriel ward erschlagen. Alroy floh, als er sah, daß Alles verloren sei, an der Spitze von etwa dreihundert seiner Leibwache zu seinem Zelte, nahm die ohnmächtige Schirin vor sich auf den Sattel, hieb sich durch Schaaren von Feinden durch und eilte in die Wüste.

Acht und vierzig Stunden lang rasteten sie nirgends. Ihre Anzahl war bald bis auf ein Drittheil vermindert.

Am Morgen des dritten Tages stiegen sie von den Rossen und erquickten sich an einer Quelle. Nur die Hälfte konnte sich wieder in die Sättel schwingen. Schirin sprach kein Wort. Fort ging es wieder, und nach jeder Stunde blieb ein todtmüder Genosse dahinten. Endlich, am fünften Tage, noch etwa achtzig Mann stark, gelangten sie zu einem Palmenwalde. Hier rasteten sie. Alroy nahm Schirin in seine Arme, und der Schatten schien diese wieder zu beleben. Sie öffnete die Augen, drückte seine Hand und lächelte. Er gab ihr einige Datteln, und sie erfrischte sich mit Wasser.

"Bald werden unsere Beschwerden vorüber sein, Geliebteste," flüsterte er ihr zu. "Ich habe Alles verloren, aber nur Dich nicht."

Wieder bestiegen sie die Rosse, und minder rasch vorwärts eilend, gelangten sie am Abende zu der zerstörten Stadt, wohin Alroy vom Anfange an seine Richtung genommen hatte. Die große Straße herab reitend, kamen sie in das alte Amphitheater. Hier stiegen sie ab. Alroy bereitete von seinen und der Seinen Gewändern ein Lager für Schirin. Einige suchten Holz, von dem sich große Vorräthe fanden, und zündeten mächtige Feuer an. Andere jagten, da es noch Tageshell war, nach Gazellen, und waren glücklich genug, ihr Nachtessen damit zu versorgen, während andere Wasser aus der wohlbekannten Leitung holten. Nach einer Stunde, als sie so Gruppenweise um die Feuer lagen, und ihr schnell bereitetes Mahl verzehrten, hätte man glauben sollen, sie seien nicht die geschlagenen und des Luxus gewohnten Leibwachen eines mächtigen Monarchen, sondern die gewöhnlichen Bewohner dieses wilden Aufenthalts.

"Wohl, meine Burschen," sagte Alroy, als er die Hände sich über der emporlodernden Flamme rieb, "es ist hier doch jedenfalls besser, als in der Wüste!"

12.

Nach allen diesen Anstrengungen fiel Alroy in einen tiefen, traumlosen Schlaf. Als er erwachte, stand die Sonne schon hoch, aber Schirin schlief noch. Er küßte sie, und lächelnd öffnete sie die Augen.

„Du bist jetzt das Weib eines Räubers," sagte auch er lächelnd. „Wie gefällt Dir die neue Lebensart?"

— Mit Dir! Vortrefflich. —

„Bleib hier, meine Süße! ich muß unsere Leute wecken und sehen, wie es steht." Und damit über mehrere Schlä= fer hinwegspringend, stieß er zuletzt auf Benajah.

„So? mein braver Hauptmann der Leibwacht! Du schläfst auch noch? Auf, auf!"

Benajah sprang mit fröhlicher Miene empor. — Ich bin stets bereit, Herr! —

„Das weiß ich; aber bedenke, daß ich kein König mehr bin, sondern ein bloßer Mitgesell. Komm mit, und laß uns einige Ordnung in die Sache bringen."

Sie gingen aus dem Amphitheater und untersuchten die angrenzenden Gebäude. Hier fanden sie, von vorigen Zeiten her, noch viele Vorräthe, Matten, Zelte, Holz, Trink= gefäße und anderes Hausgeräth. Sie bestimmten nun eines dieser Gebäude zum Stalle, und das andere zur Wohnung für die Ihrigen. Dann beriefen sie ihre Gefährten auf den offenen Platz, dem Orte, wo Hassan Subah erlag, und hier redete Alroy sie an, und theilte ihnen seine Pläne mit. Sie wurden in Abtheilungen geordnet. Jeder bekam sein angewiesenes Geschäft. Einige wurden an verschiedenen Punkten als Wachen aufgestellt, andere auf die Jagd, oder zum Sammeln von Datteln in der Oase ausgesendet, wäh= rend noch andere die Rosse auf die naheliegende Weide führten, oder zurückblieben, um die Geschäfte im Innern zu besorgen. Das Amphitheater ward gereinigt. Ein nicht

glänzendes aber bequemes Zelt ward für Schirin eingerich=
tet. Sie bedeckten den Boden desselben mit Matten, und
Jeder suchte den Andern in den Bemühungen zweckmäßiger
Einrichtungen für die Fürstin zu übertreffen. Ihre freund=
lichen Worte und ihr begeisterndes Lächeln belebten zugleich
deren Eifer und Erfindungsgabe.

Sie wurden bald an ihr rauhes aber abenteuerliches
Leben gewöhnt. Seine Neuheit gefiel ihnen, und die stete
Aufregung bringender Nothwendigkeit ließ ihnen keine Zeit,
über ihr schreckliches Loos nachzudenken. So lange Alroy
lebte, schwand auch nie die Hoffnung aus ihren leichtgläu=
bigen Herzen. Der Einfluß seines Genies auf sie war so
groß, daß selbst der Niedergeschlagenste fühlte, mit ihm be=
siegt zu sein, sei ehrenvoller, als mit einem Andern zu sie=
gen. Sie waren eine treue und ergebene Schaar, und an
heiteren Gesichtern fehlte es nicht, wenn sie sich zur Nacht
im Amphitheater zu ihrem gemeinschaftlichen Mahle ver=
sammelten.

Kaum hatte Alroy alle seine Vorkehrungen getroffen,
als er Kundschafter nach allen Richtungen aussandte, um
sich Nachrichten zu verschaffen, und vorzüglich, wo möglich,
mit Ithamar und Medad, wenn sie noch lebten und einige
Streitkräfte erhalten hätten, in Verbindung zu treten.

Vierzehn Tage vergingen, ohne daß sich ein Fremder
genaht hätte; dann aber kamen vier Personen in ihre Ver=
borgenheit, die dem Oberhaupte nicht sehr willkommen wa=
ren, ob er gleich seinen Verdruß bei ihrem Anblicke verbarg.
Dies war Kisloch, der Kurde, und Kalidas, der Indianer,
und ihre unzertrennlichen Gefährten, der Gueber und der
Neger.

13.

„Edler Hauptmann," sagte Kisloch, „wir hoffen, daß
Ihr es uns vergönnen werdet, in Eure Schaar einzutreten.

Es ist nicht das erstemal, daß wir hier unter Euren Be=
fehlen gedient haben. Alte Mitgenossen in Leid und Freud,
haben wir das Beste wie das Schlimmste zusammen erlebt.
Wir vermutheten bald, wo Ihr zu finden sein würdet, ob=
gleich, Dank sei es den immer wohlthätigen Erfindungen
der Menschen, man allgemein glaubt, Ihr wäret in der
Schlacht geblieben. Ich hoffe, edle Fürstin, Ihr befindet
Euch wohl?" setzte er, vor Schirin sich verbeugend, hinzu.

— Ihr seid willkommen, Freunde, — entgegnete Alroy.
— Ich kenne Euern Werth. Ihr habt, wie Ihr sagt, das
Beste wie das Schlimmste mit mir erlebt, und werdet, wie
ich hoffe, bald wieder Besseres erleben. Ich in der Schlacht
geblieben! — o, das ist gut! —

„So sagt man allgemein," versetzte Kalidas.

— Und was sonst für Nachrichten von unseren Freun=
den? —

„Nicht eben gute, aber doch seltsame."

— Wie so? —

„Hamadan ist genommen."

— Darauf war ich vorbereitet. Sagt mir Alles. —

„Der alte Bostenai und Fürstin Mirjam sind nach
Bagdad als Gefangene gebracht worden."

— Gefangene! —

„Ich hoffe aber, es soll ihnen kein Leid geschehen.
Honain steht bei dem Sieger in großem Ansehen und wird
sie gewiß in seinen Schutz nehmen."

— Honain in Ansehen! —

„Allerdings. Er machte Bedingungen wegen Uebergabe
der Stadt, und zwar recht vortheilhafte."

— Ha! Er war stets gewandt. Wohl! wenn er meine
Schwester rettet, mag er immerhin in Ansehen stehen. —

„Ohne allen Zweifel. Es kann noch Alles gut gehen,
Herr!"

— Laßt uns handeln, nicht bloß hoffen. Wo ist Abner? —

„Todt."

— Im Treffen? —

„Ja."

— Weißt Du das gewiß? —

„Ich sah ihn fallen und focht neben ihm."

— Eines Kriegers Tod ist jetzt unser größtes Glück. Ich freue mich, daß er nicht gefangen ward. Wo sind Medad und Ithamar? —

„Sie flohen nach Egypten."

— So haben wir auf keine Unterstützung weiter zu rechnen? —

„Nur auf Eure Leibwache hier."

— Sie ist stark genug, um eine Caravane zu plündern. Honain steht also in Ansehen? —

„In sehr großem. Er wird uns auch gute Bedingungen machen."

— Das sind seltsame Nachrichten. —

„Aber wahre."

— Wohl! Ihr seid willkommen! Theilt mit uns, was wir haben. Nur das Unentbehrlichste, und dies manchmal kaum; aber wir haben ehemals schon zusammen geschmaust, und können es auch wieder. Nach Egypten entflohen! War's nicht so? —

„Ja, Herr."

— Schirin, säh'st Du wohl gern den Nil? —

„Ich habe von Krokodillen darin gehört."

14.

War auch die Gegenwart Kisloch's und seiner Gefährten Alroy nicht eben angenehm, so wurden diese doch bald unter der übrigen Schaar sehr beliebt. Ihre Lokalkenntniß und Erfahrung von dem Leben in der Wüste machte sie zu schätzbaren Verbündeten, und bei der gegenwärtigen einförmigen Lebensart der Flüchtlinge war ihr geräuschvoller

Scherz und ihre stete Heiterkeit nicht unwillkommen. Alroy selbst dachte nun an eine Flucht nach Egypten. Er beschloß, die erste Gelegenheit zu ergreifen, sich einige Kameele zu verschaffen, und hoffte dann, daß er und Schirin, wenn er seine Schaar, mit Ausnahme Benajah's und einiger andern Getreuen, entlassen, als Kaufleute verkleidet durch Syrien kommen und über Palästina nach Egypten gelangen könn= ten. Bei diesen Plänen und Aussichten erschien die Zukunft ihm mit jedem Tage in heitererm Lichte. Er besaß noch einige schätzbare Juwelen, und war überzeugt, daß das Geld, das er dafür in Cairo lösen könne, für alle seine Bedürfnisse hinreichen würde. Da er nun bereits, obgleich noch ein Jüngling, schon alle Leidenschaften des Lebens erschöpft hatte, blickte er freudig auf ein ruhiges Ende sei= nes Daseins in irgend einer dichterischen Einsamkeit an der Seite seiner schönen Gefährtin.

Eines Abends, als sie aus der Oase zurückkehrten, und Alroy das Kameel führte, auf welchem Schirin saß, wäh= rend er unausgesetzt in ihr begeistertes Auge blickte, schien ihr leichter Sinn sich an irgend einem reizenden Bilde der Zukunft zu weiden.

„Wenn wir so durch die Wüste reisen werden, mein Geliebter!" sagte sie; „kann man dies Mühe nennen?"

— Wo Liebe ist, giebt es keine Mühe mehr! — ent= gegnete Alroy.

„Und wir waren geschaffen zu lieben, nicht aber zu herrschen;" setzte Schirin hinzu.

— Das Vergangene ist ein Traum, — sagte Alroy. — So sprachen die Weisen, aber bis wir nicht handeln, ist ihre Weisheit in den Wind gesprochen. Das fühle ich jetzt. Haben wir je sonst irgendwo, als in der Wüste gelebt, und uns von etwas anderem genährt, als von Datteln? Mir kommt das sehr natürlich vor. Würde ich nicht durch größere Sicherheit in entferntere Länder gereizt, könnte ich hier bleiben, ein freier und glücklicher Wegelagerer. Zeit, Gewöhnung und Nothwendigkeit bilden unser Wesen. Als ich zum erstenmale Scherirah unter diesen Trümmern sah, wie schreckte ich da mit Schauder vor diesem entwürdigten Menschen zurück, und jetzt strebe ich darnach, sein Erbe zu sein. Man sollte nicht nachdenken! —

„Nein, Theurer! nur immer hoffen!" so sagte Schirin, als sie durch das Thor gelangten.

Die Nacht war schön, die Luft noch warm und sanft. Schirin blickte in den sternenhellen Himmel. „Wir dachten nicht an solchen Himmel, als wir in Bagdad waren!" rief sie aus; „und was war doch, o mein Leben, der Glanz unserer Paläste gegen diesen Anblick? Wir haben ja noch Alles, was Menschen nur begehren können, Freiheit, Schönheit und Jugend. Mir ist's immer so, Alroy, als ob wir recht bald auf diese wunderbare Vergangenheit wie auf eine andere, niedrigere Welt zurückblicken würden. Wäre dies doch Egypten! Das ist mein einziger Wunsch."

— Der bald erfüllt werden soll. Alles wird in kurzer Zeit in Ordnung sein. Nur noch wenige Tage, und Schirin wird ihr Kameel zu einer längern Reise besteigen, als um Datteln einzusammeln. Du wirst ängstlich auf der Reise sein, fürchte ich. —

„Nein, gewiß nicht. Ich werde Euch Alle beschämen."

Sie kamen in den Circus und setzten sich um das lobernde Feuer. Selten war Alroy seit der letzten Niederlage so heiter gewesen. Schirin sang der Schaar ein arabisches Lied, wobei diese im Chor einfiel. Spät erst begab man sich zur Ruhe, und Alles ging zufrieden und fröhlich zu seinem Lager.

Einige Stunden nachher ward Alroy, bei Tagesanbruch, durch einen schweren Druck auf der Brust aus seinem Schlummer geweckt. Er fuhr auf. Ein wilder Krieger knieete über ihm. Er wollte ihn von sich stoßen, aber die

Hand war ihm gebunden. Er wollte aufspringen, aber die Füße waren ihm gefesselt. Er sah sich nach Schirin um und rief nach ihr, aber nur ein Schrei antwortete. Das Amphitheater war mit Chovaresmischen Truppen angefüllt. Seine Mannschaft war überfallen und übermannt worden. Kisloch und der Gueber hatten die Wacht gehabt. Man hob ihn vom Boden auf, warf ihn auf ein Kameel und eilte 'mit ihm sogleich aus dem Circus. Auf allen Seiten erblickte er Verwirrung und Verderben. Verzweiflung und Wuth hatten ihn sprachlos gemacht. Das Kameel schritt in die Wüste. Hier umringte es eine Schaar von Reiterei und es ging schnelleren Schrittes weiter. Das Ganze schien das Werk eines Augenblicks.

Wie lange Alroy unterweges zugebracht hatte, wußte er nicht. Er hatte die Zeit nicht beachtet. Nacht und Tag waren für ihn dasselbe. Er befand sich in dumpfem Hinbrüten. Die Milde der Luft und das Grün des Bodens erregten endlich zum Theil seine Aufmerksamkeit. Er ward sich so viel bewußt, daß sie die Wüste verlassen hatten. Vor ihm lag ein großer Strom. Er erblickte den Euphrat von derselben Stelle aus, wo er ihn bei seiner ersten Pilgerfahrt gesehen. Dieser ergreifende Ideenzusammenhang gab ihm die Erinnerung wieder. Eine Thräne entfloß seinem Auge. Der bittere Tropfen benetzte die vertrocknete Lippe. Er bat den nächsten Reiter um Wasser. Die Wache gab ihm einen nassen Schwamm, mit dem er nur mühsam sich die Lippen netzen konnte, dann ließ er ihn fallen. Der Chovaresmier schlug ihn.

Sie gelangten zum Flusse. Der Gefangene ward vom Kameele gehoben und in ein bedecktes Boot gesetzt. Nach einigen Stunden landeten sie bei einem kleinen Dorfe. Alroy ward auf einen Esel gesetzt, mit dem Rücken nach dessen Kopfe zu. Seine Kleidung war beschmutzt und zerrissen. Die Kinder warfen mit Koth nach ihm. Ein altes

Weib setzte ihm mit einer fanatischen Verwünschung eine Krone von Papier auf. Nur mit Mühe konnten seine Wachen hindern, daß ihr Schlachtopfer nicht in Stücken zerrissen ward. Und in diesem Zustande zog Alroy gegen Mittag des vierzehnten Tages wieder in Bagdad ein.

15.

In den düsteren Räumen eines unterirdischen Gefängnisses lag der ehemalige Gebieter Asiens. Der Gefangene seufzte nicht, weinte nicht, klagte nicht. Er sprach auch nicht. Er dachte sogar nicht. Mehrere Tage lang blieb er in einem Zustande dumpfer Bewußtlosigkeit. Am Morgen des vierten Tages genoß er nur mechanisch etwas von den schlechten Nahrungsmitteln, welche seine Kerkermeister ihm brachten. Ihre Fackeln, um welche her die Fledermäuse schwirrten und mit den Flügeln schlugen, und aus den kleinen Augen blinzelten, warfen einen gespenstischen Schein über die näheren Mauern des Kerkers, während die entfernteren dem Blicke des Gefangenen unerreichbar waren. Als die Kerkermeister ihn verlassen hatten, blieb Alroy in völliger Finsterniß.

Das Bild der Vergangenheit trat vor ihn. Vergebens versuchte er das ihn umgebende Dunkel zu durchdringen. Seine Hände waren gebunden, seine Füße mit Ketten belastet. Der Gedanke, daß man vielleicht seines Lebens schonen wolle, damit er noch länger in diesem furchtbaren Zustande selbstbewußter Vernichtung schmachte, erfüllte ihn mit Wahnsinn. Er hätte mit seinen Fesseln sich die Stirn zerschmettert, wenn ihn die Ketten nicht zurückgehalten. Er warf sich auf den feuchten, rauhen Boden. Sein Fall verstörte eine Menge unreiner Wesen. Er hörte das schnelle Fortschlüpfen einer Schlange, das langsame Hinwegkriechen eines Haufens von Scorpionen und das eilige Entfliehen der flüchtigen Ratten. Verglichen mit diesem kleinlichen

Elende schienen seine großen Unglücksfälle nur gering. Sein hoher Geist konnte ihn bei diesen ärmlichen und herab= würdigenden Zufällen nicht stärkend kräftigen. Voll Ekel sprang er auf und scheute jede Bewegung, aus Furcht, ein neuer Schritt möchte eine neue Scheußlichkeit nach sich ziehen. Endlich war die gänzlich erschöpfte Natur unfähig, sich auf= recht zu erhalten. Er tappte sich zu seinem rauhen, in den nackten Felsen gehauenen Sitze, der seine einzige Bequem= lichkeit ausmachte. Er streckte die Hand aus. Sie berührte die Schleimhaut dieses und jenes häßlichen Thieres, das augenblicklich davon huschte, während die glühenden Augen noch im Dunkel leuchteten. Alroy schauderte mit der widrig= sten Empfindung zurück. Seine erschütterten Nerven ver= mochten es nicht, diese niedrige Gefahr, diese neuen, ekel= vollen Leiden zu ertragen. Er mußte einen Laut der Ver= zweiflung ausstoßen, und wenn er bedachte, daß er hier weit von allem menschlichen Troste, aller menschlichen Theil= nahme, ja aller menschlichen Hülfe entfernt sei, schien sein Geist ihn für Augenblicke zu verlassen, und er rang die Hände in dumpfem, hülflosen Weh.

Es liegt etwas Schreckliches in der schwindenden Kraft einer männlichen Seele! Ein Mann, der auf seinen Geist unbedingtes Vertrauen setzte, sich nun in Einem Tage ganz verlassen und herabgestimmt zu sehen! Das schmerzt! Jeder armselige Schwachkopf scheint dann nur dazu da zu sein, uns zu verhöhnen. Schwer glaubt allerdings ein großer Geist daran, daß seine unerschöpflichen Kräfte endlich nicht mehr ausreichen könnten. Aber es ist dem so. Wie bei einem ausgetrockneten Quell hat der immerwährende Zufluß, hat die glänzende Fruchtbarkeit aufgehört und für immer. Dann kommt der Wahnsinn des Rückblicks.

Zieht einen Vorhang vor! Einen Vorhang über diese zum Tode ängstigende Zergliederung! Ich kann nicht mehr! Die Tage der Kindheit, seiner holden Schwester Stimme

und liebkosendes Lächeln, ihre schuldlosen Zeitvertreibe und
die freundliche Sorgfalt ihrer treuen Diener, alle diese
sanften Kleinigkeiten eines friedlichen häuslichen Lebens,
waren die Gebilde und Erinnerungen, die vor den brennenden Blicken Alroy's im wilden Wechsel schwirrten und vor
seine gemarterte Seele traten. Herrschaft und Ruhm, seine
heilige Nation, seine Kaiserbraut — dieses, alles dieses war
nichts. Ihr Werth war verschwunden mit dem schöpferi-
schen Geiste, der sie zur Thätigkeit beschworen hatte. Nur
die reinen Empfindungen der Natur blieben, und alle seine
Gedanken und Schmerzen, all' sein Verständniß, all' seine
Erregung strömte in seiner Schwester zusammen.

Es war der siebente Morgen. Ein Wächter trat zur
ungewohnten Stunde ein, befestigte eine Fackel in einer Vertiefung der Mauer und kündigte an, daß eine Person draußen
sei, welche Erlaubniß habe, den Gefangenen zu sprechen.
Es waren die ersten Worte einer Menschenstimme, welche
Alroy seit einer Gefangenschaft hörte, die ihm ein Lebens-
alter, ein langer finsterer Zeitraum schien, der alles aus-
gelöscht habe. Er bebte zusammen bei den barschen Tönen.
Er wollte antworten, aber seine Lippen versagten ihm den
Dienst. Langsam hob er die belasteten Arme empor und
versuchte durch Zeichen zu verstehen zu geben, daß er wohl
gehört, was man gesagt, denn nicht ohne die innerste Aufregung hatte er die Botschaft vernommen. Mit gespannter
Neugier blickte er nach dem Eingange, und je mehr er blickte,
je stärker zitterte er. Da trat der Besuchende ein, tief in
einen schwarzen Kaftan verhüllt. Der Wächter verschwand,
der Kaftan fiel, und Honain stand vor ihm.

„Mein geliebter Alroy," sagte Jabaster's Bruder, schritt
vor und drückte den Gefangenen an sein Herz. Wäre es
Mirjam gewesen, Alroy wäre vor Freude gestorben, aber
der Anblick dieses Mannes der Welt rief ihn in das Welt-
leben zurück. Der Widerstreit seiner Empfindungen war

wunderbar. Stolz, vielleicht selbst Hoffnung, kam ihm zu Hülfe. Alles, woran er nur dachte, schien ihm Fassung anzurathen. Einen Augenblick lang war er also wieder der ehemalige.

— Ich freue mich, Honain, wenigstens Dich gerettet zu finden. —

„Und ich mich auch, wenn meine Rettung die Deinige herbeiführen kann.“

— Immer wieder Hoffnungsgeflüster! —

„Verzweiflung ist das Ende der Thoren.“

— O Honain! das ist eine schwere Prüfung. Ich kann meine Rolle spielen und doch bedünkt mich's, es wäre besser gewesen, wir hätten uns nie wiedergesehen. Wie geht es Schirin? —

„Sie denkt an Dich.“

— So kann sie doch an etwas denken. Mein Geist ist erschöpft. Wo ist Mirjam? —

„In Freiheit.“

— Das ist etwas. Das hast Du gethan. Wackerer Honain, sei freundlich mit diesem lieben Wesen. Du bist alles, was ihr noch übrig blieb. —

„Sie hat Dich.“

— Zu ihrer Verzweiflung. —

„Lebe und sei ihre Zuflucht.“

— Wie das? Flucht aus diesen Mauern? Nein, nein, es ist unmöglich. —

„Ich halte es nicht dafür.“

— Wahrhaftig! O, ich will alles thun. Sprich! Sprich! Können wir bestechen? Können wir tödten? Können wir ...? —

„Beruhige Dich, mein Freund. Es bedarf keiner Bestechung, keines Blutvergießens. Bedingungen müssen wir eingehen.“

— Bedingungen! Auf den Ebenen von Nehawend hätten

18 •

wir sie wohl machen können. Aber Bedingungen für ein gefangenes Schlachtopfer? —

„Warum Schlachtopfer?"

— Ist Arslan denn so großmüthig? —

„Er ist ein wildes Thier, ungezähmter, als der Bär, der seine Zähne fletscht in seiner Heimath Wäldern."

— Wie kannst Du dann von Hoffnung sprechen?

„Nicht von ihr, sondern von Gewißheit."

— Theurer Honain, mein Gehirn ist schwach, aber ich kann starke Dinge ertragen, sonst wär' ich nicht hier. Ich bitte Dich, sprich es aus! —

„Mit einem Worte, Dein Leben ist gerettet."

— Wie? gerettet! —

„Sobald Du es selbst willst."

— Ob ich es will? Das Leben ist so süß. O! ich fühle seine ganze Süße. Ich bedarf nur wenig. Freiheit und Einsamkeit ist alles, wonach ich verlange. Mein Leben gerettet! Ich kann es nicht glauben! Und Du hast diese That vollbracht? Du mächtiger Mensch, der über alle Seelen gebietet. —

„Ich habe keinen andern Gedanken, als Dir zu dienen, mein Fürst."

— Nenne mich nicht Fürst, nenne mich Deinen Alroy. Mein Leben ist gerettet? Wann kann ich fort? Ich möchte nach Egypten. Du warst in Egypten, nicht wahr, Honain? —

„Ein wundervolles Land; es wird Dir sehr gefallen."

— Wann können wir fort? Wann kann ich diesen finstern, schauerlichen Kerker verlassen? Er ist schrecklicher als alle ihre Qualen, Honain! Luft und Licht, und mein Geist, glaube ich wahrlich, wird nie gebeugt sich fühlen; aber dieser furchtbare Kerker!...

„Alroy, Du bist ein hoher Geist, der größte, den ich je gekannt oder von dem ich je gelesen."

— Still, still, mein Theurer; ich bin ein gebrochenes

Rohr, aber ich bin doch frei. Es ist jetzt keine Zeit zu höf=
lichen Redensarten. Laß uns gehen, laß uns auf der Stelle
gehen. —

„Noch einen Augenblick, geliebter Alroy. Ich bin kein
Schmeichler. Was ich sagte, kam aus meinem Herzen und
geht uns viel und augenblicklich an. Ich sagte, du be=
säßest einen ungewöhnlichen Geist, Alroy, und Du hast in
der That einen Geist, der nichts gemein hat mit Anderen.
Höre nun, mein Fürst. Du hast viel gelesen, gründlich und
ernst. Wenige Menschen haben mehr gesehen als Du.“

— Schön, schön! —

„Nur einen Augenblick Geduld. Du bist nach Bagbad
im Triumph gezogen und in dieselbe Stadt mit jeder Schmach
eingetreten, welche der niedrige Sinn unseres Geschlechts
nur auf sein Schlachtopfer häufen kann. Es war eine große
Lehre.“

— Das fühle ich wohl. —

„Sie zeigt uns, wie elend und werthlos die Meinung
ist, welche unsere Mitmenschen von uns hegen.“

— O, nur zu wahr! —

„Es freut mich, Dich in dieser ersprießlichen Stimmung
zu sehen. Sie ist voller Weisheit.“

— Der Unglückliche ist oft weise. —

„Glaube aber ist nichts, wenn wir nicht auch darnach
handeln. Die Zeit ist da, wo Du beweisen mußt, daß Du
diesen Grundsätzen vollkommen ergeben bist. Ich sagte Dir,
daß wir Bedingungen vorschreiben könnten. Nun denn,
ich habe es gethan. Morgen sollte Alroy sterben und wel=
chen Todes! Eines Todes der unendlichsten Qualen! Hast
Du schon einen Menschen pfählen sehen?“

— Ha! —

„Es bloß zu sehen ist Verdammung!“

— Gott des Himmels! —

„Es ist so schrecklich, daß man stets bemerkt hat, wie

die vorzeitigen Todesfälle in den Städten, wo diese schauer=
liche Hinrichtung statt findet, sich dann vermehren."

— Sprich nicht mehr davon. Ich kann es nicht er=
tragen. —

„Morgen erwartete Dich diese Todesstrafe. Was Schi=
rin betrifft ..."

— Sie nicht! o nein, sie gewiß nicht! —

„Nein, gegen Schirin waren sie mitleidiger. Sie ist
die Tochter eines Kalifen. Das ward nicht vergessen. Ihr
Leben sollte das Beil enden. Ihr schöner Nacken würde
der Kunst des Henkers wenige Mühe gemacht haben. Deine
Schwester aber, Mirjam ... sie ist eine Hexe, eine jüdische
Hexe! Lebendig sollte sie verbrannt werden."

— Ich will es nicht glauben; nein, nein, nicht glau=
ben! Gräßliche, blutdürstige Dämonen! Als ich die Macht
besaß, schonte ich sie alle ... alle außer ... o wehe mir!
warum mußte ich geboren werden! —

„Du vergissest Dich selbst. Ich sprach von dem, was
hat geschehen sollen, nicht von dem, was geschehen wird.
Ich bin eingeschritten und habe mit dem Sieger gesprochen.
Ich habe ihm Bedingungen gemacht."

— Welche sind es? ... welche können es sein? —

„Sie sind leicht. Für einen Philosophen, wie Alroy,
eine bloße Ceremonie."

Fasse Dich kurz, kurz! —

„Du siehst, daß Deine Laufbahn für die Muselmänner
ein großer Abscheu ist. Ich bemerkte diese Schwäche und
wirkte dem gemäß. Deine bloße Niederlage, Dein bloßer
Tod würde den Flecken an ihrem Paniere, ihrem Glauben,
nicht abwaschen. Seit Alroy aufstand, ist die öffentliche
Meinung von wirren Phantasieen durchdrungen. Die Ge=
danken der Völker schweifen hin und her mit jenem furcht=
baren Wechsel, der keine sichere Begründung der Staaten
zuläßt. Niemand weiß, woran sich halten oder wem ver=

trauen. Der Glaube wird bezweifelt, die Obergewalt be=
stritten. Sie möchten Deine glücklichen Erfolge gern ande=
ren, als bloß menschlichen Mitteln zuschreiben, müssen aber
dagegen Deiner Sendung ihr Ansehen benehmen. Dahin
gehört auch der gute Ruf einer schönen und mächtigen
Fürstin, einer Tochter ihrer Kalifen, den sie gern im Klaren
haben möchten. Ich bemerke alles dieses, beobachte und
handele darnach. Könnten wir daher Mittel finden, wo=
durch Deine lauernden Anhänger für immer zum Schweigen
gebracht, dieser große Scandal auf eine gute Art vertilgt
und die öffentliche Stimmung zu ruhigerem und vernünf=
tigerem Gleichgewicht umgewandelt würde, so würden sie
uns auch viel, sehr viel zugestehen.“

— Deine Ansicht ist einleuchtend, aber nicht Deine
Mittel sind es. —

„Sie stehen in Deiner Gewalt.“

— In meiner? Das ist ein schweres Räthsel. Löse
mir es! —

„Morgen Mittag wirst Du vor diesen Arslan gefor=
dert werden. Dort wird man Dich in Gegenwart des ver=
sammelten Volks, das jetzt eben so sehr ihm anhängt, als
vordem Dir, der Zauberei und des Verkehrs mit den unter=
irdischen Mächten anklagen. Bekenne Dich schuldig.“

— Gut! Was weiter? —

„Eine Kleinigkeit. Dann werden sie Dich wegen der
Fürstin Schirin befragen. Es wird Dir nicht schwer wer=
den, zu bekennen, daß Alroy die Tochter des Kalifen durch
einen Zauber gewann — der jetzt gelös't ist.“

— So, so. Ist das Alles? —

„Die Hauptsache. Du kannst dann noch einige Reden
an die hebräischen Gefangenen richten, Deine göttliche Sen=
dung ableugnen und so weiter, um, wie Du wohl einsiehst,
die öffentliche Meinung über diesen Punkt für immer zu
beschwichtigen.“

— Ja, ja, und dann — ? —

„Nichts mehr, ausgenommen der Form wegen — denn erfüllst Du das Alles, so wird man Dich gehen lassen, wohin Du nur willst und Dir so viele Schätze spenden, als Du nur verlangst — also bloß der Form wegen würde ich — wenn ich an Deiner Stelle wäre — denn erwarten wird man's wohl — ich würde mich gerade öffentlich so stellen, als ob ich unsern Glauben abschwüre und mich vor ihrem Propheten beugte."

— Ha! bist Du da? Ist dies Deine Freiheit! Weiche von mir, Versucher! Nein, nein! nie, nie! Nicht ein Aleph, nicht ein Aleph! Nicht ein Aleph will ich nachgeben. Und wäre nimmer endende Marter mein Loos, ich verschmähe, ich verwerfe Deine Bedingungen! Ist dies Deine stolze Verachtung gegen unser armes Geschlecht? — Meinen Gott zu verleugnen! mich selbst als den Elendesten der Elenden und niedriger als den Niedrigsten zu zeigen! Herrliche Philosophie! O Honain! Hätten wir uns doch nie gesehen! —

„Oder uns nie getrennt. Wahr! Hätte mein Wort gegolten, so wäre Alroy nie verrathen worden."

— Nicht weiter. Ich beschwöre Dich, nicht weiter! Verlaß mich. —

„Wär' dies ein Palast, so thät' ich es. Harte Worte werden, wenn sie in Bekümmerniß gesprochen, durch ein befreundetes Ohr gemildert."

— Sage was Du willst; ich bin der Auserwählte des Herrn. Als solcher hätte ich leben sollen, als solcher will ich wenigstens sterben —

„Und Mirjam?"

— Der Herr wird sie nicht verlassen: nie verließ sie ihn. —

„Schirin?"

— Schirin! O! eben nur ihretwillen gedenk' ich wie ein Held zu sterben! Soll man sagen, sie habe einen feigen

Sklaven geliebt, einen niedrigen Betrüger, einen gemeinen Renegaten, einen elenden Gaukler mit Zaubermitteln und Tränken? O nein, nein! und wär' es bloß um ihretwillen, um der Süßen, Holden willen, so soll mein Ende groß sein, wie mein Leben. Gleich der Sonne erhob ich mich, gleich ihr will ich untergehen. Noch ist die Welt durch= glüht von meines Ruhmes Glanze, und meine letzte Stunde soll meinen Mittag nicht schänden, der stürmisch war, aber glorreich. —

Honain nahm die Fackel aus der Vertiefung und ging zu der Thür. Sie war nicht verschlossen. Er öffnete sie leise und ließ eine verhüllte weibliche Gestalt herein. Zu Alroy's Füßen warf sich die Gestalt und eine sanfte Lippe küßte seine Hand. Es durchschütterte ihn, seine Ketten klirrten.

„Alroy!" flüsterte die knieende Gestalt.

— Welche Stimme! — rief der „Fürst der Gefangen= schaft" aus. — Sie tönt an mein Ohr, wie längst vergessene Musik. Ich will es nicht glauben. Nein! ich kann es nicht glauben. Bist Du Schirin? —

„Ich bin die Unglückselige, die sie Deine Braut nann= ten."

— O! was sind Qualen gegen diese! Welcher Pfahl kann diesem furchtbaren Augenblicke gleichen? Blick' nicht auf mich, laß sich unsere Augen nicht begegnen. Sie be= gegneten sich vordem, wie zwei schimmernde Fluthen, die in einem großen Strome strahlenden Lichts zusammenfließen. Nimm die Fackel hinweg, Honain. Laß undurchdringliche Finsterniß unser finsteres Schicksal bedecken. —

„Alroy!"

— Sie spricht noch einmal. Ist sie wahnsinnig, gleich mir, daß sie so mit der Todesangst spielen kann? —

„Herr," sagte Honain vortretend und seine Hand sanft

auf den Arm des Gefangenen legend, „ich bitte Dich, Deine Leidenschaft zu mäßigen. Du hast einige treue Freunde hier, die gern gemeinsam in Ruhe für Dein dauerndes Wohl wirkten."

— Mein Wohl! Er spottet mein. —

„Ich beschwöre Dich, Herr, sei ruhig. Wenn ich wirk= lich mit dem großen Alroy spreche, den Jedermann fürchtete und noch fürchten soll, so bitte ich Dich, zu bedenken, daß eine Heldenseele nicht allein in Palästen oder auf dem Schlachtfelde siegen und befehlen kann. Auftritte, wie die= ser, sind die großen Prüfungen eines höhern Gemüths. So lange wir leben, ist unser Leib ein Tempel, über den unser Geist seine göttliche Begeisterung ergießt, und so lange der Altar noch nicht umgestoßen ist, kann die Gottheit noch Wunder darin wirken. Erhebe Dich also, edler Herr; be= denke, daß, ob Kalif oder Sklave, kein Mensch unter den Lebendigen athmet, der Alroy gleich. Und solch' ein Wesen sollte fallen ohne Widerstreben, wie ein armer Schwächling, der sich auf nichts verlassen kann, als auf die blind ge= mischten Zufälle des Glücks? Ich bin auch ein Prophet und fühle, daß Du noch siegen wirst."

— So gieb mir mein Scepter, gieb mir das Scepter! .... Ich spreche zu dem unrechten Bruder. Nein, Du warst es nicht, nicht Du, der mir es gab. —

„Erwirb Dir's noch einmal. Der Herr verließ David eine Zeit lang, aber er verzieh ihm doch und er starb noch als König."

— Ein Weib war Schuld an seinem Falle. —

„Aber Dich erhebt ein Weib wieder. Diese edle Fürstin, hat sie nicht auch gelitten? Und doch ist ihr Geist unge= beugt. Hör' ihren Rath; er ist freundlich und tief."

— So war auch unsere Liebe. —

„Und ist es noch, mein Alroy!" rief Schirin aus. „Sey ruhig, ich bitte Dich, sei ruhig. Um meinetwillen;

bin ich's doch auch Deinetwegen. Du haft auf alles gehört,
was Honain Dir sagte, jener weise Mann, mein Alroy,
der nie sich irrte. Es ist ja nur ein Wort, wozu er Dir
räth, ein leeres Wort, eine ganz unbedeutende Form. Aber
sprich es und Du bist frei, und Alroy und Schirin können
ihr beglücktes Leben wieder vereinen, und es in süßer Lust
ferner genießen. Erinnerst Du Dich nicht, wenn wir in
dem Garten unserer Freude, der Herrschaft müde, umher
wandelten, wie oft haft Du da nach einer freundlichen Insel,
den Menschen unbekannt, geseufzt, wo Du Deine Tage in
keiner, als in meiner treuen Begleitung zubringen möchtest,
in keinen Abenteuern mehr, nur im Genuß unserer nie ver=
siegenden Liebe? O, mein Alroy, dieses Leben, es kann noch
das Deine werden! Und Du zögerst noch? Du nennst Dich
noch verlassen bei so viel Treue, hältst Dich noch für un=
glücklich, wenn das Paradies mit allen seinen reizenden
Pforten sich Dir zum Eintritt öffnet? O nein, nein! Du
haft Schirin vergessen, haft sie vergessen, Deine Dich über=
schwenglich liebende Schirin, die an Deinem Bilde hier in
Ketten mehr noch hängt, als damals sie that, wo diese
Deine süßen Hände mit Juwelen geschmückt waren und
mit ihren vollen Locken spielten!"

— Sie spricht von einer andern Welt. Ich erinnere
mich an so etwas. Wer bist Du, der diese harmonischen
Klänge in einen Kerker gesandt? Mein Geist wird milder
bei ihren schmelzenden Worten. Meine Augen sind feucht.
Ich weine! O! das ist lustig! Schmerz ist Freude im Ver=
gleich mit meiner Verzweiflung. Ich dachte nie wieder eine
Thräne zu vergießen! Mein Hirn drückt mich minder glü=
hend. —

„Weine, ich bitte Dich, weine! Aber laß sie mich hin=
wegküssen diese Thränen, liebe Seele! Glaubtest Du denn,
Deine Schirin habe Dich verlassen? Du wirst frei werden
und unter einem milderen Himmel mit seinem treuen

Weibe leben. O! ich bin wieder glücklich, da ich in Deiner Nähe bin! Nur Deine Trennung von mir war Elend für mich! Dieser Kerker, mir scheint er unser glänzender Kiosk! Ist es der Sonnenstrahl oder Dein Lächeln, mein Süßer, was diese Mauern so mit Wonne erfüllt?"

— Lächelte ich? O! das will ich nicht glauben! —

„Ja, Du thatest es. O seht, er lächelt wieder. Dieß ist ja Freiheit! Es giebt nichts was Unglück hieße. Es ist nur eine Lüge, um Thoren zu ängstigen!"

— Honain! was ist das? Bin ich nicht wirklich heiter? Liegt denn in ihrem Athem schon eine solche Begeisterung? Ich bin ein anderes Wesen. O! verschwende keine Küsse an diese häßlichen Fesseln. —

„Mir kommen sie golden vor."

Sie schwiegen Beide. Schirin zog Alroy auf den rauhen Sitz, setzte sich schmeichelnd auf seine Kniee, schlang ihre Arme um seinen Nacken und verbarg ihr Gesicht an seiner Brust. Nach einigen Minuten erhob sie wieder ihr Haupt und flüsterte mit dem unwiderstehlichen Tone süßen Jubels in sein Ohr: „Morgen werden wir frei sein!"

— Morgen! Ist das Gericht so nahe? — rief der Gefangene mit bewegter Stimme und veränderter Miene: — Morgen! — Nicht ohne Hast zog er Schirin von seinen Knieen und sprang von seinem Sitze auf. — Morgen! o wenn es doch vorüber wär'! Morgen! Liegt mir doch in diesem einzelnen Worte das Schicksal von Jahrhunderten! Soll man sagen, daß morgen Alroy . . .

Ha! wer bist Du, der jetzt vor mir emporsteigt? Furchtbarer, gewaltiger Geist, Du bist zeitig genug gekommen, mich von meinem tiefsten Verderben zu retten. Nimm mich an Deine Brust, die nicht durchbohrt ward. Nein, sie durchbohrten Dich nicht! Du siehst mich hier verkehrend mit Deinen Mördern. O! ich bin unschuldig. Frage sie, furchtbarer Geist, frage sie und rufe ihre feindlichen Seelen auf, zu bekennen, daß ich rein bin. Sie möchten mich gern so schwarz machen wie sich selbst, aber sie sollen es nicht. —

„Honain, Honain!" rief die Fürstin mit furchtbarem Gekreisch aus, als sie zu dem Arzte floh: „Er ist wieder wild, wieder gewaltsam erregt. O, beruhige ihn. Sieh, wie er dasteht mit ausgestrecktem Arme und stieren, starren-den Augen, furchtbare Worte herausstoßend! Meine Kräfte verlassen mich. Das ist zu schrecklich."

Der Arzt schritt vor und trat zu Alroy, vergebens suchte er dessen Aufmerksamkeit auf sich zu lenken. Er wagte es seinen Arm zu berühren. Der Fürst erschrak, wandte sich um, und, ihn erkennend, schrie er mit gellender Stimme: „Hinweg, Brudermörder, hinweg!"

Honain trat bleich und zitternd zurück. Schirin faßte seinen Arm. „Was sagte er, Honain? Du sprichst nicht. Noch nie sah ich Dich so bleich. Bist Du wahnsinnig?"

— O daß ich's wäre! —

„Sind denn alle Menschen rasend geworden? Er sagte gewiß etwas. O! theile es mir mit! Was war es?"

— Frage ihn selbst. —

„Ich wage es nicht. Sage mir, o sage es mir, Honain!"

— Das wage ich nicht. —

„War es ein Wort?"

— O! ein Wort, um Todte aufzuwecken. Laß uns gehn. —

„Ohne unsern Zweck erreicht zu haben? Feigherziger! Ich will mit ihm sprechen. Mein theurer Alroy!" so flüsterte sanft die Fürstin, als sie sich ihm wieder nahte.

— Wie? hat der Fuchs die Tigerin verlassen? Ist es so? ha, ha! Giebt es denn kein Gericht? Werden nur die Unschuldigen verfolgt? Ich bin schuldlos; ich habe Dich nicht erwürgt. Er hatte Recht, als er sagte: Hüte Dich! die dies thaten, können auch noch gräßlicheres thun. Und

hier sind sie schon bereit zu ihrem verdammungsvollen
Werke. Dein Körper litt, großer Jabastor, aber wir wollen
sie Leib und Seele zugleich erwürgen! —

Die Fürstin schrie auf und sank in die Arme des vor-
tretenden Honain, der sie aus dem Kerker trug.

16.

Nach dem Falle Hamadan's waren Bostenai und Mirjam als Gefangene nach Bagdad gebracht worden. Durch
Honain's Vermittelung unterlag ihre Gefangenschaft nicht
der gewöhnlichen Härte, aber sie waren doch auf ihre Gemächer in der Festung beschränkt. Bis jetzt waren alle
Versuche Mirjam's, ihren Bruder zu sehen, vergebens gewesen. Honain war der einzige Mensch, an den sie sich um
Beistand wenden konnte, und er hatte immer als Antwort
auf ihr Anbringen seinen Mangel an Kraft ihr zu helfen
vorgeschützt. Vergebens hatte sie durch das Anerbieten einiger ihr noch gebliebenen Juwelen sich die Mitwirkung
ihrer Wachen zu verschaffen gesucht, welche die Anmuth und
Milde ihres Benehmens ihr bereits geneigt gemacht hatten.
Nicht einmal Nachricht von sich hatte sie Alroy zukommen
lassen können. Jetzt aber, nach dem erfolglosen Besuche
Honain's im Kerker, begab sich der ehemalige Wessir zu
der Gefangenen, und indem er sie mit zarter Geschicklichkeit
in Kenntniß der nahe bevorstehenden Katastrophe setzte, kündigte er ihr an, daß es ihm endlich gelungen sei, die ge-
wünschte Erlaubniß für sie zu erhalten, ihren Bruder zu
besuchen, und während sie vor der Nähe eines Ereignisses
schauderte, für das sie sich schon seit so langer Zeit vorzu-
bereiten gesucht hatte, flüsterte ihr Honain unter einigen
Ermäßigungen die Mittel zu, womit er dasselbe immer noch
abzuwenden sich schmeichle. Mirjam hörte ihn schweigend
an, und er vermochte bei all' seiner ausgelernten Kunst es
nicht, ihr auch nur die leiseste Andeutung ihrer eignen

Meinung in Betreff ihrer Willfährigkeit dabei zu entlocken.
So schieden sie denn. Honain so hoffnungsreich, wie Men=
schen gleich ihm immer sind.

Da Mirjam sowohl für Alroy als für sich selbst das
Ergreifende eines unvorbereiteten Zusammentreffens fürch=
tete, so bediente sie sich Honain's Einfluß, um Kaleb an
ihren Bruder abzusenden, damit dieser ihn auf ihre Gegen=
wart vorbereite, und wegen der Zeit, wo er diesen Augen=
blick wünsche, ihn befrage. Kaleb fand seinen ehemaligen
Herrn erschöpft auf dem Boden seines Gefängnisses liegend.
Anfangs wollte er nicht sprechen, noch auch nur das Haupt
erheben; ja, er schien selbst lange Zeit den treuen Diener
seines Oheims nicht zu erkennen. Endlich aber ward er
milder, und als er vollends erfuhr, wer der Bote sei, und
was er bringe, schien er zwar zuerst nicht geneigt, seine
Schwester zu sehen, endlich aber lehnte er doch nur für jetzt
diese Zusammenkunft ab, da er allzu erschöpft sei, und be=
stimmte die erste Stunde des nächsten Morgens zu diesem
traurigen Besuche.

Der ehrwürdige Bostenai hatte seit dem Falle seines
Neffen fast gar nicht mehr gesprochen. Es war nur zu
deutlich, daß seine Geisteskräfte, wenn sie ihn auch nicht
ganz verlassen hatten, doch sehr geschwächt waren. Er stand
nie von seinem Lager auf und bekümmerte sich um nichts
mehr was vorging. So zeigte er auch nicht die geringste
Neugier, kaum noch ein Gefühl. Wenn er auch manchmal
eine Bemerkung murmelte, so gab sie doch fast immer nur
innern Unwillen kund, und es schien ihn unangenehm,
wenn sich ihm irgend Jemand nahte, Mirjam ausgenommen,
aus deren Hand er allein die kargen Lebensmittel anneh=
men wollte, die er sonst gar nicht berühren mochte. Seine
ihm treuergebene Nichte gewann es aber bei all' ihrem
tiefeinschneidenden Kummer dennoch über sich, dem Beschützer
ihrer Jugend stets eine ruhige Miene, ein aufmerksames

Auge, eine milde Stimme und eine geschäftige Hand zu
zeigen. Ihre Religion und Tugend, die Festigkeit ihres
Glaubens, und die Begeisterung ihrer Unschuld hielten die=
ses reine, unglückliche Wesen in allem ihren unverdienten
und gränzenlosen Elende aufrecht.

Mitternacht war längst schon vorüber, als Abner's
junge Wittwe auf ihrem Lager sanft schlummerte. Die
reizende Beruna und die schöne Bathseba beobachteten bei
geöffneten Fensterläden die Stunden der Nacht.

„Soll ich sie aufwecken?" sagte die schöne Bathseba.
„Mir ist's, als ob die Sterne blässer würden. Sie bat,
daß man sie lange vor Tagesanbruch wecken solle."

— Ihr Schlaf ist zu reizend! Laß uns sie nicht wecken;
— entgegnete Beruna. — Wir erwecken sie nur zum
Kummer. —

„Möchten doch ihre Träume wenigstens glücklich sein
Sie schläft so ruhig wie eine Blume."

— Der Schleier ist ihrem Haupte entfallen. Ich will
ihr ihn leise wieder heraufziehn. So recht, liebe Bathseba?—

„Ganz recht, theure Beruna. Ihr Gesicht sieht in den
Shawl eingehüllt wie eine Perle aus ihrer Schale. Doch
still! sie bewegt sich."

— Bathseba! —

„Ich bin hier, theure Herrin."

— Bricht bald der Morgen an? —

„Noch nicht, liebe Herrin. Noch ist es Nacht. Doch
ist Mitternacht schon lange vorüber. Ist mir's doch als
spür' ich des Morgens erstehenden Hauch. Aber es ist noch
Nacht, und der Neumond scheint wie eine Sichel am Him=
melsfelde in Mitten der Sternenernte."

— Beruna, liebes Mädchen, gieb mir Deinen Arm.
Ich will aufstehen. —

Die Mädchen traten hinzu und halfen ihrer Gebieterin
sanft sich zu erheben und an's Fenster zu treten.

„Seit unsern Unglücksfällen," sagte Mirjam, „habe ich noch nie so ruhig geschlafen wie eben. Meine Träume waren sanft und beruhigend. Ich sah ihn, aber er lächelte. Habe ich lange geschlafe, liebe Mädchen? Ihr seid sehr wachsam."

— Theure Herrin, soll ich Deinen Shawl bringen? Die Luft ist frisch. —

„Aber mild. Ich danke Dir, nein. Meine Stirn ist nicht so kühl, daß sie einer Bedeckung bedürfe. Eine schöne Nacht!"

Mirjam schaute weit hinaus über die mondbeschienene Hauptstadt. Die hohe Lage der Festung gewährte einen ausgedehnten Blick auf die gewaltigen Massen von Gebäuden, jede an sich eine Stadt, die nur durch die hohen und mächtigen Kuppeln, die langen, dünnen und weißen Minarets der Moscheen oder die schwarzen hochanstrebenden Gestalten einsamer Cypressen unterbrochen wurden, und durch welche der im Mondlicht glänzend dahin rauschende Tigris seinen stolzen Strom ergoß. Alles schwieg. Kein Boot schwamm auf dem schnellen Flusse, keine einzige Stimme unterbrach die Stille der schlummernden Millionen. So schaute sie, und als sie schaute, mußte sie unwillkührlich diesen Anblick, der wie das Grab aller Leidenschaften des Menschengeschlechts erschien, mit dem unvergleichbaren Glanze jenes begeisternden Schauspiels vergleichen, das Bagdad bei der Feier von Alroy's Vermählung darbot. Wie verschieden war auch damals ihre Lage gegen jetzt, und wie glücklich! Die einzige Schwester eines treuergebenen Bruders, des Herrn und Eroberers von Asien; die Gattin seines siegreichsten Befehlshabers, eines Mannes, der aller ihrer Tugenden werth war, und dessen jugendliche Tapferkeit ein Diadem auf ihre Stirn gesetzt hatte. Mirjam hatte ihre hohe Stellung weder Sorge noch Verbrechen gebracht. Sie hatte ihre Mildthätigkeit nur allgemeiner, ihr Wohlwollen nur allmächtiger gemacht. Sie konnte sich selbst in dieser ernsten Stunde der schärfsten Selbstprüfung, das reine Wesen konnte sich bei aller ihrer Bescheidenheit und Demuth nicht anklagen, daß sie ihre Unterwerfung gegen Gott, oder ihre Pflichten gegen ihre Nebenmenschen auch nur einen Augenblick vergessen habe.

Wenn sich aber ihre Gedanken dann wieder zu dem Wesen wandten, von dem sie sich eigentlich nie entfernt hatten, und wenn sie seiner gedachte, und seines ganzen Lebens, und all' der tausend Vorfälle seiner Jugend, Geheimnisse für die Welt und nur ihr allein bekannt, die aber die Vorahnung seines Ruhmes waren; und wenn sie nun dachte an alle seine herrlichen Eigenschaften, an all' seine süße Zuneigung, seinen Ruhm ohne Gleichen, und das ihn bedrohende Loos; da erzwangen sich in schweigender Todesangst ihre Thränen einen Weg über ihre bleichen und schwermuthsvollen Wangen. Sie neigte ihr Haupt auf Bathseba's Schulter, und die sanfte Beruna drückte ihre bebende Hand.

Der Mond ging unter, die Sterne wurden weißer und bleicher, und einer nach dem andern erlosch. Jenseits der weiten Ebne des Tigris, dem Schauplatze des hochzeitlichen Prunks, schimmerte der dunkel purpurfarbne Horizont von einem glänzenden Streife, weiß und orange. Das feierliche Gebet der Muezzin erscholl von den Minarets. Jemand klopfte an die Thür. Es war Kaleb.

„Ich bin bereit," sagte Mirjam; und bedeckte einen Augenblick lang ihr Gesicht mit ihrer Rechten. Denkt an mich, holde Mädchen! betet für mich!"

17.

Auf Kaleb gestützt, und von einem Wächter, welcher Fackeln trug, geleuchtet, stieg Mirjam die dumpfen, zertrümmerten Stufen herab, welche in den Kerker führten. Ihre Kräfte verließen sie, als sie zu dessen Thüre kam. Sie blieb stehn und lehnte sich an die kalte, feuchte Mauer. Der Wächter und Kaleb gingen ihr voraus. Sie vernahm Alroy's Stimme. Diese war fest und mild. Ihr Ton kräftigte sie. Kaleb schritt mit einer Fackel voran, und hielt sie ihr vor die Füße; und als er sich herabbeugte, sagte er: „Mein Herr befahl mir, Euch zu bitten, guten Muths zu sein, denn er ist es."

Nachdem der Wächter eine Fackel in die Vertiefung der Mauer gestellt, entfernte er sich. Mirjam bat Kaleb außerhalb zu bleiben. Dann faßte sie alle Kraft zusammen, und trat in den furchtbaren Raum. Alroy war aufgestanden, um sie zu empfangen. Das Licht fiel auf sein Gesicht. Es lächelte. Mirjam konnte sich nicht länger halten. Sie stürzte vor und drückte ihn an ihr Herz.

„O meine Theure, meine Geliebteste!" flüsterte Alroy; „solch ein Wiedersehen nimmt selbst den Gefangenen noch gefangen!"

Aber die Schwester konnte nicht sprechen. Sie lehnte ihr Haupt auf seine Schulter und schloß ihre Augen fest zu, damit sie nicht weinten.

„Muth, geliebtes Herz! Muth!" flüsterte der Gefangene. „O, ich bin ja glücklich!"

— Mein Bruder! o mein Bruder! —

„Hätten wir uns gestern gesehen, so würdest Du mich vielleicht etwas verstört gefunden haben. Heut bin ich aber wieder ich selbst. Seit ich den Tigris überschritt, entsinne ich mich nicht so eine innere Ruhe empfunden zu haben. Ich habe süße Träume gehabt, theure Mirjam, Träume voll Trostes, und mehr als Träume. Der Herr hat mir verziehen, das glaube ich zuversichtlich."

— O mein Bruder! Deine Worte sind voll Trostes, denn auch ich habe geträumt, und geträumt voll Beruhigung. Seit Deinem Falle ist mein Geist nie ruhiger gewesen. —

„O ich bin sehr glücklich."

— Sage mir das noch einmal, mein David, laß sie mich noch einmal hören, diese Worte des Trostes! —

„O es ist vollkommen wahr, meine treue Freundin. Ich spreche es nicht bloß aus freundlicher Verstellung, um Dir Freude zu machen. Denn wisse, in vergangener Nacht ... ob nun dem Herrn gereute seines Zornes, oder ob einige furchtbare Prüfungen, von denen ich nicht spreche, nie mehr an sie denken mag, mir Verzeihung erworben hatten für meine vielfachen Sünden ... aber es geschah, daß um diese Zeit, als mein Engel Mirjam ihre freundliche Botschaft sandte, ein Gefühl der Ruhe über mich kam, wie ich lang schon es mir ersehnt. So fiel ich denn in einen Schlummer, tief und sanft, und statt jener wilden und wirren Bilder, die während der letzten Zeit mein Hirn umschwirrt hatten, wenn es ruhen sollte, — statt der Blitze von Herrschaft und Verschwörung, der Züge grimmigen Krieges und höhnender Liebe, — stand ich an unserm heimathlichen Springbrunnen und pflückte Blumen mit meiner frühsten Jugendfreundin. Und als ich die blühenden Gefangenen um Deine fliegenden Locken wand, und Dich küßte als Du lächeltest, da kam Jabastor, der große, beleidigte Mann, nicht mehr ernst und zürnend, sondern mit wohlwollenden Blicken, und voll von Liebe. Und er sagte: „David, der Herr hat Deine Glaubenstreue geschaut, ohnerachtet der Finsterniß Deines Kerkers." Damit verschwand er. Geliebte Schwester, er sprach von einigen harten Versuchungen, denen ich durch Hülfe des Himmels widerstanden. Nichts mehr davon! Ich erwachte. Und horch! Noch hörte ich meinen Namen rufen. Voll meines Morgentraumes dachte ich, Du seiest es und antwortete: Theure Schwester, bist Du hier? Aber Niemand antwortete wieder. Und als ich dann nachdachte, erkannte mein Gedächtniß jene schwirrenden Töne wieder, welche Alrop in Jabastor's Höhle beriefen."

— Die Tochter der Stimme? —

„Dieselbe heilige Botschaft. Ich bin voll Glaubens-
freudigkeit. Der Herr hat mir verziehen. Glaube es
sicherlich."

— Ich kann nicht daran zweifeln, David. Du hast
große Dinge gethan für Israel. Niemand in diesen Zeiten
hat sich erhoben gleich Dir. Bist Du auch gefallen, so warst
Du jung, und schwer versucht. —

„Doch Israel, Israel! Fühlte ich es nicht, daß mein
Vaterland einen würdigern Führer zu erwarten habe, bräche
mir das Herz. Ich habe mein Vaterland verrathen!"

— O nein, nein, nein! Du hast gezeigt was wir thun
können und werden. Dein Andenken schon ist Begeisterung.
Eine große Laufbahn, ob auch irre geführt an ihrem
Schlusse, ist doch ein Grenzstein menschlicher Kraft. Untergang, wenn er erhaben, erfüllt auch seinen Zweck. Große
Thaten sind große Vermächtnisse und wirken mit wunder-
vollem Wucher. An dem was Menschen thaten, lernen
wir, was Menschen thun können, nnd messen darnach die
Kraft und Aussicht unsers Geschlechts. —

„Ach, es ist keiner da, der meinen Namen erhalte!
Er wird herabgewürdigt, oder noch schlimmer, er wird vergessen werden."

— Nie, nie! Das Andenken an große Thaten stirbt
nie. Des Ruhmes Sonne, mag sie auch eine Zeit lang verdunkelt werden, zuletzt scheint sie doch wieder. Und so wird,
theurer Bruder, vielleicht ein Dichter in weitentlegener Zeit,
in dessen Adern unser heiliges Blut strömt, glühend begeistert durch diesen Stoff aus den Sagen seiner Nation, seine
Harfe ertönen lassen von Alroy's gewaltsamem Laufe, und
einem Namen, der nur allzu lange vergessen war, neue
Weihe verleihen. —

„Möge Liebe Dich zur Prophetin machen!" rief Alroy
aus, sein Haupt herabneigend und sie umarmend. „O Ge-

liebteſte, verweile nicht länger. Es iſt beſſer, wir ſcheiden mit dieſem feſten Muthe."

Sie zog ſich von ihm ab, faltete ihre Hände und rief kraftvoll: — Wir ſcheiden nicht von einander! Ich ſterbe mit Dir. —

„Himmliſches Weſen, ſei ruhig, ruhig! Laß mich nicht ſchwach werden."

— Ich bin ruhig. Sieh', ich weine nicht. Keine Thräne, auch nicht eine. Sie ſind alle in meinem Herzen. —

„So geh denn, meine Mirjam, Engel des Lichts und der Huld. Weile nicht länger, ich bitte Dich, geh! Ich möchte nicht gern an das Vergangene denken. Laß meinen ganzen Geiſt ſich in die Gegenwart verſenken. Deine Gegenwart ruft mir die Tage von vordem zurück und macht mich zu weich. Bringe dem Oheim meinen Pflichtzoll. Geh, meine Theuerſte, geh!"

— Und Dich verlaſſen ſoll ich, Dich verlaſſen um ... o mein David! ſahſt Du, ſprachſt Du ... Honain? —

„Nicht weiter, nicht weiter! Laß dieſen verabſcheuten Namen nicht Deine heiligen Lippen entweihen. Erwecke nicht den Dämon in mir."

— Ich ſchweige, o ich ſchweige. Aber es bringt zum Wahnſinn! O mein Bruder, es ſteht Dir eine ſchwere Prüfung bevor. —

„Der Gott Israel's iſt meine Zuflucht. Er rettete unſ're Väter in dem feurigen Ofen. Er wird auch mich retten."

— Ich bin voll Vertrauen! O laß mich hier bleiben. —

„Ich möchte gern ſtill, möchte gern allein ſein. Ich kann nicht ſprechen, Mirjam. Ich bitte Die, die keinen andern Gedanken hatte als nur für meine Wünſche, um eine Gunſt, die letzte, die höchſte. Verlaß mich, Du Geſegnete."

— Ich gehe. O Alroy, lebe wohl! Laß mich Dich

küssen! Noch einmal, und noch einmal! Laß mich knieen und Dich segnen. Bruder, geliebter Bruder, großer und ruhmvoller Bruder, ich bin Deiner werth: ich will nicht weinen. Ich bin stolzer in diesem furchtbaren Augenblicke auf Deine Liebe, als alle Deine Feinde es über ihren grausamen Triumph sein können! —

18.

Beruna und Bathseba empfingen ihre Herrin, als diese in ihr Gemach zurückkehrte. Sie bemerkten ihre Traurigkeit. Sie war still, bleich und kalt. So brachten sie sie auf ihr Ruhebett, auf das sie sich mit starrem, theilnahmlosen Blick setzte; ihre bebenden Lippen schwiegen, ihre Augen richteten sich in dumpfer Bewußtlosigkeit auf den Boden, und die Arme hingen mattgefaltet vor ihr herab. Beruna schlich sich hinter sie, den Kopf ihr mit Kissen unterstützend, und Bathseba trocknete ihr, ohne daß sie es merkte, den leichten Schaum vom Munde. So blieb Mirjam mehrere Stunden, und ihre treuen Dienerinnen lauschten vergebens nach irgend einem Zeichen ihres Selbstbewußtseins.

Plötzlich erscholl eine Trompete.

„Was ist das?" rief Mirjam kreischend aus, und schaute mit wirrem Blicke empor.

Kein's der Mädchen antwortete, weil sie wußten, daß es das Zeichen sei, Alroy gehe zu seinem Gerichte.

Mirjam blieb in derselben Stellung, blieb mit demselben Ausdrucke wirrer Frage. Wieder ein anderer Trompetenstoß, und darauf das Geschrei des Volkes. Da hob sie ihre Arme zum Himmel empor, neigte ihr Haupt . . . und starb.

19.

Der Platz vor der großen Moschee, dieselbe Stelle, wo Jabaster und Abidan sich getroffen hatten, war zum

Orte des bevorstehenden Gerichts über Alroy bestimmt.
Dahin begaben sich mit Sonnenaufgang Tausende von
Schaulustigen aus der Stadt. Im Mittelpunkte des Marktes war ein großer Kreis durch ein carmoisines Seil ab-
gesperrt und von Chovaresmischen Kriegern bewacht. Rund
um dasselbe drängte sich die anschwellende Menge wie die
rauschenden Wogen des Oceans; wenn aber die Fluth mit
zu großer Gewalt anstürmte, beschwichtigten die wilden Chovaresmier das unbezwingbare Element, indem sie ihre un-
sanften Streitäxte erhoben, und Köpfe und Schultern der
ihnen zunächst stehenden Schlachtopfer damit bearbeiteten.
Als der Morgen weiter vorschritt, bedeckten sich die Terrassen der umliegenden Häuser, die von Zelten überbaut
waren, mit Zuschauern. Ganz Bagdad war auf den Füßen.
Seit der Vermählung Alroy's hatte es dort nicht wieder
einen so lustigen Morgen gegeben, als am Tage seiner
Pfählung.

An dem einen Ende des Kreises war ein prachtvoller
Thron errichtet. Zwischen ihm und dem andern Ende,
aber etwas zurück, stand eine Schaar schwarzer Eunuchen,
häßlich anzusehen, welche, weiß gekleidet und mit verschiedenen Marterwerkzeugen bewaffnet, die ungeheuern, hohen,
dünnen und scharfen Pfähle umgaben, die zu der Schluß-
feierlichkeit vorbereitet waren.

Der Klang der Trompeten, der Schall der Zimbeln
und das wilde Getöse der Trommeln, verkündeten Alp
Arslan's Ankunft aus dem Serail. Ein Eingang zu dem
Kreise war für ihn freigehalten worden. Als der königliche
Zug sich durch das Volk wand, konnte man ihn an der
schimmernden und wogenden Reihe von Ehrenfedern und
den wehenden Fahnen erkennen, auf welchen die Namen
Allah's und des Propheten standen. Plötzlich bestieg unter
dem Schalle der Musik und dem Rufen der Zuschauer,
von denen viele auf den Terrassen sich auf die Kniee war-

fen, Alp Arslan den Thron, um welchen her seine obersten
Heerführer und eine Abordnung von Mollah's, Imans,
Kadis und anderen angesehenen Personen der Stadt stand.

Der König von Chovaresm war groß von Gestalt,
und etwas mager. Seine Gesichtsfarbe war weiß oder
vielmehr röthlich; er hatte einen rothen Bart, blaue Augen
und eine platte Nase. In dem Augenblicke, wo er sich
niedergelassen hatte, hörte man gegenüber in weiter Ferne
eine Trompete, und die Zuschauer zischelten einander zu,
daß der große Gefangene nun herbeigeführt würde.

Zuerst trat eine Schaar Chovaresmischer Wachen in
den Kreis und stellte sich um das Seil her, mit dem Rücken
nach den Zuschauern zu. Dann kamen funfzig der vornehmsten hebräischen Gefangenen, mit auf den Rücken ge-
bundenen Händen, doch dies deutlich mehr der Form als
der Sicherheit wegen. Auf diese folgte ein kleiner bedeckter,
von Maulthieren gezogener und von Wachen umgebener
Wagen, welche den von seinen Ketten an den Füßen be-
freiten, aber immer noch an den Händen mit schweren
Eisen belasteten Alroy geleiteten.

Durch die Menge lief ein allgemeines Gemurmel von
Theilnahme, und Staunen, und Furcht, und Triumph.
Unwillkührlich schauerte Jeder zusammen. In rascher Bewegung wogte das Volk hin und her. Sein Gewand zerrissen und beschmutzt, das Haupt unbedeckt, die langen
Locken über die Stirn hereinhangend, bleich und abgema-
gert, aber noch immer kräftig, warf der Eroberer und Kalif von Bagdad einen ruhigen Herrscherblick auf die, so
noch vor Kurzem seine Sklaven waren.

Wieder schmetterten die Trompeten, es ward Stille
geboten, und ein Ausrufer verkündete, daß Seine Hoheit,
Alp Arslan, der erhabene Herrscher von Chovaresm, ihr
Gebieter, Beschützer und König, Rächer Allah's und des
Propheten gegen alle rebellischen und übelgesinnten Juden

und Giaour's sprechen wolle. Tiefe, allgemeine Stille folgte, und dann ertönte eine Stimme, laut, wie die des Adlers im Sturme.

„David Alroy!" rief sein Besieger. „Du bist heut hieher gebracht worden, nicht wegen Gerichts noch Urtheil. Gefangen genommen und bewaffnet gegen Deinen gesetz=mäßigen Oberherrn, wirst Du, wie jeder andere Rebell, auf Dein Loos bereits vorbereitet sein. Ein solches Verbrechen allein verdient schon die härteste Züchtigung. Was verdienst denn aber Du, der Du beladen bist mit tausend Schänd=lichkeiten, der Du Allah und den Propheten gelästert, und mit Hülfe von Zauberkünsten und Beistand von Höllen=mächten den Frieden von Königreichen gestört, unendliches Blutvergießen veranlaßt, alle Gesetze, Religion und Sitte übertreten, die Gemüther der Dir ergebenen Anhänger ver=führt, und vor allem durch einen unzweifelhaften Vertrag mit Eblis, *) durch die fürchterlichsten Zaubereien und schändlichsten Beschwörungen die Sinne einer erhabenen Prinzessin, die bis dahin durch die Uebung jeder Tugend berühmt, und vom eigenen Stamme des Propheten war, gefesselt hast?

„Betrachte diese Pfähle von Palmenholz, spitziger als eine Lanze! Die schrecklichste Vergeltung, welche Menschen=witz für Verbrechen erdenken konnte, wartet Dein. Deine Schandthaten aber übertreffen alle menschliche Rache. Schau hin, zu Deinem genügenden Lohne, auf jene höllischen Mächte, durch deren schwarze Mitwirkung Du solche Un=glücksfälle bewirkt hast. Deine Strafe ist öffentlich, damit Jedermann erfahre, daß der Schuldige ihr nie entgeht, und daß, wenn Dein Herz auch nur von dem kleinsten Grade der Zerknirschung wegen Deiner zahlreichen Schlachtopfer durchdrungen ist, Du heute durch das freie Bekenntniß der

---

*) Der mohamedanische Teufel.

unwiderstehlichen Mittel, womit Du sie verführtest, diese Schlachtopfer von dem peinlichen und schmachvollen Ende befreien kannst, das ihnen jetzt um Deinetwillen droht. Höre, versammeltes Volk, die unendliche Gnade des Stellvertreters Allah's! Er verstattet dem Bösewichte, seine Unthaten zu bekennen, und durch sein Geständniß seine unglücklichen Schlachtopfer zu retten. Ich sprach es. Allah sei Ehre!"

Und das Volk rief: „Er sagte es! Er sagte es! Allah sei Ehre! Er ist groß, groß ist er! und Mahomed ist sein Prophet!"

— Kann ich jetzt sprechen? — fragte Alroy, als der Tumult nachgelassen hatte. Die Melodie seiner kräftigen Stimme gebot allgemeine Aufmerksamkeit.

Alp Arslan neigte sein Haupt genehmigend.

„König von Chovaresm! Hier stehe ich, angeklagt vieler Verbrechen. Höre auch jetzt meine Antwort. Man sagt, ich sei ein Rebell. Darauf antworte ich: ich bin ein Fürst wie Du, von heiligem Stamme, und von noch weit älterem, als der Deine. Ich erkenne mich Niemandem zu Pflichten verbunden, als meinem Gott, und habe ich diese verletzt, so muß man mich erst noch lehren, daß Alp Arslan der Rächer ist der Macht des Ewigen. Was Deinen Gott und Deinen Propheten betrifft, so kenne ich sie nicht, ob sie wohl den meinen anerkennen. Wohl eingerichtet ist's in jedem Staate, daß mein Volk abgesondert steht von anderen Nationen, und trotz aller seiner Leiden immer so stehen wird. Weiter nun, wegen der Gotteslästerung: ich bin einem tiefgewurzelten Glauben ehemaliger Zeit treu, den selbst die heiligen Schriften Deines Stammes noch verehren. Was die Zauberkünste betrifft, die ich verübte, und die höllischen Mächte, mit denen ich es halten soll, so wisse, König, daß ich das Panier meines Glaubens auf den bestimmten Befehl meines Gottes, des großen Weltschöpfers,

erhob. Was bedurfte ich da noch der Zauberei? Was des
Betrugs durch kleinliche Feinde, da seine Allmacht mich
stützte? Meine Magie war seine Begeisterung. Bedarfs
noch des Beweises, daß bei solcher Hülfe mein Volk sich
schaarenweis' um mich versammelte? Die Zeit wird kom=
men, wo aus unserm alten Samen ein würdigeres Ober=
haupt entstehen wird, das selbst Du, Herr, nicht wirst ver=
nichten können.

„Was jene unglückliche Fürstin anlangt, von der Ihr,
wie mich's bedünkt, nicht eben mit großer Schonung sprecht,
so ist sie mein Weib, mein freiwilliges Weib, die Tochter
eines Kalifen — aber doch mein Weib, obgleich Eure
Pfähle sie bald zur Wittwe machen werden. Nicht stehe
ich hier, um Rechenschaft abzulegen wegen weiblicher Launen.
Glaube mir, Herr, sie überließ ihre Schönheit meinen ent=
zückten Armen unter keiner weitern Ueberredung als der,
wie sie sich für einen Krieger und einen König geziemte.
Sonderbar mag Dir's auf Deinem Throne vorkommen,
daß die Blume Asien's von einem so niedrigen Manne ge=
pflückt ward, als ich bin. Aber bedenke, daß die Zufälle
des Glücks noch sonderbarer sind. Ich war nicht immer,
was ich jetzt bin. Wir trafen früher auf einander. Es
gab einen Tag, und das ist nicht allzu lange her, wo ohne
die Verrätherei einiger Schurken, die ich hier erblicke, das
Glück wohl geneigt schien, unser Loos gerade umzudrehen.
Hätte ich gesiegt, so versichere ich Dir, ich hätte mehr Gnade
gezeigt.‟

Der König der Chovaresmier war der leidenschaftlichste
aller Menschen. Er hatte nach dem Zureden und Unter=
richte seiner Räthe gesprochen, welche ihm versichert hatten,
daß der Ton, in dem er spräche, Alroy dahin bewegen
würde, alles einzugestehen, was er verlange, und beson=
ders den Ruf der Fürstin Schirin zu retten, welcher es
bereits gelungen war, Alp Arslan zu überzeugen, daß sie

die gekränkteste ihres ganzen Geschlechts sei. Jetzt stampfte also der König der Chovaresmier dreimal mit dem Fuße auf den Teppich vor seinem Throne und rief mit großer Heftigkeit: „Bei meinem Barte! Ihr habt mich betrogen: der Hund hat nichts gestanden!"

Alle Räthe und obersten Heerführer, und die Mollahs, und die Imans, und die Kadis und die vornehmsten Personen der Stadt waren in der größten Bestürzung. Sie beriethen sich augenblicklich unter einander und stimmten nach vielem Gezänk endlich darin überein, daß es, ehe man zu dem Aeußersten schreite, am Gerathensten sei, zu versuchen, das zu beweisen, was der Gefangene nicht bekennen wolle. So stand denn ein sehr ehrwürdiger Scheik auf, in weite grüne Gewänder gekleidet, mit einem langen weißen Barte und einem Turban wie der Thurm zu Babel. Sein heiliger Ruf verschaffte ihm allgemeine Stille, während er ein langes Gebet sprach, worin er Allah und den Propheten bat, alle gotteslästerlichen Juden und Giaour's zu Schanden zu machen, und Worte der Wahrheit aus dem Munde frommer Männer strömen zu lassen. Und nun rief der ehrwürdige Scheik alle Zeugen gegen David Alroy auf. Augenblicklich trat Kisloch der Kurde vor, und als er auf eine Erhöhung gestiegen, zog der Kadi von Bagdad aus einem sammtnen Beutel eine Rolle und las eine Aussage ab, in welcher der würdige Kisloch behauptete, daß er mit dem Gefangenen, David Alroy, zuerst in den Trümmern eines gewissen Ortes in der Wüste, dem Schlupfwinkel der Räuber, deren Oberhaupt Alroy gewesen, bekannt geworden sei; daß er, Kisloch, damals ein angesehener Kaufmann, und seine Karavane von diesen Räubern geplündert, er selbst aber gefangen genommen worden; daß in der zweiten Nacht seiner Einkerkerung Alroy ihm in Gestalt eines Löwen erschienen sei, und in der dritten in der eines Stiers mit feurigen Augen; daß er gewohnt sei, sich stets umzugestalten; daß er oft Geister herbeirufe; daß endlich, in einer furchtbaren Nacht, Eblis selbst mit einem großen Gefolge gekommen sei, und Alroy mit dem Scepter Salomon's Ben David beschenkt, am nächsten Tage darauf aber Alroy sein Panier aufgerichtet und bald nachher Hassan Subah und dessen Seldschucken mit sichtbarem Beistande vieler schrecklichen Dämonen gemordet habe.

Kalidas der Indianer, der Gueber und der Neger, und noch einige gleichartige Geister, wurden in dem beweisenden Charakter ihrer Aussagen durch das hellleuchtende Zeugniß Kisloch des Kurden nicht verdunkelt. Die unwiderstehliche Laufbahn des hebräischen Eroberers ward unwidersprechlich dargethan, und die Ehre der muselmännischen Waffen und Reinheit des mahomedanischen Glaubens in ihrer ehemaligen Glorie und unbeflecktem Rufe wieder hergestellt. Es war bewiesen, daß David Alroy ein Kind des Eblis, ein Hexenmeister und im Besitz von Zaubermitteln und magischen Giften sei. Das Volk hörte mit Schauder und Unwillen zu. Es würde sich durch die Wachen gedrängt, und ihn in Stücke gerissen haben, hätte es sich nicht vor den Chovaresmischen Streitäxten gefürchtet. Es tröstete sich daher mit der Aussicht auf die nahen Martern.

Der Kadi von Bagdad verbeugte sich vor dem Könige von Chovaresm und flüsterte aus ehrfurchtsvoller Entfernung ihm ins Ohr. Die Trompeten erschollen, die Ausrufer geboten Schweigen und die königlichen Lippen bewegten sich wieder.

„Höre, o höre, mein Volk, und sei weise! Der oberste Kadi wird jetzt die Aussage der königlichen Prinzessin Schirin, des Hauptschlachtopfers dieses Zauberers verlesen."

Und die Aussage ward verlesen, welche bezeugte, daß David Alroy einen Talisman besessen und auf seinem Herzen getragen habe, der ihm von Eblis gegeben worden, und dessen Kraft so groß gewesen, daß, wenn er auf das

Herz eines weiblichen Wesens gedrückt worden, dieses nicht länger Herr seines Willens geblieben sei. Dieses unglückliche Geschick habe denn auch die Tochter des Beherrschers der Gläubigen getroffen.

„Steht das so geschrieben?" fragte der Gefangene.

— Es steht so geschrieben, — entgegnete der Kadi; — und ist mit der kaiserlichen Unterschrift der Prinzessin versehen. —

„Es ist ein Betrug! —

Der König von Chovaresm sprang von seinem Throne auf und flog in der Wuth fast alle Stufen von demselben herab. Sein Gesicht war wie Scharlach, sein Bart gleich einer Flamme. Einem Lieblings-Minister gelang es noch, das königliche Gewand zurückzuhalten.

„Tödtet den Hund auf der Stelle!" schrie der König.

— Die Prinzessin ist selbst hier, — sagte der Kadi; — um Zeugniß abzulegen von dem Zauber, dessen Opfer sie ward, von dem sie aber nun durch die Macht Allah's und seines Propheten erlöset ist. —

Alroy schauderte.

„Tretet näher, königliche Prinzessin," rief der Kadi; „und wenn die Aussage, die Ihr jetzt mit angehört habt, in der That wahr ist, so vergönnt es uns, daß Ihr die kaiserliche Hand emporhebt, welche dieselbe mit ihrer Unterschrift versah."

Eine Schaar Eunuchen, die neben dem Throne stand, trat auseinander, und eine weibliche, vom Kopfe bis zum Fuße in einen Schleier gehüllte Gestalt erschien. Unter der athemlosen Erregung der ganzen versammelten Menge hielt sie die Hand empor. Da schlossen sich die Reihen der Eunuchen wieder, man hörte einen lauten Schrei, und die verhüllte Gestalt war verschwunden.

„Ich bin bereit zu Deinen Martern, König!" sagte Alroy im Tone größter Abspannung. Seine Festigkeit

schen ihm verlassen zu haben. Seine Augen waren auf
den Boden gerichtet. Dem Anscheine nach war er in tiefes
Nachdenken versunken, oder hatte sich der Verzweiflung
überlassen.

„Macht die Pfähle zurecht!" rief Alp Arslan.

Ein unwillkührliches aber allgemeines Schaudern durch-
rieselte sichtlich die ganze Versammlung.

Ein Sklave trat vor, und bot Alroy eine Schriftrolle
dar. Er erkannte den Nubier, der dem Honain diente.
Sein ehemaliger Minister benachrichtigte ihn, daß er in der
Nähe sei, daß die Bedingungen, die er ihm im Kerker angeboten, noch jetzt würden eingegangen werden, daß, wenn
Alroy, wie er nicht zweifle und warum er ihn beschwöre,
sie annehmen wolle, er nur die Rolle in seinen Busen zu
stecken brauche; wäre er aber immer noch unerbittlich, noch
zu einem furchtbaren und schmachvollen Ende wahnsinnig
entschlossen, er sie zerreißen und auf den Boden werfen
möge. Keinen Augenblick sich besinnend, nahm Alroy die
Rolle und zerriß sie mit der größten Kraft in tausend
Stücke. Ein Windstoß führte die Ueberbleibsel weit und
breit umher. Die Menge balgte sich um dieses letzte Andenken von David Alroy, und dieser geringe Zufall verursachte große Unordnung.

Unterdessen bereiteten die Neger die Werkzeuge der
Martern und des Todes.

„Die Hartnäckigkeit dieses jüdischen Hundes macht mich
rasend," sagte der König der Chowaresmier zu seinen Höflingen. „Ich muß noch mit ihm sprechen, ehe er stirbt."
Der Lieblings-Minister bat seinen Fürsten, sich zu beruhigen,
aber der königliche Bart ward so roth, und die königlichen
Augen sprühten so fürchterliche Feuerfunken, daß auch dieser angstvoll schwieg.

Die Trompeten schmetterten, die Ausrufer geboten
Stille, und man hörte wieder Alp Arslan's Stimme.

„Hund, siehst Du nicht, was man dort für Dich bereitet? Weißt Du nicht, was Deiner wartet in den Hallen Deines Meisters Eblis? Kann ein Jude auch durch falschen Stolz so geleitet werden? Ist das Leben nicht süß? Ist's nicht besser, mein Pantoffelträger zu sein, als gepfählt?"

— Großmüthiger Alp Arslan, — erwiederte Alroy mit dem Tone unverstellter Verachtung; — glaubst Du denn, daß irgend eine Marter der Erinnerung gleich komme, daß ich von Dir besiegt worden bin? —

„Bei meinem Barte, er spottet meiner!" rief der Chovaresmische Monarch. „Er trotzt mir. Berührt nicht mein Gewand. Ich will mit ihm sprechen. Ihr seht nicht weiter, als ein behaubeter Falke, Ihr Söhne einer blinden Mutter. Dies ist ein Zauberer. Er hat immer noch ein Zaubermittel im Vorrath, womit er sich retten wird. Er wird entweder in die Luft fliegen oder in die Erde versinken. Er lacht zu Euern Martern." Der König von Chovaresm stieg eiligst die Stufen seines Thrones herab. Ihm nach der Lieblings-Minister und seine Räthe, und seine obersten Heerführer, und die Kadis, und die Mollahs, und die Imans, und die vornehmsten Personen der Stadt.

„Hexenmeister!" rief Alp Arslan ihn an: „unverschämter Zauberer! niederträchtiger Sohn einer niederträchtigen Mutter! Hund aller Hunde! Trotzest Du uns? Flüstert Dir Dein Meister Eblis noch Hoffnung zu? Lachst Du zu unsern Züchtigungen? Wirst Du in die Luft fliegen oder in die Erde versinken? He, he! ist's nicht so? ist's nicht so?" Der athemlose Monarch mußte aufhören, so sehr hatte ihn die Leidenschaft erschöpft. Er riß seinen Bart mit den Wurzeln aus, er stampfte in unbezähmbarer Wuth mit den Füßen.

— Du bist weiser, als Deine Räthe, königlicher Arslan: ja, ich trotze Dir. Mein Meister und Herr, obgleich nicht Eblis, hat mich nicht verlassen. Ich lache Deiner Züchtigungen. Ich verachte Deine Martern. Ich werde beides:

in die Erde sinken und mich in die Lüfte erheben. Hast Du nun zur Genüge? —

„Bei meinem Barte!" schrie Arslan außer sich. „Ich habe! So möge Dich denn Eblis retten, wenn er kann!" und damit zog der König der Chovaresmier, der berühmteste Führer des Schwerts in ganz Asien, seine Klinge gleich einem Blitze aus ihrer Scheide und führte einen Streich nach Alroy's Haupte. Es fiel, und als es fiel, schien ein Lächeln triumphirender Verachtung um die sterbenden Züge des Helden zu schweben und seine Feinde zu fragen: „Wo sind nun alle Eure Martern?"

Nachwort.

Die Erfahrung lehrt, daß ein Vorwort zu einer romantischen Dichtung, wenn nicht geradezu ungeeignet, doch gewiß höchst überflüssig ist. Wer sich darnach sehnt, sich in ein Erzeugniß des dichterischen Geistes zu versenken oder seine Seele auf den Schwingen der Poesie in eine reinere Luft, in einen lichteren Aether zu erheben, der will nicht erst durch die Halle eines Vorworts wandeln, sondern ohne Weiteres in den Garten voll prangender Blumen und Früchte treten. Eine gelehrte Abhandlung über den Stoff der Dichtung oder über die Art und Anlage derselben, über die Grundsätze und Anschauungen, aus welchen die Charaktere und Ereignisse, die Exposition und der Schluß erwuchsen, ist dem Leser nun gar unangenehm. Weiß er im Voraus, wie dürftig die Wirklichkeit war, welche der Dichter zu dem Bauwerk seiner Einbildungskraft verbrauchte, schrumpfen dadurch die erhabenen Gestalten, an denen er sich erheben und ergötzen soll, zu winzigen und magern

Figuren zusammen: so ist der Genuß im Voraus schon halb verloren. Eine Dichtung muß eben so wenig, wie ein Gemälde, einer gelehrten Erklärung bedürfen, um verständlich zu werden. Will uns der Dichter oder Künstler in eine ferne Zeit oder entlegene Gegend versetzen, so muß er es verstehen, in seine Zeichnung solche Züge und in sein Kolorit solche Farben zu mischen, daß uns das Kunstwerk durch sich selbst verständlich wird, sonst unterlasse er es und wähle einen einfacheren Gegenstand. Aus diesen Gründen haben wir sowohl das Vorwort, als auch die gelehrten Anmerkungen, die der Verfasser seinem Werke hinzugefügt, unterdrückt und fügen nur einige Bemerkungen am Schlusse hinzu.

Der Verfasser ist einer der bekanntesten englischen Staatsmänner der Gegenwart; der Führer der Tory's im Unterhause, wie es Lord Derby im Oberhause ist. Wenn daher in der letzten Zeit die Tory's ein Ministerium zu bilden hatten, so fehlte d'Israeli in demselben nicht; er übernahm die Finanzen, hatte aber kein Glück mit seinem finanziellen System. Nicht minder wird es Vielen der Leser bekannt sein, daß Benjamin d'Israeli der Sohn eines getauften Juden ist und, obschon er zu dem Glauben seiner Väter nicht zurückkehrte, dieser Abstammung dennoch einen außerordentlichen Werth beilegt. Er ist stolz auf die Nationalität, der seine Familie ihren Ursprung verdankt, und erkennt es als einen großen physischen und psychischen Vorzug an, daß die Juden sich unvermischt erhalten haben, und daß das Blut der Moses und David, der Samuel und Jesaias noch heute ohne Kreuzung in ihren Adern rollt. Er glaubt daher, daß ihnen noch eine große Bestimmung vorbehalten sei, daß sie noch eine große Rolle in der Weltgeschichte zu spielen, eine inhaltschwere Mission zu lösen haben. Diese Ansichten hat er in mehreren Romanen ausgesprochen und zu verkörpern gesucht, wie er sie nicht minder in einigen

20*

staatsmännischen Schriften darzulegen und zu erweisen ge=
sucht hat. — Von dieser, bei getauften Juden und ihren
Abkömmlingen so seltenen Vorliebe beseelt, erfaßte d'Israeli
die geschichtliche Notiz von David Alroy, seinem Aufstande
und Untergange mit großer Begeisterung und bildete daraus
die Dichtung, welcher der freundliche Leser auf den vor=
liegenden Blättern seine Aufmerksamkeit schenkte. Mehr=
jährige Reisen im Oriente befähigten den Dichter, seinem
Gemälde überall das echte orientalische Kolorit zu geben,
und bei der geringen Wandelbarkeit der Sitten und Ge=
bräuche im Morgenlande vermochte er so in seltenem Grade
Dichtung und Wahrheit zu verbinden. Die Begeisterung
für die Geschichte und den Beruf seines Stammes ließ ihn
das vollste, warmste Blut in die Adern seiner Helden gießen
und seine entzündete Phantasie vermochte auch die Sprache
dem orientalischen Charakter und den Motiven der auf=
tretenden Personen gemäß eigenthümlich zu formen.